異世界では幸せな家を
下

Waremono

われもの。

Contents

異世界では幸せな家を　下　7
番外編　465
あとがき　479

登場人物紹介
シェイド・クロフォード
桁外れの魔力を持つ最強の騎士。超絶美男子で女性からモテまくるが、大河しか眼中にない。
蓮見大河
ヤンキー気質の異世界転生者。魔物特有の【闇属性】を持つ。紆余曲折あってシェイドと恋仲に。
セスト
シェイドの元執事。大河たちに付き従い家事を担当。

マイリー
シェイドの元使用人。
大河の付添として共
に学院に入学。
フェミリア
エスカーナ国の侯爵
の娘。騎士団長ギル
の年の離れた妹。
メイベルト教授
若くして教鞭をとる才媛。
クールだが、実は生徒思い。
ユーリ
帝国生まれの貴族だ
が、母親の出自によ
り差別を受ける。
世良 繭
大河と同じ転生者。
共に学院に入学。
剣崎陽斗
大河と同じ転生者。
共に学院に入学。
アシュア殿下
帝国の第二皇子。第一皇子
のリヴェル殿下と次期皇帝
の座を争っている。
ランバート
騎士科のトップの実力者。
将来を嘱望されるエリー
ト。堅物。

異世界では幸せな家を　下

十三

　時間がゆるやかに流れ、それぞれが新しい生活に身を置き始めた。

　神殿ではルーファスの戴冠式が行われ、不安定ながらも国は体裁を整えつつある。

　王位を奪取するより事前に行っていた手廻しのお陰で、国民は予想より混乱に見舞われなかった。

　それでもやはり国王が殺され代替わりするという事は自然な事ではなく、ルーファス含め政に関わる者達は忙しさに目の回る日々を過ごしているという。

　宰相と大司教は処刑され、王女は生涯禁固刑となったらしい。本来は処刑になる筈だったが、王妃が助命を懇願し、自らの地位を捨ててでもと言う彼女と共に国外の神殿にて結界に封じられる事になった。

　王妃は、実の父をも殺し、次々に王派の者を処分している息子を恐ろしく思い、逃れる為に王女を利用したのではと囁かれている。

　爵位を返上して庶民に身を落とすと決めたシェイドだったが、現国王への義理を果たすべく騎士の育成と魔物討伐に力を貸している。その為に、まだ爵位は持ったままだが、お邸は既に手放していた。

　アランとブレイデンが断固として辞退した為、彼等ではなく現宰相のユリスが貰い受ける事になったらしい。元宰相の持つ書籍や資料などの運び出しを考えるとその方が都合が良いという話になったそうだ。元宰相の手足だった使用人以外の者達は、殆どそのまま公爵邸にて雇われる事になった。

　お邸を出た大河達はというと、城壁内に土地をという話もあったが、それを辞退した上で陛下の許可を取り、城壁外で両親から貰い受けた家を建てて暮らしている。

　あの一件で大河が魔物化した様子は国民の多くが目にした。大河は怯えさせてしまう事を恐れ、街に住む事を良しとしなかったのだ。

　とはいえ、城壁からそれほど離れた場所という事もなく、二十分も歩けば着く程度の距離だ。南門から出て、少し歩くと見えてくる小高い丘の上にある。まばらに生えた林で若干目隠しにはなっているが、よく目を凝らすと見慣れない家が建っている事が分かる。


「ただいま戻りました」

　ガラッという引き戸を開ける音が玄関から聞こえ、パタパタと迎える足音が響く。

「セストさんおかえりー」

「今日は肉の品揃（しなぞろ）えが悪くて、少し狩ってきました」

「セストさんて意外とワイルドだよなぁ」

　自分の矜持（きょうじ）だからと執事服のままの彼は、日本の民家では非常に浮いている。だが、既に季節も変わろうという時まで一緒に共に暮らした大河は見慣れてしまっていた。

　ピンと背筋を伸ばしたセストの手には、布の袋と狩ったのであろう鳥の魔物がぶら下がっている。

「こちらなんですが、バイロさんから使い方が分かるなら教えて欲しいと言付かっております」

「そっか、次の依頼で街に行った時にでも顔出すわ」

　日程を考えながらセストからスパイスの入った袋を受け取る。

　以前バイロのところで料理をしてから、譲って欲しいとお願いしていたものだ。

　人の目につかないよう認識阻害の魔法具を身につけて依頼を受けている大河は、ギルドには時折顔を出しているがバイロのところには長らく訪れていない。

「タイガ様ーっ、またお部屋が増えてるんですけどっ！」

「……どれだけ増やす気だよ」

階段上から慌てた様子で駆け下りてくるマイリーに、大河はげんなりとした顔を向けた。

　魔法で出来ていると聞いてから興味津々だったシェイドには、この家に住むと決めた時に好きにして良いと許可している。懐かしい家ではあるが、家は住む人間が心地（ここち）の良いように変えていくのが自然だと思っているからだ。

　シェイドは嬉々（きき）として家を解析していたが、家を改変出来るようになるまでそれほど時間はかからなかった。

『何もないところからこれを作るのはこの俺でも不可能だ……闇（やみ）の魔力との相性の悪さが難点だったが、結合部の……』云々（うんぬん）と語るシェイドの言葉は右から左に流れていったが、とにかく彼だから出来たのだろうと解釈している。

　好きにして良いと言ったにも拘（かか）わらず、シェイドは元ある場所に手を入れたのは扉の高さ（シェイドとセストは何度か上枠に額を打ち付けた）とお風呂（ふろ）の大きさくらいで殆ど見た目は変わっていない。

　ただ、それとは別に新しく部屋を追加する事にしたらしい。都会とは言えない場所に建っていた大河の実家は、外観は古いが建坪も庭もそれなりの大きさがある。それでも彼の本や研究道具などを置くには日本家屋は狭過ぎたのだろう。

　今では外観からは分からないが、お邸には及ばないもののかなりの部屋数が隠されている。

　シェイドが部屋を増やした理由は、セストとマイリーが家の狭さを理由に住むのを辞退したからでもある。四人くらい余裕だと思っていたが、お二人の邪魔は出来ませんと神妙な顔で断られてしまった。

　今では四人どころではなく住める広さになっていて、どんどん複雑な構造になっていく我が家に、楽しそうなシェイドをどう止めたものかが最近の悩みだ。

　自分の家で迷子（まいご）になるのは勘弁願いたい。

しばらく二階を見上げたが、まあ良いかとその事は後に回して、セストが持ってきてくれたスパイスをキッチンに運んだ。

　昔ながらの壁付けキッチンはお邸に比べればずっと小さいが、四人分の食事を作るには十分だ。

　大河の実家は祖父母の家をリフォームしたものだったので、外観は古風な作りだが、中はそれなりに新しい。キッチンにはダイニングテーブルがあり、ソファやテレビのあるリビングが両面引き戸を通してつながっている。

　リビングは掃き出し窓になっていて隣の和室まで続く縁側が設けられていた。キッチンからリビング、和室の間の戸は全開にすれば全て一部屋に見えるような開放感がある。

　そして縁側から、塀で囲まれた庭に出る事が出来る。以前は庭の横に駐車場があったが、今はそこに白い魔獣の住処が建てられていた。

　大河はスパイスをダイニングテーブルに置くと、冷蔵庫から取り出した食材を並べていく。

　魔法で作られたというこの家は、見た目はそのままだったが、流石にインフラまでは備えておらず、電気が通っていない家電はもちろんのこと、コンロも水道も使えなかった。

　今は大河が説明した用途に合わせて、シェイドが魔法陣を駆使して徐々に動かせるようにしていってくれている。

「今日は何を作られるんですか？」

「カ……んー、煮込み料理かな？」

　ワクワクした様子のマイリーに、ニッと含みのある笑みを向けて大河は玉ねぎもどきの皮を剥き始めた。

　手伝ってくれるというので、いくつか微塵切りにしてもらうと油で炒めた。しっかりと飴色より濃い色になるまで炒める。そして刻んだ生姜、にんにくもどきを入れ、その後にトマトに似た野菜を入れてしっかり水分を飛ばす。

　狩った魔物の肉を庭で捌いたセストが戻ってきた

ので、弱火にした鍋(なべ)に塩とスパイスを入れてペースト状にしたところに、その肉をたっぷり入れた。

「なんだか不思議な香りですね」

「俺にはスッゲェ馴染(なじ)みのある匂(にお)いなんだけどな」

少し混ぜて炒めた後、ミルクを注ぐ。

スパイスから作ったクリーミーな色のそれは、家庭の味とは少し違うがとろとろと美味(おい)しそうなカレーに仕上がった。肉の感じからチキンカレーというのが近い。匂いを嗅(か)いで大凡(おおよそ)近いスパイスを選んだだけなので正確さには欠けるが、元いた世界でバイト先の居酒屋の店主に教わったスパイスカレーに近い出来にはなっている。

スパイスと聞くと難しいと考える人も多いが、実は簡単にも出来るのだと店長に教えてもらったそれが美味しくて、いつかやってみたいと思っていたのだ。

実を言うと家の冷蔵庫には使いかけのカレールーがあった。他にも食材や調味料があったのだが、闇魔法で作られたと言っていたそれを口にして良いものなのか判断に困り流石に手をつけていない。

あと、動いていなかった冷蔵庫の中身は普通に怖い。

「……なんの匂いだ？」

「丁度よかった、昼飯にしようぜ！」

匂いにつられたのか、シェイドが眠そうな顔でキッチンに顔を出し、そのままダイニングチェアに腰掛ける。大河はチキンカレーを人数分お皿によそい、セストに買ってきてもらったパンもどきもテーブルに並べた。

家に越して最初のうちは、二人とも頑(かたく)なに同じテーブルにつく事を拒んでいた。使用人が主人と同じテーブルで食事するなど、こちらの常識ではあり得ないらしい。

一緒に食事を囲みたいと大河が根気強く説得し、爵位を返上したら同じ庶民だがそれでも俺と食事をとるのは嫌なのか、と不満気に言い放ったシェイドの言葉が決め手となったらしく、今では四人で食事を囲む事が普通になりつつある。

「これはどうやって食べるものなのですか？」

「これをちぎって、つけて食べてくれ。ん〜……久しぶり、この味……」

「えっ、お行儀悪くないです!?」

パンもどきを手でちぎりカレーにつけて食べるのを実践すると、マイリーが驚いた顔で大河を見たあと自分の手元に視線を落とした。

慌てる彼女を余所（よそ）に、大河は緩んだ顔で久方ぶりのカレーを満喫している。

大河の奇怪な行動に慣れつつあるシェイドは特に抵抗もなく食べ始めた。同じように食べているのに、何故（なぜ）か優雅に見えるのが不思議だ。

「……ふむ、この辛味が美味（うま）いな」

「初めて食べる味ですが、とても美味しいです」

セストは少し躊躇（ためら）ったようだがシェイドに倣って口にすると、驚いたように感想を言った。

それを見たマイリーも思い切ったように口に入れる。お行儀の悪さもだが、見た目に若干の抵抗があったらしい。

「んんっっ！　美味しいです……!!　ちょっと辛いけど、このスープみたいなのとお肉がすっごく合ってて！　こんな見た目なのに！」

「みんな初めてだろうから、辛味は控えめにしたんだ」

「もっと辛く出来るのか？　そちらも食べてみたいが」

意外にも辛いのに興味があるらしいシェイドに、じゃあ今度作るなと返事をしつつ残りのカレーを堪能する。

「以前から思ってはいましたが、やはりタイガ様のいらした世界とは随分食文化が違うのですね」

「俺のいた国が特に食に貪欲（どんよく）だったっていうのもあるのかも」

「そうなのか？」

「他の国の料理を取り入れるのが得意な国でさ。このカレーも今は家庭料理って言われてるけど、外国の料理なんだよ」

　家庭ではスパイスから作る事はあまりないが、ルーから作るカレーは家庭料理の鉄板だ。

「タイガ様の生まれたお国独自の料理はないのですか？」

「俺のいた国の、日本料理はこっちで調味料とか色々足りなくて難しいんだよな。この家にはあったんだけど、口にしていいのか怪しいし……」

「以前欲しいと言っていたものだな」

　言いながら大河は家で大量のレシピ本を見つけた事を思い出す。

「でもこっちの材料で作れるものもあるから、今度作ってみるな！」

「それは楽しみですね。お手伝い出来る事がありましたら何なりと」

　話を聞いていたシェイドは、口元に手をあてて考えるような仕草をしている。

「あ！　それよかシェイド、部屋数どこまで増やす気なんだ？」

「……当分は増やさない。他にやる事があるからな」

　口の端を上げてそう言った彼に、大河は漸く興味が落ち着いたのか、と安堵の息を漏らすのだった。


「タイガ様！　タイガ様！　次はこれにしましょう！」

「んー……これは材料が難しそうだな」

　興奮気味のマイリーがレシピ本を捲りながら、新しいスイーツをせがんでいる。大河は本を整理していた手を止めて、彼女の示すページを覗き込むと困ったように眉根を寄せた。

　昼前から取り掛かった本の整理はもう少しで終わりそうだ。

両親から貰い受けた家の中にはたくさんの物があった。よくここまで再現したものだとあの黒い神様に感心するほどだ。父の脱ぎ散らかしたパジャマや、使いかけの歯磨き粉まで再現されている。

　もしかすると、両親が死んだ日を切り取っているのかもしれない。自分の部屋に親戚（しんせき）の家に持って行った筈の教科書があるにも拘わらず、駐車場に車がないのを見て、少し心が軋（きし）んだ。

　両親の残したものとはいえ、これからは新しい住人達と暮らしていく家だ。

　愛着も郷愁の念もあるが、大河は思い切って自分の部屋や両親の部屋も片付ける事にした。シェイドがたくさん部屋を増やしたので大切な物を捨てる必要がないのは助かる。

　相談した結果、両親の部屋だった場所は寝室として使い、その横の部屋をシェイドの研究部屋にする予定だ。寝室から納戸を挟んだ大河の部屋は書庫のひとつにしようかと思っている。更にもう一室余っているのでマイリーに勧めたが、彼女は断固拒否した。夜はゆっくり寝たいので……という彼女の言い分はよく分からなかったが、シェイドの部屋が近いと緊張するのかもと納得して、もう一室は客間としておいてある。

　マイリーとセストは一階に増設された部屋を使用する事にしたようだ。一階には玄関横、二階には納戸の奥に、新しく増えた部屋に入れる扉が設置されている。

「マイリー、満足したらその本はここに片付けてくれ」

「あっ、私も手伝います！」

「いいよ見てて、ゆっくり考えて並べんの結構好きだし」

　のんびりと答える大河の手には、母が書いたであろうレシピノートがあった。床には本棚にしまう予定の本が乱雑に積まれている。

　家には両親の残した本が大量に残されていた。父の好きな格闘技や武術、スポーツ関係の本や、仕事や勉強に使ったのかスポーツ医学の本から医学書まで。母が好きな料理本は多岐にわたり、家庭菜園の本など食材や料理に関わる物はマニアックな物があった。酵母菌の作り方の本まであったので、近いうちふわふわのパンが食べられるかもしれない。

その他にも興味の赴くまま集められたらしい雑多な本にスポーツ漫画や料理漫画まであった。

興味のあるものを調べ尽くさなくては気が済まない性格だったのが、膨大な量から見て取れる。

小さい頃は何も分からなかったが、二人はオタク気質な部分で気が合ったのかもしれないと気付いて、思わず笑みが零れた。

「これ！　宝石みたいに綺麗ですよ!?」

「ああ、これなら近いものが作れるかもな」

苺のタルトを指差しているマイリーは最初、精巧な写真に驚いていた。写真がたくさんあるレシピ本であれば文字が読めなくても問題ないらしく、今ではスイーツの本に夢中だ。

「……た、タイガ様！　これはなんですか!?」

「ん？　ああ、ウエディングケーキだな」

「ウエディング？」

「結婚式用のケーキ」

ページを捲った状態で固まったマイリーは、興奮し過ぎて声が震えている。その手元を覗いた大河は、その理由を察して苦笑した。三段はあろうかという大きなケーキに彼女の視線は釘付けだ。

「こんなのが食べられるなら、今すぐ結婚したいです……！」

「ははっ、じゃあマイリーが結婚する時には作ってやるよ」

予定がないです～と泣き言を叫ぶマイリーには悪いが、普段に作るには手間がかかり過ぎる。これは金型を発注するところから始めないといけない。だが、マイリーの結婚祝いとなれば、きっとその苦労も感じないだろう。

「……私より、タイガ様の方が先ですよね？」

「あ？」

顔を伏せて泣き真似をしていたマイリーだったが、はっと顔を上げて大河を見た。油断していた大河から思わず気の抜けた声が出る。

「……そういうのはいい」

「えーどうしてですか！　やりましょうよ〜」

「ケーキ食べたいだけだろ」

苦々しい表情の大河は断固拒否といった姿勢で顔を背けた。

セストからこちらの結婚について聞いたが、神殿に届けを出すだけでいいらしい。シェイドの爵位が返上出来たら、届け出を出せばいいかくらいに考えていたのだ。

結婚とは言ったものの、クロフォードという足枷から自由になって欲しいと願っての事で、当然ながら式を挙げたいなどという願望は微塵もない。

こちらの結婚式がどういったものか聞きはしたが、うろ覚えなくらい自分に結びつけて聞いてはいなかった。

「食べたいのもありますけど……」

取りつく島もない様子に、口を尖らせたマイリーがしぶしぶ口を閉ざした。名残惜しそうに、特大ケーキのページを見つめている。

そんな彼女にイチゴタルト作ってやるから、と声を掛けて大河は残りのノートを本棚にしまった。


扉を開けると暮れる前の陽射しが差し込んで、大河は一瞬目を眇めた。

シェイドは珍しく机に肘をついた状態で眠っている。

八畳ほどの洋室に、シェイドの部屋にあった装飾された机や本棚が詰め込まれている。整頓されていない本が置かれた床やよく分からない道具で散らかった机の上はお邸の部屋を彷彿(ほうふつ)とさせる。

　いつもは黙々と何やら作業をしているのに、今日の朗らかな陽気には流石(さすが)の彼も睡魔に襲われたらしい。最近根を詰めていたので、心地好(ここちよ)さそうに寝息を立てる姿に安堵が胸を満たした。

　近づくと逆光で見えにくかった彼の姿がよく見える。光を反射する髪と、影を落とした長い睫毛(まつげ)、通った鼻筋にバランスの良い唇まで人間離れした綺麗さだなと、いつまで経(た)っても見慣れない顔をまじまじと見てしまう。彼が目を開けて見つめてくると、こんな風にじっくり見る余裕がなくなる事が多いからだ。

　起こさないようテーブルの上にタルトを置くと、そこに描きかけの魔法陣があった。

　お前の頭では無理だと言われた事を思い出して、置いてあった羽ペンを持つ。以前にも研究を手伝った時に描かされた事があるが、あまりの下手(へた)さに呆(あき)れた顔をされた。

　魔法陣は魔力を込めながら、順序通りに描かなければいけないと言っていた。

　描きかけというよりは描きだしと言った方が良さそうな簡単な図形を真似て新しい紙に描いてみる。文字を覚える為(ため)に練習したので、以前よりずっと羽ペンの扱いが上手(うま)くなっている、と思う。

　手遊び程度に描いてみたが、当然描きかけのそれを真似て描いたところで何も発動する筈がない。魔力を込めたりしていると、突然大きな手が大河の腰を引き寄せた。

「わっ……なんだ、起きてたのかよ」

「……いや、今起きた」

　微睡(まどろ)んだような声が真実だと示しているようで、苦笑した大河はされるがまま彼の膝(ひざ)に座る。シェイドはまだ眠いのか、ひとつ欠伸(あくび)をすると後ろから肩口に顔を埋(うず)めた。

「お菓子持ってきたけど、食う?」

「……ああ」

「この状態じゃ食えねぇけど」

「……ああ」

そのまま寝息を立てそうな様子なのに、腰はがっしりと抱きかかえられていて身動きが取れない。大河は溜息を吐くと、背後の彼に体重を預けた。

このまま自分も寝てやろうかと目を閉じると、肩口に埋められていた筈の唇がちゅっと音を立ててうなじを吸った。

「って、寝てんじゃねぇのかよ……！」

「起きている、……菓子を食べさせてくれるのだろう？」

「……ぁっ、！」

弱い耳をかみかみと甘噛みされて思わず声が漏れる。慌てて両手で口を塞いだが、遅かった。

今はキスもしていないし、唾液も血も摂取していない。だから、完全に素面だ。羞恥心に噛まれた耳が真っ赤に染まった。

「食べさせてくれないのか……？」

「ちょ、シェイ……まっ」

艶やかな低音が耳を犯すと、ひくりと体が震えた。甘噛みの合間に舐められ、耳の穴に舌を入れられて良いように弄ばれる。ちゅくちゅくという音が脳まで刺激しているような感覚に襲われた。内心で焦って離れようとしたが、抱えた腕はピクリとも動かない。

「耳だけでこんなになるとは……」

「……っ！　耳、やめっ」

「耳以外なら平気なんだな？」

「んっ……――!!」

緩く勃ち上がり布を押し上げるそこに触れられて、恥ずかしさと驚きに目をいっぱいに開く。

今度は服の上から弱いところを弄られて、声を抑える為に大河は全身を震わせながら必死に息を殺した。

「は、はぁ……、も、やめ……」

「そうか、ならやめてやろう」

「……へ？」

散々弄ばれた体は、あと少しで達せるところまできている。そんな体を唐突に突き放され、驚きで気の抜けた声が出た。

シェイドは膝の上で軽々と大河の体を持ち上げると、体勢を変えさせて向かい合わせに座らせる。

「嫌な事はしないと約束したからな」

甘く微笑むシェイドの表情はそれが本心だと勘違いさせられそうなほどに涼やかだ。

目を白黒させる大河を余所に、シェイドは大河の持ってきたタルトを手にした。硬いタルト生地の部分を持ってサクリと音を立てて食べると、美味いと言って見せつけるように唇を舐める。

「……シェイド……っ」

「なんだ？　食べたいのか？」

高められた体が解放を求めて震える。まるで自分一人が発情しているような状況に、羞恥心で爆発しそうだ。

「いや、ちがくて……」

「……どうして欲しいか言ってみるといい」

シェイドに甘やかすような声で突き放されて、大河の瞳が揺れた。

そんな事、言える訳がない。快楽に従順で素直な性格であれば、きっと簡単なのだろう。未だに男としての矜持とプライドを捨てきれない大河は、ぐっと唇を噛んで口を噤んだ。我慢する方を選んだのだ。

その様子を余す所なく見て、シェイドは諦めたように苦笑する。軽い音を立ててもうひとくちタルトを口に入れると、そのまま口付けした。

果物と生地の甘さが口に広がる。咀嚼して飲み込むと、大河の体に覚えのある感覚が這い上がった。

「俺も甘いな」

唇が触れるほどの距離で呟かれた言葉の意味は、再び齎される快感の濁流に呑まれた大河には分からなかった。

　引っ越しが終わった当初、まだ部屋数が少なくてセストとマイリーが一緒に住んでいなかった頃。街の宿から通うと言う二人に、大河は難色を示した。攻撃魔法を使えるセストはともかく、力もない普通の少女が、魔物が出るかもしれない城壁外を歩くなんてという思いがあったからだ。

「セストさんほどじゃないですけど、私も戦えますよ？」

　最初の頃はタイガ様の人となりも分からなかったのに、セストさんが自衛も出来ない者を侍従につける訳ないじゃないですか～、と事も無げに笑った彼女に大河は驚いた。

　確かに、あの時は自分の話し相手に何故女の子が？　と思ったが。

「私、最初はシェイド様を殺したくてお邸に来たんですよね」

　そしてあっけらかんと言い放った衝撃の内容に、言葉を失うほど驚愕したのだった。

　聞けば彼女は隣国イラルドの下級貴族の出身で、戦争で唯一の肉親である父を失ったのだそうだ。銀髪の騎士が自国の兵を全滅させたのだと聞いた彼女は憎しみに囚われ、死に物狂いで己を鍛え、父の残した遺産で使用人の紹介状を買ったのだと話した。

　だが、お邸に入ってすぐに彼女の思惑はバレてしまったらしい。

　隠しきれない僅かな殺気に気付いたシェイドが、

「止めなくていいから、殺気を漏らさせぬように」

とセストに伝えたのだそうだ。

　止めなくていいという言葉に違和感を抱き、当然ながらその真意を聞く機会も、目的を果たす機会もなく数年もの間シェイドを見ていれば、そのうちその違和感の理由に辿り着いた。気付いた頃には仇を討ちたいという感情は消えていたらしい。

　そもそも戦争だというのに、仇討ちなど考えたのが愚かしい事でした。と語る彼女は守られるだけの普通の女の子ではないと感じさせた。

そして今、普通の女の子でない事を示すかのように彼女は仁王立ちで拳を握っている。

唖然と言葉を失う周りを余所に、彼女はふーっと歴戦の猛者のような息を吐いた。

ただし、彼女が一方的に殴った相手は、魔物でも男でもなく。

「ぐー！　ぐーでいったこの子！」

「繭ちゃん……」

軽く吹っ飛ばされた体を起こし、頬を押さえながら涙目で訴えているのは、大河と同じく召喚された女の子だ。

近くにいた男の転生者が、困ったように彼女の手を引いて立たせた。

「当然です」

マイリーはふんっと鼻息荒く、繭を睨みつけた。

「ははは っ、いいなぁ君。うちで働かないか？」

腰に手を当てて立つ彼女に向けて軽い調子で勧誘をするのは、この国の国王陛下だ。

仕事が一段落した、と自己申告する彼は元勇者の二人と騎士団長のギルを連れて、大河とシェイドの家に訪れていた。

連絡を受けていたセストとマイリーが先に門前で出迎えていたところに、大河が玄関から出てくると、見覚えのある少女がいきなり頭を下げた。

「貴方に、謝りたいって、おうじ……、陛下にお願いしたの。……私が元宰相のあの人に、貴方の属性の事言っちゃったから……」

目線を合わせずしどろもどろに話す彼女に対して、大河は怒りも何も感じていない。終わった事だという気持ちが大きいからだ。

「殴ってくれてもいいわ！　その覚悟はしてきたか

ら！」

「いや、別に殴りたくねぇし、もう終わった事はいいんじゃねぇか？」

　勢いよく言い募る少女に、大河が困ったように頭を掻いていると、目の据わったマイリーが大河の前に歩み出た。

「タイガ様、出過ぎた真似をお許しください」

　そう言って彼女は目の前の女の子を渾身の力で殴り倒したのだった。

「マイリー!?」

「大河様は女性を殴れる方ではありませんし、お優しい方ですからすぐに許してしまわれるでしょう。ですから代わりに私が」

　グーだったと喚く繭を一蹴して、ケジメです、と言う彼女の声は力強い。

　属性を知られなくてもどのみち敵対していた事には変わりないと、王女が大河を目の敵にした切っ掛けに繭が関わっている事もすっかり忘れている大河は、少しやり過ぎじゃないか？　と思うが。マイリーの好意なので何とも言えず、

「まぁ、とりあえず飯食ってけよ」

　そう言って、唖然とする繭に笑いかけた。


「団長から話には聞いてたけど、本当に日本の家そのものだな〜」

　ウィルバー達とここに来た事のあるギルから、異世界の家だと聞いていたらしい。男の転生者は懐かしそうに玄関内を見回している。

「あっ、今更だけど、俺は剣崎陽斗、陽斗って呼んでくれ。で、彼女は世良繭ちゃん」

「そういや聞いてなかったな。俺は蓮見大河、大河でいいぜ」

　同じ時に召喚された人間であるにも拘わらず、自己紹介すらしていなかった事実を笑いながら、大河は彼等を家に招き入れた。紹介された繭はバツが悪いのか、殴られたあと口数が少ない。頬は回復魔法

でも治っているため、痛みのせいではないだろう。

王になったばかりのルーファスは、自然な様子で靴を脱ぎ上がっていく陽斗を見て、ここでブーツを脱ぐらしいぞ……と見た事のない内装に驚きながら、興味深い様子でギルに話していた。

大河が四人の客人をリビングに招き入れる間に、セストとマイリーがお茶の用意をしてくれている。

「わ！　コタツだ！」

氷の季節に差し掛かり朝夕がひときわ冷え込むようになったため、昨日からリビングにはコタツを出していた。部屋の端にはソファやテレビが置かれているが、その真ん中にコタツが鎮座している。

それを見つけた陽斗の声が跳ね上がった。

「好きに寛いでてくれ」

子供のように喜ぶ陽斗に苦笑しつつ楽にするよう促したが、ルーファスはどうしていいのか戸惑っているらしかった。とりあえず城壁外に出るために鎧を着込んでいる彼等に、それらを外すよう声を掛ける。

「テーブルの前で床に座るなど初めての経験かもしれん」

「あーこれはヤバイ。スッゲー欲しいですこれ。永遠に寝れる……」

「団長、それは死んでません？」

興味津々といった感じのルーファスと、既に寝そうな様子のギルにコタツは絶賛されていた。当然電気が無いので中に魔法陣が仕込まれているだけだから、作ろうと思えばこちらの素材でも作れる。

騎士見習いとしてギルに扱かれているらしい陽斗が、溶けそうな表情の上司を前に呆れたようにつっこんでいた。

「もう、王座をこれにしてくれ……」

「いやいや、威厳が吹っ飛びますからやめてください」

セストの淹れてくれたお茶を飲んだあと、ギルと同じく行儀悪く机に顔を伏せる姿は到底王様には見えない。余程疲れているのだろう、ぐったりとした姿を哀れに思いながら大河は食事の用意に取り掛かった。

　国王陛下が来ている状況ではあるが、献立は既に決まっている。元々彼等は挨拶だけの予定だったのだから今更メニュー変更が出来ないのは仕方がない。そもそも王族に食べさせる料理など大河には分からないが。

「シェイドはどうしたんだ？」

　増えた人数に対して食材が足りるかダイニングテーブルに並べて確認していると、コタツでまったりしたままルーファスが声を掛けてきた。一度も顔を見せないもう一人の家主が気になるのは当然だ。

「ここんとこ部屋に籠りっきりなんだよな」

「少し前に頼み事に来て以来、王宮にも来ていないな」

「そろそろ騎士団にも顔を出して欲しいんですがねえ」

　シェイドがいるであろう二階を見上げて大河が答えると、ギルは半分眠りながら愚痴った。数日前に外に出かけた後、籠りきりの彼はずっと部屋で何かしら研究している。

　解放されたとはいえ隷属の魔法陣が消えた訳ではないので、その研究をしているのだろう。

「悪いな。出てきた時にでも言っとく」

　大河にとってはいつもの事なので、苦笑するしかない。食を疎かにすると大河に怒られるので、仕方なしにでも夕食時には出てくるだろう。

　本来なら国王陛下が訪ねているのに挨拶もないなど考えられない事だが、最近は彼等もシェイドの事が分かってきたらしい。ルーファスは騎士団長が頑張るしかないねぇ、と揶揄うように言うだけで、不敬を気にした様子もなかった。

「ああ、それと隠居していたエレハイム卿が助力をかって出てくれ、随分と助かっている……せめて顔だけでも見せるよう言っておいてくれ」

急に出てきた名前に、大河は返事に困って瞬きをする。セストが一瞬だけ動きを止めたが、シェイド様の祖父に当たる方です、と大河に小さく耳打ちした。

「……シェイドのじいちゃん？」

「ああ、母方のな」

ルーファスは、知らなかったのかと言いたげだ。

考えてみれば、大河はシェイドの家族の事をあまり知らない。無理に聞くような事でもないし、機会があれば知る事もあるかくらいに思っていた。

「ここに来てもらったら良いんじゃねぇ？」

明るく言う大河を見ていたルーファスとセストが難しい顔をする。

「……まあ、来ないだろうな」

「でも、会いたがってるんだろ？」

「卿が言った訳ではない。私が勝手に気を回しただけだ……なんと言うか、難しい御仁なのだ」

ルーファスは眉を寄せてお茶を飲んでいたが、リビングのテレビなどに興味が移ったらしい。問われるまま陽斗が説明を始めたので、大河はセスト達と一緒に料理に集中する事にした。

今日のメニューは、天ぷらとうどんだ。

母のレシピ本の中にうどんの作り方もあって、今日は朝から三人で生地をコネコネしたのだ。天ぷらもうどんもこちらで簡単に手に入るもので作る事が出来る。

マイリーにはダイニングテーブルで天ぷらにする具材を切ってもらい、セストは衣をつけて揚げる担当。大河はうどんつゆを作っていく。醤油はないので、たっぷりの鳥もどき肉で出汁をとった鳥塩うどんだ。

日本のキッチンに大人三人は狭いが、声を掛け合って作るのは楽しい。手前に二つと奥にひとつの三口コンロはシェイドのおかげでちゃんと使える。しかもお邸よりも複雑な構造の魔法陣は、それぞれで弱火や強火が調整出来るのだからすごい。

「こんなものでしょうか？」

「うんうん、スッゲェ美味そう！」

じゅわっと音を立てて油に落ちた具材がカラッと揚がると、セストは器用に菜箸で取り上げた。大河が使うのを見て多少練習しただけな筈なのに、すっかり上達しているのだから恐れ入る。

味見と称してひとつ口に入れると、揚げたての熱さに火傷しそうになったが、サクサクと軽い食感に、噛むと旨みの強いキノコからじわっと汁が出てたまらなく美味しい。ずるい！　と声を上げるマイリーの口にもひとつ入れると、美味しい〜と頬を押さえてジタバタし出し、お行儀が悪いですよと二人してセストに怒られた。

キノコの他にも玉ねぎもどきなどの野菜を数種類とお肉も揚げて、ある程度揚げ終わった辺りでうどんを茹でる。

天ぷらを盛り付けて、茹で上がったうどんをたっぷりの鳥塩つゆに入れ、薬味をかければ完成だ。

表面にゆるく油の張った出汁から鼻腔を擽る湯気が立ち上る。

「美味そうな匂いがする……」

「お腹減った〜」

本格的に寝ていたらしいギルが、眠そうな目を瞬きながらキッチンを見る。

話に熱中していたらしい陽斗も、匂いに気付いてお腹を押さえた。ルーファスと繭も何が出てくるのか興味津々だ。

「コタツで食べるのでもいいか？」

「タイガ様それは流石に……」

ルーファス達に向かって、狭い家だからと軽く言った大河をセストが慌てて止めた。

「いちおうこの人、国王陛下なんですよ〜」

「私はここがいい。なんと言おうと動かんからな」

だが、寝ぼけ眼のギルも、何故か強い意思表明をするルーファスも全く気にした様子はない。二人の姿に一度入ったら出てこれないのがコタツだからと大河は笑って、四人の前に食事を運んだ。

「わっ、日本食!?　マジで!?　すっげー!!」

陽斗は出された瞬間に目をキラキラさせる。急激に跳ね上がった陽斗のテンションに驚きながら、ルーファスとギルは繁々と見た事のない料理を見ていた。

麺が伸びるから早く食べろよ、と促され陽斗と繭はいただきますと手を合わせ箸を掴む。

「美味い……まじ美味い。こっちで食べられるなんて思わなかった……」

「ヤンキーに……女子力で負けてる気がする……」

まるで感動に打ち震えているかのような陽斗の様子を見てから、ルーファス達も食べ始めた。当然彼等にはフォークを出している。

繭は何やら悔しそうに呟いていた。

「こりゃ、美味いっすねぇ。どっちも初めての食感だけど、サクサクした方が好きだな。酒に合う」

「……タイガ、宮廷料理人に興味はないか?」

真面目くさった顔で言う王様は、人材不足のせいでスカウト癖がついてしまっているらしい。大河が丁重にお断りするとガッカリした様子で続きを食べ始めた。

「まぁ、いつでもここに来りゃいいだろ」

「いいの!?　やった!」

「いいのか!　よし!　言質は取ったぞ!」

「いいもなにも、ギルなんかしょっちゅう来てるぜ」

目を煌めかせた陽斗とルーファスだったが、大河の放った一言にじとりとギルに視線を向ける。ギルは視線を避けるようにうどんの出汁を啜った。

ウィルバーとギルは、仕事帰りに飲みに行く気軽さでよく家に来ている。その度に狩った魔獣や他国の珍しい食材を持ってきてくれるし、たくさんで食事を囲むのが好きな大河は大歓迎だ。

「私が忙殺されそうな時にお前は……」

「私のはあれです、ギルド長との内密な打ち合わせでここを使わせてもらってるんです。それに陛下がおいそれと城を空けていい筈ないでしょうが」

揉め出した二人を放置して、大河は自分達も食べようと用意を始める。

ダイニングで三人で食べようと思っていたが、陛下を床に座らせて椅子で食べるなど滅相もない！　とセストとマイリーが顔面蒼白で言うので、仕方なく彼等の分はお盆に置いて持たせた。せめてリビングから見えない隣室で食べるらしい。不敬とかは今更気にしなくていいと思うが、緊張で喉を通らないのはかわいそうだ。

コタツは満員なので一人で食べるかとダイニングに用意していると、突然後ろから緩く抱きしめられる。

驚きにうわっと声が出て、菜箸を取り落としてしまいそうになった。

「っ、シェイド!?　放せ、客が来てるだろ……!?」

耳元に鼻を寄せるような体勢に、長い髪が視界に落ちて背後の人物が誰だか悟った大河は極力声を抑えて怒ると、慌てて腰に回す腕を解かせた。

無理矢理腕を解かれたシェイドは一度だけリビングに視線を向け、何事もなかったかのように再び大河を抱きしめ、今度は額にキスを落とそうとする。

「っ、ばか！　やめろって」

「……何がダメなのか分からん」

手を突っぱって押し退けられ、更に距離を取られてシェイドは不機嫌そうに髪を掻き上げる。だが顔を紅くした大河に懇願され、しぶしぶダイニングの椅子に座った。

「久しいなシェイド。籠りきりと聞いたが、何をしているんだ？」

客人を迎えるような格好ではなく、緩い上下の部屋着を着ているシェイドは気怠げに脚を組むと、ルーファスの声に興味無げにリビングに視線を向けた。

「これは国王陛下、こんな所におられるほど暇ではないでしょうに」

言外に邪魔だから帰れと低く平坦な声で言うシェ

イドに、ルーファスはニコニコと笑っている。

「邪魔をしたのは悪かったが、そう邪険にするな。私は二人がイチャつこうが気にせんぞ？」

「だ、そうだぞ？」

「イっ、ちゃ、つかねぇよ！　あんたらどっちも気にしろ頼むから……！」

楽しそうなルーファスとは裏腹に、二人の元勇者は気になりますと顔に書いたような微妙な表情をしていた。


「お前に指名依頼があったんだが……」

迷った様子でそう口にしたウィルバーは、出されたクッキーをサクッと音を立てて噛むと、考え込むような表情でもぐもぐと口を動かした。

珍しく陽の高いうちに大河の家を訪ねてきたウィルバーは、ダイニングに座りお茶を用意されると開口一番にそんな事を言う。

「えっ、誰から!?」

嬉しげに声を上げる大河は自分に依頼が来る事など予想もしていなかった。件の魔物化が民衆に知られ、大河は街中で顔を晒す事も出来ていない。

それでも時折ギルドに行って仕事を受けている。認識阻害のフードを被り、依頼主とのやり取りは一緒に受けたメンバーが対応してくれたりなど、迷惑をかける場面もあるがなんとかやれていた。

家の事は基本的に、セストとマイリーがしてくれているので出来ている事でもある。でなければこの無駄に広くなってしまった家を掃除するだけでも一苦労だ。

最初ついてくると言っていた彼等は自分達も外で仕事するつもりだったらしいが、シェイドが雇い入れる事でそれを止めた。とはいえ、二人とも知らない間にギルド登録を済ませていたので、いつでも依頼は受けられるらしい。

大河も止められたが、自分はやりたくて仕事をしている。

それはともかく、今は仲のいいギルドメンバーが偏見を持たずに接してくれている為、なんとかやれているような状況だ。

そんな状態で指名依頼など望めないと思っていた。

「貴族からなんだが……うーん、やっぱり断るか」

ウィルバーは腕を組んで首を捻り、唸るような声を出している。

どうにも乗り気でないらしく、伝える事で一応義理を果たしたと言わんばかりに、内容も告げず断る方向に話を持っていこうとする。

「おかしな奴からなのか？」

「いや、依頼主は俺もよく知っている。オルドリッチ侯爵からだが……」

内容がなぁ、とウィルバーは渋面で顎を撫でた。

「オルドリッチ家には跳ねっ返りがいてな。そいつがどうしてもと言うんで留学を許したそうなんだが、一時期から連絡が取れなくなったらしい、状況を探ってくれというのが今回の依頼だ」

暫くは考えていたようだったが、目を輝かせて続きを待つ大河に諦めたように口を開いた。

「なんで俺に？」

「学院生に紛れても問題ないやつ……って事でお前にも話が来た。侯爵は国境を守る為に普段領地を離れる訳にいかないが戴冠式には来ていてな」

確かに戴冠式は行ったが、人目につかないよう認識阻害のフードを被って端の方で大人しくしていた記憶しかない。

「戴冠式、魔法具使ってたし誰とも会ってねぇけど」

「その時に俺の弟子だと教えたんだよ。息子二人が王宮で働いてるんでお前の事は知っていたらしいが」

一人はギルバートだと言われて、そう言えば騎士団長のフルネームがギルバート・オルドリッチだった事を思い出した。ウィルバーとは従兄弟だと言っていたのを考えれば、なんとなく依頼の流れが見えてくる。

その連絡のつかない娘は、ギルの年の離れた妹という事なのだろう。

既に従者や他の冒険者が帝国に行って確認したが、未だに連絡がつかないそうだ。学院内は寮制で敷地内には生徒しか入る事が出来ず、生徒の意思で連絡を取らないと家族にも近況が分からない。

「だがなぁ……」

「なんか問題でもあるのか？」

「その学院の場所ってのが、ガレイア帝国なんだよ」

ウィルバーは溜息混じりに言って、セストが淹れてくれたお茶を呷った。

講師を自宅に呼ぶのが普通であるエスカーナには学校がない。講師を呼べない庶民は勉強する機会が無いのが現状だ。

地図を使ってセストに教えてもらい聞き覚えだけはあるが、帝国という言葉にピンとこない大河は首を傾げた。

「帝国だとダメなのか？」

「すぐに解決すりゃいいが、それまでは通わなきゃならねぇ。近くならまだしも帝国は遠いぞ……、しかもあいつは今ここを離れられねぇ、となるとまあ、無理だろ？」

ウィルバーの指す「あいつ」はもちろん、今も上で籠って研究しているシェイドの事だ。

よく籠っているとはいえ時折宮廷に赴いては騎士を鍛えており、騎士団の手に負えない魔物が出た時には手を貸している。そして彼がここにいるというだけで他国への抑止力となっているらしい。

いつまで、と明確に決めてはいないが、数ヶ月程度で国が安定する訳もなく。解放を齎した陛下との約束はシェイドといえど違える訳にはいかないだろう。

「俺一人で行けばいいんじゃねぇの？」

きょとんと首を傾げたまま言う大河に、ウィルバーですら困惑する。

二人の関係は周知の事実で、共にいたいと考えるのが普通だと思っていたからだ。認めたくない気持ちはあるが、ウィルバーとて二人が別れた方が良いとは思っていない。

無垢な子供のような表情に、どう説明してやるべきかと考えたが、結局二人の問題かと何か言うのを諦める。

「……なんとなく、あいつも苦労してんだなって事ぁ分かった」

ウィルバーは複雑な心境を表すように頭を乱暴に掻くと、あとは二人で話し合えと言い残して帰っていった。

二人も優秀な人材を国にとられたウィルバーは、ルーファスと同じく多忙なのだ。

湯上がりの状態で珍しくリビングでのんびりしていたシェイドに今日の事を話すと、それまでの緩々としていた空気が一変した。

予想していたのか、セストは場を濁すようにお茶を淹れ始める。

「ダメだ」

有無を言わせない声色に、それを受けた大河がムッと眉を寄せた。

「なんでだよ!?」

「ガレイア帝国まで往復で何日かかると思っている。しかも期間は未定だと……?」

「遠いのは分かってっけど、そう長い期間でもねぇだろ」

不機嫌そうに言い返す大河は何故止められるのかが分かっていない。恋愛における心の機微などに疎い大河は、今や心配事もなくなり平穏に暮らしているのだから、少し離れるくらい何の支障があるのかと本気で思っていた。

「陛下との約束の為、当分俺は此処にいなくてはならない」

「だから、俺一人で行ってくるって言ってんだろ」

「それはダメだ」

「なんでだよ!?」

ふいっと顔を逸(そ)らすシェイドは、明確な理由を述べない。それが大河の癇(かん)に障って、余計に機嫌を損ねている。

「心中お察しします」

「セストさん!?」

こたつの上にお茶を置くセストはシェイドに対して同情的だ。

大河は訳が分からず、慌てたように顔を上げた。

それを笑って受け流し、セストはどうぞとお茶を渡す。

「何故止めるのかすら分からないのか?」

「分かんねぇよ……」

口を尖(とが)らせたまま礼を言ってお茶を受け取っていると、シェイドは大袈裟(おおげさ)な溜息を吐いた。

「セストさん、お洗濯物片付けてきました〜」

「ああ、マイリーお茶いりますか?」

「わぁい、ありがとうございます!」

張り詰めた空気を吹き飛ばすように入ってきた彼女にセストはホッとした様子でお茶を勧める。

最近になって多少使用人としての態度を崩せるようになってきた彼女だが、やはりシェイドの前では緊張するのか正座でちょこんとこたつの端に座った。

それでもセストよりは柔軟だ。

「……どうかしたんですか?」

「今日の、ウィルバーさんのお話をされたんですよ」

「なるほど……」

顔を逸らした二人の様子に異変を感じたのか、マイリーは小声でセストに聞いて、ああ、と察したように苦笑いした。

「ダメって言われたんですね」

「そうだよ、仕事に行くだけだってのに」

「うーん、タイガ様、離れて本当に平気なんですか？」

　不機嫌そうに黙っている姿に視線をやった彼女は困った顔で頬をかく。探るように言った言葉に、大河は首を傾げた。

「いや、別にずっと会わねぇって訳でもないし」

「……心中お察しします」

　シェイドに向かって放たれた本日二度目のセリフに、大河は目を白黒させて同じ事を言う二人を見た。

「なんって、ダメなんだよ！」

　ドォンと音を立て、イノシシに似た魔獣が倒れる。八つ当たりかのように渾身(こんしん)の力で踵落(かかとお)としされた魔獣に、テオとエドリクが同情的な目を向けた。隣で別の魔獣を狩っていた彼等も残りを片付けると、慣れた動作で剣の血を拭(ぬぐ)うと鞘(さや)に納める。

　依頼で訪れた農地の人々が、倒れた魔獣にわぁっと歓声を上げていた。一応認識阻害のフードと口当てをしているが、中心街から離れた東門の外の農地には大河の顔を知る人間はいなそうだ。

　この辺りにはあまり魔獣が出ないとはいえ、それでも時折出没する事がある。兵士が討伐に来る事もあるが、急ぎであったり肉や素材が欲しい場合にはギルドに頼む人がいて、今回はそんな依頼だった。

　作物ばかりか人間も襲うイノシシみたいな魔獣は、大きな牙(きば)と革は素材として使われ、肉は人の糧にな る。

「まぁ、そんなカリカリすんなって」

「なんだい？　これじゃ足りなかったかい？」

　報酬の受け取りはギルド経由である場合とそうでない場合がある。依頼主からエドリクが直接報酬を受け取りながら大河に声を掛けると、依頼主の女性が首を傾げた。

「やっ、そうじゃねぇ……です」

「そうそう、気にしないでおばちゃん！　こいつ旦(だん)

那と喧嘩してるだけだから！」

勘違いされた事に怒りを収めて謝ろうとすると、テオが調子のいい振る舞いで大河の背中を叩いた。

「あらあら〜そうなの？」

「テオ！」

女性は一瞬だけ驚いた顔をしたが、声をワントーンあげて楽しげに大河を見る。男同士の婚姻が許されている国とはいえ、珍しい事には変わりない。旦那と言われた事に赤くなって慌てて止めようとするが、当の本人は全く気にした様子がなく目の前の女性とお喋りを続けている。

「依頼で遠出するのを反対されてるらしくてさー」

「あらま、束縛系の旦那なのねぇ」

「……まだ旦那じゃねぇ」

口を尖らせて呟いた大河のセリフは聞こえてないように流された。まだ、と付けている時点で大して否定になっていない事には気付いていない。

エドリクが口に手を当て考えるような仕草をした。


「まぁ、旦那の気持ちが分からなくもないんだよな……何ヶ月帰れないか分からない依頼とか」

「しかもガレイア帝国ってなぁ」

「確かにそれは遠いわね。それに帝国なんて、面白そうだけど……ちょっと怖いわ」

大河を余所に三人は井戸端会議に花を咲かせている。

「数年前にグレイルテアを攻めてからは大人しくしてるけど、元々好戦的な国だしな」

「もし新妻がいて一人で行くなんて言ったら俺も止めるわ」

「うちも旦那が行くって言ったら止めるわねぇ」

徐々に分が悪くなってきたせいか反論する気も失せて口を噤んだ。

「……そういうもん？」

不貞腐れた表情の大河は、恋愛事に経験値がなさ過ぎていまいち納得しきれない。だがここまで全員に否定された事を思うと、流石に自分がおかしいような気がしてきた。

ただ、指名とはいえこの依頼が見ず知らずの他人の為であれば遠さを理由に断る事も考えるが、他でもないギルの妹の為ならばと思うと……そう思いを巡らせて溜息を吐いた。

大河とてシェイドと離れたいと思っている訳ではないのだから。


「タイガという名前だった筈なんだが」

「すみません、今はこちらにいなくて……伝言をお伝えしておきましょうか？」

「いや……」

依頼の後ギルドに顔を出そうと扉を開けた瞬間、聞こえてきた声の主を探して受付の方に視線をやった。自分の名前が聞こえたからだ。

「じいちゃん？」

「おお！　お前さん、良かった。また会えんかと思ったよ」

声を掛けると驚いた顔が振り返り、その後破顔した。白髪を三つ編みにした見覚えのある男性は、いつかの依頼で会った魔法陣を扱う店のじいさんだ。その口振りから何度も訪ねて来ていた事が分かる。

彼の朗らかな表情に、大河は戸惑った顔を向けた。

大河が魔物化したところは、多くの人間が目にしている。

今までギルドで働いていた事もあり、顔見知りから魔物化したのがどこの誰というところまで噂が広がっていた。国王陛下が危険は無いと公言してくれたが、恐ろしいという感情は拭えないだろう。だからこそ、大河は街の中で人の目に触れないよう気をつけている。

「……じいちゃん、俺の事聞いてねぇの？」

そう問いかける大河に、老人は一瞬だけ驚いた顔をした。

「わしはお前さんが優しい男だと知っている。それだけで十分じゃないか」

　妻と心配していたんだと言う彼の目に優しさが滲(にじ)んでいて、込み上げた感情で大河は言葉に詰まる。感謝とか嬉(うれ)しさとか、そんな感情に促されるまま笑顔を向けると、彼はしわくちゃの手で大河の背中を優しく叩いた。

「話があるんだが……」

　人目のないところで話したいと言う彼のために、ウィルバーに許可を取って応接室のような所を借りた。普段貴族が依頼に来た時などに使われる場所だ。

「国の内情が変わって、商人の行き来も随分増えただろう？」

「ああ、支配されていた国の商人達が交易を再開したって話は聞いたな」

「大陸の方からの客は元々少なかったんだが、ここ数年見ていなかった。どうも半島のいざこざを避けておったそうだ」

「そうなのか……？」

　唐突な彼の話の意図が読めず、大河は首を傾(かし)げる。

　搾取され暴動の絶えなかった諸国は、決して解放と同時に安定した訳ではない。だが、新国王が解放の立役者になった事が功を奏し、徐々にだが交易が活気付いていた。以前は殆(ほとん)ど見なかった他国の商人や旅行客を時折街で見かける。

「最近になって大陸からもちらほらと商人が来るようになってな。こちらの魔法陣の質の良さに驚いておった。うちの店の展示方法にも感心しとったよ」

「へぇ、商売繁盛してんだな。良かったじゃねぇか」

「お前さんのお陰で稼げるわい」

　くしゃっと相好を崩す老人に、ただ近況報告したかっただけなのかと微笑(ほほえ)ましい気持ちになった。依頼で彼の店を手伝ったのは随分前の事のように思えるが、現状維持出来ているらしい。

「……それで本題なんだが、客の一人に人への隷属魔法陣について聞いた事があるという者がいてな」

「……！」

「噂程度ではあるが、ガレイア帝国の魔法師にそれを研究しておった者がおるらしい」

突然の衝撃に、大河は息を呑んで身をこわばらせた。

命令する存在がいなくなったとはいえ、シェイドの背中には変わらず忌々しい痕跡が残っている。それを消す為に今も研究をしているであろう彼を思うと胸が痛む。

大河も情報を集めようと頑張ってはいたのだが、全く掴めずに完全に行き詰まっていたところだった。国王陛下ですら掴めないと言っていた情報を持ってきた彼に驚愕を隠せない。やはり同業者の情報網というのは侮れないものがある。

「正直、嘘か本当かも分からないような情報だ。客から聞いたのは、その魔法師に隷属の魔法陣を描いてもらった者がいたらしいという噂だけだ。その客も眉唾だと話しておった」

「……でも、帝国にその魔法師がいる可能性はあるんだよな」

「名前すら分からんから探しようがないかもしれん……だが、伝えておいた方がいいかと思っての」

「ああ……ありがとな、じいちゃん……」

帝国の人間がわざわざこの国に来て魔法陣を描いたとは考え難いが、何か情報が得られるかもしれないという期待感が決意に変わるのにそう時間は掛からなかった。


家に帰った後、大河は装備を脱ぐ事もなく部屋に籠ったシェイドの元へ行った。机に向かっていた彼は、ノックも無く入ってきた大河を振り返る。

「やっぱり、行く事にした。お前がダメって言っても、もう変えねぇ」

揺るぎない目でそう宣言する大河を、シェイドは感情のない顔で見ている。

「まずは装備を外したらどうだ」

「聞いてくれ、俺は……」

そこまで言って、大河は口を閉ざした。

隷属の魔法陣の情報は眉唾と言われるくらい不確かだ。期待させた上に落胆させたくはない。どうすれば……と迷い視線を彷徨わせ、最後には言うのをやめた。

「……ギルには助けてもらった事がある。だから、力になりたいんだ」

シェイドも知る理由を口にして、もうひとつは腹に押し込める。

常にない様子の大河をシェイドは探るように見ていた。

「どうしても行くのか」

「ああ」

「……そうか」

目を伏せると、諦めたように溜息を吐く。

「好きにするといい」

静かな声でそう言った彼は再び机に向かい、大河が部屋を去るまで振り返りもしなかった。

遠くの空に雨雲が見え、慌てて庭に干した洗濯物を取り込んだ。

セストとマイリーは買い出しに行ってくれているので、今は大河一人だ。二階に籠ったままのシェイドはいるが。あれ以来シェイドとは口をきかないままではいかなくとも、どこか距離を感じている。

「……っ!?」

シーツや服を籠に詰め込み、振り返ると黒い影が二つ並んでいた。流石の大河も肩が跳ね上がる。

忍者かな、と思ってしまうようなポーズで膝をつくのは、いつかの黒装束二人だ。

「……」

「……？　えっと……？」

これ見よがしに姿を現したにも拘わらず、無言のままの彼等に大河から戸惑った声が出る。

小さい方の黒装束が隣の仲間と大河を見比べるように首を動かして、溜息を吐いてから頭を垂れた。

「先日の事は誠に申し訳ありません。謝って済むとは思いませんが……」

「先日？」

「貴方を騙し捕らえた時の事です」

「……ああ、命令に従っただけだろ？　気にすんな」

そう言って大河は二人に笑いかける。わざわざ謝られるまで、すっかり忘れていたくらいだ。

全身を黒で覆われているため容姿も分からないが、以前予想していた通り小さい方は女性の声だ。

「此度は陛下の命を受け、道中の護衛をさせて頂く事になりました為、ご挨拶を」

「護衛？」

「オルドリッチ卿の依頼で帝国に行かれる間、我らもご一緒いたします」

「いや、どちらかといえば、仕事的に護衛する側なんだけど……」

護衛も仕事のうちなので、自分が守られる対象にされるなど違和感しかない。国王陛下の計らいにどう断ったらいいものかと困惑を浮かべた。

「あちらでは連絡役という役割もあります故」

断ろうとする気配を察したのか、それを阻むように黒衣の女性が先手を取った。そう言われてしまうと了承以外の選択を失って、よろしくと言うしかない。

「我らは寮内には入れません。上手くいけば兄だけは学院の使用人として紛れるつもりでおります。私は帝都内に潜んで、連絡役を務めます」

女性が説明する間もその後も、何も言わない男に視線をやると、横にいる彼女もそちらに顔を向ける。

「兄様……」

「……よろしく」

「すみません、兄は人見知りが過ぎる上、言葉を忘れるほど無口なんです……」

人見知り。

そういや牢獄で話した時も片言だった、と過去のやり取りを思い出す。

それにしても、二人は兄妹だったらしい。あの時の息の合った動きにも納得だが、どうにも妹の方がしっかりしていそうだ。

「あの時は、ありがとな」

「あの時……発情の……？」

「は……っ……じゃねぇよ!!　祝祭の時！　見逃してくれたんだろ」

礼を言いたかっただけなのに、忘れたい過去まで思い出して大河の声が上擦る。何事か分からない妹は小首を傾げた。

「ああ、それは……」

「……」

何か言いかけてそのまま黙った男に、それはなんだ!?　と視線を向けたが一向に続きを言わない。すみません、と再び申し訳なさそうにする妹を見て、置物のように黙ったままの男を問いただすのは諦めた。

とりあえず、おかしな旅の仲間が増えたらしい。


「彼等に会ったか」

「護衛なんて必要なのか？」

「まあ、そう言うな。最近は魔物が増えている。それに、私も君らに何か返したいのだ」

今回の件でシェイドは機嫌が悪いしな、とルーファスはわざとらしく溜息を吐いた。

最近ルーファスは大河達の家でサボる事を覚えたらしい。夕飯時を狙いすましてこっそりと抜け出し、ギルが迎えにくるまでダラダラとしている。

陽斗と繭は誘惑に負けて彼が抜け出すのを止めずについてくるのが習慣のようになっていた。

彼の目の隈が酷いのを見れば、多少気を抜くくらいいいのではと大河は好きにさせている。

「それに、私が言い出したのではなく、彼等が自ら志願したのだ」

「自分から？　なんでだ？」

「さてね、別の目的でもあるのじゃないか？」

含みのある言い方が引っかかって、じとりと瞼を落としてルーファスを見つめるが、ふふと笑って曖昧に誤魔化すだけだ。

マイリーが出した酒とつまみを満喫しながら、コタツでまったりしている彼はとても王様には見えない。

「……まあ、信用は置けると判断した」

「俺はたまにお前を信用していいのか不安になるぜ」

「ひどいな。これほど君に真心を向けているのに」

「そういうとこだよ」

常にニコニコと笑うルーファスは真意が掴めない。国のトップとしては必要な事なのかもしれないが。

「本当なのになぁ。私はこんなに君の事が好きなのに」

笑顔を向けて言うルーファスのそれが友人に対するものだと分かってはいるが、臆面もない言葉にたじろいでしまう。友人だとは思っているが彼の言葉の間には、君の「料理」や「家」など別の言葉が入りそうだ。

「ちょっとやめてよね、あんたまで好きとか」

近くで聞いていた繭が、何を勘違いしたのか嫌そうにしかめ面を作った。

流石に懲りた彼女はもう邪魔立てする気は無いものの、未だにシェイドと大河の関係を許容しきれていない。なぜヤンキーの、しかも男に自分が負けるのかという気持ちがあるのだろう。

ルーファスは渋面の繭に視線を向けて、意地悪い笑みを作ってみせる。

「知らなかったか？　この世界では鋭い目の美人がモテるのだ」

「何それ……みんなマゾなの？」

「マゾが何かは知らんが、こういう目は泣かせたくなる」

突如齎された情報に繭は固まり、横で聞いていたが理解していない大河はへぇと気のない声を出した。

「え、本当に……？」

それなら自分はこの世界では全くモテないではないかと、ショックで頬を引き攣らせる彼女を余所にルーファスは愉快げに頬杖をついた。

「まあ嘘だが」

お茶を飲みながらのんびりとした調子で言う彼に微塵も悪びれた様子はない。

「好みなど人それぞれだろう」

「……ホンッット嫌な奴！」

一部始終を見ていた大河は、いいように揶揄われる繭がちょっと可哀想に思えてくる。

「一応聞きますが、好きな子を虐めたくなる心理じゃないですよね？」

会話を聞くだけだった陽斗が、恐る恐るルーファスに問いかけた。彼女が王妃になると自分達が苦労しそうだからだ。今や騎士を目指す彼は、こんな状況でも臣下としての態度を崩さなくなった。

「失敬だな。ハルトはオモチャに欲情するのか？」

「……貴方が一番失敬ですよ」

そこまで見て、この三人のやり取りはお互い気を許しているからか、と思い直す。

段々と微笑ましいような気がしてきて、大河はプリプリ怒っている彼女に夕食のリクエストを聞いた。

それだけでケロッと好転する機嫌が何よりの証拠だろう。

「仲良いよな、お前ら」

「どこがよ!?」

荒々しい声を大河に向けた繭に、給仕に徹していたマイリーがこめかみを引き攣らせる。

「君らも仲良くするといい。これから当分一緒なのだから」

「一緒って？」

「言ってなかったか？　君の依頼に二人も同行する」

「聞いてねぇけど……」

「そうだったか？」

惚けた表情のままルーファスは、それはすまなかったと謝った。

「オルドリッチの娘の事は、当初この二人に対応してもらうつもりだったのだ。学院に入るのは彼等にとっても利点があるからな。だが、ウィルバーから延々と弟子自慢をされた侯爵が是非とも君にと言ってね」

「師匠……」

何を言ったんだ、と恥ずかしさに汗が垂れる。依頼の話をした時に、そんな事は言っていなかった。

「私もギルも正直この二人では心配だったものだから、君に依頼する形となった。厄介事に巻き込んで悪いとは思っているんだ」

「いや、俺が決めた事だから」

シェイドと言い合いになった事を言っているのだろう、すまなそうにするルーファスに対して安心させるように笑ってみせる。本当はあれからシェイドとはあまり話せていない。自分が悪いのだから仕方がないとは思うが、こんな時どうしたらいいのか分からない。

「学院には魔法科と騎士科があるんだって、俺は騎士科に入る予定なんだ」

「そうなのか」

「うん、帝国って騎士のレベルが高いらしいから。そこで鍛えたら騎士の道も近づくんじゃないかって、団長が。大河はどうするんだ？」

陽斗は楽しみにしているのか、声が弾んでいる。お互い突然知らない世界に投げ込まれ怒涛の日々を過ごしてきた事を思うと、学校という存在に心惹かれる気持ちは分かる気がする。

魔法学院なのでどちらを選んでも魔法についてはは学ぶが、騎士科は魔法以外に剣術、魔法科は魔法以外に魔法陣について学ぶらしい。

「魔法科、かな」

「へー意外だな。大河は騎士科かと思った」

「魔法陣について、勉強してみたくて……」

ルーファスは理由を察して、シェイドのためか、と考えるように口に手を当てる。そして何事か考えるように少しの間黙ってしまった。

「あれは普通では考えられない代物だからな……あまり深く首を突っ込まない方がいい」

口に出すのも禁忌だと言われるようなものだからだろうか。ルーファスは難しい顔をしていた。

「ともかく、オルドリッチの娘も魔法科だそうだから丁度いいだろう」

「あ？　ああ。そっか」

気を取り直すように言われ、大河は若干戸惑ってしまう。

「それと、魔法科だったらマユと同じだな」

ルーファスが揶揄うように言うのは二人の仲がお世辞にも良いとは言えないからだ。大河は特に仲良くも悪くもしようとは考えていないが、一方的に繭が避けている。

ルーファスに言われて繭は嫌そうに顔を顰めたが、大河によろしくなと言われて一応は返事を返した。

そんな中、マイリーがルーファスの前に手をつき、深々と頭を下げた。

「陛下、お願いがございます」

「ん、なんだい？」

「私も、タイガ様と共に学院に入れてはいただけないでしょうか」

「マイリー？」

突然の懇願に、言葉を向けられた彼以外は驚いた表情で彼女を見た。いくらこの場所で気安い態度を取っていても本来ならば、国王陛下に一介の民が願いを申し出る事自体が不敬に当たる。彼女もそれは分かった上で、覚悟を持って頭を下げていた。

「それは、どうしてかな？」

「私……お役に立ちたいのです」

切実に訴える彼女が、どうしてそこまで必死なのか大河にも分からない。その姿には普段のマイリーからは想像もつかない真剣さが見て取れた。

「うん、いいよ」

「えっ」

軽く了承の返事をしたルーファスに、マイリーは驚いた顔を向ける。

「一人増えるくらい問題ない。学院には貴族しか入れない決まりがあるが、どの道全員に仮の身分を作る必要があるしね」

「国王陛下のお慈悲に感謝申し上げます……！」

「いや、君の心意気を応援しよう」

目を瞠ったあと、頭を擦り付けそうなほどに平身低頭する彼女を大河は戸惑った表情で見つめた。


エスカーナ国からガレイア帝国までは、獣車を使っても大凡十日ほどかかる。それでもベリクレスまで歩いた行軍よりずっと楽な道程だ。

霧がかった早朝、城門前に用意された獣車には既に陽斗と繭が乗り込んでいる。

見送りに来たシェイドは、何も言わずに大河を見つめ軽く頬に触れただけだった。

「じゃあ、行ってくるな」

「……ああ」

交わした会話はそれだけだ。

呆気ないやり取りに、周りにいた人達の方が戸惑っていた。

セストからは、よく分からないものを口にしないように、とか興味だけで突っ走らないようにと子供に言うような注意を受ける。

マイリーはセストに頼みますよと言われ、胸を叩いて了承していた。

道中は魔物に遭遇する事もなく、寒さ以外に大した問題もなく道程は平穏そのものだった。

長い時間を共にして、藺はともかく陽斗とは随分と打ち解けたと思う。黒装束の二人は、ついて来ているという話だったが、どこにいるのかは分からなかった。護衛らしいので、不自然なほど魔物に会わなかったのは彼等のお陰なのだろう。

帝都に連絡役として滞在するらしい彼等とは、基本的に手紙で連絡をとる手筈(てはず)になっている。

十四

ガレイア帝国の帝都はエスカーナ国と比ぶべくもないほど、巨大な都市だった。

圧巻としか言いようのない景色(けしき)に一行は言葉を失う。

門の近くからでは全貌(ぜんぼう)は見えないが、一段が途轍(とてつ)もなく広い階段状に配置された街が、内側へと向かって上がっていき、中心に要塞(ようさい)のような城が聳(そび)え立(た)っている。門から続く中央の大通りはなだらかな上り坂になっていた。

門衛に通過許可証を見せて街の結界に入るための魔法陣を受け取る。ついでに学院への道を聞くと、兵士は不機嫌そうに方向を指差した。

魔法学院のある階層を獣車で長らく走ると、城ほどではないものの大きな建物が視界に入った。その門扉に到着すると、またしてもその規模に息を呑むの羽目になる。校舎に寮を併設している敷地は広大で、門は帝都に接しているが、学院の背後には鬱蒼とした森が広がっていた。

学院から送られてきたのは、通過許可証だけだ。荷物教材や制服などはこちらで支給されるらしい。荷物は主に日用品だけでそれもアイテムボックスに入っているので、大河達は特に荷物を持つ事なく鉄柵の大きな門を潜った。

学院を警備する兵士が無表情のまま門扉を閉じる。ガシャンと重い音を立てて背後で閉まる扉に弥が上にも緊張感が高まった。

濃い灰色の石レンガで作られた堅牢な建物は重厚な風格がある。所々に掲げられている旗は帝国の国旗だろうか。大きな鉄の門扉と石レンガ、暗い森の印象に、一瞬お化けが出そうと思ってしまい頭を振ってその考えを打ち消した。

「こちらに」

言葉少なに案内してくれる男性は、学院の職員だろう。寮の部屋に向かう道は石畳で綺麗に舗装されていて、道の脇の庭園も手入れが行き届いている。前を歩く陽斗達は緊張した面持ちで辺りをキョロキョロと見回していた。

真ん中に大きな庭園を抱えた校舎を横切り右奥に進むと、寮の建物が見えてくる。全生徒が使うそこは随分大きい建物だ。校舎を挟んで寮の反対側には騎士の訓練場が、校舎奥には大きな講堂が建っているらしい。

その背後に広がる森には授業以外で入らないよう注意を受ける。広大過ぎるそこでは、過去に数人行方不明になった生徒がいるらしい。

簡単に説明を受けている間に、寮へと辿り着いた。当然、寮は男子棟女子棟に分かれているので、建物前で二人とは別れる。行き来に関してはそれほど厳しくないらしく、昼間であれば許可を取ってお互いどちらの棟にも入る事は可能らしい。それに食堂は共用なので、建物は中で繋(つな)がっている。

繭とマイリーと別れたあと、大河と陽斗は男子棟に足を踏み入れた。

貴族しか入学出来ないからか寮は全(すべ)て個室だ。二人はそれぞれ部屋番号を指示される。

「教材が届いている筈なので、こちらに取りに行くように」

最後に素っ気なくそう言って棟内の地図を渡すと、職員は挨拶(あいさつ)もなく去っていった。あまり歓迎されていないのかと思うような対応だ。

「俺、上手くやってけるか不安になってきた……」

「大丈夫だろ？」

職員の態度に不安感を煽(あお)られたのか、顔を引き攣らせた陽斗と共に教材のある場所へ移動する。石造りの建物だがガラス窓を使っているからか、外からの印象よりは暗くない。

廊下を歩いていくと、食堂らしき場所が見えてくる。廊下との間に大きく開口部が設けられて扉が無く、そのため廊下から食堂内がよく見えた。中にはクロスをかけられた丸テーブルが並べられていて、まばらに生徒らしき人間が座っている。寮だからか制服を着ている者、そうでない者もいるが、皆身なりがいい。

教材は食堂の近くの購買で受け取るらしかった。

「ああ、教材ね」

羽ペンや紙の束や本、カテドラル水晶などが売られているそこは、杖(つえ)なんかも置かれていて、日本の学校にあるものとは趣が違う。

名を伝えると従業員らしい年配の女性は、奥の棚から教材を出してきてくれた。先程の職員とは違い愛想が良い。

「貴方達、他国からの生徒さん？」

「ああ、はい。エスカーナ国です」

「……そう。大変だと思うけど、頑張って」

渡された教材は、数冊の本と水晶だった。その言葉に同情めいたものを感じて首を傾(かし)げる。だが女性はすぐに仕事に戻ってしまい、それ以上聞く事は出来なかった。

引っかかりを覚えたが考えても仕様がないので、教材はアイテムボックスにしまう。そして部屋に戻る前に、食堂で腹ごしらえしようという話になった。

寮の食堂にはメニューが三つほどあり、肉、魚、野菜、といった感じで分けられているらしい。肉料理を頼んでみたが、やたら派手な見た目のものが出てきた。味はエスカーナで食べたものとあまり変わりない、素朴な味付けだ。

それでも貴族の学院というだけあって、色々な食材が使われている。舌に合わないという事もなく、大河は安堵して美味しくいただいた。

「見た目に騙された……映えだけを狙った料理って感じ……」

陽斗はそう言いながら微妙な顔で食べていた。

「……だろ…………れよ」

食事を終えて部屋に帰ろうとした時、少し離れた席から刺々しい声が聞こえてきた。視線を向けると言い争っているような二人の男女が見える。

「お前なんかが幼馴染というだけで、俺がどれだけ恥をかかされているか」

「……」

よく聞いてみれば言い争いではなく、男子生徒が一方的に女子生徒を責め立てているようだった。

「あいつも、お前のせいでかわいそうにな」

「……」

「黙ってないで、謝ったらどうだ！」

「……す、すみま、せん」

どちらも制服を着ているので、学院の生徒だろう。男子生徒は横柄な態度で座ったまま女子生徒を睨み、彼女は立ったまま顔を伏せている。周りの生徒は気付いていないかのように振る舞っている。

「お前は人を見下ろして謝るのか……？」

「……！　あ……」

跳ねるように顔を上げた少女が、震える手を押さえて膝をつこうとした。

「事情は知らねぇが、それくらいにしといたらどうだ？」

床に手をつこうとしていた彼女の腕を掴まえて立たせると、大河は呆れた視線を男子生徒に向ける。

「誰だ、お前は」

「今日から編入してきた。よろしくな」

「編入……」

目の前の彼は、立ち上がり睨むように目を眇めて大河の全身を見た。

「お前、帝国の人間じゃないだろ」

「あ？　ああ、そうだけど？」

忌々しげな声に、なんか問題があるのか？　と首を傾げてみせる。この学院は貴族であれば帝国の人間でなくても入れる規約になっていた筈だ。貴族ではないので正確には違反しているが。

明るいブラウンの髪を几帳面に整えた男子生徒は髪を触りながら、嘲るようにこちらを見た。

「下民が偉そうな口をきくな」

「はぁ？」

彼の言っている意味が分からない。周りはそんな二人に視線を向けてこそこそと話しているが、どうも彼ではなく大河に対して眉を顰めているようだ。

またしても別の世界に迷い込んだような感覚に、困惑しつつ頭を掻いた。

「編入したばかりだと言ったな。今膝をついて謝れば許してやらなくもない」

「……んで、テメェに謝らなきゃなんねぇんだ」

あまりの言いように、大河が持ち前の鋭い眼光で威嚇する。至近距離で睨まれた男がひくりと肩を揺らしたが、怒りの方が勝ったらしく、殴りかかろうと手を挙げた。

彼の手が届くよりも先に、大河は軽く足払いして転ばせる。長いテーブルクロスで足元が見えにくく、周りからは自分で転んだように見えただろう。

「一人熱くなってこけてんじゃねぇよ、大丈夫か？」

「き、貴様……!!」

しゃがんで頭を掴むと、宥めるようにポンポンと頭を叩いてやった。恥をかかされた男は、顔を真っ赤にして大河を睨みつけているが、否定して転がされたと言うのも恥の上塗りだろう。

必ず後悔するぞ、と言い残して去っていく彼には負け犬の遠吠えという言葉がふさわしい。

「あの、……あ、あり、がとうございました……」

絡まれていた女子生徒は怯えたような視線を大河に向けた。薄茶色のストレートの髪が、彼女の心情を表すように揺れる。

女子生徒は小さい声でお礼を言うと、逃げるように食堂を後にした。

「はぁ……大河、お前初日から……、そういや召喚された時も……あー俺、ほんとやっていけるか不安になってきた」

後ろで顛末を見ていた陽斗が、とうとう両手で顔を覆って嘆くように天を仰いだ。


ガレイア魔法学院は、何年制という縛りがない。成人前であれば歳も季節も問わず何時でも入学出来るが、卒業するには一年以上の在籍と卒業検定試験をクリアしなくてはならない。

一年で学院から出るものは少なく、三年、四年、長い者であれば十年など様々だ。それは生徒に合わせるといった授業ではなく、騎士や魔法師達が研鑽した技術や研究成果を知識として与えるのが目的だからという事情も大きい。同じ事を何度もやってくれる講師もいれば、数年おきにしか同じ授業をしない講師もいる。生徒が自分の必要な知識を取捨選択しなくてはいけない。

学院の授業は十日に一度休日が設けられているが、それ以外は朝から夕方まで校舎で授業を受けなくてはいけない。出欠を取られる訳でもない上にペナルティもなく、一応規則として校則に書き記されているだけだが。学院に来て学ばない事に利点は無いので、自己責任という事だろう。

　授業を受けるためには、前日に受けたい授業に名前の札を提出して当日自分の名が書かれた授業に参加する。定員を超えたら別の授業に割り当てられる事もある。

　大河達は入ったばかりなので基礎科目を受ける事になっていた。教材もそのためのものだ。当分は陽斗とマイリーも同じ授業が多いが、基礎が終われば分かれる事が増える。

　何故ならマイリーは陽斗と同じく騎士科を選択している。強くなりたいんです！　と鼻息荒く言う彼女がどこに向かっているのか、大河は少し心配だ。

「それで、女子寮の方に聞いてみたんですが、最近フェミリアさんを見た方はいなくて」

「……みんな協力的じゃないのよね」

　目的であるオルドリッチ侯爵の娘、フェミリア・オルドリッチの事を皆で探っているが、特に有力な情報がない。繭とマイリーが初日に彼女の寮の部屋に行ったが、ノックに何の反応もなく、何時間も近くで待ったが誰の出入りも無かったという。

　隣室含め周りの人間に彼女の事を聞いてもなしのつぶてで、唯一噂好きの女子生徒から聞けたのが、ダリクスという騎士科の男子生徒を誘惑し、フラれた為に授業に来なくなったというものだった。

「なんか、この学校おかしくない？」

　真新しい制服に身を包んだ繭は、楚々とした装いに似合わず両手で頬杖をつき顰め面を作った。

　立て襟シャツに長いジャケットを合わせたベージュの制服は、襟元に生徒の出身国特有の刺繍が施されている。エスカーナは翼の刺繍だ。魔法科、騎士科共に似たような制服だが、魔法科は黒いローブを、騎士科は左肩に掛けるような白いマントで見分けられる。そして騎士科の生徒は腰に剣を佩いていた。

魔法科の女性はドレスのような足首まで隠れるスカートだが、騎士科の女性はパンツ姿だ。こちらの世界では珍しく、騎士科に女性が少ない理由でもあるだろう。

「おかしい？」

「生徒の格差みたいなの」

「ああ」

首を傾げていた陽斗だったが、繭の返事に頷いて教室内を見渡した。

「スクールカーストかなって思ったけど、ちょっと違う感じするね」

半数近い生徒がまるでクイーンかキングのように振る舞い、それ以外は常に小さくなって過ごしている。編入して間もないが、違和感を抱かずにはいられない。そして、周りの態度から察するに自分達も「それ以外」に割り当てられているらしい。

カンカン、と教卓から音がして、生徒が姿勢を正す。いつの間にか本と教鞭を持った男性が立っていた。

「今日は基礎魔法の担当がいないので、私が代わりだ」

「オロン教授が……？」

「教授が基礎なんて、珍しい……」

基礎魔法の授業は基礎というだけあって、普段は教授ではなくある程度の資格を持った講師が務めている。

だが立っているのはいつものふくよかな女性教員ではなく、魔法師らしいローブを纏った男性だ。茶と金の中間、ダークブロンドの髪を肩まで伸ばした男性は、四十代くらいだろうか。細い目が弧を描いていて、相手に柔和な印象を与えるが、口調は厳しいものだ。彼を見た生徒達が、驚いた顔でこそこそと話していた。

教員には普段騎士や魔法師として外で仕事をし、時折教えに来る者と、学院に籍を置いて研究と教職をメインにしている者とがいる。学院において、より尊敬を向けられるのは後者である教授だ。

基礎魔法を教授が教える事は珍しく、教卓の前に立つ彼が少し面倒そうなのもその為だろう。

「では光魔法についての講義を行う」

特に挨拶もなく始まるのは常なので、皆慣れたものだ。

光魔法で出来る事や発動のイメージの説明のあと、実践が行われる。魔法について造詣(ぞうけい)の深い教授の説明は分かりやすく、皆真剣に聞いていた。

教授が蝶(ちょう)の形の光魔法を教室内にいくつか飛ばすと、生徒から歓声が上がる。

その後、生徒は教材にある水晶を使って実践してみせる事になった。生活魔法なので、誰にとっても簡単な事だ。

「君は、やらないのか?」

「……えっと」

「彼、水晶を忘れたみたいで」

すっかり失念していたが、大河は光魔法が使えない。困った顔になった大河を陽斗が慌ててフォローした。

「私のを使うといい」

「教授、あの、質問が……!」

「なんだね」

マイリーが教授を呼び意識を持って行っている隙に、陽斗は大河の前に置かれた水晶を光らせる。再び視線を戻した教授は光る水晶を見て、ふむと頷くと授業の続きを始めた。

二人がフォローしてくれたお陰で、なんとか難を逃れる事が出来たらしい。

「オロン教授！　あの光魔法はどうやったんですか?」

「……今日は基礎授業だが、普段の私の講義ならそういった事も教えるから、そちらに参加しなさい」

授業が終わると、教授は生徒に囲まれた。人気のある人らしい。

「ああ、君」

「あ？　俺？」

「そうだ、少しいいかい？」

　教室を出ようと彼等の近くを横切ると、大河だけが呼び止められる。今日の授業は終わりなので、陽斗達には先に帰ってくれと声を掛けた。

　教授は周りの生徒を帰らせると、大河の顔を覗(のぞ)き込む。授業中よりも柔らかい雰囲気を纏(まと)っていて、緩く微笑(ほほえ)んでいた。

「なんだ……ですか？」

「君は、魔法が使えないのか？　それとも光魔法限定かな？」

　突然言い当てられて肩が揺れた。誤魔化(ごまか)せたと思っていたが、そうではなかったらしい。

「突然変異か何かか……？」

　大河の反応を肯定と捉(とら)えたのか、目の前の彼は口元に手を当てて何やら考えている。大河を検分するように全身に視線を向けた。

　暫(しばら)くして顔を上げると教授はにこりと微笑む。

「何か困ったら、私のところに来なさい。力になってあげよう」

「？　……はい」

　生徒からオロンと呼ばれていた教授は、それだけ言うと大河の横を通り過ぎた。追及されると思っていたせいか、拍子抜けのような気分でその姿を見送る。

「大丈夫ですか？　タイガ様」

　近くにいたらしいマイリーが駆け寄ってくる。

「ああ、帰ってなかったのか。心配すんな、何かあれば力になるって言われただけだ」

「いい先生、なのですかね？」

「じゃ、ねぇの？」

　この学院に来てから初めて親切な声を掛けてくれた先生だ。あまり深く考えるのはやめて、大河はマイリーと寮に戻る事にした。

寮の食事というのは、帝国の文化に沿っている。

エスカーナ国ではあまり見ないような派手な見た目の料理ばかりだ。食堂でそれらを食べながら、向かいに座ったマイリーが悲しげな顔でフォークを咥えた。

「私の舌はもうタイガ様でないと満足出来なくなってます……」

「変な言い方すんな、マイリー」

「こっちでは大河の料理が食べられるかなって、ちょっと期待してたんだけどなぁ」

一緒に食べている陽斗も残念そうだ。繭はマイリーの隣で無言で黙々と食べている。

「寮の部屋にある簡易キッチンで、お菓子とか簡単なものくらいなら作れると思うぜ」

貴族しかいない学院だからか、寮の部屋にはお茶を淹れられる程度の簡易キッチンが備わっている。オーブンは無いが火と水が使えるので、材料さえ手に入ればパンケーキやプリンくらいなら出来そうだ。

「大河ってお菓子まで作れんの？」

何その女子力……と言って陽斗は目を丸くしている。

そういえば、いつも夕飯頃に抜け出してくるルーファスに合わせて夕食や酒とつまみを出していたので、甘いものは食べさせていなかった。

「タイガ様のお菓子……！」

「ちょっと待って、あんた、スイーツ作れるの!?」

目を輝かせたマイリーの横で、繭がテーブルに手をついて立ち上がり大河に詰め寄った。

ここが食堂だと忘れるほど、鼻息荒く興奮している。

「なんだよ、食べたくないのか？」

「食べたいに決まってるでしょ!!」

「ちょっと、なんて言いようですか。作って欲しいならお願いしますと言うのが礼儀でしょう！」

「お願いしますっ!!!」

「繭ちゃん……」

スイーツを前にプライドなんて些細なものは存在しないらしい。その様子に思わず大河は吹き出してしまう。

「な、なによ……」

「いや、俺お前のそういう自分に素直なとこ嫌いじゃねぇなって」

緩く握った手を口元にあてて肩を揺らす大河に、繭は力が抜けたように椅子に座ってほんのり頬を染めた。

「うるさいぞ下民共。静かにしろ」

背後から聞こえた苛立ちの乗った声が、大河の眉をピクリと上げる。

「……うるさくして悪かったよ」

騒いだのは事実なので、振り返り素直に謝る。目が合った男は初日に会った男子生徒だった。

「貴様……。フン、やはり貴様のような下民の周りには、同程度の礼儀知らずしかいないようだ」

「ダリクス様、そのような者相手にしなくても」

「そうですよ、それより食事を済ませましょう」

「そうだな」

こちらを見て嘲笑う取り巻きに満足したのか、ダリクスと呼ばれた男は興味を失ったように去っていった。

「なんなのあれ……!?」

先程の反省からか繭は小声で叫んでいる。

「悪ぃ」

「あんなのに関わっても時間の無駄だって」

大河は振り返り謝った。馬鹿にされ思わず立ち上がりそうになった肩を陽斗が掴み押さえていたのだ。笑って肩を叩く彼を見て、大河は喧嘩っ早い自分を反省した。

「魔法陣というものは、魔力を込めて順序を間違える事なく正確に図形を描く技術が必要だ。魔法を使う時のように発動のイメージを思い浮かべる事で、より良い結果が生み出されると言われている。無数の図形の組み合わせで出来ており、歴代の魔法師達が図形の持つ特性、組み合わせで起こる反応を調べる事で長い年月をかけて開発されてきた」

食後の授業のためか、教室全体に微睡(まどろ)みの空気が漂っている。

教卓では赤い髪を揺らして、女性の教授が魔法陣について講義していた。淡々と授業を進めている彼女はメイベルト教授というらしい。学院に現在魔法師として在籍する三人の教授のうちの一人だそうだ。

年齢は二十代半ばだろうか、ゴージャスなウェーブの長い赤髪を高い位置で結っていて、切れ長の目が勝ち気な印象を作っていた。

外部から不定期に来る教員と違い、教授達の授業は人気がある。とはいえ、この時間に魔法陣の授業は眠いと避ける生徒がいるのか、教室内にそれほど人は多くない。

「インクは必ずしも必要ではない。だが、魔力だけで描いたものは、込められた魔力がなくなると消えると覚えておきなさい」

こちらの世界でインクは通常、鉱物を砕き水で溶き魔力で定着しやすくしたものを指す。元いた世界のように、油性水性などという概念が存在せず、どんな素材にも問題なく書けるのがこちらのインクの特性だ。

大河は真剣にメモを取りながら、話に聞き入っている。隣に座った繭が虚(うつ)ろな目でミミズがのたくったような文字を書いていた。

「眠そうな君達の為(ため)に、実践を行うとしよう」

教卓の前から室内を眺めた教授が、トントンと前列の机を教鞭で軽く叩いて視線を集めた。その音で起きなかった前列の生徒はまだ船を漕(こ)いでいる。

教授は教鞭を使って彼の机にサラサラと淀(よど)みなく簡易な魔法陣を描いていく。インクを使わないそれは光の線で描かれているようだった。

最後に、タンと机を叩くと魔法陣からブワッと風がおこる。寝ていた生徒が風に起こされ、後ろに倒れそうなほどの勢いで頭を上げる。そして突然の事に驚いた顔で目を瞬いていた。

「このように」

魔力を使いきり消える魔法陣を指して教授が述べると、教室内からは拍手が巻き起こった。

沸いた教室を「静かに」と厳しい声で黙らせると、彼女は何事も無かったように授業を続ける。それだけで厳格な性格であろう事が察せられた。魔法陣を短時間で描き上げた事から、その実力も窺い知れる。

本来ならすぐにでも魔法師と呼ばれる教授達に隷属魔法陣について聞いてみたい。だが、情報をくれたじいさんによくよく気をつけるよう言われている。人への隷属魔法陣というのは言葉にするのも躊躇われるほどの禁忌だからだ。

なんの手掛かりもないまま時が過ぎていきそうな予感に、大河は教授の言葉をメモしながら小さく溜息を吐いた。


反省した直後に避けられない事態に出くわすなどはよくある事だ。

その度に人生とはままならないと再確認させられる。

「テメェ、またそんな事やってんのかよ」

大河の呆れ声は、自分で思っているよりも廊下によく響いた。

近くで蹲っていた気弱そうな男子生徒を立たせると、その場から離れるよう言って逃がす。授業の後移動していたら、揉めているところに出くわしたのだ。以前絡んできた際にダリクスと呼ばれていた男と取り巻き達が男子生徒を取り囲んでいた。肩がぶつかってしまった男子生徒が、髪を掴まれ謝罪を迫られていたらしい。

　数人がかりで絡みどう見ても虐めとしか思えない現場に、大河は思わず足を止めた。

「また貴様か……！　下民が。俺達に楯突いていいと思っているのか？」

「毎度、訳の分かんねぇ。分かる言葉使えよ」

「余程頭が悪いらしいな」

「お前には言われたくねぇよ……」

　その瞬間、拳が飛んできた。大河は避けずに頬で受け止める。学校のような場所では先に手を出したかどうかが後で問題になる事が多かったからだ。

　殴られた衝撃で右に傾いた体を起こす拍子に、目の前のダリクスの腹に突き刺すような一発を入れた。呻いて前屈みになった男を放置して、横から殴りかかろうとしている取り巻きを蹴り飛ばす。もう一人の男が羽交い締めにしてくると、復活したダリクスが殺意の籠った目で睨み再び殴りかかってきた。

　押さえつける男に後ろ頭で頭突きを食らわせ腕から抜け出すと、ダリクスの胸ぐらを掴んで睨みつける。

「一体、何様のつもりなんだよ、テメェは……」

　鼻が触れそうな距離で鋭く睨みつけられ、喉から息を呑む音がした。

「何をしている」

　突然、後ろから伸びてきた腕に、握りしめていた大河の拳を掴まれる。

「止めんな」

　誰だか分からない声に低く唸って振り返ると、精悍そうな男と目があった。誰かが彼を呼んだのか、周りにいた者達は助けが来たような安堵の目を彼に向けている。

　がしりと掴まれて動かない手に、大河は渋面を作った。

「騎士として暴力を見逃す訳にはいかん」

　制服を着ているという事は学生だ。にも拘わらず既に騎士気取りの彼に大河はふんと鼻を鳴らして、胸ぐらを掴んだ手を放した。それを見た男が掴んだ手を放してくれる。

「抵抗のない者を殴るなど、騎士の風上にも置けんな」

ダリクスの胸ぐらを掴んでいるところしか見ていない彼は、素行の悪い者が襲っているかのように見えたのだろう。

騎士じゃねぇけど、と声には出さずに返事しながら視線を逸らした。気勢を殺がれた為だ。

「そら、どうも」

勘違いを正そうともせず、返事にもならない言葉を返すと、大河はフラフラした様子で立つダリクス達を冷たい目で見据えた。彼は音が鳴りそうなほどに歯を噛み締めて大河を睨みつけている。

「君は自分のした事が分かっていないようだ。他国の生徒が帝国の生徒に手を出すなど」

「ただのケンカだろ」

「暴行をこのまま見逃す訳にはいかん」

騎士道だか正義感だかに突き動かされている男は、凛々しい顔つきで考えるように腕を組んだ。

「あ、あのっ、ランバート様」

「……なんだ？」

小さくか細い声が聞こえて、騎士然とした男は眉を寄せたまま振り返った。

両手を口元にあてて俯いている為、長い髪で顔が見えにくいが、以前食堂で出会った女子生徒だ。俯いたまま震える彼女は今にも消え入りそうに見えた。

「怯える必要はない。この男が暴れても私が阻止出来る」

「……あ、その、彼は他の生徒を庇って……」

大河を擁護する彼女の声は周りで見ている者達には聞こえないほど小さかったが、ランバートと呼ばれた男とダリクス達には聞こえたらしい。

「ユーリ、貴様、こいつがあの女みたいになっていいのか」

ダリクスはより一層眉を寄せ、脅すような言葉を彼女に投げつける。ビクリと肩を震わせた少女は、そのまま口を閉ざした。

大河にはその意味が分からず、腕を組んだ男は困った顔で少女を見つめた。

「……何であろうと、暴力を見逃すのは矜持に反する」

「はっ、帝国の上位貴族に楯突く者が悪いのだ。貴様らは頭を低くして縮こまっているべきだろう！」

大河が一方的に暴力を振るったと勘違いしているランバートが難しい顔で断言する。彼の言葉を受けて、加勢を得たようにダリクスが勢い付いた。蔑んだ目を向け顎を上げて笑う。

大人しく聞いていた大河は、血管が浮き出るような思いで再び彼を睨みつけた。

「テメェらの勝手に作った優劣なんざ知ったこっちゃねぇんだよ。俺は、テメェに、ムカついてんだ！」

「な……！」

立てた指を相手の胸に当てて言い放つと、ダリクスは怒りつつも動揺したように後ろに傾いだ。こんな風に暴言を吐かれた事など今までになかったのかもしれない。

それを見ていた騎士気取りの男が険しい顔になった。

「彼の言い分は極端だが、人の上下というものはあって然るべきだ」

「そういう事言ってんじゃねぇよ」

「……では、なんだ」

振り返った大河は、視線だけで相手を射殺してしまいそうな凄味の乗った目でランバートを見た。

「目の前で苦しんでる奴がいるなら助けるのが人の道理だ。そこにご大層な講釈なんざ必要ねぇだろ」

視線をまともに受けた彼は、目一杯瞼を上げてぐっと詰まるように息を呑んだ。

王政や帝政が敷かれている限り、上下が生じるのは必然であり、それ無くして国は成り立たない。大河とて、この世界で人類皆平等など訴える気は更々なかった。だからといって、理不尽を許容するつもりもない。

「騎士ってのは力を見せびらかすだけか」

ランバートは言葉を失ったように大河を見ていたが、その視線を逸らすように目を伏せる。

「……」

しばらく考えるように黙り込んだ。

「お前の暴言と暴力を許した訳ではないが、……今回だけは、見逃そう」

「ランバート……！」

漸く吐き出すように呟くと、詰め寄ろうとするダリクスを制して大河にこの場から去るように促した。

「俺は見逃して欲しいなんざ言ってね――」

「ちょっと大河!!」

なおも言い募ろうとする大河だったが、背後からにゅっと伸びた手が口を塞ぐ。

視線を向けると陽斗の顔が見え、その焦った表情に観念して引き摺られるまま連れて行かれた。


「タイガ様、大丈夫ですか？」

「おう、もう平気だぜ」

殴られて少し赤くなっていた頬は、マイリーが回復魔法で治療してくれた。

陽斗に引き摺られてあの場を離れた後は、寮に戻るため校舎の出入り口に向かっている。陽斗達は剣術の授業の後、大河の所に来て揉めている現場に遭遇したらしい。

「ああ、エスカーナに帰りたい……」

「情けない事言わないでよ、陽斗」

「繭ちゃん、最近俺に冷たくない？」

頭を抱えて情けない顔をする陽斗を繭が一蹴した。学院に来るのが決まった頃から、彼女は陽斗先輩と呼ぶのをやめたようだが、扱いまで雑になっているような気がする。

「あれ？　君……」

　繭を振り返っていた陽斗が、自分達の背後に声を掛けた。

　見れば、そこには先程の女子生徒の姿がある。大河を助けようと怯えながら前に出た、長い髪の女の子だ。あの場から逃げたいために思わずついてきたのだろうか、声を掛けられて顔を上げた彼女の瞳が戸惑ったように揺れた。

「あの、え、と……」

「さっきは助けてくれて、ありがとな」

「いっ、いえ。なんの、助けにも……ならなくて」

　しどろもどろに返す彼女にさっきまでのような怯え震える様子はない。それでも自分の目付きの悪さや粗暴な言葉遣いを自覚している大河は、語気を和らげるよう意識して話す。

「いや、助かった。何事もなく済んだのはあんたのお陰だ」

　そう言って笑いかける大河を見て、女子生徒は安心したのか肩の力を抜いた。

「自分でぶち壊そうとしてたけどね!?」

「……逃げるのは性に合わねぇんだよ」

「逃げるが勝ちって言葉覚えてくれ、頼むから」

「悪かったよ」

　迷惑をかけている自覚はあるので、大河はバツの悪さから明後日の方に視線を逸らす。彼女は二人のやり取りにパチクリと目を瞬いていた。

「それより、あの女って何の事なの？」

「……っ」

　ダリクスが『あの女みたいになっていいのか』と言っていたのを聞いていたらしい。繭が女子生徒に疑問を投げかける。

「さっきの、あのいけ好かない男が言ってたけど……」

「繭ちゃん、見てたんなら止めてよ」

「私に止められる筈ないでしょ。関わらないようにするので精一杯」

大河と一緒に教室を出た筈の彼女は、先程のいざこざの間どこかに隠れて見ていたらしい。陽斗の言葉に、繭は腕を組んでツンと顎を上げる。

「あの、貴方がたは、エスカーナ国の、方なのですか？」

「そうだけど……」

それが今の話に何の関係があるのか。首を傾げながら陽斗が聞き返すと、目の前の少女は幾度も見た姿と同じに俯いたが、意を決したように顔を上げた。

「……彼の言っていたのは、フェミリアの、事です」

聞き捨てならない名前の出現に、四人は弾かれたように視線を合わせた。

落ち着いて話をするため、入寮の許可を取って全員で大河の部屋に移動した。

相談をする際にいつも使っているため、マイリーは勝手知ったる様子でお茶を淹れてくれている。

貴族の学生の為に作られた部屋は、日本の学生寮とは違いそれなりに広い。流石に一人一部屋だけだが、トイレと風呂までついた贅沢な仕様だ。

部屋にあるのはテーブルの横に椅子が二つと長椅子だけだったので、大河はベッドに胡座をかいて座った。

「……わ、私は、ユーリ・ツェリアットと申します」

帝国貴族らしい作法で自己紹介する少女に、大河達も名乗って返す。貴族の身分を借りているので、それぞれファーストネーム以外は偽名だ。

ちなみに大河は、タイガ・ガルブレイス。師匠の家名を借りている。良い印象がないのもあるが、反対を押し切って来ている手前、シェイドの家名は借りられない。

「タイガ様に、絡んでいた男性は、私の幼馴染で、ダリクス・ロッテンハイドと、いいます」

しどろもどろに語る彼女の話を、皆黙って聞いている。誰も急かすような真似はしなかった。

「私が……こんななので……彼には昔からよく怒られていて……」

　ユーリとダリクスは父同士が友人だったため、幼い頃から交流があった。

　だが、彼は小さい頃からユーリに冷たかった。何故なら、ユーリの母親が帝国の人間ではなかったからだ。父の手前あからさまではなかったが、常に目の奥に軽蔑が見えた。

　帝国人は血脈と武力を重んじる国民性が強く、帝国人ではないというだけで侮蔑の対象となる。その事に疑問すら持たない者が多い。ユーリの父は母と大恋愛の末に結婚したが、その事で父の立場は弱くなり、要らぬ苦労を強いられている。

　先代の皇妃が他国との交流を推進しなければ、ユーリの父が結婚する事も、学院に他国の者が入学する事も出来なかっただろう。

　そんな状況なので、ユーリは人に対して強く発言する事が出来ない性格に育った。いつも何かに怯えていて、それが余計にダリクスの気に障ったのだろう。ダリクスが想いを寄せるビビアンナ嬢は、物事をはっきり口にする気の強い女性だ。

　ある時、ユーリは第一皇子のリヴェル殿下と邂逅する事があった。図書室で届かない本に手を伸ばそうとした所を殿下が手伝ってくれただけの些細な事だ。ただ挨拶を交わし、その本について少し話した。後から思えば、殿下は周りを取り囲む令嬢達から離れる切っ掛けを探していただけなのかもしれない。その時のユーリは少し浮ついた気持ちが出てしまい、近くで二人を見る令嬢達の冷たい目に気付く事が出来なかった。

　それからは、帝国の令嬢達から酷い言葉を投げられたり、無視されるようになっていった。その中にはダリクスが想いを寄せる令嬢もいて、彼女の心象を良くする為か、目に見えて彼の態度も冷淡になっていった。

直接手を出される訳ではないけれど、陰湿な行為に精神は徐々に摩耗していった。

そんな時にフェミリアに会った。女性ながらに騎士科に入った彼女は正義感が強く天真爛漫(てんしんらんまん)で、その明るさを羨望(せんぼう)した。

だが、その正義感から彼女はユーリを庇い、悪意の標的になってしまった。

母の祖国が違っても、ユーリは帝国人だ。だからこそ、直接手は出されないような行為で済んでいたのだ。

フェミリアは根も葉もない噂(うわさ)を流され、令嬢達から直接的な嫌がらせを受けた。更には騎士科の授業中に教授に分からないよう怪我(けが)をさせられたり、騎獣の授業で魔獣を嗾(けしか)けられた事まであったらしい。隷属させられた魔獣は滅多に人に怪我をさせたりしないが、驚きに震える彼女を、嗾けた騎士達は嘲笑(あざわら)っていたのだという。

そんな事が続き、彼女は心を閉ざして寮の部屋から一歩も出てこなくなってしまった。責任を感じたユーリが食事を部屋に運んでいるが、それだけだ。彼女はユーリとも殆ど話そうとしない。

そこまで話し、ユーリは泣きそうな顔で俯いた。

「一日に、朝と夜の二度、食事を運びます。その時にしか、扉は開けてくれません……」

膝(ひざ)に置いた手は、白くなるほど握りしめられている。

「……胸くそ悪い。どこの世界でもそういうのあるのね」

そう吐き出したのは繭だ。全(すべ)ての話を聞き終わった皆の感想も彼女と似たようなものだろう。

「魔法科って聞いてたけど、聞き間違いかな」

「陛下に間違って伝わったんじゃない？」

「こんな場合、どうしたら良いのでしょう……」

「……家に帰るよう説得するしかないかな」

陽斗は腕を組んで溜息(ためいき)を吐く。加害者を責めたところで解決はしない。帝国人である教員に言ったところで好転するとも思えない。

　こんな状況でなぜ彼女は家に連絡をせず、帰りもしなかったのだろうか。

「朝と夜は開けてくれんだろ。じゃあ今日の夜に行ってみようぜ」

　大河がパシリと膝に手をついて提案する。

「いやいや、俺ら女子寮は昼しか入れないから」

「んなもん昼に許可とって、潜んどけばいけるんじゃねぇの？」

　陽斗は半眼を向けて案を一蹴したが、ニヤリと悪い顔を返された。それぞれの寮にも結界が張られている為、許可と魔法陣をもらわなければ入る事は出来ないが、入ってしまえばこっちのものという事だ。

「ってか、夜の女子寮に男がいたら、生徒が騒ぐでしょ？　見回りもあるし」

「認識阻害のローブが一枚だけある。あとカツラがあるから陽斗はそれ被っとけよ」

「えっ、マジで忍び込む感じで進んでる？　バレたらどうすんだよぉ」

「なんとかなんだろ」

　情けない声を上げる陽斗を余所に、大河はユーリに向かってよろしくなと笑いかける。話の展開についていけずにいた彼女は、目を白黒させながらハイと勢いに呑まれた表情で返事した。


　女子寮に入った大河達は、時間まではマイリーの部屋で待つ事になった。

　大河は認識阻害のフードを被り、陽斗は以前大河が変装に使ったカツラを被って諦めたような顔をしている。大河とは違い甘い顔立ちの彼は、それだけで中性的に見えなくもない。大河など、体格の良い兵士達に紛れでもしなければ女性に間違われる事などなかった筈だ。

「タイガ様、お手紙は書かれました？」

時間まで他愛ない話をしていたが、ふとマイリーがそんな事を聞いた。

　国にいる人達との連絡手段は、寮の窓の隙間に手紙が届き、同じように挟んでおくと無くなっている。どうやっているのか分からないが、黒装束の者達がそうするようにと言っていた。勿論学院経由で手紙を送る事も出来るが、中身を検められる場合がある。

「セストさんには……書いた」

「……」

　呆れた視線を向けてくるマイリーから逃げるように、大河は顔を逸らす。セストには無事着いた事と、学院の様子などを、ルーファスには現状の報告を送った。

　だが、シェイドには、まだ一度も送っていない。

「な、なんて書いて良いのか分かんねぇんだよ……」

「……はぁ」

　反対を押し切って出てきて、何を能天気に学院の様子など送れるだろうか。隷属魔法についての情報も、何も得ていない状態では知らせる事もない。何度も紙に向かってはペンを置いてを繰り返していた。

　そんな大河にマイリーはこれ見よがしな溜息を吐く。

「タイガ様のお気持ちを書いたらよろしいかと」

「俺の気持ち？」

　キョトンとする大河に、マイリーは困ったような顔をする。

「離れてみて、何か思う事はありませんか？」

「……？」

　彼女の言葉の意図が分からず首を傾げる大河を、近くで聞いていた陽斗と藺までが呆れた顔で見つめる。

「あんたって、感情表現が小学生並みよね」

「なんだよ」

「まあでも、外野があんまり口出す事でもないんじゃない？　ほら、俺らの見てないとこでは表現してるかもだし」

ムッとしかめ面を作る大河をフォローしながら陽斗が苦笑する。そうでしょうかとマイリーが考える仕草をする横で、繭は想像させないでよ！　と怒鳴っている。

そして忘れていたユーリの存在を思い出して、その話は終了した。

もうすぐ夕食の時間になる。

とんとん、という軽いノックの音の後、いつもであれば開く扉が開かない事に、ユーリは戸惑った顔で後ろを振り返った。

フードを被った大河が、ユーリの前に出てもう一度ノックをするがやはり反応がない。扉のノブに手をかけてみると、予想外にその扉は簡単に開いてしまった。

「えっ……？」

不審に思ったユーリが部屋に駆け入ると、室内には誰もいなかった。水晶が明かりを灯したままなので、いなくなってからそれほど時間は経過していないだろう。

「どうして……どこに……」

困惑しながらテーブルに食事を置く彼女の横で、大河は足元に落ちていた紙を拾い上げる。

「これ」

険しい顔で共に来ていた面子に渡した紙には、友人を助けたければ来い、という簡潔な文字と場所が書かれていた。

一刻を争う事態に、女性陣には頼れそうな教員に声を掛けるよう伝えて大河と陽斗は走った。

指定された場所は学院の奥にある森の中だ。森は魔法を含む戦闘訓練などに使われるため、一定区間毎に目印になる像が建っている。

指定されたのはそのひとつだ。

だが、辿り着いた場所には誰もいなかった。

「くそ、どこだ……」

「これ！」

夜の森は暗く、陽斗は光魔法を使って、大河は腕に雷魔法を纏い視界を確保している。

陽斗が枝に引っかかるリボンを見つけた。関係ないかもしれないが、それしか手がかりがない。慎重にその方向へ進んでいく。

暫く進むと、カサリ、と葉ずれの音が聞こえ、弾かれたように二人が視線を向けた。うっすらとだが灯りが見えて、何かを担いだ人影を視界に捉える。

「待って、俺が……！」

飛び出そうとした大河を押さえ、陽斗は落ちていた石を拾い軽く上に投げると、人影に向かって蹴り飛ばした。

ガツッという鈍い音と共に、何かを落とすような音が聞こえる。

すぐに駆け寄るとそこには拘束され意識を失って倒れている女子生徒が残されていた。

顔を見るのは初めてだが、状況から言って恐らくフェミリアだろう。

「ごめん、逃した」

「いや、良い判断だったと思うぜ」

大河が犯人と対峙していたら顔を確認出来たかもしれないが、彼女を人質に取られたり危害を加えられた可能性が高い。

フェミリアは声を掛けても反応がないが、息があるので意識を失っているだけらしい。

拘束は解いたが、動かして良いものか迷った末その場で待つ事にした。怪我をしている可能性もあるし、大河も陽斗も回復魔法が使えない。

目印に陽斗が像からの道すがら小さな光る石を地面に落としたので、マイリー達もすぐに辿り着ける筈だ。

「……虐めにしては行き過ぎてるんじゃない？」

「虐めなんてどれも行き過ぎたものだけどな……、けど、決めつけるのは早いかもな」

そう言って大河は周りを見渡した。近くに幅三メートルくらいの小さな管理小屋がある。

「タイガ様！」

「フェミリア……!!」

小屋の扉に手をかけようとした時、マイリーとユーリの声と共に走ってくる数人の足音が響いた。

「大丈夫、気を失ってるだけみたいだから。誰か回復魔法お願い出来る？」

陽斗の言葉に安心したのか、ユーリは力が抜けたようにフェミリアの横に座り込んだ。得意だから、と言って繭が回復魔法を掛けている。

「これは、どういう事だ」

厳しい声のする方向を見ると、赤髪の女性教授が立っていた。

「メイベルト教授……？」

「近くにいらしたので、助けをお願いしたんです」

「何があったか、説明しなさい」

陽斗が今あった事を教授に説明している声を聞きながら、大河は手をかけていたノブに力を入れて小屋の扉を開けた。古びて建て付けが悪くなった扉が、軋んだ音を立てて開く。

「タイガ様？」

マイリーは大河の元へ来ると、光魔法を灯して心配気に覗き込んだ。暗かった室内が照らされてよく見えるようになる。小屋の床には一メートル四方はある大きな魔法陣が描かれていた。

「……これ、何の魔法陣か分かるか？」

「いえ、とても精巧で規模の大きいものだというくらいしか」

「大河、回復終わったから寮に戻るよ。メイベルト教授が詳しい話は明日聞くって……」

「……どうした」

小屋に入ったまま出てこない大河とマイリーを不

審に思ったのか、陽斗と教授が室内を覗き込んだ。

「これは……転移魔法陣か。何故こんなところに……」

床の模様を見た教授が、眉を寄せて険しい顔をする。

転移魔法陣といえばとても複雑で描ける者が少なく、その希少さから高額で売買される。結界通過用などとは違い、揺れ動く紙や布のような場所に図形を描いても発動しないという条件もあり、人を運べるような大きさのものは貴族であっても簡単には手に出来ない代物だ。

「転移魔法陣って……まさか攫おうとしたのか？」

「これ、入ってみたら犯人分からねぇかな？」

魔法陣を指差す怖いもの知らずな大河の発言に、女性教授は片眉を上げげた。

「馬鹿な事を言うな、これの出口が安全な保証などどこにもない。水底だったらどうする気だ」

確かにその通りだ、と大河は眉尻を下げて頭をかいた。勢いに任せて行動するのは大河の悪い癖だ。

「とにかく、君達は寮に帰りなさい。後は私が調べておく」

反論を許さない口調で教授に促され、フェミリアを外で寝かせておく訳にもいかない大河達は、大人しく寮に帰るより他なかった。


翌日、メイベルト教授の研究室に呼ばれた大河達は、彼女の発言に眉を顰めた。

研究室という割に整然とした室内は彼女の性質を表しているようだ。それは椅子に座ったままだというのに、凛と背筋が伸びた彼女の姿からも見て取れる。

「……黙ってろって事ですか」

「今回の件を口外するなと言ってるだけだ。現在、この学院には第一皇子と第二皇子が在籍している。

学院で問題が起きた事を公にしたくないという上の判断だ」

「同じ事じゃないですか！」

陽斗は犯人を取り逃がした事に少なからず責任感を感じているらしい。苛立つ彼に対して教授はあくまでも冷静なまま脚を組んだ。

「犯人探しは学院側がする。犯人が分からないまま要らぬ騒ぎを起こすな」

「あんた達が信用出来ない、って言ったら？」

「信用してもらうしかない」

大河の発言にそう返して、彼女は目頭を押さえると疲れたように息を吐いた。

「なんか、苦手……あの教授」

繭が研究室の扉を振り返りながら呟く。

釈然としない気持ちのままの陽斗、繭と共に研究室を後にした。マイリーとユーリはフェミリアについて寮にいる。


「どっちみち言いふらす気はねぇんだから、いいんじゃねぇ？」

「……まあ、そうだけど」

「それに、犯人探しするな、とは言われなかったしな」

笑いながら言う大河に、だからあまり反論しなかったのかと二人は揃って苦笑した。


女子寮にあるフェミリアの部屋に着くと、部屋の主は怯えた目を向けた。昨夜あんな事があったから当然だ。ユーリは安心させるようにそんな彼女の手を握りしめる。

「……彼等が、助けてくれたの」

ユーリとマイリーが昨夜の話を彼女にしていたのだろう。フェミリアは目を見開きユーリと大河達に視線をやった後、小さい声でありがとうと言って俯いた。

「もう大丈夫なのか？」

「……はい」

「あんま怯えないで、俺達は味方だから。ここにはオルドリッチ侯爵の依頼で来たんだ」

「え……？」

フェミリアは弾かれたように顔を上げた。横にいたユーリも知らなかった情報を受けて面食らったようだった。

「そりゃ、娘と連絡取れなくなったら心配するでしょ」

「お父様が……」

「もう帰った方がいいんじゃない？　みんな心配してるんだし」

「……」

藺の言葉に口を噤み、再び俯いた彼女の背をユーリが優しく撫でている。少し寂しそうなのは別れを惜しんでいるからだろう、それでも彼女の境遇を思い辛い場所から離れて欲しいと願っているのが心配気な表情から見て取れる。

陽斗もマイリーもその方がいいと、藺の言い分に頷いていた。

「それは、俺らが決める事じゃねぇだろ」

帰る流れに傾いていた空気を壊すように、大河の声が落ちた。

「は？　昨日そういう話してたでしょ？」

「俺は同意した覚えがねぇ」

「いや、どう考えたって、この状況ならその方が……」

フェミリアとユーリは虚をつかれたような顔になり、怒る藺と、慌てる陽斗を余所に大河は腰に手をあてる。

「俺が受けた依頼は、状況を探ってくれ、だ」

「いや、だからって放っておくつもり？」

「そうじゃねぇよ。見つけたら連れ戻せとか言わなかったって事は、本人の意思を尊重して欲しいって

「この学院に未練があるってんなら手助けしてやる。帰りたいってんなら、それでいい。今すぐじゃなくていいからお前が決めろ」

フェミリアは目をぱちぱちと瞬いてから、泣きそうに歪めた顔でコクリと頷いた。

「とにかく家にはすぐに連絡取ってやれよ。あと、明日から授業終わったらここ来るぜ」

「はあ!?」

「おいおい、勝手に……！」

「あ？　勝手にっつったって」

「お茶でもなさるんですか？　タイガ様」

「おう、こいつが部屋から出ねぇなら来るしかねぇだろ？」

自分の部屋の事なのに置いてけぼりのフェミリアは、言い合う彼等をぽかんと見ているしかなかった。

思わずと言った感じで漏れた笑い声に視線を向けると、ユーリが口元を手で押さえて震えていた。


事じゃねぇのか」

「えっ、え〜そうなのか？」

言い負かされそうな陽斗は、考えるように頭を押さえた。

「こいつの親父もギルも心配して依頼したんだろ。あいつらが一番安心すんのは、こいつの体も心も健康で笑ってる事だ」

「あんた、そんな簡単に言うけどね」

「簡単じゃねぇよ」

そう言って大河はフェミリアに向き直る。視線を向けられた少女は目をまんまるにして大河を見つめた。

大河とて、虐めを受けた経験がある。やり返したせいで悪化したから同じ状況とも言えないが。

高校に行かなかった理由はお金もあったが、学校という場所に良い思い出がなかったからでもあった。その事を多少なりとも後悔しているからこそ、判断を他人が勝手にするべきじゃないと考えた。

　簡易キッチンを使えば、などと偉そうな事を言ったにも拘わらず、大河はまだ帝国に来て一度も料理が出来ていない。残念ながら学院内では食材が手に入らないのだ。

　アイテムボックスに入れておけば劣化は軽減されるが、腐らない訳ではないため生肉や野菜、卵などを長く入れておく事は出来ない。今回大河が持ってきたのも、小麦粉、油、砂糖、塩や香辛料、他にはドライフルーツやナッツなど乾燥した腐りにくい物だけだ。そして生徒達は貴族の子なので当然だが、寮の部屋で料理をしようという者がいないのか、購買にはお茶はあっても食材類は売っていない。

　学院の敷地外への外出は原則として禁止されており、とても面倒な手続きを経て漸く許される。帝国貴族の場合はその限りではないとあるのだから酷い話だ。

　そんな訳で、大河は朝食の後で寮の食堂の料理人に交渉に来ていた。

　授業の後、集まる時にみんなに食べさせてやりたいと思ったからだ。ダメで元々、無理なら面倒な手続きを何度も取るしかない。

「食材を譲って欲しい……ですか？」

　なんの気まぐれかと言いたげな料理人は、それでも貴族だと思っているからか愛想笑いで対応している。

「申し訳ございませんが、そのような事は行っておりません」

「金は払います。卵とか、ミルクだけでもいいんで、譲ってもらえない、ですか」

「……余分に調達はしておりませんので、すみませんが……」

　取りつく島もない態度に、やはり無理かと諦めかけたが、

「食材くらい譲ってやったらどうだ？」

突然話に入ってきた男に、料理人は驚きに体を跳ねさせ半歩後ずさった。

「あ、アシュア殿下……!?」

「食材を余分に入れない訳がないだろう。そいつが無駄にしそうだからか？」

「いえ、そんな……」

料理人は吹き出す汗を拭いながら口籠もる。割り入ってきた男は、赤味がかった綺麗な色の金髪で、左右にツンツン跳ねたような髪型をした、少しタレ目だが凛々しい顔つきの美形だ。制服を着ているので生徒だろう。

「ならお前、何か作ってみせろ。それで納得したら分けてやるのはどうだ」

「……殿下がそう仰るのでしたら」

「へ？」

思いも寄らなかった展開に、気の抜けた声がでた。何故いきなりそんな話になるのか分からない。だが、食材を分けてくれる可能性があるなら試してみる価値はある。

「どうした、自信がないのか？　ただの気まぐれで料理人を困らせていたのか？　ん？」

にやにやと嫌味ったらしく笑う男は、ただ面白がっているだけなのだろう。突然会話に入ってきたのも、揶揄うためだったのかもしれない。

「作ればいいんだろ」

「そうだ。せいぜい頑張れ」

厨房に促され入ると中には他の料理人がいたが、朝食は作り終わった後で休憩を取っているらしい。大河達が入ってくると驚いて立ち上がり、一緒に入った金髪の男に礼をとっている。

最初に言った卵とミルクだけ渡されたので、小麦粉と砂糖、油、ナッツを取り出してパンケーキを作る事にした。プリンも出来るが、食感が受け入れられるか分からない。

小麦粉と砂糖を混ぜ、卵黄と油を混ぜたものに合わせてから、風魔法で白身をメレンゲ状にする。攻撃には使えないしセストほど上手くはないが、死にかけたり色々あったせいか、いつの間にか習得していた。白身を魔法でかき混ぜているのを、周りは訝しげに見ている。

ナッツを入れてメレンゲを潰さないよう手早く合わせた生地を弱火の鉄板で焼き上げた。メープルシロップもバターも無いので、飽きがこないようにナッツを入れた。最後にカラメルソースを作ってかけてみる。色々代用だが、これはこれで美味い。

「地味だな」

そう言ったのは、料理する切っ掛けを作った男だ。料理人もその発言に同意という顔で頷いた。

「まあ、食ってみてくれ」

料理人は皿を受け取ったが、金髪の男はこちらに手のひらを向けて断る姿勢をとった。「見知らぬ者が作った料理は口に出来ない」らしい。

受け取った皿を凝視してから、料理人が仕方なくフォークを手に取る。ひとくち食べて、驚いたように目を見開いた後、ふたくち、みくちと口にした。

「先程の、あれは膨らます為ですか……？」

「おう、メレンゲで空気を入れたから、ふわふわになってるだろ？」

「ふ、ふわふわ……です。こんなに柔らかで溶けるような食感は初めてです。でも木の実がアクセントになっていてそれがまた……」

「……美味いのか？」

そう問いかけた金髪の男に料理人は何も言わずに視線を向けたが、その目に分かりやすく喜色が浮かんでいた。

「いや、しかし帝国で出すには見た目が地味過ぎる……」

「生クリームとか果物とかで飾ったらどうだ？」

唸る料理人にそう返すと、先程までの態度が嘘のように料理人は冷蔵庫などを見せてくれる。新しい知識に好奇心が擽られるのはその道に誠意を尽くしている者ほど顕著だ。

生クリームという言葉は通じなかったが、エスカーナと違いこちらでは料理に使われているらしい。冷蔵庫から見つけたそれを泡だて、出してもらった果物を飾り切りにする。店でやっていた簡単なものしか出来ないが。慣れた手つきに感心しながら、料理人も果物を切ってくれた。見た目にこだわる帝国の料理人だけあって、大河のものより派手で綺麗な飾り切りをしてみせる。

周りで見ていた者達まで意見を出し始め、クリームでコーティングして果物で飾ったパンケーキはそれは美しく出来上がった。大河からするとなんか思ってたのと違うが、皆満足そうなのでまあいいかと笑った。

「……お前達、俺を忘れていないか？」

達成感を共にして笑いあっていると、ひんやりした声が背後から掛かった。料理人一同は真っ青になって震え上がる。

「そういや忘れてたな」

「お前、それを自分でひとくち食え」

「は？」

せっかく作ったのに自分で？　と周りを見渡したが、料理人達は青い顔で何度も頷いている。食えという事らしい。仕方なくひとくち食べると、甘くてふわふわした食感が口に広がり思わず頬が緩んだ。

金髪の男は気を抜いた大河の手から皿を奪うと、フォークを手にする。

「食わねぇんじゃねぇの？」

「毒味したものであれば問題ない」

そう言ってから口にすると、おお、と感嘆を漏らして子供みたいな満面の笑みを浮かべた。嫌味な男だと思っていたが、それだけで悪い奴じゃないように見えるから不思議だ。

「うむ、これは美味いな！」

「殿下、これを今後のメニューに加えては……」

「そうしたいが他国の料理を並べると煩いのがいるからな」

考える仕草をしながらも、しっかりもぐもぐ食べ進めている姿がおかしい。

「よし！　これは、俺だけの楽しみにしておこう」

そう言って男は料理人達に口外するなよと言っている。ただ独り占めしたいだけかもしれない。

とりあえず、大河はパンケーキの細かなレシピと交換に、好きな時に食材を譲ってもらえるようになった。

「それって、アシュア殿下では……？」

「ゲホッ、第二皇子様!?」

「あんた失礼な事してないでしょうね……？」

「いえ、タイガ様がそんな事……しますよね」

約束通り授業が終わった後フェミリアの部屋に行くと既にユーリがいた。

入手した食材で皆にもパンケーキを作りながら今朝の事を話すと、皆から驚いた反応を返される。ユーリやフェミリアは真っ青になっているし、陽斗はお茶で咽せている。藺とマイリーは随分な言い草だ。

「失礼なんて……」

してないとは言えない気がして、大河は言葉を切った。言葉遣いは今更だが、途中放置したりもしていた。

でもまあ、怒っていなかったしな、と楽天的に考える。

「大丈夫だろ？」

「やっぱなんかしたんじゃない！」

騒ぎ立てる藺に出来立てでほんのり湯気の立つパンケーキを差し出すと、ピタリと止まって今度は踊り出しそうなほどに喜び出した。

美味いものって便利だなと気付けた一日だった。

十五

「お、ギル。お前も来たのか」

「団長も来てたんですか。俺は陛下に言われたものを運んできただけですよ」

すっかり見慣れた異世界の家のリビング。家主のように鎮座して酒を呷(あお)っている男と視線を合わせ、ギルは苦笑した。

いつもなら上の部屋に籠(こも)っている筈の本当の家主は、その向かいに座り不機嫌そうだ。セスト辺りに無理を言って連れて来られたのだろう。彼は今はいないもう一人の家主と、セストにだけは弱いようだから。

そのセストはキッチンでつまみを用意している。タイガと共に料理をし、まだ品数は多くないが彼の料理を覚えていっているらしい。テーブルの上には異世界の料理と自国の料理が並んでいた。

「もういい加減団長ってのはやめろ。下が混乱すんだろ」

「はいはい。で、頼まれたものはどこに置けばいいんです？」

「ああ、そちらの小部屋にでも入れておいてくれ」

シェイドが指差したキッチンの横の部屋に入ると、アイテムボックスから大量の荷物を出していく。荷物は多いが彼が小部屋と言った部屋は庶民の宿の一室くらいはあるので問題ない。彼にとっては小部屋なのだろう。

「ありがとうございます。ギルバート様も飲んでいかれますか？」

「そら、もちろん！」

荷物を出し終えたところで声を掛けられリビングに向かうと、いそいそとコタツに潜り込んだ。はあ、と自分でも分かるほどうっとりした声が出る。

「お前は本当好きだよなぁ、コレ」

「俺はコタツを愛してると断言出来ます」

　両手両足を中に入れ、天板に頬をつけた状態で力強く言うと、ウィルバーが腹を抱えて笑った。あまりにも欲しくて、魔法師を邸に呼んで作らせようとしたほどだ。結局上手(うま)くはいかなかったが。口では説明出来ず、更にギルは絵が壊滅的に下手(へた)だった。魔法師をここに呼ぶ訳にもいかない。ここは信頼の置ける限られた人間しか入れないようにされている。

　まったりしているとセストがなみなみと注(つ)がれた酒を前に置いてくれる。

「そこまで気に入ったなら作ってやってもいいが」

「え!?」

「おいおい高くつくんじゃねえか？　条件聞いてからにしろよ」

「そうだな、条件はあるが……帝都に持っていって欲しいものがあるだけだ」

　ガバリと身を起こしたギルが、今国を離れる訳には……持っていくのは俺じゃなくても問題ないですか？　と交渉を始める。その横で、ウィルバーは頬(ほお)杖(づえ)をついたまま片眉(まゆ)を上げてシェイドを見た。

「何を持って行こうってんだ？　あいつ関連か？」

「……いや」

「タイガの為(ため)だってんなら、うちの奴らに持って行かせてもいいが」

「ちょっと、だん、ウィルバーさん、横取りせんでくださいよ！」

「……あいつの為にやる事ではない」

　そう言って酒を呷るシェイドに、ウィルバーは溜(ため)息(いき)を吐いた。

　最初の印象が最悪だったウィルバーはシェイドの事を毛嫌いしていたが、最近は万能な割に不器用なこの男の事を多少好ましく感じているらしい。

「依頼を持ってきた俺が言う事じゃねえが、よく行かせたな」

「俺は反対した。あれが頑固なんだ」

　半ば諦めたような表情は、行く前に一問着(ひともんちゃく)あったからだろう。それに対してウィルバーも心当たりがあるらしく、何事か思い出すように明後日の方向を見遣った。

「ああ、頑固だよなぁ。冒険者になったばっかの頃、鎧を買ってやるってだけでどんだけ押し問答したか。結局きっちり金を返しやがった」

　その様子が容易に想像出来て、聞いていた全員が苦笑を浮かべた。

　タイガは今、オルドリッチ侯爵の依頼で帝国にいる。その原因に少なからず関わっているギルは、バツが悪い気持ちで首の後ろをかいた。

「うちの妹の事で、悪いとは思ってます」

「……あいつが、自分で決めた事だ」

　分かりにくくフォローを入れる男は、噂やイメージと違い根は優しいのだろう。酒を手に伏し目がちに言うシェイドは人間離れした秀麗さで、ギルですら女性が揃って騒ぐのが分かってしまう。

「俺ぁてっきり、監禁してでも行かせねぇって思ってたけどな」

「そんな事したら、暴れ倒すんじゃないです？」

「まあ監禁は言い過ぎだが、単純なタイガを言い包めるくらいこいつには容易いだろ」

　好き放題言う二人の話をシェイドは黙って聞いている。空になった杯をセストに向けると、お酒はそれくらいになさっては、と声を掛けられていた。彼は空の杯を机におくと、肘をついて額に手を当てる。

　ギルが来る前からだから、既に結構な杯を空けているのだろう。

「……自信がない」

　ポツリと落ちた言葉に耳を疑って、二人揃ってシェイドの方を見た。

「あいつの気持ちが、本当に恋情や愛情の類なのか……」

　ギルとウィルバーは思わず口が開いてしまうほど驚き、伏し目がちな彼を凝視する。

「……俺自身、人の愛し方というものがよく分からない」

　彼の生い立ちを詳しく聞いた事はないが、あの宰相を親に持ち幼くして母を亡くしていたのなら、親から愛情を受けて育ったとは考えにくい。それが今の発言に繋がっているのだろうか。

　驚きで固まった二人を余所に、セストがシェイドの前に水の入ったカップを置いた。

「珍しく酔ってらっしゃいますね」

　酔っていないと言いたげに顔を上げたシェイドだったが、自分の失言に気付いて眉を寄せた。誤魔化すように、置かれた水を呷る。

　ギルも飲む方だが、ウィルバーは桁外れの酒豪だ。昔、騎士団で飲み比べをした際に、全員が潰れても一人で飲み続けた逸話を持つウィルバーを相手に、随分と飲んでしまったのだろう。見た目には全く分からないので、それほど酔っているとは思わなかった。

「……ったく、迷子の子供みたいな顔すんじゃねえよ」

　バリバリと頭をかくウィルバーの心境は複雑だ。親代わりだ、師匠だと言っているが、多少なりともタイガに対して恋情があったのではないかとギルは思っている。人を思う気持ちなど境目が難しいものだから、証明のしようもないが。

「……やる」

　肺の中を空っぽにするほど深く溜息を吐いたウィルバーが、自分のつけていた腕輪をシェイドに渡す。

「なんだ？」

「タイガに渡したもんの片割れだ。あいつになんかあればそれが光る。すぐには無理でも、お前なら俺より早く駆けつけられんだろ」

　白い魔獣の事を指して言っているらしいウィルバーの言葉を聞きながら、シェイドは素直に受け取った。

　くるくると色んな角度から腕輪を見て、内側の魔法陣を読み取っているらしい。

「こういうの、もう持たせてるんじゃないです？」

シェイドの事だからと思ったが、彼は不機嫌そうに眉を顰めた。

「タイガ様が、ジャラジャラ着けんのは性に合わねえ、と仰って……」

「あー……」

何も言わないシェイドを見て、セストが口を挟んだ。

なるほど、と分かり過ぎるほど想像出来てしまう。いつの話かは知らないが、きっと疾うの昔に試みて断られたのだろう。タイガに自覚は無いのだろうが、他の男とペアの腕輪をしているのにそれは、と若干哀れに思ってしまった。

結局はシェイドの手に渡ったのだから、良いのだろうか。そう思いながらヤケ酒のように酒を呷るウィルバーに視線を向ける。

「言っとくがなぁ！　俺は娘を取られた父親の気分なんだからな！　結婚もしてねえのに！」

ウィルバーは、ダン！　とカップを乱暴に机に置くと、指をさして怒鳴っていた。

「……お義父さんと呼んでやろうか」

「いらねえええ」

意図してか、真面目くさった顔で言うシェイドに、ウィルバーはこれ以上ないほど顔を歪めて拒絶する。

こうして、タイガの知らないところで騒がしい夜は更けていった。

十六

「じゃあ、その子が手紙を入れたって事？」

「そのようです、問い詰めましたが、誰に頼まれたかは口に出さなくて……」

マイリーが考えるように口元に手を当てた。

いつものようにフェミリアの部屋に集まっていたが、遅れてきたマイリーが彼女の部屋に入ろうとした瞬間、驚いたように見る女子生徒と目が合ったらしい。

挙動不審な彼女を問い詰めた所、手紙を置いた事は認めたものの自分はそれ以外何もしていないと言い、主犯の名前も言わなかったらしい。

「言わなかったというより……声に出せないような、感じでした。使用人が受ける契約魔法陣の効果に似ています」

「契約魔法陣か……生徒が出来るものか？」

「帝国民の生徒であれば外出も容易ですし、外部の者を利用すれば不可能ではないでしょうが、難しいかと思います」

フェミリアが大河達に視線を向け、そう口にした。

彼女の部屋に通うようになって、既に月が変わるくらい日が経っている。毎日お茶とお菓子を食べながら他愛ない話をして、最初は警戒心の残っていた彼女だったが、今ではすっかり打ち解け明るい笑顔を見せるようになっていた。

「すみません、拷問にかけて吐かせるという訳にもいかず……」

「……マイリーちゃん？」

不穏な言葉を発したマイリーに、陽斗は顔を青くして彼女を見る。

父を亡くした後、攻撃魔法が使えるまでに死に物狂いで己を鍛えたと言っていた彼女が、どのように鍛えたのかまでは聞いていない。戦後の混乱の中、年端もいかない少女に攻撃魔法を教える者などまともな職ではないようにも思うが、彼女に聞くのは躊躇われる。

「いや、お手柄だマイリー。これで教員が関わってる可能性が高くなったな」

「帝国人同士、であれば、教員が生徒に手を貸している事も、考えられます」

ユーリは以前に比べるとはっきり出せるようになった声で自分の意見を述べる。彼女を否定する事のない人に囲まれ時を過ごしているうちに、彼女自身少しずつ変わってきているのかもしれない。

「私はメイベルト教授が怪しいって思ってるけど……」

おやつのプリンを口にしながら繭が言う。

「でも、捜査してくれるって話だし、犯人だったらあれが転移魔法陣だって言うかな？」

「そう言えば、今の陽斗みたいに騙されてくれるじゃない。偶然あの近くにいたっていうのも怪しくない？　私達に対しても冷たいし」

「とりあえず、主犯はダリクスでしょ。仮にメイベルト教授が関わってるなら、ダリクスに頼まれて実行したって事かな」

「いえ、ビビアンナ様、という可能性もありますし、他の方でないとも、言い切れません」

ユーリの発言に、以前聞いた記憶を掘り起こす。

ユーリ達の証言によれば、虐めの主な首謀者はダリクス、そしてダリクスが想いを寄せるビビアンナ公爵令嬢らしい。とは言え、彼等が率先して虐め貶める空気を作っているに過ぎず、その二人が全てを命令している訳ではない。

「……全部憶測に過ぎねぇってこったな」

解決の糸口が見つからない状況に、大河は体の力を抜いて背もたれに体重を預けた。

「私……」

フェミリアの声に、全員の視線が向く。彼女は暫く膝に置いた自分の手を見ていたが、意を決したように顔を上げた。

「授業に出ようと思うんです」

「えっ……」

驚いて声を上げたのは、彼女の隣に座っていたユーリだ。

「国に帰るんじゃなくて？」

「私、家族の反対を押し切ってここに入学したんです。女でも騎士になれると証明したくて……。なのに、嫌がらせに心が折れて部屋に引き籠って……、合わせる顔がなくて家族に連絡出来ませんでした……。それで皆様にはご迷惑を……」

ゆっくりと話す彼女の目には今までになかった決意が見える。

「私が行けば、犯人がボロを出すかもしれませんし……。大丈夫です。学院で、皆様に守ってもらおうとは思っていません。もう一度、……今度は耐え抜いてみせます」

立ち上がり、暗に自分を置いて国に帰っても構わないと言う彼女の手は、声とは反対に震えていた。心の問題はそう簡単に克服出来るものではない。

そんな彼女に、大河を始め周りの面々は苦笑しつつ優しい表情を向ける。

「色々と疑問も残ってるのに、このまま放って帰る訳にいかねぇよ」

「そうそう、俺は元々卒業するつもりだったしね」

「私は帰りたいけど、美味しいお菓子食べられるなら残ってあげてもいいわよ」

「私は、当然タイガ様と共に」

フェミリアは力が抜けたように腰を落とした。

くしゃりと泣きそうに顔を歪めてありがとうと呟く彼女を、放ってはおけない。


自室の浴室で汗を流した大河は、枠に挟まった封筒を抜き取りガラス窓を開けると、体が冷えるのも構わず窓枠に腰掛けて外の空気を吸った。

手紙は黒装束の彼等からのものだ。

大河の部屋は三階にあるにも拘わらず、毎度この場所にどうやって置いているのか不思議で堪らない。

片割れは学院内に無事潜入しているらしく、フェミリア誘拐未遂についても調査をお願いしている。結界のせいで寮内には入れないが学院内はある程度自由に動けるらしい。

帝都にいる彼女には、隷属の魔法陣についても情報が欲しいと頼んではいるが、彼等の報告には今回も特に有益な情報はなかった。

思ったよりも帰るのが先になりそうだ。

フェミリアの件も、隷属魔法陣の件も何ひとつ片付いていないのに、もう季節が変わりそうなほどに時間が経ってしまっている。

セストからの手紙では、シェイドは相変わらず部屋に籠って研究の日々を送っているらしい。

未だに、シェイド宛の手紙は書けていない。書き損じばかりが増えていっている。

自分の決断に後悔はない。けれど、シェイドの事を思うと季節特有の空気が一層冷たく感じるような気がした。

少し離れたくらいで、と思っていたのは本当だ。心配事も無くなり、数ヶ月くらいで何がどうなるという気持ちがあった。

なのに、日を追うごとに彼を思い出す頻度が増えていく。

無表情な顔とか、人を揶揄う時の悪い顔とか、時折見せる笑顔とか。それに熱を帯びた時の表情。冷たく見える彼が、存外温かい事も。

そこまで考えて、大河は頭を振った。冷たい空気で頭を冷やそうと思ったのに逆効果だったようだ。氷の季節は弥が上にも彼を思い起こさせる。

はあ、と吐いた息が白く風に流れる。それを見つつもう一度深い溜息を吐いた。

――――思っていたよりもずっと、寂しい、のか。

そう考えて、冷えた体の頬にだけ熱がのぼる。気持ちを誤魔化すように窓を閉めて手紙を仕舞うと、ベッドに潜り込んだ。色恋の経験が皆無だった大河にとって、シェイドに対する感情は全てが初めてで困惑し振り回されてばかりだ。

今まで、数ヶ月どころか何年一人でも寂しいなんて思った事がなかったのに。自分が弱くなってしまったようにも思えて、少し怖い。

ふと、以前シェイドに言った言葉を思い出した。

溜まっていたから……と言った自分の言葉だ。

最近ずっとシていなかったから、きっと自分も溜まっていて妙な思考と感情に振り回されるのだ。

自分の閃きに、はっと起き上がった大河は、さっさと抜いてしまおうとそこに手をのばした。そして今までのように適当に処理しようとする。

だが、暫く緩々と手を動かしても、速くしてみても一向にイけなかった。

――――なんだこれ、どうなってんだ!?

追い詰められているにも拘わらず、達せない苦しさで脳内はパニック状態だ。

ここまできて止める事も出来ず、大河は涙目になりながら必死に手を動かした。以前した時の事を思い出そうとするが、一人でした事があまりにも遠過ぎて思い出せない。そもそも、特に何か考えて処理していた訳でもない。

覚えているのは、シェイドにされた事ばかりだ。

記憶が定かでないくらい翻弄される事も多いが、彼がよく触れる場所や感覚は思い出せる。

「……ふ、……っ」

大河はシェイドの手を思い出しながら、胸の突起に指で触れてみた。どうしても恥ずかしさが勝るが、それでも今はこの状態を脱したい気持ちの方が強い。

彼の手を想像して触れた場所は緩い快感を齎すが、自分で触れるだけではどこか物足りない。

達せない苦しさが辛い。

荒い息を吐く口に指を持っていき濡らすと、自分では触れた事のない尻(しり)の間に指を這(は)わす。シェイドにされた時には、中に触れられただけで達しそうになった場所だ。

躊躇いが強く、周りに触れるだけでなかなか挿(い)れる事が出来なかったが、つぷりと指で中に触れてみた。

「……んっ」

極限まで追い詰められた自身と、自分のしている事の恥ずかしさに思わず声が出る。自分の荒い息も自覚して、大河はうつ伏せになって枕を噛(か)んだ。息苦しさに生理的な涙が滲(にじ)む。

浅く入れた指を緩々と動かし、反対の手で扱くが、それ以上どうしていいのか分からない。

「ん……く、……、……ん」

シェイドは、あの大きな手で大河の感じるところを翻弄し、指なんかとは比べものにならない熱いもので大河の中を侵すのだ。躊躇いながら中に触れて、熱く甘い記憶を辿(たど)る。

『タイガ……』

自分を呼ぶ彼の声と、その後に口付けられた事を思い出して、思わず枕を噛んでいた唇を離してしまう。幻聴のように脳内に響く艶(つや)めいた声に、腰が震える。彼の口付けは、溶けそうに甘くて痺(しび)れるような快感を齎すのを体が知っているからだ。

「ふぁ……、っ……ん……!!」

シェイドの声を思い出した瞬間に、勢いよく噴き出た体液が手を濡らす。

疲れ果てた大河はぐったりと、ベッドに横たわった。はあはあと荒い息だけが静かな室内に響いている。軽い気持ちで始めた自慰が、まさかこんな事になるとは思いもしなかった。

大河は汚れた体を流しに再度浴室に籠ると、叫びながら走り出したいくらいの恥ずかしさを水を被って誤魔化した。

ヒソヒソと聞こえる声は、不愉快な響きを孕んでいる。

そうやってあからさまに陰口を叩く生徒もいれば、直接暴言を吐き捨てる者までいた。

「なんだ、まだ学院にいたのか」

「ダリクス様にふられて引き籠っていたんでしょう？　よく出てこれましたわね」

「そもそも、帝国の上級貴族であるダリクス様と小国の田舎貴族が、なんて烏滸がましいにもほどがありますわ」

「新しい男が見つかったのかしら？　ふふ、底辺同士お似合いね」

まだ玄関ホールだというのに、よくもまあ突っ掛かれるものだと、大河が前に出ようとしたがフェミリアに止められた。振り返れば自分は大丈夫だとでも言うかのように緩く笑っている。陽斗や繭達を見ると彼等は右から左に聞き流しているらしい。反応しないのが一番だと思っているのだろう。

フェミリアが勇気を振り絞って廊下に踏み出した瞬間、近くにいた男が足をかけた。

それを見ていた陽斗が衝撃を軽減しようと風魔法を使う。大河は、躓き転びそうに体が傾いた彼女の腕を掴み、背中に手を添えて補助すると、くるっと一回転して地面に着地させた。

「へ？」

「……!?」

彼女自身の身体能力の高さも相まって、まるで猫のように身軽に着地した彼女は目を白黒させている。

周りの人間も、一体何が起こったのか理解出来ていないようだ。足をかけた男は彼女の動きに驚いて自分が転けたらしく、床に尻餅をついていた。

「今日はみんな同じ魔法の授業だっけ？」

何事もなかったように、陽斗がフェミリアに声を掛ける。それが自然で、誰もが先程の光景は幻覚だったのかと疑うほどだ。

「おう、水魔法って言ってたな」

「そうそう、メイベルト教授の授業、遅れたら大変ですよ」

「行こ行こー」

　続く周りの明るい声に促されて、フェミリアは一歩を踏み出した。

　先程までとは違い、その足取りは羽のように軽くなっていた。

　その後も色々と嫌がらせを受けたり、突っ掛かられたりしたが、半分くらいは大河目的だったかもしれない。

　不思議に思ったフェミリアが問うと、そういや俺も標的になってたな、と大河は全く気に止めていない様子で答えた。

　実際、ネットもない世界の貴族のボンボンやお嬢様の考える虐めなど、現代から来た大河の感覚から言うとたかが知れている。勿論、これまで直接的な嫌がらせを受けた事のない彼女らには心が壊れるほど辛い事だと分かっているが、大河にしてみればこんなものかというのが正直な感想だった。

　ダリクス達にも再び絡まれたが、今度は手を出さずに上手く避ける事でお互いを相打ちにさせた。ウィルバーやシェイドと頻繁に手合わせしてきた大河からすると、彼と取り巻きの動きくらい止まって見える。最初からこうすればよかったと思いつつ、顔を歪めるダリクスにまたやろうぜ、と声を掛けた。

「タイガ様って、お強いんですね」

「一応、冒険者ギルドで魔物も倒してたからな。学生には負けねぇ」

「ま、魔物を、ですか……!?」

「タイガ様はとってもお強いですよ！」

「騎士になるなら俺も負けてらんないな」

「わ、私もです！」

　陽斗の言葉に触発され、そう言って拳を握りしめるフェミリアは本来の明るさを取り戻しつつある。今日一日を乗り越えた事が彼女にとって良い影響を与えたのだろう。

校舎の食堂は煩いのが多いので、今はよく手入れされた庭で持ってきたランチを食べている。なんと、酵母菌で作ったパンのサンドイッチだ。挟んでいるのは卵と塩漬け肉と野菜とマヨネーズ。パンはあれからすっかり仲良くなった料理人にオーブンを貸してもらい昨日(きのう)のうちに焼いておいた。

フェミリアの今日が特別良い日になればいいと思ったからだ。

マイリーが敷物やお茶を用意してくれ、ピクニックみたいに皆で頬張(ほおば)る。

「私、こんな風に手で食べるの初めてです……」

「ん～！　柔らかいパンなんて久しぶり！」

「やば！　美味(うま)ー！」

「それ、何語ですかハルト様……？」

フェミリアとユーリは食べ物を手で持って食事した事など無いらしく、戸惑いながらサンドイッチを持った手元を見た。その間にも既に慣れたマイリーと同郷の二人が満面の笑みでパクパク食べているのを見て、モタモタしているとなくなりそうな様子に、躊躇(ためら)っていた二人も口にする。

「！　美味(おい)しい……」

そうフェミリアが呟き、視線を合わせたユーリがコクコクと頷(うなず)いて返した。

「そういや、大河。昨夜部屋で何してたんだ？　なんか煩かったけど」

「…………筋トレ」

「なんであんな夜中に……」

「悪い、もうしねぇ」

あの後、眠れなくなった大河は、ともすれば思い出しそうな思考を誤魔化(ごまか)すように朝まで筋トレして過ごしていた。この様子だとその前の声は聞こえていなかったようで、心底安堵(あんど)する。

和やかな昼食を終えて片付けをしていると、頭上からカタッという音が聞こえた。

見上げた大河は目を瞠り、炎魔法を使って高く飛び上がると、落ちて来たソレを蹴り上げた。

バコッと音を立てて蹴られたソレから水が飛び散り、着地した大河や周りにいた皆を濡らした。

「あ、わり」

「なんなのもうー！」

「いや、水が入ってると思わなくてよ」

悪びれず言った大河の視線の先には残骸になったバケツがあった。空中で大破したために中の水が雨のように降り掛かったらしい。

上から故意に落としたとしか思えないが、軽い木のバケツを使うところを見ると嫌がらせの類だろう。

「あんた、ちょっとは勢いで動くのやめたら？」

「もっと言ってやって繭ちゃん」

「食った後で良かったよな」

「全然気にしてないよね」

濡れてしまった繭はカンカンだが、大河は聞き流して水濡れの頭を犬のように振った。

「ふふっ、あははっ」

弾けたような笑い声が響く。皆が視線を向けるとフェミリアがお腹を抱えて笑っていた。笑い過ぎたのか、涙を拭う仕草までしている。

大笑いするフェミリアに、ユーリはオロオロしながら首を傾げた。

「フェミリア？」

「ふふっ、何でもないの。タイガ様を見てたら、何でこんな事で閉じ籠ってたのかなって、思っちゃって……」

何も解決した訳ではないし、これからもきっと辛い事がある。

それすらも乗り越えられそうなほど軽くなった心と明るい予感に、彼女は目尻に涙を浮かべながら綺麗に笑った。


教授として学院に在籍する魔法師は多くないが、

帝都で仕事をしながら時折講師として来るものを合わせると、数多くの魔法師が学院に出入りしている事になる。

あの後、結界が張られて転移魔法陣には近づけなくなった。学院が生徒を近づけないようにしたのだろう。やはり生徒に関わらせる気がないのか、メイベルト教授に捜査状況を聞きに行ってもなしのつぶてだ。

「攻撃魔法を習得している者はこちらに、そうでない者はあちらに」

校舎に近い森の一角で授業が始まるとフレット教授は魔法師らしいローブの前を左右に分けて指し示した。生徒が動くと、「そうでない者」達の方に足を向ける。

「君達はこの授業を受ける資格がありません。見学は構いませんが、邪魔にならぬように」

そう言って神経質そうな男性教授は彼等から視線を外した。三十代くらいだろうか、目にかかるくらいの長さの黒髪を真ん中で分けている彼は、一見女性にも見えるような繊細な顔つきだ。

その言葉に、ムッとした表情をしている女子生徒もいた。お怪我(けが)をされては危ないですから、とダリクスが声を掛けている所を見ると彼の知り合いらしい。

大河達は攻撃魔法未修得のユーリ以外で授業を受けている。行われる場所は、校舎裏の森の一角だ。

「基礎は学んでいるでしょうから、実践をしてもらいます。その場で炎魔法の球体を作るように」

風や土、雷は、適性が無いと習得までに長い年月を要する場合もあるが、光と炎は生活魔法の延長だからか使えない者はいない。大河も光魔法の時とは違い、難なく作って見せる事が出来た。攻撃でなければ多少は調整も出来るようになっている。

「そうやって魔力は手のひらから出すのが効率的だというのは皆分かっていると思いますが、君らが出したその炎を見て分かるように、手のひらでは魔力が分散されます。自身の魔力総量に依存しますが、広範囲になるほど威力は弱くなるもの。効率的に使う手段を学びなさい」

　そう言って棒状の物を取り出した。教授達が持っていたのは教鞭ではなく魔法に使う杖だったらしい。

　教授が杖を的の付いた木に向けると、その先に小さな炎の球体を作り出した。球体は勢いよく飛び、的に当たると木ごと燃やし尽くす。水魔法ですぐに消されたが、小さい炎の球体とは思えない威力に生徒は息を呑んだ。

「こうして一点に集め圧縮する事で威力とスピードが増すのです。指でも構いませんが、手のひらとの境が分かり辛いため魔力を集中させるのが難しい。こういった杖を使う場合、自分の魔力を込め手の延長のように扱えるまで時間がかかるので、必要と思う者は早いうちに用意をするように」

　そう言って生徒を見渡した教授は、質問のあるものは？　と問いかけた。

　迷っているような表情をしていた陽斗が手を上げる。質問する生徒は珍しいのか、教授は片眉を上げて彼を見た。

「付与魔法のかかった道具とは、どう違うんでしょうか」

「付与魔法など、どこで聞いたんです？」

「それは……」

「存在しない物など、語りようがない」

「えっ、でも」

「では、続いての実践を」

　そう言って教授は陽斗から視線を外し、授業を続けた。生徒達がクスクス笑っている中、陽斗は首を傾げている。存在するのは確かだ、陽斗達が使っていたのだから。

　陽斗が同意を求めて繭の方を見ると、彼女は声に出さず口だけでバカじゃない？　と言った。

「口外するなとは言われなかったけど、わざわざ言う必要ある？」

「う……ごめん」

珍しく繭に正論で怒られた陽斗は、肩を落として落ち込んでいる。陽斗の言葉を証明出来る唯一の物は手元にない。彼等は国を出る時に付与魔法の武器は置いて来ている。彼等に与えられた物ではあるが、厳密に言えば国の物だからだ。

「エスカーナでは存在するのが普通の事なんですけどね」

フォローするように言って、フェミリアも首を傾げた。エスカーナでは勇者召喚の話も、付与魔法の武器も、親が子供に語り聞かせる物語になっている。国民はその存在を信じて疑いもしていない。だからこそ彼女も教授の言葉に驚いたらしかった。

そんなフェミリアの背後にいた者達が弾けたように笑い出した。

「存在するのが普通なんだってよ」

「エスカーナって言えば、昔から勇者召喚だとかそういった事が好きだよな。本当かどうか」

「嘘に決まってるだろ、異世界からの勇者なんて」

聞こえよがしの嘲笑に、苛立ちよりも帝国はそんな認識なのかといった感想を抱く。

「最近なんて、人が魔物化したと言ってる奴がいたぞ」

「確認しようも無いからって好き放題言ってるな」

目の前に丁度全員いますけど……とは言えずフェミリア以外がなんとも言えない顔になった。

陽斗は以前ルーファスに言われた言葉を思い出して、なるほどなと声を漏らす。彼は半島を出れば自分達の価値が無くなると言っていた。自国では当然の事でも、離れるとそうでなくなるのは写真もテレビもネットもない世界では当然の事かもしれない。

「ふん、田舎の小国はそんな虚言でしか大国と渡り合えないとは、哀れな事だな」

蔑む声はダリクスのものだ。こいつの嫌味にもいい加減慣れたな、と大河含め皆聞かないようにしていたが、今日は珍しく止める声があった。

「ダリクス、品位を下げるような事はやめないか」

声のする方を見ると、赤みがかった金髪に、深緑の目をした綺麗な顔の男が立っていた。寄り添うように隣にはダークブラウンの髪をハーフアップにした青い目の美少女がいる。授業前に不満気な顔をしていた女子生徒だ。

「リ、リヴェル殿下……」

リヴェルと呼ばれた男は腰に手を当ててダリクスを叱り、隣の少女はツンとそっぽを向いた。

「しかし、身のほどを知らない者に帝国との差を分からせるのは、帝国人の義務です」

「相手に合わせて品位を下げる必要は無いと言っているんだ」

「そうですわ、帝国人としての気品を忘れないでくださいませ」

「ビビアンナ様……申し訳ありません」

止めに入ったといっても、自分達が恥をかかないためだったらしい。ダリクスが敬語で話すくらいだ、帝国で彼よりも身分が上の者達なのだろう。

「君達も、目立ちたいのは分かるが馬鹿を晒すのはやめた方がいい」

まるで優しく忠告するような口調でリヴェルが大河達に言葉を向ける。先程の事を言っていると分かった陽斗が思わず赤くなった。

「いや、お前ら誰だ?」

「……今、何と言ったのかな?」

腕を組んだ大河が、こてりと首を傾げる。にこやかな男が笑顔のまま鋭く目を細めた。

フェミリアが焦ったように大河の袖を軽く引くと、リヴェル第一皇子と、ビビアンナ様ですと小声で伝える。顔を横に向けて聞いていた大河が、ああ、と理解したような声を出してから彼等に向き直った。

リヴェルと言えば、確かユーリが虐められる切っ掛けになった皇子で、ビビアンナは率先して虐めていた首謀者だ。

「テメェがコイツらの親玉か?」

「……君、自分の言っている事が理解出来ているかい？」

「親玉なら、取り巻きと舎弟の躾(しつ)けくらいしっかりやったらどうだ」

片目を眇(すが)めて低く凄(すご)んだ声で忠告すると、ダリクスとビビアンナが熱(いき)り立った。

「ガルブレイス！　貴様！」

「殿下になんという事を……！」

周りにいた生徒もその態度に顔を顰(しか)め、騒(ざわ)めいている。

「……聞くに堪えないな。魔獣の唸(うな)り声でも聞いてるようだ」

ニコリとしたままリヴェルが大河を嘲笑(あざわら)った。

――――その瞬間、本当に唸り声が聞こえた。

もちろん大河ではない。

唸り声が響いた方向を振り向くと、そこには数頭の魔物がいた。騒めいたのは大河の言動だけが原因ではなかったらしい。

優に三メートルはある赤黒い人型の魔物が呻(うめ)き声を上げながら重い足音を立てて近づいてくる。手足は岩のような硬いもので覆われていて、腕だけで人間の胴体くらいありそうだ。

リヴェルを始め視線を向けた面々がその表情を凍らせる。

「きゃああっ」

「オ、オーガ!?」

「何故(なぜ)こんな所に……！」

角の下から覗(のぞ)く眼光がギョロリと生徒に向けられていた。牙(きば)を剥(む)き出(だ)しにして吠(ほ)える姿に、生徒が悲鳴を上げて逃げ出す。森は広大で魔物が出る事自体はおかしくない。だが、結界に囲まれた中にこんな上位の魔物が出るのは異常な事態だ。

「リヴェル殿下っ、ビビアンナ様！　早くこちらに！」

「あ、ああ」

　授業が終わった後話をしていた大河達の他に、残っていた生徒は疎（まば）らだがそれでも十数人ほどいた。生徒達は阿鼻叫喚（あびきょうかん）となり、我先にと逃げている。勉強はしていようとも、まともに戦闘した事のない生徒が上位の魔物を相手に出来る筈もない。

「なにあれっ」

「オーガは足が遅いです！　全力で走ってください！」

「大河！　俺達も早く逃げよう！」

「……っ、先に行ってくれ！」

　走り出した繭とフェミリアを追いかけようとした陽斗が、立ち止まったままの大河を振り返る。

　そう言った大河の視線の先には逃げ遅れた生徒達がいた。男子生徒一人と女子生徒が二人、驚きと恐怖のあまり、足が竦（すく）み座り込んでしまっていた。

　なんとか這（は）い蹲（つくば）りながら逃げる生徒に、巨大な腕が襲いかかる。

　その瞬間、何かが魔物の厳（いかめ）しい顔に打ち当たり、頭が少し揺れた。魔物の足元に落ちたのは、教材として使っている水晶だ。陽斗が蹴り飛ばしたらしい。

「うわ、やっべ……！」

「陽斗、倒れてる奴担いで走れるか？」

　当たっただけでダメージ皆無のそれは、それでもオーガの気を引く事には成功したらしい。ギョロリと睨（にら）まれて陽斗が震え上がった。

「全員は無理だ！」

「私達が……！」

「……っ、頼む！」

　逃げたと思っていたフェミリアと繭の姿に驚き、彼女らを振り返る。二人は怯（おび）えたような表情をしていたが、すぐさま倒れた者達に駆け寄った。

　マイリーは当然かのように剣を構えて、彼等から魔物の気を逸（そ）らすために風魔法を撃っていた。硬い皮膚を切り裂く事は出来なくても、意識を自分に向ける事くらいは出来る。

「マイリー！」

「タイガ様も逃げてください！」

「んな訳にいくかよ……！」

　ここから校舎までそれほど遠くない。彼等を逃すためにもだが、魔物を校舎に行かせない為にも足止めが必要だ。

　生徒を抱えた陽斗達が離れたのを確認しつつ、大河は手足に雷を纏わせて跳び上がった。

　だが、頭を狙った筈の蹴りは、腕で受け止められる。硬い岩のような腕はビクともしなかった。五月蠅い蠅か何かのように振り飛ばされ、片手をついて地面に着地する。

　オーガはそれほど動きが速くない。大河は後ろに回って背中を登ると首にしがみついて電撃を食らわせた。脳に直接響いたのか、グアアと呻いて頭を抱えるように体を折る。大河は角を持ち体をひねって回転させると額に膝蹴りを入れた。ぐらりとよろめいた巨体はそのまま尻餅をつく。

　だが、近くにいたもう一体に横から手を払われ、避けきれなかった大河は木が密集している方に飛ばされた。勢いのまま幹に思い切り体を打ち付ける。

「タイガ様……!!!」

「いってぇ……」

　強打した箇所を押さえて起き上がる大河に、マイリーが駆け寄った。

　そして大河とマイリーは、木陰に視線を向けて息を詰める。逃げ遅れ木陰に隠れていたらしい女子生徒が気を失って倒れていたからだ。オーガは重い音を立ててこちらに歩いてきている。

　このまま、倒れた彼女を放置する訳にはいかない。

「マイリー、この子を連れていってくれ」

「私が残ります！」

「マイリー」

「嫌です……!!」

　きっとすぐに教員達が来る、魔物をここに足止めするくらい一人でも大丈夫だ。そう言って悲鳴のように叫ぶマイリーに視線を合わせた。

「……マイリー、お願いだ」

真摯に訴える大河にマイリーは言葉を失くして唇を噛み締めた。

彼女は顔を泣きそうに歪めたまま立ち上がり、風魔法で補助して女子生徒を抱き上げ走り出す。

大河はマイリーを見送った後再び魔物に向き直り、バチバチと閃光を腕に纏わせ迫り来る脅威に向かって走った。

こんな時、何度も魔法を撃てたら良かったのだが、魔力調節が下手な大河ではマイリーのように何度も攻撃魔法を放ち意識を向けさせて時間を稼ぐ事が出来ない。そんな事をしたらすぐに魔力が枯渇するからだ。

再びの戦闘で一体は完全に沈黙し、何体か膝をつかせる事は出来たが、表皮が硬過ぎる。

大河に出来るのは、近接攻撃だけだ。彼女にそれを知られていなくて良かった。そしたらきっと彼女はここから離れなかっただろうから。

片足を引っ掴まれ逆さに吊るされた状態で、そんな事を思う。強く掴まれた足に激痛が走った。掴まれていない方の足に炎を纏わせ何度も蹴るが、硬い腕はビクともしなかった。

その時――

突然オーガの頭からドンッという爆発音が鳴り、大河の足が自由になる。教授が来たのかと身軽に着地して、頭を抱えるオーガを見上げた。爆破の後、燃える頭には見覚えのある短刀が刺さっていた。湾曲したソレには魔法陣が描かれている。

そしてガガガッと地面を噛む刃物の連続した音が鳴り、オーガ達の足が止まった。

「……っは」

大河の口から笑いを含んだような息が漏れた。攻撃の主が分かったからだ。自分も食らった事があるのだから当然だ。

「遅れた……すまない」

そう言って姿を現したのはいつもの黒衣ではなく、学院の使用人の格好をした男だった。認識阻害のフードだけは被っているが、顔が見えている。初めて見た彼は夜のような濃紺の髪に同じ色の目の涼しげな顔をしていた。

「いや、本気で助かった、ありがとな」

男は大河をじっと見つめて、コクリと頷く。本当に無口な奴だ。

「この剣も、お前の腕もすごいよな」

「一族に、伝わる技」

へぇ、と声を出した瞬間、大勢の足音が聞こえた。男はフードを深く被り、目を閉じて気配を消す。

「そこから離れなさい!!」

叫ぶ声に促されて大河はオーガから距離を取る。離れた瞬間攻撃が始まり、息つく間もない攻撃に魔物は瞬く間に倒された。オーガを拘束していた魔法陣も男の姿もいつの間にかなくなっている。

「君、大丈夫だったか?」

「騎士が間に合って命拾いしたな!」

逃げ遅れた生徒だと思ったらしく、騎士らしき屈強な男達は大河の肩を叩いて快活に笑っている。いかにも体育会系といった雰囲気だ。普通に考えれば、逃げ遅れた生徒がここまで生き残っている訳がないが。

その中の一人が大河に近付いてきた。

「お前は……」

「ああ、えーと。ダン……、バン……?」

「ランバートだ」

「あんた生徒じゃなかったのか?」

声を掛けてきたのは、以前ダリクスに絡まれた時に会った男だ。短めの黒髪で精悍な顔付きの彼は、生徒だが、と言って鎧から見える制服の襟を正した。

「卒業後に騎士になる事は確定している」

「それってすごいのか?」

「当然だろ?」

突然割って入った男はこれまた見覚えのある、調理場で会った金髪でタレ目の男だ。同じく鎧を纏っている。騎士の中に数人生徒が混じっていたらしい。

「あ、パンケーキ」

「アシュアだ」

言い直した男だけではなく、ランバートも眉を寄せた。そういえば、ユーリが第二皇子だとか言っていた気がする。とはいえ、大河に謝る気もなく軽い調子で自分も自己紹介をした。

「オーガ相手に生き残るとは大したものだな」

「倒せなかったけどな」

「当然だ。一体でも騎士が数人がかりで倒すような魔物だ。今回これほどすぐに倒せたのは運が良かった」

アシュアは倒れた数体のオーガに視線をやっている。あいつが足止めしたからだけどな、という言葉は胸にしまって、良かったなとだけ言った。

「期待の若手と殿下がいたのだ、当然でしょう！」

「……ローガン教授」

誇らしげにランバートの肩を叩く老齢の騎士は教授らしい。アシュアの言葉を耳に留めて一瞬だけ会話に入ったらしく、すぐにお呼びがかかって魔物の処理を指示し始めた。

「そんなに強いのか？」

「ランバートは剣技、魔法共に騎士科のトップだ」

「へぇ……」

大河にじっと見つめられて、ランバートが居心地の悪さに少し上体を反らす。

「なぁ、手合わせしようぜ！」

「「は？」」

満面の笑みで言った大河に、二人の素っ頓狂な声が揃った。


大河が意気揚々と誘った模擬戦の申し出は、当然の如く断られた。

襲撃後でそれどころではないため当然だが、オーガに掴まれて負傷した足を庇っているのにも気付かれたらしい。怪我をしている者とは出来ないとランバートは真面目な顔で言う。

そのうち機会があればと約束したので大河は満足だ。

治療室に行くよう促されてそちらに向かうと、生徒を運んできたマイリー達と会えた。皆で再び森に戻ろうとしていたらしい。

逃げた生徒達は怪我をした者や、精神的ショックを受けた者も多く、治療室に運ばれたそうだ。治療室とは回復魔法に特化した職員がいる場所だ。日本の学校のようにベッドも置かれている。

「はぁ――、良かった」

「ほんと、もう……」

「……良かった、無事で」

陽斗は顔を覆って溜息を吐き、繭とフェミリアは腰を抜かしたように座り込んだ。

「タイガ様、足を……」

「ああ、ヘマやっちまって。回復頼めないか？」

「はい……」

マイリーは沈んだ様子で、大河と視線を合わせようとしない。治療室はいっぱいだったので、廊下から庭に出てベンチに座る。マイリーは大河の前にしゃがんで足に回復魔法を施してくれた。

「……マイリー？」

足の痛みが引いたので治療は終わった筈だが、頭を上げようとしない彼女を訝しんで名前を呼んだ。

「……私は、タイガ様のお力になりたいのです」

「どうしたんだ？　十分助かってるぜ？」

「嘘です。なんの役にも立っていません」

しゃがんだまま頭を振る彼女は、俯いたまま顔を上げようとしない。

「そもそも、マイリーがそんな気負う事じゃねえだろ？」

「大河っ」

咎めるような陽斗の声で自分の失言に気付いた。今のは彼女の気持ちを否定する言葉だ。自分を責めて欲しくなかっただけだというのに。

マイリーは思い詰めたような表情で顔を上げる。

「……すみません、でした」

「ちが、マイリー」

「少し頭を冷やします」

そう言って彼女は踵を返し、その場から走り去った。

「はー……、馬鹿なの？」

「……そうだな」

大河は合わせた手を額に当て、拝むような姿勢で溜息を吐いた。繭の言葉は全くその通りだ。

「あんたの命知らずな行動、悪いとは言わないけど

「周りの気持ちも考えて欲しいって、俺でも思うよ」

「……」

「……悪かったよ」

「タイガ様、本当に分かってらっしゃいます？」

フェミリアの声に、疑問を乗せた顔を上げる。座ったままの大河は前に立った彼女を見上げる形になった。

「皆さん貴方を大事に思っているから。心配で不安で、マイリーさんは本当に真っ青で震えてらして、見ているだけで心が痛むほどでした」

真摯な言葉が大河の心に降り積もる。そしてまたやってしまったのか、と苦々しい気持ちになった。

「繭ちゃんですら心配してたんだから」

「ちょっと！　やめてよね！」

「ん……、ごめん、……ありがとな」

せっかく師匠に教えてもらったというのに。心配するのだと言ってもらったのに、場所や人が変わって、失念してしまっていた。呑気に手合わせだなどと言っていたさっきの自分を殴りたい。

大河は戒めのため気合を入れるが如く、自分の頬をバチンと両手で叩いた。

マイリーを追うために彼女が走り去った方へ行くと、先程まで大河がいた場所の近くで、彼女はナンパされていた。

男はマイリーの手を取って笑顔を向けている。

「た、タイガ様……」

咄嗟に腕を掴んで引き、マイリーを自分の後ろに隠すよう立ち、男に制止の言葉を掛ける。マイリーが戸惑った声を出した。

「ナンパとは、なんだ?」

「邪な気持ちで女の子に声掛ける事……?」

「た、タイガ様、私はお礼を言っていただけです!」

怪我を負った大河は先に戻されたが、アシュアとランバートは漸く解放され魔物に襲撃された場所から戻る途中だったらしい。体を動かして頭を冷やそうと訓練所に向かった彼女が彼等を見つけ、マイリーから声を掛けたそうだ。

「武装されていたので、救援にいらしたのだと」

「そうだぞ、本当に無礼だなお前は」

「悪ぃ。なんか、アシュアは軽薄そうな感じがして」

それは謝っていないなとアシュアは呆れた声を出した。ランバートも眉を寄せて大河を見据える。

「殿下は女癖が悪いが、場所くらい弁えておられる」

「お前のそれもフォローになってないな」

真面目な顔で発言するランバートに、アシュアは半眼を向けた。

「女癖……俺の師匠も悪くて、いつだったか酒を頭からかけられてたぜ……気をつけろよ?」

「そうか。確かに恨みを買うと恐ろしい。殿下くれぐれもお気をつけて」

「勝手に、いらん心配をするな」

二人とも本気で心配している様子なのがタチが悪い。アシュアは関わらない事にして、マイリーに笑顔を向けた。

「まあ、可愛らしい花が私に手折られたいと言うなら、拒否するのも不粋ではあるが」

「あ、ハイ」

「……」

彼女は無の表情をしていた。その様子に脈なしと判断したのか、アシュアは再び大河に向き直る。

「それで？　自分の女が心配で追ってきたのだろう？　全く、痴話喧嘩なら余所でやれ」

「そうじゃねぇよ」

「何を仰るんですか！　タイガ様には素敵な旦那さまがっムグムグ……」

何を言い出すんだと、焦った大河は慌ててマイリーの口を塞いだ。

「旦那……？」

訝しげなアシュアと対照的に、ランバートは雷に打たれたかのような表情をしている。

「ち、ちげぇよ！」

「ぷは、すみません……まだ婚約者でしたね」

勘弁してくれ、と頭を押さえた大河の手を取ってランバートが跪いた。

「こ、これは失礼した。まさか女性だったとは……性別を間違うなど、私はなんという非礼を」

「……いや、どう見ても男だろ」

アシュアの冷静なツッコミに、ランバートは混乱しているのか目を白黒させている。男に旦那がいるというのは、彼にとっては常識外の事らしい。

「俺は、マイリーに謝りに来たんだよ!!」

話を逸らす意味もあって、無理矢理話を当初の目的に変えた。

いきなり叫んだ大河に、なんだなんだと好奇心を覗かせるアシュアとは違い、マイリーは気まずげに視線を逸らした。

ランバートはまだ混乱している。

「タイガ様に謝っていただく事など……」

「ごめん、悪かった!!　マイリーの気持ちを蔑ろにした訳じゃねぇ。自分を責めて欲しくなかっただけで！」

　ガバッと深く頭を下げる大河に、マイリーは目を見開いて慌てた。そして肩に手をあて頭を上げるよう促した。

「……私こそすみません。分かっているんです、タイガ様の性分は。だから、心配するばかりで力になれない自分が悔しいだけなんです」

　真摯に告げる彼女の気持ちが身(み)に沁(し)みて、大河はもう一度ごめんと謝った。

　それを見ていたアシュアが、腕を組んで眩(まぶ)しいものでも見るように目を細める。

「ふむ、お前達も主従関係か。なんとも美しい関係で羨(うらや)ましい事だ。なぁ、ランバート」

「……私も殿下を大事に思っています」

　漸く復活したランバートの言葉に、アシュアは何故か鼻で笑った。

　主従のつもりがないので否定しようとしたが、その前にアシュアがニヤニヤと大河を見る。

「それで？　その旦那というのは国にいるのか？」

「なんで、話を戻すんだよ」

「いやあ、お前のような男がというのが想像出来なくてな」

　嫌そうに顔を顰(しか)める大河を気にした様子もなく、揶揄(からか)う口調のアシュアは完全に面白がっていた。なんとなく、この男の性格というものが分かってきた気がする。面白そうだと思う事には進んで首をつっこむタイプなのだろう。好奇心も強そうだ。

「帝国は複数愛者が多いが、同性婚は禁じられている。だがまあ兵士などは男社会だ、聞かない話でもない。噂好きな女性が教えてくれたりな」

「複数……」

　なんとなく想像が追いつかなくて首を傾(かし)げる大河の向かいで、ランバートが同じような顔をしていた。

「こういう堅物は別だが」

「私は、愛を捧(ささ)げる相手は一人で十分と思っているだけです」

「……俺も、そうだな」

むっつりとした顔で大河がそう声にした瞬間、マイリーが口を押さえてキラキラとした視線を向けてきた。

「タイガ様……やっぱり心の中ではちゃんと想っらっしゃるんですね」

よかったよかったと嬉しそうにするマイリーの言葉の意味を理解して、大河の顔が一瞬で赤く染まった。

その通りなので違うとも言えず、戸惑った表情のまま口をはくはくさせている。そんな大河の姿を、ランバートが驚いた様子でじっと見つめていた。

はっと気付いたようにマイリーがランバートに顔を向ける。

「……ランバート様、ダメですよ？」

「な、何がだ」

「絶対にダメですよ？」

釘を刺すように言うマイリーの言葉に、意味が分からずランバートは狼狽える。

「いやいや、それは無いだろ。コレを相手に」

「タイガ様は無自覚な人たらしなんです。私が虫除けをしなくては……」

ついていけない周りを余所に、マイリーは力強く拳を握りしめた。

教室の窓から、騎士の訓練場が見える。

魔物襲撃事件から、暫くは学院内が騒がしかったが漸く落ち着き、野外授業も行われるようになっていた。訓練場は競技などにも使われるため、観客席付きのサッカー場のような作りになっている。

手前にある獣舎も見えて、そこから数頭の魔獣が騎士に牽かれていた。恐らく陽斗達が言っていた騎獣の授業だろう。魔法学院では十数頭の隷属魔獣が飼われている。馬のような魔獣が殆どだが、狼のような魔獣も紛れていた。

近年、騎獣が出来る騎士というのは減っているらしい。魔物に騎乗したままの戦闘は難しく、振り落とされて命を落とす者が後を絶たなかったからだ。以前は騎士とは騎獣で戦う者の事を指したが、今では騎士団に属する者達を騎士と呼んでいる。騎士職というのは貴族しかなれず、憧れを抱かれやすい職だ。貴族の子息がそんなに死んでもらっては困るのだろう。

とはいえ、颯爽と魔獣の背に乗る姿は気持ち良さそうで、大河は肘をついて窓の外を眺めていた。学院外から来た教員の話が何度も聞いた話で寝てしまいそうだったからでもある。

「陽斗！」

「タイガ、わざわざ迎えに来てくれたのか？」

「ああ。授業見てたぜ、ちゃんと乗れてたな」

「風魔法で補助してもらっても数メートル走るだけでヒヤヒヤだよ。めちゃくちゃ怖い」

昼食を一緒にとろうと誘いに来たが、陽斗達は余程大変な授業だったのか満身創痍だ。女性達もそれをネタに盛り上がっている。

横を騎士が牽く魔獣がのしのしと通り過ぎた。馬に似ているとはいえ、一回り以上大きい魔獣に乗るのは乗馬になれた者ですら難渋しそうだ。

視線を向けていると魔獣を牽いている騎士と言葉を交わしていた者達と目があった。そのまま大河に気付いて近づいてきたのはアシュアとランバートだ。

陽斗はその顔を見て緊張に固まった。

「タイガ、乗りたそうだな」

「まあな。隷属契約しなくても、乗れるものなんだな」

「そんな事も知らないのか？　隷属契約者は一人だが、危害を加えないよう命令されているから、それ以外の者も騎乗くらいなら出来る。当然契約する方がいいがな」

「契約者って一人なのか……？」

気安い様子で話しかけてきたアシュアが、何を当然の事を？　といった表情になる。あまりに常識的な質問だったのか、不思議そうに隣にいるランバートと顔を見合わせた。

「いくら田舎(いなか)であっても、それくらいは常識だろう？」

「隷属魔法陣の契約は一人しか出来ないが……」

「す、すみません。こいつちょっと常識に疎(うと)くて……」

「え、でも……」

はてなを飛ばす大河と、訝しげな二人の間に陽斗は慌てて割って入った。

確かにそう聞いた事があったのだが、それだとどうしても説明がつかない事が出てくる。そのため、聞き違いをしたのだと思っていたのだ。

戸惑う大河を余所(よそ)に、アシュアが何か思い出したのか口元に手を当てた。

「そういえば、二重契約の隷属魔法陣の研究について聞いた事があるな」

「だ、誰(だれ)なんだその研究してたの……！」

目の色を変えて飛びついた大河に、アシュアは驚き仰(の)け反(ぞ)る。そして近付いた大河の顔を手のひらで押さえた。

「確か、……フレット魔法師だったか。それより顔が近い、女性ならいいが」

押し返された大河は気にした様子もなく、フレット教授に話をと踵を返そうとした。が、走り出す前にランバートの大きい手に腕を掴(つか)まれた。

「残念だが、フレット魔法師は学院にいない」

「？　……じゃあ、どこに」

「聞いていないのか？　彼は先の魔獣襲撃の首謀者として捕らえられた。投獄されたから会う事は出来ないぞ」

「えっ、あれって作為的なものだったんですか……？」

「そのようだ。魔物を解体したら、腹の中から結界通過の魔法陣が出てきた。ここ最近で帝都外への外出申請をしたのがフレット魔法師だけだった為(ため)に尋問されたが挙動がおかしく、そのまま捕縛に至ったそうだ。本人は否定もせず大人しく捕まったらしいな」

教授ともあろう者が嘆かわしい、と顔を顰めアシュアが腕を組んだ。

「何の為に、魔獣を？」

「最近生徒の誘拐未遂が起こったそうだが、その事件を有耶無耶(うやむや)にする為と思われているらしい。杜撰(ずさん)だがな。しかし魔獣騒ぎで人が死んでいれば、それどころでなくなっていた事は確かだ」

「誘拐の……!?」

教授が捕まった話の時よりも驚愕(きょうがく)した面々を見て、アシュアとランバートが訝しげな表情になる。

フェミリアを誘拐した犯人という事であれば驚愕するのも当然だ。既に捕縛され、誘拐に関して事情を聞けない事が残念でならない。尋問の内容が聞けるかは分からないがメイベルト教授に問い合わせるほかないだろう。

とはいえ、これであっけなくフェミリア誘拐未遂は落着したのだろうか。何とも言い難いような結末だが、事件の終わりというのは、実際こういうものなのかもしれない。

大河含め関係している者が皆一様に考える様に、アシュアは違和感を覚えたらしい。

「何か知っているのか？」

「……い、いえ。それより大河、昼食に行くんだろ」

陽斗が慌てて首を振った。フェミリアの件はメイベルト教授に口止めされている。分かりやすく話を逸らした陽斗にアシュアは片眉を上げたが、問い詰めはしなかった。

「なんだ、ランバートと手合わせする為に来たんじゃないのか？」

「アシュア殿下……」

軽い口調で言ったアシュアに、名前を出された男は困った顔をする。元々乗り気でなかったからだ。彼は自分の実力を把握しており、騎士科でもない大河が相手になるとは到底思っていない。

「いいのか!?」

犬ならば尻尾をブンブン振っていそうな様子で大河が喜び勇む。突如キラキラした目を向けられたランバートがたじろいだ。

「大河……そんな事言ったのか？　学院トップ相手に？」

「トップって聞いたからだけどな！」

満面の笑みを浮かべる大河に陽斗は、爽やかな笑顔だなー、と投げやりに言った。もう止めるのも諦めたらしい。

「剣を」

「いらねぇ！」

「……分かった」

渡された剣を断ると、ランバートは自分も帯刀していた剣とマントを外しアイテムボックスに収納した。大河もローブを仕舞う。

訓練場で向かい合うと、近くにいた騎士科の生徒や騎獣を教えに来ていた騎士が興味を惹かれたらしく遠巻きに見物しだした。ランバート様が負ける訳ないという笑い声から、面白がっているのが分かる。

「結界が無いから魔法は無しだ、では始め」

同じく愉しげなアシュアが開始の合図を出した。

だが、大河を見据えたまま動かないランバートは、自分から手を出す気が無いのだろう。相手になると思っていない彼からは、向き合う姿勢は見えても負けるかという闘志のようなものは全く無い。

その事に少し苛立った大河は、自分から相手に仕掛けた。

瞬発的に相手に向かって駆けると、飛び上がり体を捻ってランバートの顔の側面を狙って勢いよく蹴りを繰り出した。一瞬驚いた顔を向けた彼は、ガードをした腕を蹴りの方向に振り払う事で衝撃を流す。

だが、オーガとは違い多少はダメージがあったらしい。腕を軽く振って再度構えた彼の目には先程までに無かった闘志が垣間見えた。

軽い音を立てて着地した大河は、それを見て口の端を上げる。

再度向かっていくと、今度は攻撃の前に相手の腕が自分に向かってきた。それを避けた先にも拳が迫り、避けきれず腹を掠る。大河は身を屈めて彼の視界を外れると体の側面に回って足払いをかける、が同時に肘を入れられ、どちらの体もよろめいた。

――――楽しい。

突き抜けるような痛みがあるのに、そう思ってしまう。

シェイドやウィルバーは強過ぎて相手にならず、こんな風に勝負にならないのだ。恐らく、攻撃の威力はランバートが、スピードだけなら大河の方が早い。ボディに入れられそうになった拳をジャンプで避けて、彼の肩を掴んだままランバートの頭上を通過しつつそう思う。背後に回った大河に回し蹴りが迫るが、ギリギリでそれも避けて相手の首に腕を回した。

ランバートはヘッドロック状態になった大河を軽々と背負い投げのようにぶん投げて、自嘲するように笑った。騎士らしい戦いとは到底言えないからだ。

大河は軽々と着地して、その表情に首を傾げる。

「何をしている……！」

突然の怒声が辺りに響いて、交戦していた二人は同時に動きを止めた。

「リヴェル殿下……」

「見ての通り、模擬戦だが？」

アシュアはしれっとした顔で何か問題が？　と手のひらを上に向けて肩を竦める。

「訓練場であっても私闘は禁止されている。許可のない戦闘はただの私闘だ」

「訓練目的なら許可など必要ない」

「魔法科の生徒相手に訓練目的か？」

教員である騎士が見ていたのだから、本当に禁止されているのであれば始まる前に止めていただろう。恐らくはただの言い掛かりだ。そもそも、それを言うのならお前の取り巻きのダリクスが好き勝手に私闘を始めるのを止めて欲しいものだと大河は眉を顰めた。

　教員は皇子二人の何方を庇う訳にもいかず、沈黙している。

「俺が頼んで手合わせしてもらったんだ。禁止されているとは知らず悪かった」

「なら、君が罰を受けるのだな？」

「教員から、相応のものなら受ける」

　関係ないあんたからの罰なんか受けねぇけど、と言外に言って、素知らぬ振りをしていた教員に視線を向けた。

　皇子二人に視線を向けられた教員は冷や汗をかいて、では無期限で教授の手伝いを、と言った。蛇に睨まれたカエルのようだ。無期限で教授の、と言ったのは、期限も内容も教授が決めてくれと丸投げしたのと同じだった。

「魔法科なら、確かヒルガンテ教授が手伝いを求めていた筈だ」

「私にも責があります。同じく罰を受ける所存です」

　不機嫌そうに言ったリヴェルに、ランバートが畏まって告げる。大河が頼み、嫌がるランバートにアシュアが勧めたのだから彼に責任はない。

　だが大河が口を挟む前に、リヴェルが優しげに彼の肩を叩いた。

「いや、真面目な君が率先して行ったとは思えない。それに君の学業の差し障りになってもいけないからね」

「しかし……！」

　リヴェルのあからさまな態度の違いはともかく、確かにその通りだしなと口を挟むのはやめた。教授の手伝いをするのは情報収集にいいかもしれない、と大河は楽観的に考える事にした。

フレットはひどい剣幕の兵達に囲まれ、ただただ項垂(うなだ)れていた。どうしてこんな事になってしまったのか。自分はただ、欲求のまま尽くしてきただけなのに。これほど純粋な思いがあるだろうか、と自分自身でさえ思うほどに。

魔物を学院に入れるのは、非常に困難だった。魔法陣を食わせてここまで引き連れて来なくてはいけなかったのだから。魔法に長(た)けているとはいえ、死ぬ思いで連れて来たのだ。そこまでしたのに、こんな事になるとは。

フレットは牢獄(ろうごく)の床を見つめて自身の失態を呪(のろ)った。だがもう、全(すべ)てがどうでもいい。

――どうせ全て無くなるのだから。

十七

私は、とても大人(おとな)しい子供だった。

伯爵家に生まれ特に不自由もなく生きてきたが、剣術が不得手というコンプレックスがある。

帝国において、武勇に優れる事はある種のアイデンティティだ。

剣術の腕は人並み以下で、それを補うために自然と魔法を多く学ぶようになった。攻撃魔法に特化すれば、剣術の拙さは補えるからだ。

魔法が強くなるにつれて、自分の評価が上がる。そう肌で感じ、そのうち魔力の研究にのめり込むようになった。

その中で自然と魔法陣にも興味を持つ。

人の生活の助けになる魔法具には大して興味は無かったが、隷属魔法陣にだけは異常なほどに興味が湧いた。魂ごと屈服させる事への優越感が根底にあったのかもしれない。

いくつか魔物を隷属化させたが、あまり欲求は満たされなかった。

だが、既に帝国では奴隷制がなくなり人への隷属魔法陣は禁止されている。適当な人間を捕まえて隷属させる事も考えたが、伯爵家を継ぐ立場もあるのであまりリスクは犯したくない。隷属魔法は魔力の安定していない子供でなければ発動しないという点も厄介だ。

成人になってもその願望は消えず、おもしろくない日々を暮らしていた。

ある時、他国から邸に来た商人が、雇い入れた子供を叱責している所を見かけた。

なんとなく話しかけると、代金を払えない親から人手として貰い受けたが、全く言う事を聞かないので困るのだと商人は言った。見れば子供は反抗的な目を商人に向けている。


「言う事を聞くようにしてやろうか」

ふと口をついて出た言葉に、商人はそんな事が可能なのですか、と喜びの声を上げた。伯爵家の跡取りは魔法や魔法陣でなんでもこなすのだと尾鰭のついた噂話を耳にしていたからだ。

少し迷った。事が帝国の人間の耳に入れば、断罪されるのは自分だ。だが、一度高まった欲望を抑えつけるのは難しく、他国の者であれば誤魔化せるのではないかという甘言が頭に響いてしまった。

商人には条件として何があろうと自分の名前を出さないよう魔法陣の契約で縛り、怯える子供の背に隷属魔法陣を描いた。

描いている間は、ゾクゾクと駆け上がる高揚感に異常な快楽を得る事が出来た。

商人は隷属魔獣の獣車を使っているにも拘わらず、子供の背に描かれたそれを判別で出来なかったらしい。従順になった子供に彼はただ喜び、自国へ帰っていったのだ。

自身も願望を満たし、これで満足出来るかと思っていた。

　だが、してはいけないと抑圧された事は得てしてやりたくなるものだ。そのうち自身にも抑えきれないほど、再び欲望が膨れ上がった。

　前回の事で味を占め、再び他国からの者を待ったが、そうそう来るものでもない。隷属魔法以外にも、人体で試してみたい事は沢山あるのに。

　ならば自分が行けばいいと思いつき、家族には他国の魔法を学びたいのだと言って時折ふらりと旅に出るようになった。こんな事、爵位を継いでしまえば出来なくなる。

　他の国では顔と名を隠し、ただ有能な魔法師とだけ印象づけて出会った者、主に貴族の願いを叶えてやる。

　どこにでも悪辣な性質の者はいるもので、そうすれば自分の欲望を叶えたい者が自ずと接触してくるのだ。それは嗜虐的欲求であったり、性的な欲求であったり様々だ。

　彼等を見下しながら、己の欲求を満たしていった。隷属魔法陣を刻む相手が将来有望であるほど欲望は満たされる。その辺りは幼少期のコンプレックスに起因しているのかもしれない。

　その変質性に周りの者が一人でも気付いていれば、少しは何か変わっていたかもしれない。不幸な事に、自身ですら自分はまともだと思っていた。ただ、人より知識欲が旺盛なだけだと。


　しばらくして、勇者召喚という魔法陣に興味が湧き、田舎の小国を訪れた。

　旅の途中で近いうち行われるという噂が聞こえたからだ。大陸に住む者達は勇者召喚など小国のたわ言だと思っているが、半島まで来ると意外にも信じている者の方が多くて驚いた。

そのため、旅の予定を延長して噂に聞くエスカーナ国まで足を延ばす事にしたのだ。

城壁に囲まれた首都すら帝国に遠く及ばない規模の小さい国だ。

先の戦争に負けたという国内は貧しいが、割合活気があったのは意外だった。

「ほう、旅の魔法師様ですか……」

「他国の魔法や魔法陣を学ぶため旅をしております」

「それは勤勉な事だ。うちの息子にも見習ってもらいたいものだな」

はっはっと笑う男は宮廷に仕官している男爵だ。男爵位でありながら政務に関わり、宰相の補佐のうちの一人らしい。

身分を隠そうとも、身なりがよく護衛を抱えていれば下級貴族との面会くらいは簡単だ。手頃な貴族に面会を取り、魔法師だが困った事はないかと聞いていくらか簡単な願いを叶えてやる。家の中で動かなくなった魔法陣の修理や子供への魔法指南など、本当に些細(ささい)な事で良い、それだけで信用が買える。多くの魔法や魔法陣を扱える魔法師というものはそれだけ貴重な存在なのだ。

そうしていれば、その貴族伝いに頼みを申し込む別の貴族が接触してくるようになる。

「友人が困っているのだが、手を貸してもらえないだろうか」

「お世話になっている男爵の為(ため)であれば、お安い事です」

自分を通さなくては頼みを聞き入れてもらえない、という権利を得た貴族は、勝手に宣伝してくれるのだから有難い。どこの貴族も簡単に思い通りに動いてくれる、とほくそ笑んだ。

だが、隷属の魔法陣を描く機会には恵まれなかった。禁止された魔法陣の事だ、相手の性質を見極め遠回しにしか伝えられないのでそういう時もある。

そのうちに召喚の儀が失敗したという話を耳にした。

無駄足だったか、と窓の外を見たが特に落胆はしていない。召喚など眉唾な話に好奇心は刺激されたが、それだけだ。

それよりも神殿のあった場所に現れた巨大な氷柱の方が興味を引いた。あれほどの魔法となれば相当な魔力を必要とする筈だ。召喚失敗の結果、魔物が出たと言っていたからそれを封じる為に使った魔法だろうか、恐らく多くの魔法師や騎士が力を使い果たした事だろう。

邸からも見えるほどの氷柱を見遣っていると、家主が声を掛けてきた。

秘密裏に依頼したいという、高位の者からの言伝だった。

「お前が腕利きの魔法師だという男か、名は」

「お互い名を知らぬ方が良い場合もございます」

「……確かにな」

「私は、しつけの必要な子供がいると聞いて来ただけですので」

「しつけて欲しい者はそこにいる」

当然、彼等がこの国の王と宰相である事を知っている。わざとらしくそれを知らぬように振る舞って、豪奢なベッドの上に伏せた銀髪の子供に目を向けた。

意図的に意識を奪っているのか、子供はピクリとも動かない。

契約内容を確認すると、自死を禁止する事、殺気に対して強制的に応戦する事を追加するように告げられる。それこそが、古来奴隷に施されていた魔法陣だ。当然、否はない。

「契約者をお二人にする事も可能ですが、いかがされますか？」

「……ほう」

隷属の契約は一対一が基本だ。

だが、隷属魔法に対しての異常な執着から、その可能性を考え魔獣相手に幾度となく試してみた事がある。魔獣相手であれば邸の者の協力も得られたからだ。その結果重ねがけする事は可能だと知ったが、隷属には対象の魔力も大きく消費するらしく、それが二倍ともなれば弱い魔獣だと契約だけで死に至った。利便性はいいが、魔力効率が悪い。

「ただ、可能ではありますが、相当な魔力を消費します。彼の命の責任は負えません」

「問題ない、やれ」

命に関わると神妙な顔で言ったが、内心は興奮を抑えきれない。

この二人にとって、意識のない彼は瑣末（さまつ）な存在なのだろうか。それとも問題ない魔力量を確信しているのだろうか。子供に対して何の感情もないようだが、それも自分には関係のない事だ。

あまりの興奮に舌舐（したな）めずりをしたくなる気持ちを抑えつつ、軽く息を吐いてから歓喜の瞬間に臨んだ。

十八

「君がタイガ君か、よろしく頼むよ」

人の良い笑みを浮かべた彼は、オロン・ヒルガンテ教授。学院在籍の魔法師だ。

授業では厳格な物言いをしているが、普段は柔らかい口調の人物だった。

研究室内は、メイベルト教授の部屋ほどは整然としていないものの、それなりに整頓（せいとん）されている。二人の部屋を見てシェイドが研究者の中でも片付けられない部類なのかと思ってしまう。

「確か、……君は基礎魔法の講義で会った子だね」

「あ、そうっ、です」

「手伝いというのは、部屋の整頓や資料の分類だ。大した事ではない」

それなら手伝えそうだと、少し安堵（あんど）した。教授達の専門的な研究の手伝いなど出来る筈（はず）もない。

「時折手伝ってくれていた者が急に来れなくなってね、君が来てくれて助かるよ」

朗らかに言った彼の言葉の意味を理解したのは少し後の事だ。この時はこんなに整頓されているのに？　と疑問に思ったものだ。

「教授、これは捨てていいんですよね？」

「ああ、あとこれも。その辺りテーブルのものは殆どいらないかなぁ。魔法陣が描かれたものだけ置いておいて」

彼はシェイド以上に片付けが苦手な部類の人間だった。

数日見ないうちにぐちゃぐちゃに積まれた書類と何か分からない物体の山を大河はうんざりと眺める。きちんと片付けても、毎日手伝いに来る訳ではないので日にちが空くと、その間にまた散らかっているの繰り返しだ。

「君は片付けが早くて本当に助かるよ」

大河自身、清掃スキルがあって良かったと心底思ったのは初めてだ。

以前手伝いに来ていた人というのは、よくこれを続けていたものだと思う。余程片付けが好きか、教授が好きでも無いと無理ではないだろうか。

大河はそんな事を思いながら、書類を分類していた。

ふと、その中から手に持ったのは見覚えのある魔法陣だ。

「これ、隷属魔法陣？」

「ああ、よく勉強しているね。先日久しぶりに魔獣隷属を頼まれてね……」

その時の試し描きだよ、と振り返りながら言った教授の表情が悲しげに見えた。彼はすぐに視線を逸（そ）らし机に向き直った為、気のせいだった可能性もある。

「最近は騎獣する騎士も減っているし、飼われた魔物の出生率も下がっているようだ」

「魔物も出産すん、すか」

「当然だろう、魔物は勝手に発生するとでも思っていたのかい？　あ、そこの資料を取ってくれるかな」

クスクスと笑うのは、大河の子供のような質問に対してだろう。オロン教授は再び振り返ると、大河の横を指差した。言われた通りに近くにあった資料を取りに行く。

「ロックウルフの子だったが、生まれて間もない子供は本当に愛らしかったよ」

「へぇ……」

狼のような魔獣の子供なら、きっと可愛いだろう。そんな子供に隷属魔法とは残酷な気もするが、自分達が狩る事とどちらが残酷なのかは判断出来ない。

「見たいなら、今度連れて行ってあげよう」

「えっいや、それは、いいです……」

「そうかい？　何か、普段手伝ってくれているお礼がしたいのだけど」


ロックウルフの子供に心惹かれる気持ちもあるが、今後戦えなくなってしまいそうだ。

お礼と言われて、過るのはやはり人体隷属についての情報だが、まだそれを口に出来るほど彼を信用出来ていない。大河は無い頭を振り絞って考えつつ、教授に頼まれた資料を手渡した。

「……グレイルテア？」

どこかで聞いた気がして、思わず手渡した資料の文字を読んでしまう。

「ん、どうかしたのか？」

「っと、どっかで聞いたような気がして」

「……よく勉強しているのは、魔法陣だけかな？　グレイルテアといえば数年前に帝国領土になった国じゃないか」

「あ、そういえば」

テオかエドリクがそんな事を言っていた気がする。

「邪教信者の国だったんだよ。今はもうなくなったけどね」

「……邪教って、闇(やみ)の神様の？」

「そうだ。本当に君は、子供のような質問をするね」

驚愕(きょうがく)に目を瞠った大河を、オロン教授は訝(いぶか)しげに見ている。研究の邪魔をしている気がして、素直に謝った。オロン教授は優しい目で笑い、かまわないよと声を掛けてくれる。

「嫌いじゃないからね」

質問される事を煩わしいとは思っていないのか、朗らかに笑う彼からは、揶揄(からか)いのような意図は感じなかった。

「グレイルテアについて知りたいなら、時間のある時にでも教えてあげよう」


数日置きにオロン教授の手伝いが入るようになり、毎日のように集まっていた陽斗達とも多少すれ違うようになった。

それぞれに勉強する事が増えたという理由もある。陽斗は剣技の授業では足りずに、フェミリア、マイリーと共に騎士仲間と鍛錬を積んでいると言っていた。

学院内には今も他国の生徒への差別や虐めが蔓延(はびこ)っている。だが、先日魔物から助けられた生徒達やそれを見ていた生徒が、少しずつ話しかけてくれるようになっている、らしい。

大河は今も距離を置かれているので実感はない。顔が怖いんじゃない？　と言っていた繭も距離を置かれているようだから、同類だ。

フェミリアは登校以来ずっと楽しそうだ。陽斗や繭を見習って上手(うま)く流す技術を身につけたらしく、最近は心配もいらなくなってきた。彼女を拐(かどわ)かそうとした犯人も捕まって、一応は一件落着である。

あの後メイベルト教授を何度か訪ねたが、忙しいと取り合ってもらえず結局詳しい事情は聞けていない。

残る問題は、隷属魔法陣の情報だけだ。

　生徒用の学院書庫は一通り見たが、どこでも目にするような内容で有益な情報はなかった。教授用の閉架書庫もあるが、そちらは生徒が利用出来ない。目録だけは学生書庫にもあり、その中に気になる書物もあったが、人体隷属魔法陣という名のそれを教授に頼んで見せてもらう訳にもいかなかった。

　オロン教授が話の分かる人物であれば、一度相談してみたいのだが。

　寮の裏手にある寂れた東屋に、情報を整理しながら向かう。調理場から近いので時折訪れるこの場所は、人気がないので考え事をしたい時には最適だ。

　だが、今日は先客がいた。

　行儀悪くベンチに寝そべって視線だけを上げたアシュアは、睡眠の邪魔をされたからか一瞬眉を寄せたが、手振りで前のベンチを勧めてきた。

「この場所は俺だけが知っていると思っていたんだが……」

　そんな事を呟いたので、時間が被らなかっただけで今までも来ていたのだろう。そう思えば、調理場裏でアシュアと会った事にも合点がいく。外そうかと問うと、別にいいと言われ、それ以上何も言わずに寝たので、そのまま暫くぼんやり考え事をしていた。

「――――リヴェルを止められなくて、悪かったな」

「え？」

　目を閉じたまま話しかけられて、一瞬返事に詰まる。それが訓練場での事だと思い当たり、ああ、と声が出た
「元はと言えば俺の蒔いた種だしな」

「まあ、そうだが」

　アシュアは眠ったような体勢のまま、会話を続ける。

「俺を戒める立場をとる事で、自分が上位だと示す意図もあった」

「そうなのか？」

「一事が万事そんな感じだからな」

口だけ歪めて苦笑する姿に、仲が悪いのかと思ったのが顔に出たのだろう。

「……腹黒いあいつとは昔からソリが合わない」

そう言ったアシュアが腹筋で起き上がった。ムッツリとしたまま、わしわしと乱暴に自分の髪を混ぜている。何かに苛立っているような仕草だ。

「ふうん？」

「気の無い返事だな」

「だって、アシュアの事もあいつの事もよく知らねえし」

どこか不服そうにしているアシュアに首を傾げつつ、

「まあ、リヴェルよりはいい奴かなって思ってるけど」

「ふん、男に言われても嬉しくないな」

そう素直に付け足せば、眉を寄せつつも笑顔になって踏ん反り返った。なんだか面倒くさそうな男だ。

「それよりも、お前は少し俺に対しての態度を改めろ」

「……態度？　あー」

そういや皇子だったか。と思わず呟く。お前な、と怒られそうだなと思った瞬間、チチチと鳴きながら鳥が飛んできた。全体的に黒いが、尾と羽の内側だけが白い小さな鳥だ。

小鳥は大河の頭に止まって、何故か毛繕いを始めた。

「……」

「……」

いきなり現れた小さな来客に怒る気も失せたのか、その場に沈黙が落ちる。

鳥が寛ぐ姿を暫く見たあと、アシュアは息を吐くと立ち上がって、そろそろ戻ると言って立ち去った。

アシュアが去った後入れ替わるように、人がするりと滑り込み大河の目の前に跪(ひざまず)いた。

「定期報告」

見覚えのあるフードで、顔が見えなくても分かる。

小鳥は大河の頭から飛び降りて、男の肩に乗った。人懐こい鳥だ。

「手紙じゃないなんて、珍しいな」

「仕事中見かけた。ついで」

「ついでかよ」

笑いながら、座れば、と正面の椅子を勧める。彼は素直に座って居住まいを正した。

「陛下が、まだ戻らないのか、と」

「……もうちょい調べたい事があるんだ」

彼等にも隷属魔法陣について調べてもらっているが、陛下には内密にしてもらっている。彼には出立前に、首を突っ込むなと言われているからだ。

「妹から、以前頼まれた情報。人体隷属魔法陣を受けたのは、帝国に出入りしてた、他国の商人」

「分かったのか!?」

「妹は優秀。引き続き調べている」

「ああ、頼む」

驚いた大河に、男は得意げだ。

この国に出入りしている商人というなら、眉唾(まゆつば)だと言っていた事が現実味を帯びてきた。

「なぁ、そろそろお前らの名前教えてくれないのか?」

「……」

「呼ぶ時に不便なんだよな」

以前聞いた時に、妹からきっぱり断られてしまったのだ。自分達は影だから名前は無いのだと。

「好きに、呼んだらいい」

「んだよ。だったらコンって呼ぶぞ」

髪と目が紺色だから。

「それで、いい」

断られると思って適当に言ったのだが、了承されてしまった。仕方ないので、これからはコンと呼んでやる事にする。

鳥はまだ彼の肩に乗ったままだ。


ガレイア魔法学院には卒業式や入学式といったものが無い。

クラスや学年すら無いのだから当然だ。勿論編入した学生の紹介もないが、教授の紹介だけは全校生徒を集め講堂で行われる。生徒が教員の授業を選ぶシステムだからだ。

今は突然いなくなったフレット教授の代わりに、臨時赴任する人物を紹介するため生徒が集められている。

臨時のため長期赴任ではないという説明と、出来る事ならそのまま着任して欲しいという学院長の希望まで長たらしい説明で述べられ、退屈した生徒が欠伸をしていた。


講堂の椅子に整然と座り壇上を見上げる生徒は、段々と目が虚ろになってきている。サンタクロースみたいな見た目から言ってそれなりのご年齢だろうに、何故こんなに話しても疲れないのだろうか。

満足のいくまでしていた話を、漸く終えた学院長が壇下に視線を向けた。挨拶を、と声を掛けられ、前列の端に座っていた男が立ち上がる。

その後ろ姿に心臓が跳ね上がる。

そして、壇上に立った姿に言葉を失った。

先程まで眠そうにしていた生徒が、今は一人もいない。生徒の殆どが壇上を見上げ、学院長に促され登壇した男の姿に息を呑んでいた。

講堂上部の窓から差し込む光が反射して、長い銀髪が尾をひくように煌めく。

教授用のローブを身に纏った見目麗しい顔立ちの男が生徒を見下ろすと、

「シェイド・アルヴァレスだ」

静まり返った広い講堂の中に声が低く響いた。

彼は無表情にそれだけ言って、確認するように生徒に視線を流す。

その声と美貌の衝撃に最前列の女子生徒は頬を赤らめ魂が抜けたようになっていた。

大河は零れ落ちそうに目を開いて、離れた場所からその姿を見上げる。

心臓が痛いくらい脈打っていた。

自覚していたよりも、もっとずっと会いたかったのだと気付き、その事に自分自身で驚いた。

「アルヴァレス教授は魔法学の知識に富んだ素晴らしい方だ。皆心して学ぶように」

大河を含め、放心状態で見上げる生徒の耳には、既に学院長の言葉など届いてはいなかった。


講堂から出た大河が、シェイドに追いついたのは教授の研究棟に入ってからだった。

研究室に入ろうとした瞬間に捕まったのか、扉の近くで女子生徒がうっとりした表情でシェイドを取り囲んでいる。研究棟は生徒の出入りが禁止されていないため、誰も彼女達の行動を注意出来ない。

「シェイド！」

走ってきた勢いのまま名前を呼んで、しまったと思った。

教授として紹介された彼をいつもの調子で呼ぶのは不躾だ。気付いた時には既に遅く、周りを囲んだ女子生徒は冷たい目で失礼な生徒を見ている。

呼ばれた相手は、無感情な視線を大河に向けた。

「……なんだ」

冷え冷えとした声は聞き慣れたそれではなく、言葉に詰まってしまう。

「シェイド教授、そのような生徒を相手になさらなくても」

「そうですわ、教授を呼び捨てにするなど、失礼極まりない」

口元に手を当て大河を蔑むように見ると、彼女らは不愉快そうに吐き捨てた。失礼な呼び方にもだが、邪魔をされた事が気に障ったのだろう。

「それよりも、学院に来られたばかりでしょう。わたくしご案内いたしますわ」

一人だけシェイドから一度も視線を離す事なく媚びるように甘い声を出す女性は、大河にも見覚えがある、ビビアンナだ。彼女は大河やユーリ達を嘲る時からは想像もつかないような、可憐な雰囲気を纏っている。

「彼には注意が必要だ、少し残りなさい。それと、案内は後ほど頼むとしよう、君達は授業に戻るように」

後ほど頼む、という言葉に気を良くした女子生徒達は、では後ほど伺いますわ、と華麗にお辞儀をして大人しく引き下がった。

彼女らが立ち去った後、シェイドは無表情のまま大河を研究室に引き入れる。

何も言わず、視線すら合わせない他人行儀なシェイドの様子に調子を崩されて、大河は室内に入ったものの扉前で足を止めた。ギクシャクしたまま離れていたので気まずいのもある。

無言の時間が続いて、落ち着かない気持ちのまま、シェイドの後ろ姿を眺めた。

「……なんでここに？」

沈黙に耐えかねた大河が、一番の疑問をポツリと口にする。

「何故、だと……？」

急激に冷えた室温とその声で、更に彼の機嫌を損ねた事に気付くが、大河にはその理由が分からない。戸惑いのまま焦りだけが募る。

「いや、離れられねぇって言ってたし……教授になってるとか」

陛下との約束で国から離れられないと言っていた筈だ。それに、教授には帝国の貴族の血筋でないと就けないと聞いている。

しどろもどろに話す大河を振り返り、シェイドは腕を組んで机に凭れた。

「……臨時だがな。母の血筋に帝国の者がいたらしい、それと」

おざなりな説明に首を傾げる大河に、シェイドはゆっくり近付く。その目は完全に据わっていた。無意識に後ずさった大河は、背中が扉に触れるほど追い詰められる。

「俺はお前の為にここに来たのではない。陛下からの密命の為だ」

昼とはいえ窓の小さい部屋は薄暗い。窓から差し込む逆光のせいか間近の目だけが昏く光っているようで、壮絶に恐ろしく見えた。

「ここにいる間は、教授と呼ぶように」

背中に触れていた扉の感触がなくなり、体が傾く。シェイドは冷淡な声でそれだけ言うと、帰れと言わんばかりに大河を部屋の外に放り出し、バタンと扉を閉めた。

「……へ？」

追い出された大河は、呆然としたまま気の抜けた声を出した。


「シェイド様がなんでここにいるの!?」

「セストさんから、そんな連絡はありませんでしたが……」

「講堂中の女子生徒が魅了されてたわね」

「私は小さい頃に一度見た事があるだけなんですが。なんというか……すごいですね。噂は本当だったんだなって実感しています」

寮の部屋に集まった瞬間、皆が口々に喋り出す。今日一日脳内を疑問が回っていたからだ。

フェミリアの聞いた噂がどんなものか分からないが、皆が知っているものと大差ないだろう。大体がその容姿と才覚を褒め称えたもので、その他は冷淡、強過ぎる、恐ろしいといったものだ。

「……皆さん、あの方をご存知なんですか？」

周りの会話に、ユーリだけが驚き何度も瞬きを繰り返している。

「うちの国では知らない人はいないくらい有名な騎士様なんだけど……なんで教授に？」

「教授には、他国の方はなれない筈、ですが」

陽斗の言葉に、ユーリは口元に手を当てて小首を傾げた。

「……血筋に帝国の人がいるって言ってたけど」

大河がシェイドに聞いた事を口にすると、今度は難しい顔で考え込んだ。

「アルヴァレス家といえば、王家の信頼も厚い大貴族です。アルヴァレスが他国と婚姻を結んだ話など聞いた事がないのですが」

「意外と学院側の素性の調査がザルなんじゃない？」

私達も入れている訳だし、と言う藺に、ユーリはそうでしょうかと首を傾げた。うっかり貴族でないとカミングアウトをしたのだが、ユーリは他の事を考えていて気にも留めていない。

確かに貴族でもない自分達が入れている以上藺の言う事には一理ある。

「大河、あの後追いかけて行ったよな。他にも何か話せたのか？」

なんとなく気落ちしてあまり会話に入っていなかった大河に気付いてか、陽斗が突然話を振った。

大河は椅子の上に胡座(あぐら)をかくような格好で、ぎゅっと眉(まゆ)を寄せる。

「なんか……すげぇ怒ってた」

「……タイガ様、何とお声を掛けたんですか？」

「なんでここに？　って聞いただけだけど……」

それを聞いて、マイリーはこれ見よがしな溜息(ためいき)を吐いて見せる。藺と陽斗も呆(あき)れた顔を大河に向けた。

シェイドの姿を見た瞬間、当然驚きも大きかったがそれよりも歓喜が上回った。だが、大河はそれを言葉や態度に表す術(すべ)を知らない。会いたかったと言って抱きつけば良かったのだろうか。可愛い女性がするならともかく、自分がやるなど想像だけで鳥肌が立つ。

「タイガ様、こちらに来て一度でも連絡を取られましたか？」

「……とってねぇ」

「え？　マジで言ってんの？　手紙のひとつも？」

「反対押し切って出てきたのに、何て書いていいのか分からなかったんだよ……」

「そういう事じゃないでしょ」

　繭は不機嫌そうな表情で腰に手を当てた。

　結局は言い訳だ。陽斗達と共に陛下への報告書やセストへの近況報告を送っていたが、シェイドに対しては紙に文字を書いてどう仲直りをすればいいのか困り果て、書き損じばかり溜まった状態で一度も手紙を送っていないのだから。

「あんた、そんなんでシェイド様取られても知らないからね？」

「マユ様」

「……」

　咎めるようにマイリーが呼んでも、繭は気にせずにフンッと鼻を鳴らした。

　大河が溜息を吐いてテーブルに額を落とすと、木製のテーブルから鈍い音が鳴る。

　話についていけないフェミリアとユーリが疑問符を飛ばし、彼女らに質問された陽斗は困ったように愛想笑いを浮かべていた。

シェイド・アルヴァレス。

　アルヴァレス家の血筋であるにも拘わらず、今までの彼を帝国貴族は誰も知らない謎多き新任教授。

　魔法の知識、技量も授業を見る限り高い水準であると考えられ、その上容姿も魅惑的となれば女子生徒が挙って群がるのは必然だ。故に彼の授業の倍率は非常に高い。

　以上が赴任して数日も経たずに学院における生徒の共通認識となった。

　運が良かったと浮かれている繭は、既に準備万端と言わんばかりに机に授業の準備を整えて羽ペンを握っている。いつもなら始まる前から眠そうにしているのだから、珍しい事だ。隣のユーリはそんな繭に苦笑している。

　大河は、頬杖をついて教室の前に視線を向けた。教授はまだ来ていないが、前方ではあの時シェイドを取り巻いていたビビアンナと女子生徒がソワソワした様子で教授の到着を待っている。

　その様子は、ユーリ達にした事を知らなければ、大河の目にも微笑ましく映ったかもしれない。

　前方の扉が開いた瞬間、女子生徒達の声にならない悲鳴が聞こえた気がした。

　その様子を見ると、しみじみと女性にモテるんだなと思ってしまう。今までにもシェイドの噂話を聞く事はあったが、実際目の当たりにするのは初めてだ。

　そんな男が自分となど、ここにいる誰に想像がつくだろうか。今は視線すら合わせようとしないが。

　あれだけ会いたかった男が目の前にいるのに、離れていた時よりも遠く感じる現実に大河は知らず溜息を吐いた。

　シェイドは教卓前に立たず、通り過ぎると何故か窓横に置かれた教員用の机に本を置き、悠然と椅子に腰掛けて脚を組んだ。

　戸惑う生徒を置き去りに、シェイドは持ってきた本のうちの一冊を開く。

「では、戦闘時に於いての魔法防御壁についての講義を」

　低くよく通る声でそう宣言した内容と、彼の持つ本の表紙の示す内容の違いに気付いた前列の生徒が首を傾げている。

「防御壁は全属性で構築する事が可能だが、その性能には差異が生じる。個人の魔力量の差は勿論だが、それぞれの魔法特性にも左右される。同じ魔力量の防御壁で同属性の攻撃であれば相殺されるが、弱点にあたる属性で攻撃を受ければその限りではない。まずは火魔法、」

シェイドが語るのと同時に、教室の前面の壁に文字が浮かんでいく。

教授達が石筆を使って文字を書く為の黒い石板に、視線も向けずに魔力を使って書いているらしかった。

シェイドはただ手に持っている本に興味が湧いて、それを読む為に横着をしてるだけだ。恐らく帝国特有の魔法書なのだろう。それが出来てしまう彼の人並み外れた能力が悪いのかもしれない。

常人離れした講義に、生徒はひどく驚いた表情でメモを取っていた。

「シェイド教授、講義素晴らしかったですわ」

「教授の造詣の深さに感銘を受けました」

授業が終わった途端、女性達が彼の周りを取り囲む。それを聞いていないようにシェイドは読み終わった本をパタリと閉じた。

「あんた、いいの？　このままで」

肘でツンと突いて、繭が大河の背中を押す。

あれだけシェイドと大河の関係を嫌がっていた彼女の行動に戸惑って視線を向けると、発破をかけているにも拘わらずムッツリと不機嫌そうな顔をしていた。心中複雑なのだろう事が分かり、迷いもあったがそれでも足を踏み出す。

「シェイドっ……教授……」

「また貴方ですの……？」

「……ちょっと、話が」

二度も邪魔をされ、令嬢達は不愉快そうに眉を顰めている。シェイドはちらりと大河を一瞥した。

「……なんだ」

「……っ、……」

謝ろうと思って前に出た。その筈なのに声に詰まった。

ただ悪かったと謝る謝罪が、軽過ぎるように感じたからだ。彼の望む言葉でないような気がして、思わず止まってしまった。

言葉に詰まった大河を暫くシェイドは見ていたが、諦めたように視線を外した。それがとりつく島もないように見えて、冷たい態度に気を良くした令嬢達が再びシェイドを取り囲む。

「シェイド教授、まだ学院に詳しくてらっしゃらないでしょう?」

「先日、後ほど案内をと仰ってくださいましたわ。なのに全く捕まらないんですもの」

シェイドは少し眉を寄せたが、そうだったな、と返事をした。その返答だけで女子生徒達は色めき立つ。

そのまま彼女らに腕を引かれるようにしてシェイドは教室から出て行った。

案内すると言ったビビアンナがシェイドの腕に触れる。自分とは違う華奢で綺麗な手が視界に入り、体のどこかが軋むような痛みを感じた。

痛みの原因が分からず、大河は頭を抱えてその場にしゃがみ込む。

今でさえ訳が分からないのに、これ以上新しい感情が増えてはもう処理しきれない。

大河は自分の中に沸いた感情の名前も分からず、混乱するばかりだった。

頭も心もぐるぐると渦巻いて、恐慌状態だ。

横に立った繭が、あーあと落胆したような声を漏らした。


調子の悪い時に限って、良くない事が起こるもので。

繭、ユーリと共に食堂に向かっていたら、またしてもダリクスに絡まれた。彼女らに先に行ってくれと伝えて、場所を移そうという彼についていくと、予想外の大人数に囲まれた。校舎裏と森の間、芝生が敷かれた庭に十数人はいるだろうか。

うんざりと眺めていると、その表情を違う意味に受け取ったらしいダリクスが笑った。

「流石に、怖気付いたようだな。膝をついて謝るなら今だぞ?」

「……るせぇ。虫の居所が悪いんだ、さっさとやろうぜ」

ローブを地面に落とし顎を上げたまま顔を傾げて挑発すると、囲んだ男達が熱り立つ。

怒りを露わに殴り掛かってきた男の肩を掴んでジャンプで避けると、前のめりになった男の背中に着地する。大河に踏まれた男は、数歩よろけたまま歩くとバランスを崩してべしゃりと倒れた。

倒れる前に飛び降りて地面に着地した大河は残りの面々も軽々と倒すと、最後にダリクスを転けさせてなおも立ち上がろうとした彼の背中に腰掛けた。

シェイドとウィルバーに鍛えられた大河と彼等では、体術だけなら力量の差は歴然だ。

「き、貴様……!」

「お前、諦めねぇなぁ……」

大河を乗せたままぐぐと起き上がろうとする彼に、体重をかけて潰すとまたうつ伏せに倒れる。

立てた膝に肘をついて座ったまま遠くを眺めていると、校舎と研究棟を繋ぐ渡り廊下を歩くシェイドの姿が目に入って、また気分が沈んだ。

どこまでも女子生徒達が付いて回っている。

「大丈夫かタイガ!」

「……あ、大丈夫そうだな」

足音に視線を向けると、ランバートとアシュアが校舎から駆けてきていた。そして死屍累々(死んでないが)状態の者達を見て呆れたような表情になった。

「ランバート! 手を貸してくれ」

「その声……ダリクスか」

大河が下敷きにしている人物の喚（わめ）き声が聞こえてランバートが目を丸くする。この状況でまだ諦めないとは往生際の悪い男だ。

「この男を退（ど）けてくれ！　お前、暴行は許さないと言っていただろう！」

「ああ、許さない」

「なんだ、次はお前が相手してくれんのか？」

口の端を上げる大河は、単純に暴れ足りないだけだ。ランバートは大河を綺麗に無視して倒れた連中を確認した。そしてダリクスの顔が見える場所に立つ。

「全て騎士科の者達だな。全員顔を確認した。この事は学院に報告させてもらう」

「な……!?　何を言っているんだ、この男は他国民で、ここに倒れているのは全員帝国の人間だぞ！」

「だからなんだ。集団暴行に手を貸す者など、騎士と名乗る資格はない」

「同意見だな。俺からも進言しておこう」

「ア、アシュア殿下……！」

アシュアとランバートの顔が怖い。

顔面蒼白（そうはく）で動かなくなったダリクスの背から、大河は退いてやる。ダリクスは起き上がったが、力無く座り込んだ。流石にフォローしてやる義理もないが。結局痛い目を見たのは彼等で大河は無傷なので、ほどほどにしてやってくれとだけ声を掛けた。

「タイガ様、お怪我（けが）はありませんか？」

「おう、ユーリがあいつら呼んでくれたのか？」

「いえ、私よりマユさんが先に走られて……教授を呼ぶつもりだったんですが、その場にいらした殿下とランバート様が、駆けつけてくださいました」

「繭が？」

「はい、余程心配だったんでしょうね」

「し、心配なんかしてないわよ！」

あの顔をタイガ様にも見せたかったです、と苦笑するユーリに繭は慌てて否定する。大河は目を丸くして繭を見た。嫌われている自覚こそあれど、彼女が心を許してくれているとは思っていなかったからだ。

「心配なんかしてないけど……感謝しなさいよね」

「おう、ありがとな」

真っ赤になっている彼女の分かりやすい照れ隠しに、思わず笑みが溢れた。笑顔で素直にお礼を言われて、繭はより一層赤くなる。

「……っ　お礼はショートケーキがいいわ」

「はいはい」

「なに笑ってんのよ！」

「……ショートケーキ、とはなんだ？」

楽しげな様子に興味が湧いたのか、アシュアとランバートが近くに来ていた。ダリクス達はいつの間にかいなくなっている。

「お菓子だよ。今から寮で作るけど来るか？　お前らにも礼しなきゃな」

「以前食べたものとは違うのか？」

「あー、似てるかな？」

アシュアに食べさせたパンケーキはクリームもフルーツものっていたので、印象だけなら生地の厚みくらいしか変わらない。

「よし、行くか！」

途端に目を輝かせたアシュアと分かっていない風なランバートを連れて寮に戻る。

いきなり皇子殿下と学院トップの騎士生が同行する事になり、繭とユーリは何とも言えない顔で冷や汗を流した。

繭のリクエストしたショートケーキは、オーブンが必要だ。

そのため皆には先に部屋に行ってもらい大河だけが調理場に寄った。新しいレシピに興味津々の料理人達に質問攻めにされそうになったが、アシュアを待たせてると言った途端その場に緊張が走り、邪魔をするどころか手伝ってくれた。

　こちらの世界にはケーキの型が無いので代わりに鍋（なべ）を使う。失敗も考えて生地を二台作り、一台は手伝ってくれた料理人達に食べてもらう事にした。

　専用の道具が無いのでクリームが上手（うま）く塗れなかったのは心残りだ。鍛冶屋（かじや）にお願いすれば作ってもらえるだろうか。両親の性質をしっかり受け継いだのか、大河は始めた事は突き詰めないと気が済まない。

　元々スイーツが飛び抜けて好きだった訳でもないのに、せがまれるまま作っていて結局のめり込んでいるのもそのせいだろう。


　出来上がったケーキをアイテムボックスに入れてフェミリアの部屋に行くと、室内は何とも言えない空気に包まれていた。

　室内にいるのはいつものメンバーに加えて、アシュアとランバートだ。それなりに広さはあっても、この人数が入ると圧迫感がある。それに当たり前だが席数も足りてない。この部屋によく集まるようになってから、それぞれが部屋から椅子を持ってきたがそれでもだ。

「た、大河……、殿下とランバート様がいるんだけど……？」

「部屋が狭（せめ）ぇよな。帰ってもらうか？」

「いや、そういう事じゃなくてね!?」

　大河の発言にギョッとしたのは陽斗だけではない。ユーリは青い顔を通り越して白くなっていた。

　テーブルの広さも足りないし、それならお菓子は持って帰ってもらった方がいいのではと、他意もなく考えていた大河は皆の反応に腕を組んで首を傾げた。

「流石（さすが）に、これほどぞんざいな扱いを受けたのは初めてだな」

一応笑顔だったが、笑っているとも怒っているともつかないアシュアの言葉に空気が凍りついた。

「あ？　……ああ、無礼だとかそういう事か」

「今頃か」

今思い出したような大河にランバートが呆れた声を出す。既に随分タメ口をきいてしまっているので今更な気もするが、一度きちんと注意しておこうとでも思ったのだろう。

「分かった。じゃあもうお前とは出来るだけ会わないように気をつける」

「何故、そうなる!?」

「俺、敬語とか、思ってねぇ事言うの苦手なんだよ。お互い別に会わなくても困りゃしねぇんだし、そんでよくねぇか？」

教授陣には敬語を使うよう気をつけているが、短い時間だから耐えられるのだ、友人同士の関係に持ってこられるなど、大河にとっては迷惑以外のなにものでもない。マイリー達にも敬語を止めるよう何度も頼んでいるくらいだ。

それに、既に周りも彼等に萎縮してしまっている。

対して慌てたのはアシュアの方だった。大河は彼にとって少なからず興味を引く存在で、何より以前食べてから彼の作る甘味の虜になっている。

「俺と繋ぎをつけておけば何かと有益だとは思わないのか？」

「お前とランバートとは、なんとなく友達になれるかもしれねぇな、と思ってたけど。友達って、そんな事考えてなるもんじゃねぇし」

「は？　ともだち？」

明後日の方向から飛んできた言葉に頭を打たれて、アシュアは目を丸くした。今までの常識が一切通じない状況に戸惑いを隠せない。

大河はそれに気付かず、自分で言った友達という言葉に少し照れた表情をしていた。

「だから、悪かったよ。友達は無理だって分かったから。もう会わねぇようにする。心配すんな」

「え？　そういう話だったか？　俺がおかしいのか？」

混乱したアシュアが周りを見渡すと、大河の仲間である周りの面々は両手と首を大袈裟に振って全力で否定した。

「じゃあ、用意するから待っててくれ……ください」

「……あ、ああ」

マイリーにお茶を頼んで淹れてもらうと、机の上にケーキとお茶を並べる。他の皆に出しても喉を通らないと思いますとマイリーに言われたので二人にだけだ。

「私には少し甘いですが……美味しいですね」

「そうだろう！　タイガの菓子は美味いのだ」

何故か自慢げなアシュアは子供のような表情でケーキを堪能している。ランバートはフォークを置くと、大河に視線を向けた。

「……さっきの話だが、私は友人という事でいいのか？」

会話には入っていなかったが、当然一部始終を聞いていたランバートが、唐突にそんな事を言い出す。

「え？　ああ、お前さえ良かったら」

「では、よろしく頼む」

礼儀正しくそんな事を言うランバートに笑ってしまった。本当に生真面目な男なのだろう。

大河は照れたように笑いながらよろしくな、と伝えた。

「ちょ、ちょっと待て！　お前、何一人で裏切ってるんだ」

「いえ、殿下は高貴なお方ですが、私はそういう訳ではありませんので」

「侯爵家だって十分高い身分だからな!?　と言うか、俺は何も間違った事を言ってないからな!?」

「王族に傅くのは当然の事です。ですから彼は殿下のご友人には相応しくないでしょう」

「だから、ならねぇって言ってんだ……ですよ」

「もう分かった。分かったから、そのおかしな敬語をやめろ」

　頭痛でもするのか額を押さえて、アシュアは観念したような声を上げた。

「公式な場でなければ敬語は使わなくていいし、王族だからと無理に敬う必要もない。なんか阿呆（あほ）らしくなった」

「あ？　なんで？」

　お前のせいだろ、と言いたげな目を向けるのはアシュアだけではない。皇子を見る周りの目は、いつの間にか緊張から同情へと変わっていた。

　そこから一気に打ち解けた、という事は流石にないが。アシュアが皆に砕けた態度を許した事と、女性陣の意識がケーキに向かった事で和やかな空気に変わっていった。

「タイガ様このケーキ、あの大きいのに似ていますね」

「ああ、あれはこれを大きくしただけだからな」

　マイリーの言っているのが、以前本で見た三段重ねの巨大ケーキだと分かって笑みが溢れる。忘れられないほど、記憶に刻まれているのだろう。

「……あの、この作り方、私にも教えていただけませんか？」

　甘いものが大好きなマイリーだが、そんな事を言い出したのは初めてだった。それを快く了承するとユーリも習いたいと言ってきた。フェミリアと繭は味見役がいいらしい。

　話を聞いていたアシュアが、フェミリアの部屋にオーブンを持ってきてドヤ顔を披露したのは、数日後の事だ。

　大河を襲ったダリクス他数名の処分はすぐには決まらなかった。

　帝国上位主義が根付いている学院では、帝国人が他国の生徒に手を出して処分された事など今までにない。むしろ楯突(たてつ)いた他国の生徒が悪いと処分される事すらあった。

　だが、今回学院に報告したのがこの国の第二皇子と未来を約束された騎士生だ。流石に学院側も無視出来ず、かといって重い処分には出来ず、結局は卒業試験受験資格を一年無効にするという事で落ち着いた。元々すぐに卒業予定という者もいなかったので、処分としては甘い。

　だが、処分を受けたという事実が生徒に浸透してから、大河に直接絡んでくる者はいなくなった。フェミリアやユーリも平穏に過ごしているらしい。

　ビビアンナがシェイドに夢中になっている事も少なからず影響しているだろう。

「あら、性懲りも無くまたいらしたの？」

　見下したような口調で、見なくても分かる。ビビアンナだ。

　オロン教授の研究室へ行くまでに、シェイドの研究室の前を通らなくてはならず、頼まれた資料を抱えたまま大河は顔を顰(しか)めた。

「オロン教授のとこに行くんだよ。通りたいから退いてくれ」

　シェイドを待っているらしい女性達は、勝手に通れと言わんばかりに少し道を空ける。

　横切る瞬間、扉が開く音がした。

　会いたい気持ちに一瞬足が止まりそうになったが、彼女達が近くにいては碌(ろく)な事にならない。

　大河は視線を外すと、オロン教授の部屋に向かった。


　オロン教授の研究室には先客がいた。

　抱えていた資料をテーブルに置いていると、その人物が訝(いぶか)しげな視線を大河に向ける。

「何故、彼がここにいる」

「手伝いに来てもらっているんですよ」

にこにこと笑うオロン教授とは対照的に、先客、メイベルト教授は目を眇めた。吊り上がった目が更に鋭く見える。

「手伝いだと？　何のだ」

「主に片付けでしょうか。どうにも苦手で……」

照れたように苦笑するオロンは、後ろ頭を掻きながら答えた。

メイベルト教授は部屋を見渡して散らかり具合に眉を顰める。彼女の部屋の整然とした様子を思うと、この部屋は許し難いのかもしれない。

「君は自主的に手伝っているのか？」

「いや、訓練場で模擬戦してた罰だけど」

「……なんだそれは。では罰は今日で終わりでいい」

「え？」

腰に手を当てたメイベルト教授が、唐突に手伝いの終わりを告げる。

「そんなぁ、困るよ。誰がここを片付けるんだい」

「それくらい自分で片付けろ！」

状況について行けず目を丸くする大河を余所に、メイベルト教授は踵を返して扉に向かった。

「君も来なさい。先日、聞きたい事があると言っていただろう」

「え？　あ、はい」

勢いに飲まれて思わず返事をしてしまう。

「ちょっと待って、タイガ君にはお礼もしたいし。そうだ、グレイルテアについて聞きたいと言ってたじゃないか、だからまた……」

「それくらい教えてやる。礼も私から渡してやろう。それでいいな？」

断言され、断る理由も思いつかないまま、大河は腕を引かれて部屋を退出した。

オロン教授は見捨てないでタイガ君、と眉尻を下げて情けない声を出していた。

カッカッと高い音を立てて歩く教授の後を追い、研究室までついて行く。

彼女は隙のない仕草で着席すると、大河に扉を閉めるよう促した。ここに来るのは二度目だが、オロン教授と比べるのも失礼なほど全てがキッチリ並んでいる。

「明日からはアレの部屋に行かなくていい。学院には私が進言しておく」

「や、でも……」

あの部屋を放っておいていいのか？　という疑問が残る。数日以上間を空けたらゴミ部屋にならないだろうか。

「どうしても手伝いがしたいなら、私の部屋に来なさい」

別に手伝いがしたい訳ではない為、大河は困ったように眉を寄せて分かったと返答した。

オロン教授とて大人なのだから、必要に迫られれば掃除くらいするだろう。というか、多分教授の中で彼が一番年上だ。

「それで、聞きたい事とはなんだ？」

「フレット教授の事、です」

「それと、グレイルテアだったか」

メイベルト教授はこめかみに手を当てて顔を顰めた。

「何故聞きたいのか、明確に述べなさい。それからだ」

「拐われかけたのは友達なんで、気になるのは当然、です」

「もうひとつの方だ」

「グレイルテアは邪教の国だったって聞いて、ただの興味です」

その言葉に、渋面のまま溜息を吐いた彼女は大河を睨むように見つめた。

「ただの興味なら、書庫の歴史書で十分だ。教授に聞くまでもない。それと、フレット・バスティルの事は生徒に口外する気はない。以上だ」

全く回答になっていない。苛立った大河は彼女の視線に負けじと鋭い視線を返した。

「返答になってねぇ。グレイルテアはともかく、誘拐犯については教えてくれ」

「首を突っ込むなと言わなかったか？」

「口外するなって言われただけだ」

そうだったか？　と彼女は眼を伏せて再び溜息を吐いた。酷く疲れているように見える。

「……フレットは、今も沈黙を貫いている。どちらの罪に対してもだ。だから彼女を拐おうとした理由は分からない」

諦めたようにだったが、教えてくれたメイベルト教授にお礼を言う。彼女は視線も上げずに構わないと軽く手を振った。

「この件、生徒が関わってる可能性は？」

「……どうしてそう思う？」

「彼女は一部の生徒に嫌がらせを受けてたから」

嘆かわしい、と眉を寄せつつ、教授は考えるように視線を流した。

「現状、その可能性は低い。彼の単独犯とされている」

もう一度溜息を吐いた教授に、大河は伺うような視線を向ける。

「あ……と、手伝いに来よう……来ましょうか？」

「いや、さっきのは本気じゃない。……君は、私が怖くないんだな？」

「？　こわい？」

こてりと首を傾げる大河に教授が苦笑する。

「まあ、いい。息抜きだと思って、さっきの質問にも答えてやろう」

すくっと立ち上がったメイベルト教授は、本棚の近くにあった筒状の紙を取り出し、作業台に広げた。こちらの世界地図だ。

「君は……エスカーナか。ガレイア帝国の場所は分かるな？」

「ここ、ですか？」

大河の襟元の刺繍を確認し、教授は地図に視線を落とした。それを追うように大河も地図を見る。

「そう、そしてここがグレイルテア。帝国からほど近いが、海を挟んだ小さい島国だ」

「へぇ……」

「地図くらいは基本知識として頭に入れておきなさい」

「……はい」

尤もな事を注意され、大河はきまりが悪い顔で返事をした。

「グレイルテアは、数百年以上この場所で闇の神を信仰してきた邪教の国だ。闇の神殿が多数あると聞き及んでいる。恐らく世界中から信仰者が集まる場所だったのだろう。だが、数年前に帝国が侵略し、以降帝国の領土となった」

「ここにいた人達は？　生きてるのか？」

「……敗戦国の心配などしてどうする」

教授は片眉を上げて大河に顔を向ける。

「私は参戦していないから詳しくは知らんが、この国は粛清目的で侵略された。生き残った者の話は聞かない」

「なんで……」

大河は自分の属性から興味が湧いただけだったが、あまりに酷い事実に目を見開いた。

悲痛な面持ちで眉尻を下げる大河に、教授は訝しげな顔をした。

「……皇帝陛下のお考えあっての事。帝国において闇信仰は犯罪者と同等という考えが一般的だ」

「けど……同じ人間だろ」

「君は闇信仰者なのか？」

「違う、けど」

「ならいいが、その考えは危うい。以降、決して口にするなよ」

そう窘めて、教授は再び地図に視線を向けた。

こちらの世界の命の軽さがどうしても受け入れ難く、大河は無意識に握った拳に力を込める。

「グレイルテアがこの場所にあった理由は分かるか？」

「島だから？」

「島なら他にもたくさんあるだろう」

教授の指がグレイルテアだった場所の横にある大陸を示す。地図上では帝国とも繋がった場所だ。

「ここにシヴァがあるからだ」

「シヴァ？」

「……君は本当に無知だな」

何も言い返せない大河を放置して、教授の個人講義は続く。

随分こちらの世界の事を勉強したと思っていたが、まだまだ足りないらしい。

「俗称、魔物の大陸と呼ばれる場所だ。帝国からは繋がっているようで繋がっていない。この場所と帝国の間には大陸を横断する峡谷と氷の壁が存在する」

「魔物の大陸なんてあるのか……」

「闇の魔力を求めて、闇信仰者はこの島国に集まったと言われている。他にも、魔物に身を捧げる為だとか、魔物と媾う為だという話もあったな」

「ま、まぐわ……？」

「なんだ？　生娘でもあるまいに」

躊躇いなく口にした事に戸惑っているのだが、教授は人の悪い笑みを浮かべて大河を揶揄った。

「結局どこまで本当かは分からん。もう聞く術もないだろう」

そう言って教授はくるくると地図を巻いていく。

「本来なら、フレット魔法師の方がこの国について詳しいのだろうが……」

「なんで、ですか」

「彼は侵略時、後援部隊及び調査要員として参戦していた」

彼の身は投獄され、今となっては話す事もままならない。そう締めて、教授は地図を元あった場所に戻した。

「さて、もう十分だろう。私は仕事に戻る。君は寮にでも戻りなさい」

退出を促す教授に大人しく従い、大河は寮に戻った。

研究棟の廊下にはもうシェイドも取り囲む女性達もいなかった。


「君に対して苦情がきているんだが」

サンタクロースに似合わない厳しい声が室内に響いた。

学院の最上階の真ん中に位置する彼の部屋は、他とは違って重厚な作りになっている。突然呼び出された大河は、華美な装飾のされた部屋の真ん中に立たされていた。

「苦情、……すか」

「ああ、アルヴァレス教授の邪魔をしているそうではないか」

「……んなつもりは、無いですけど」

サンタクロース、もとい学院長から直々の呼び出しに、何事かと思えば。

全く予期していなかった事態に、大河は頬をかいた。

「ビビアンナ公爵令嬢含む多数の生徒から申告があったのだ、彼女達が嘘を言うとでも？」

頭から信じている様子の彼に、何を言っても仕方がないかと大河は早々に諦める。

元いた世界でも似たような事があったからだ。反論は火に油をそそぐだけだろう。

「アルヴァレス教授は、他に類を見ないほど優れた魔法師だ。彼の機嫌を損ねるような事は慎みなさい。そもそも何の用で彼の邪魔をしたというのだ」

「……私用、です」

「なんだと!?　それで彼を煩わせたというのか。全く……君は今後、アルヴァレス教授に関わらぬように」

この学院においては『教授』＞『帝国貴族』＞『他国の学生』という優先順位が存在している。その最下位ともなれば、このような扱いになるのだろう。

何故(なぜ)君らは彼を煩わせるのだ、とブチブチ言っている事から、こうやって注意したのが大河だけではないのが分かる。いつもシェイドを取り巻いている彼女達は、それ以外を排除するのに学院長まで巻き込んでいるらしい。なんとも熱心な事だ。

「……」

「返事も出来ないのか？」

反抗しても得などないのだけど。ここでハイと言えるような性格ならば、異世界召喚時にも追放などされなかっただろう。

学院長は返事をしない大河の、その反抗的な態度に苛立ちを覚えたのか額の皺(しわ)を増やした。

「お前は、退学になりたいのか……？」

学院長は脅すように大河を睨んだ。呼び方までお前に変わっている。

大河は少し考えてから、心の中で深く溜息を吐(つ)いた。召喚されたばかりより、多少は丸くなったのかもなと自分自身の事を思う。

「邪魔しない。それでいいん、すよね？」

「騎士科の勝ち抜き戦？」

既に定番となったフェミリアの部屋でのおやつタイム。そこで渋い顔をしたランバートが、予定しているらしいイベントの事を伝えた。

フェミリアの部屋はアシュアが、オーブンだの椅子だのを持ち込んで、快適に変えられていっている。私の部屋がどんどん改造されていくんですがと言いつつ、彼女は諦めた表情をしていた。

「へぇ、面白そうだな」

「花の祝祭が近いからな。生徒主催の催しでその提案が出たんだが……」

花の祝祭は光信仰に於ける花の季節のお祭りだ。風の祝祭は収穫を祝うものだが、花の祝祭は氷の季節を乗り越えた事、そして命の芽吹に感謝をする。

そう以前セストに教えてもらったが、祝祭を経験するのは今回が初めてだ。風の祝祭は楽しめる状況ではなかった。

「何か問題があるんですか？」

「主催がリヴェルとなっているが、提案はダリクスだ」

それを聞いて、全員が嫌な予感に顔を顰めた。

「ちなみに、騎士科は強制参加で、参加者に何故かタイガの名前がある」

「俺、騎士科じゃねぇけど参加していいのか？」

そう言う大河はどこか嬉しそうだ。アシュアは喜ぶなと釘を刺した。

「ランバートとの模擬戦をリヴェルに止められた事があっただろう。その再戦をさせてやろうと言い出した」

そういえばそんな事もあったな、と罰を受けていた事も忘れて大河が口にした。

「騎士科でないタイガには、特別枠を設けるという話だ。何を企んでいるのか知らんが、碌でもない事だろう」

「なんでそんなのが通るんです？」

「ダリクス含め、先日処分された者の親など、腹の虫が収まらん貴族連中が横槍を入れてきたんだ。学院側も無視出来ないようでな。そもそもリヴェル主催というのがタチが悪い」

吐き捨てるように言ったアシュアの声に嫌悪感が混じっていた。質問した陽斗はうわぁ、と呟き引き攣った顔を見せる。

「恨まれてるわね」

「元はと言えば、彼等がしでかした事なのに」

繭は他人事のようにフルーツ入りのクッキーを頬張り、その横でマイリーが怒りを露わにする。

「大した罰ではなかったが、学院が奴らを罰した事でお前に負けた事が公になり、家門に泥を塗られたと感じているようだ。帝国では強者である事が何よりも重要だからな」

　難しい顔をしている二人は学院側に訴えた事を後悔しているのだろう。特にランバートは神妙な顔をしている。

「けどあれ以来、俺もフェミリアも絡まれなくなったんだぜ」

「それならいいが……」

　助けられた事を伝えれば、少し安心したようだった。

「それくらいで腹の虫が収まるなら、いいんじゃねぇか？　試合に出るだけだろ？」

「逃げととられても棄権するのが妥当だと、俺は思うがな」

「そういうのは性に合わねぇ」

「やめておけ。この催しが通った時点で、あちらの目的は達成されている。棄権すれば逃げたと公言され、出ても負けるように仕組まれたような試合だ。出る必要はない」

　アシュアの気遣いは嬉しいが、試合が出来るなら大河としては出てみたい気持ちがある。

「それに、負けるって決まった訳じゃねぇだろ？」

「まあ、お前が勝ってリヴェルや貴族連中の鼻を明かしたら爽快（そうかい）だろうがな」

　悪い笑みを浮かべる様子に、以前言っていた事を思い出す。

「そういや、仲悪いんだっけ」

「陛下の意向で帝国は皇太子が決まっていない。実力だけなら俺の方が上だが、あいつは後ろ盾が強いからな。仲が良い悪いで片付くような話ではない」

「アシュア殿下……そのような事口になさっては」

　諌（いさ）めるランバートに、アシュアは鼻で笑って見せた。

「かまわん、どうせ帝国の人間なら皆知っているような事だ。それともお前があいつに言い付けに行くか？」

「……試すような真似をなさらないでください」

「フン、ランバートは今は俺といるが、次期皇帝の騎士として登用される。だから皇太子が決まるまで卒業を保留にしているのだ」

「……それが勅令ですので」

愚痴るような言葉に、ランバートが気まずげな顔をする。なんとなく、彼はアシュアの忠臣なのかと思っていたが、そういう訳でもないらしい。皆驚いたような顔で二人を見ていたが、ユーリだけは複雑そうな顔をしていた。

どこでも後継問題は大変なんだなぁ、と巻き込まれた事のある陽斗がうんざりした表情で眉を寄せている。

「まあ良い。タイガ、試合に出るのは構わないが、危ういと感じたら棄権すると約束しろ」

「おう。分かった」

感情を零してしまったアシュアは、きまりが悪い様子で話題を戻すと、椅子の背もたれに体重を預けた。

「私個人の感情だけなら、アシュア殿下に皇位を継いでいただきたいと思っています」

「わ、私もです……」

フォローするように言ったランバートに、ユーリも追いかける。

「ユーリ嬢はツェリアット伯爵家か。ロッテンハイド侯爵家と旧知だったな」

「はい、ですので、ツェリアット家が後ろ盾に付く事は難しいのですが……申し訳、ありません」

「……いや、俺の力不足だ」

ロッテンハイドは、ダリクスの家の事だ。ユーリの父と彼の父の仲は良いが、ユーリ自身には思う所が多いのだろう。

「アルヴァレス公爵家に助力願えないかと新しい教授に接触してみたが、それも無駄に終わったな」

「確かに、それが叶えば強力な後ろ盾ではありますが……」

「ああ、アルヴァレス家はあまり表舞台に出て来ないが皇帝の次に力を持つ大貴族だ。それに帝国創立以来幾度となく王家と縁戚となっている名家だからな。繋ぎをつけられるならと思ったんだが……」

そこでアシュアは苦虫を嚙み潰したような渋面を作った。

「何なんだあれは!?　彫刻か何かと話しているようだったぞ？」

「無表情以外見た事がない、とは聞きますね。アールストン公爵令嬢も随分と苦戦している様子です」

頭を抱えるアシュアにランバートは苦笑した。

「リヴェルの婚約者候補だというのに、すっかり骨抜きなのは笑えるが」

「……そう言えば」

二人を見ていたユーリが思い出したような表情をする。

「みなさん、お知り合いでは？」

「へ？　あ、知り合いっていうか……」

ユーリに突然振られ、陽斗がビクリと肩を揺らした。同じ国から来た面子が揃って大河の方を見る。

大河はあまり話を聞いていなかったらしく、考えるようにしていた顔をアシュアに向けた。アルヴァレスという単語がシェイドに結びついてないせいもある。

「アシュアは、なんで皇帝になりたいんだ？」

真剣な表情で言った大河に、虚をつかれたアシュアは目を丸くした。

「皇族として生まれた俺が皇帝になるのに理由が必要か？」

「……そっか」

返された言葉にきょとんとした顔をして、途端に興味を失ったような声を出した。

ハラハラしながら様子を見守る周囲を余所に、大河はクッキーをパクリと口に入れると「勝ち抜き戦楽しみだな」と言って笑った。

完全にズレた会話を戻そうとする猛者（もさ）もおらず、アシュアは拍子抜けしたらしい。「そんなもの楽しみにするな」と窘める彼をランバートは難しい表情で見つめていた。

十九

暫（しばら）くして祝祭が数日後に迫り、学院内が慌ただしくなってきた。

基本的に装飾などは外部委託されるので、生徒や教員が手ずから準備をする事は少ない。その為（ため）、慌ただしいと言っても業者の出入りが激しくなるくらいの事ではあるが。

生徒は騎士科が催しに向けて鍛錬を積んでいる。

「あっ、やっぱりここに！」

調理場で料理人達と話しながらパイ生地を成形していた大河に声が掛かる。扉からひょっこり顔を覗（のぞ）かせているのはフェミリアだ。

「演習が終わったので、皆部屋に集まってますよ」

「そっか。焼き終わったら持っていくから待っててくれ」

「私がいなくても、部屋を使ってくださってよろしいのに」

「いや、そういう訳にいかねぇだろ」

「そうですよ、そうでなくても最近は調理場で作ってくださらないのに……」

いくら友人でも女性の部屋に無人の間に勝手に入る訳にはいかない。

話を聞いていた料理人達が情けない声を出した。フェミリアの部屋にオーブンが置かれてから、調理場には材料を譲ってもらう時にしか来ていないからだ。

それを聞いてフェミリアも苦笑した。

「何を作ってるんですか？」

「アップルパイ」

言ってから果物の名前が違ったなと思ったが、まあいいかと大河は煮詰めた果物をフォークに刺してフェミリアの口に入れてやる。

彼女は目を見開くと頬に手を当てて表情を綻(ほころ)ばせる。

「甘酸っぱくて好きですこれ」

「あと、生地に入れて焼くだけだから」

果物を生地に並べて、その上に細くした生地を格子状に置いていく。今日は三つ焼く予定なので、それなりに時間がかかる。

出来上がったら、シェイドにも持って行ってみようかと、大河はそんな事を考えていた。学院長に近づくなと言われているし、考えは纏(まと)まりそうにないが、すれ違ったままは嫌だと思ったからだ。

「騎士科の演習、タイガ様も見にいらしたらよろしかったのに」

「見るだけじゃつまんねぇからな」

「丁度勝ち抜き戦用の結界を張るのに、シェイド教授とメイベルト教授も訓練場に来られてましたよ」

つい今しがた考えていた名前に、どきりと心臓が鳴った。

シェイドが知り合いだとだけ伝えていたので、話題に出したのだろう。

「美男美女が並ぶと圧巻ですね……ビビアンナ様ですら声を掛けられずにいましたから」

「そう、だな」

思い出しながらうっとりした様子でフェミリアが言う。

大河の手が一瞬止まったが、すぐに作業を再開した。

――――――まただ。

急に胸が痛むのは病気なんじゃないだろうかと、大河は眉を寄せる。

最後に生地の縁を折ってオーブンに入れた。オーブンの使い方は覚えたが、やはり慣れた料理人の方が上手く焼いてくれる。

焼きあがりまで待っていたフェミリアにパイを渡して、先に戻ってもらうと大河は研究棟に向かった。


授業も終わった後なので、校舎は人気がない。

だから、油断していたのだと思う。シェイドの研究室に向かう途中の廊下で、勢いよく走ってきた人物にぶつかってしまった。

そのまま倒れそうになった相手を思わず支え、抱えるようにして起こす。

「す、すみません……！」

蒼白な顔で謝る女子生徒の顔を見ると、ユーリだった。

紙に包んで持ってきたパイが地面に落ちていて、彼女はそれに視線を向けている。

「平気だ、こんくらい。食べられる」

「……」

ぐしゃりと形が崩れたが、地面には触れていない。だが、人にあげられるようなものじゃないな、と思いつつ拾い上げた。アイテムボックスに入れて来なかった自分の落ち度だ。

大河は笑って問題ないと言ったが、彼女の表情は晴れない。

「大丈夫か？」

「……は、はい」

ずっと蒼白なままのユーリが心配になって問いかけるが、心ここに在らずといった感じだ。

「みんなフェミリアの部屋にいるけど、行くか？」

「……いえ、ちょっと、今は」

あまりに酷い顔色に体調が悪いのかと聞くと、ユーリは素直に頷いた。部屋に戻って休むと言うので寮の部屋まで送っていく事にする。

顔色の悪い友人を放って、シェイドの所に行く事など出来る訳もない。


息が詰まりそうなほどの静寂の中で、石の床を踏む甲高い音と息遣いだけが響く。

ハロウィンさながらのおどろおどろしさを纏った学院内を、夜に歩く生徒など皆無だ。

単純に夜には寮の門が閉められるという理由もあるが、怖いものが苦手な人間ならまずは避けたいと考える。

震える息は寒さだけによるものではない。

「……こっえぇぇぇ」

「い、きなり声出すな、陽斗」

先を進む大河のローブを掴んだ陽斗が、掠れた声を漏らす。その声に驚いて思わず肩が揺れた。

「そもそも、お前が忘れたのが悪いんだろ」

「ごめんって。うっかりしてたんだよ～」

明日からは祝祭だというのに、二人は陽斗が忘れた課題の書類を取りに校舎に来ている。祝祭の間は外部から人が多く来るため、大広間や食堂など来賓が使用する部屋以外が締め切られてしまうからだ。

明日朝には閉鎖され入室許可も出ないと聞いた陽斗は蒼白になった。

学院にはあまり課題のようなものが無いが、だからこそひとつひとつの課題が非常に重要になる。課題を落とすと教授からの信頼が無くなり、授業を受ける優先順位が急激に落ちるのだ。そんな大事なものを教室に忘れて、しかし一人で取りに行く勇気のない陽斗は大河に泣きついた。

大河とてこういった雰囲気は苦手なのだが、強がりからそれをおくびにも出さない。

許可を取って校舎に入り、陽斗が忘れ物をした西側の教室まで足を進める。

手に持った水晶の灯りは近くを照らすだけで心許ない。教室に挟まれた長い廊下は月明かりすら入らず、行く先が暗闇で見えない状況に我知らず身震いした。

「大河、なんか歌って」

「なんでだよ」

「歌ったら怖くなくなりそうだろ!?」

「自分で歌えよ」

「恥ずかしいじゃん！」

「っざけんな」

そう言いつつも、大河は過去を思い起こして適当な歌を歌ってやった。おばけが怖くない的な童謡だ。

だが、大河が歌った瞬間、陽斗が腹を抱えて笑い出した。

「お前が歌えって言ったんだろ!?」

「っ、ごめっ、ごめ……！　っ！　くっ、あはは」

大笑いされて、大河は真っ赤になりながら早足で進む。恥ずかしさで怖さが吹き飛んでしまった。

「待って！　ごめんって、あまりにも予想外な選曲だったから！」

「最近の曲なんて知らねぇんだよ……」

不貞腐れた大河の隣に並んで、陽斗が嬉しそうに笑った。

「ほんと、大河って顔に似合わず優しいよなぁ」

「……顔に似合わずは余計だ」

ヤンキーにしか見えない容貌で童謡を歌う破壊力にやられた陽斗は、再びニヤけそうになる頬を両手で押さえた。


「あったあった！」

「さっさと帰ろうぜ」

　歌のお陰か及び腰だった二人はスムーズに三階の教室まで辿り着いた。机から書類を取って再び廊下へと戻る。後は寮に帰るだけだ。

　だが、しばらく歩いて、陽斗があれ？　と声を出した。

「ま、迷った？」

「いや、来た道戻るだけだろ……？」

　大河達のよく知る日本の学校とは違い、全て石造りの建物は窓も小さく見通しも悪い。その上、理由が分からないが使われなくなった部屋や封鎖された階段があるため、慣れていないと迷う生徒が出るような場所だ。

　寮の方角に歩いていた筈が見覚えのない場所に出て、陽斗は怯えた声を出した。

　しばらくその場に留まって、道順を話し合う。無闇に歩くのが怖かったからだ。

　そんな二人の向いている廊下の先、ゆら、と揺れる光が視界を横切って、陽斗が声にならない悲鳴を上げた。ぎゅっと腕を掴まれたので踏みとどまったが、そうでなければ大河も恐怖に後ずさっていただろう。

「か、かか、帰ろう、大河！」

「道分かんねぇのに、どうやってだよ!?」

　小声で叫ぶ陽斗に、同じく小声で怒鳴り返す。

「……何をしている」

「ひぎゃ!!」

　低く響く声が背後から掛かって、陽斗がとうとう悲鳴を上げた。同じく上げそうになった声を手で塞いだ大河だったが、体はびくりと跳ねてしまう。

　二人が涙目で振り返ると、不機嫌そうな顔のシェイドと、呆れ顔のメイベルト教授がいた。

「教授……おどかさないでくださいよ？」

「こちらの台詞だ。君達はこんな所で何をしているんだ」

そう窘めるように言ったのは、腰に手を当てたメイベルト教授だ。

「課題の書類を忘れて取りに来たんですが、帰り道で迷ったみたいで……」

「この階段は封鎖されていた筈なんだがな」

「教授達は、なんでここに？」

陽斗の疑問に、メイベルト教授がシェイドへと顔を向けた。その視線が意味有り気に映って、大河はどきりとする。

「……ちょっと調べ物があってな」

メイベルト教授の言葉を聞いていない様子で、それまで無言だったシェイドが動き、大河の腕を引いた。その勢いで、陽斗が掴んでいた腕が離れる。

「なに、」

「話がある……と言っていただろう」

「……もう、いい」

「た、大河」

何故か二人を直視出来なくて、大河はふいっと顔を逸らした。

周りの空気が一層寒くなる。それに気付いた陽斗が焦ったような声を出した。

「どうかしたのか、アルヴァレス教授？」

「この生徒と話がある」

「……まぁ、これでは中断せざるを得まい」

その会話が親しげに思えて、大河は以前にも覚えたような不快感に、思わずシェイドの腕を振り払った。

「ちょっ、どこ行くんだ、大河!?」

そう言って踵を返した大河はシェイドがいる方とは反対の廊下を走り出す。陽斗が慌てて呼び止めたが、大河に声は届かなかった。

シェイドは腕を振り払われた体勢のまま、呆然と固まっている。

「吹雪……？　もう花の季節だというのに」

　メイベルト教授は窓の外を見て、あまりの寒さに身震いした。


　無闇に走ってしまったせいで、余計に迷った大河は廊下の隅で蹲っていた。

――――怖い。

　一人になって正気に戻ると恐怖が戻ってくる。元々ホラー系の怖いものは苦手なのだ。

　走った際に灯りも落としてしまったし、その上道も分からない。

　何故、自分はシェイドの手を振り払って走ってしまったんだろうか。自分でも制御出来ない感情に突き動かされたようだった。

　怖さを中和させるべくそんな事を考えていると、先程見た光が廊下の先でゆら、と光った。今度は横切らずゆっくりと近づいてくる。

「――――!?」

　恐怖のあまり硬直した大河を、何者かが口を塞ぎ室内に引き入れた。

　音なく閉められた扉の向こうを、暫くすると足音が通り過ぎる。それで漸くその光の主が人間だと分かった。

　足音が完全に通り過ぎた後に解放され、恐る恐る振り返り、そして、見覚えのある顔に脱力した。

「コン……」

「あれは、よくない」

　扉の方に視線を向けるフードを被った男は、先日勝手にコンと名付けた黒装束の男だ。

「なんでここに？」

「学院内の見見回りも、仕事」

「そっか」

「タイガは、何故ここに」

安堵の息を吐く大河に、コンは首を傾げる。大河はここに来るまでの事と迷った事を簡単に説明した。

「寮の前まで、送る」

「ん、ありがとな。助かった」

使用人として学院で働くコンは、校舎内を熟知しているらしい。迷いなく進む彼を追いながら、モヤモヤとした気分を誰かに話したくなった。恐怖を誤魔化す為に何か話したかったのもある。

「……ちょっと聞いてもいいか？」

「いい」

「えっと、さっきシェイドに会ったんだけど、なんか、こう、急に走りたくなったんだよ」

「？」

「なんでだろ？」

「？？？」

首を傾げるコンの周りには疑問符が飛んでいるかのようだ。

「分からない。すまない」

「いや、俺こそ変な事聞いて悪い」

「……運動不足？」

「そうかな」

確かに、魔法科に入ったおかげで多少運動不足な気はする。

コクリと頷く彼に、そうかと返して、大河は見えてきた寮に視線を向けた。

寮前にいた陽斗が大河を見て駆け寄って来る。見当たらない為、先に戻ったのではと寮まで来ていたらしい。その場にシェイドとメイベルト教授もいたが、大河は探してもらったお礼だけ言って寮に帰った。

陽斗が合流する前に、コンは姿を消していた。

彼方此方に色とりどりの花が飾られ、鮮やかな彩りに季節の移ろいを感じる。

花の祝祭というのは、言葉通り季節の花を飾るのが通例らしい。花で飾られた学院内は、いつもとは少し雰囲気が違って見えた。

学院において、この祝祭は生徒の実力を披露する場でもある。生徒主催で催しが行われるが、日本で言う文化祭のようなものとは少し違う。主に武力を競う催しが開催され、その途中に茶会や夜会、最後の夜には舞踏会が開かれる。

帝国の王侯貴族だけでなく、多少なりとも他国からの来賓も受け入れられ、祝祭の行われる三日間に来賓に存在を印象付けると、卒業後の就職口が決まる事も多い。学院の祝祭は特に下級貴族にとっては大事なイベントだ。

騎士科は競技で、魔法科の生徒は茶会や夜会で、来賓に自身を売り込むものらしい。

初日は講堂にて光の神への祈りを捧(ささ)げ、その後に庭園で大掛かりな茶会が開かれる。

騎士科の勝ち抜き戦は二日目。三日目は騎獣射撃、騎乗したまま魔法射撃を行い、その正確性を競う競技だ。前回の祝祭では森で狩猟の腕を競う競技があったらしいが、今年は魔物襲撃の後とあってその催しは取り下げられた。

講堂での儀式を終えて移動する人の流れを、大河はぼんやりと眺めている。陽斗に昨夜連れ出されたせいもあるが、あの後あまり眠れなかったのもあって寝不足で上手く頭が働かない。

「で、急に大河が走り出して終了」

「タイガ様、どうなさったんです?」

「……なんか、すげぇ走りたくなって」

「どうしてですか?」

講堂から庭園に向かう途中、陽斗は昨夜あった事をマイリーと藺に話していた。

庭園は花で飾られたテーブルが並んでおり、其処(そこ)此処(ここ)で生徒や来賓がお茶を楽しんでいる。普段会えない家族との団欒(だんらん)を楽しむ者もいるようだ。

「そういや、フェミリアとユーリは?」

「タイガ様、話を逸らさないでください」

「確か、フェミリアは教員に呼ばれたからって裏庭に……後でこっちに来るって言ってたけど、遅いわね」

「じゃあ俺、迎えに行ってくる」

「タイガ様!?」

　マイリーの追及から逃れるために、大河はそう言って庭園から離れた。走り出す大河を呼び止める声は、追いかけては来なかった。

　問い詰められても、自分でも分かっていない事をどう答えていいか分からない。

　祝祭の間、裏庭と呼ばれる場所はその名の通りバックヤードとして使用されている。手入れのされていないそこは時折大河が足を運ぶ人気の少ない場所だ。

「……なのよ」

　裏庭に辿り着くと、積まれた木箱の壁の向こうから声が聞こえた。

「最近わたくし達が優しいからといって、調子に乗っているようですわね」

「アシュア殿下やランバート様が貴女を本気で相手にすると思って？」

　ユーリも一緒かと思ったがフェミリア一人らしい。彼女を取り囲む面々に、またかという嫌悪感で大河は眉を顰めた。最近シェイドに夢中で構ってこなかっただけで、彼女達が優しかった所など見た事が無い。

「アシュア殿下とランバート様は、友人として接してくださっています。貴女方にお二人の交友関係をとやかく言う権利は無いと思いますが」

　凛とした姿勢で発言するフェミリアに、大河は足を止めた。

「友人ですって!?　貴女が相応しい訳が無いでしょ

う！　身のほどを知りなさい」

「卑しい身でよくもそんな事を！」

激昂するビビアンナ達にも、彼女は全く臆した様子もなく強い視線を向けている。

「こうやって人目につかない所に騙して呼び寄せ、人を蔑む方が余程卑しいのでは？」

一歩も引かない彼女は、どれだけの勇気を持って相対しているのだろう。大河は成長した彼女の姿に純粋に感動し、見入ってしまった。

だが、更に逆上したビビアンナが、ついには手を振り上げる。

パシッという乾いた音が響いて、頬に痛みが走った。

「た、タイガ様！」

「……悪ぃ、出るのが遅くなった」

「っ、血が！」

苦笑する大河にフェミリアが慌てた顔を向ける。

女性の平手打ちなど大した事はないが、爪があたって頬が切れてしまったらしい。

「別に大した事ねぇよ」

そう笑った大河をフェミリアだけでなく、頬を叩いたビビアンナと取り巻き達までもが驚愕の表情で見ていた。

そんなに酷い傷なのか？　と大河が頬に手を持って行こうとすると、その腕を後ろから掴まれる。

彼女達が見ていたのは大河ではなく、その背後だったらしい。

振り返った大河の視界に、見慣れた銀髪が揺れる。

「シェ、イド教授……」

「……ど、どうしてこちらに」

ビビアンナ達が怯えたような声を出した。虐めていた現場を見られたかもしれない恐怖からだろう。好意を寄せる男性に見られたい姿ではない。

「研究室から、ここはよく見える」

そう言ってシェイドは大河の頬に触れ、一瞬のうちに傷を治した。綺麗に治った頬を、名残惜しそうにするりと撫でる。

腕を下ろしたシェイドは、ビビアンナ達に視線を向けた。

「君達は、庭園に戻りなさい」

「シェイド教授、これは……その、」

「戻れ、と言ったのだが」

「……は、はい」

酷く冷たい目で見下ろされた彼女達は蒼白になり、転げそうになりながら走り去った。

その背を見送り安堵の息を吐いたフェミリアが、

「お二人とも、ありがとうございました」

お礼を言う。

「自分で頑張ったんだろ、カッコ良かったぜ」

歯を見せて笑った大河の言葉に、彼女は頬を赤くした。褒められた事に照れての事だったが、シェイドは大河の意識を自分に向けるように腕を引く。

「……なんだよ」

途端に低く凄んだ大河に、フェミリアは驚いた顔をした。教授に向けるような声ではなかったからだ。

「今度は逃げるな」

「……逃げた、つもりはねぇ」

大河は視線を逸らして、呟いた。

ヒリついた空気にフェミリアは間に入れず、ハラハラと成り行きを見守るしか出来ない。

シェイドは、大河を見つめたまま微動だにしなかった。

しばらく無言の時間が流れて、居心地の悪さに大河は視線を上げる。

シェイドは何か言いたげに口を開いたが、再び閉じた。言葉を探しているかのようだった。

大河とて同じだ。

纏まらない頭では、彼に何を言うべきなのか判然としない。

例えば、これがテオや陽斗達が相手だったら、怒らせたとしてもここまで悩みはしなかっただろう。

友人とは勝手が違うと分かっていても、何をどうしていいのかが分からない。その上、よく分からない感情にまで心を乱されて大河の許容量を完全に上回ってしまっている。

　気持ちが落ち着かない。またもや走り出したい気分に襲われて、抑えるために大河はグッと奥歯を噛みしめた。

「なあ、久しぶりに模擬戦やろうぜ」

　漸く口をついて出たのは、そんな言葉だ。

「……唐突になんだ」

「負けたら、ひとつ言う事聞いてやるよ」

　そう言って大河は挑発的に微笑った。

　シェイドはスゥッと目を細める。それが合図のように腕を放され、大河は一旦距離を取った。

　狭いバックヤードから少しズレて広い場所に出ると、合図も何もなく大河は前傾で走りシェイドに向かって行った。

　シェイドの眼前で横に逸れて視界から外れると後ろから蹴り上げる。だが、当たる直前に片手で足を掴まれ止められた。掴まれた足を軸足にして体を捻り、もう片方で顔面に向けて蹴りを放つ。彼は掴んでいた足を放して後ろに避けた。

　手をついて着地した大河は再び向かっていく。だが連続して打ち込んだ打撃を少ない動作で悉く躱され、右ストレートを繰り出した手を掴まれた状態で、続けて出した左まで掴まれた。

　その状態で軽く足を払われ膝をつかされる。

　膝をついて見上げる大河に、シェイドは顔を寄せた。

「お前の負けだ」

　いつかと同じ戦闘、いつかと同じ言葉に、大河は目の前の顔に軽い頭突きを食らわせた。

「……全く、何がしたいんだ」

「頭使って考えんのが、限界だったんだよ」

　シェイドは虚をつかれた表情で大河の腕を放し、額を撫でつつ呆れ声を出した。

　立ち上がった大河は、膝の汚れを払いつつシェイドに視線を向ける。

「約束だからな、何でもひとつ言う事聞く」

以前はこうやってよく戯れていた。約束だと言いつつ、遊びのようだったそれを思い出しながら、何でもやると気合の籠った表情で大河は返事を待った。

言葉では足りないと考えていた、彼なりの詫びの入れ方でもある。

「……タイガの、好きにしろ」

「は？」

「命令したくない、と言っている」

今度は大河が虚をつかれる番だ。彼の言っている意味が分からず、惚けた顔でその表情を見つめる。

シェイドは問いかけるように視線を合わせた。

「お前はどうしたいんだ」

「どうって……」

「俺から離れたいのか」

「……っ、そんな訳ねぇだろ!!」

思ってもいなかった言葉に頭を強く殴られたような衝撃を受けて、大河はシェイドの腕を強く掴んだ。

激しい勢いで否定した大河を見て、シェイドは少し表情を緩める。

「この俺を放置した挙句、連絡のひとつも寄越さなかったのに？」

途端に揶揄う口調になったシェイドに、大河はグッと声を詰まらせ、悪かった、と呟いた。

「……なんて書いて良いか、分かんなかったんだ」

「その割にはセストには返事を書いていたようだが」

口調は冗談のようだが、シェイドの目が少し寂しげに見えて大河はひどく動揺した。彼が寂しい思いをする、という考えがこんな時まで頭に浮かびもしなかったのだ。

「シェイドの、近況、聞いてた……」

「ほう、では離れて寂しかったとでも？」

自嘲するような表情を見ていられず、顔を背ける。

恥ずかしさからぎゅっとローブを掴むと、そうだよと聞こえないくらいの小さい声で言った。その後、自分の台詞にほんのり赤くなって、不貞腐れたように眉を寄せる。

シェイドは目を細めて、その様子をひとつも取り零さないよう見つめていた。顔がよく見えるよう、指で頬を辿り大河の髪を横に流す。

瞬間、大河はガバリと顔を上げた。

「お、俺だって怒ってんだからな！」

「何故だ」

シェイドは首を傾げる。本当に覚えがない様子に、大河はムッと口を曲げる。

「こっち来てからずっと、女の子はべらしやがって」

「……そんなつもりは微塵もないが」

大河は混乱している。

このところ、ない頭を使ってぐるぐるもやもや考え過ぎていたせいだ。

昨日眠れなかったせいで単純に寝不足なのも手伝い、口が勝手に動いて止まらない。

「触られてんじゃねぇよ。バカシェイド……！」

勢いのまま叫んでいた。

シェイドが驚いた表情で自分を凝視している事に気付き、そして自分の言った事を脳内で反芻すると、火がついたように思い切り赤面する。

今更口を押さえても、もう遅い。

ずっともやもやしていた理由はこんな事だったのかと、自分でも漸く気付いて憤死しそうになった。

あまりのいたたまれなさに、大河は身を震わせる。

「……ふ、そうか、それは悪かった」

笑うように息を零したシェイドは、怒っていたのが嘘のように表情が綻んでいた。

溶けるように甘い笑顔を大河に向けて、ローブを掴んでいた手を持ち上げ指先にキスをする。

そのまま身を屈めて、大河に口付けようとした。

――瞬間。

ひゅっと息を呑む音がした。

完全に忘れていた存在に気がついて勢いよく顔を向けると、真っ赤になって口を押さえているフェミ

リアと目が合った。

　急に戦闘が始まったため、彼女は物陰に隠れて成り行きを見守っていたらしい。

　それに気付き、大河は限界まで目を見開いて激しく動揺する。

「なっ、あ!?　……っ！」

　今更誤魔化す事も出来ない。

　パニックを起こして腕を振り解こうとする大河に、シェイドは呆れた顔をした。

「何を今更……さっきからずっといたが？」

「言えよ!!」

「忘れていたお前が悪い」

　恥ずかしさのあまり涙目になっている大河を引き寄せ、自分のローブの中に隠すと、シェイドは彼女に視線を向けた。

「茶会に行ってはどうだ？」

「は、はいっ、そうですね！　お邪魔しましたっ」

　シェイドにしては優しげな声で促され、フェミリアは慌ててその場を離れた。

　お茶会で陽斗達に合流した彼女が、一部始終を報告したのは言うまでもない。


　裏庭から場所を移し、シェイドの研究室に足を踏み入れる。

　扉が閉まった途端、強く抱きしめられ、息が出来ないほどに口付けられた。

「っ、はぁ……んっ」

　堪えきれない声が漏れて部屋に響く。肩越しにまだ明るい空が窓から見えて大河の羞恥を煽る。それでも漸く解放された時には、熱で蕩けたようになってしまっていた。

「タイガが、嫉妬をするとは思わなかった」

　唇が触れるほど近くで、シェイドが呟く。

　大河は荒い息を抑えながら、シェイドを見つめている。それが揶揄っている風ではなく、純粋に驚いているような声だったからだ。それほど驚くような事なのだろうか。彼の様子が少し引っかかる。

「お前の、俺への感情が同情からくるものだったとしたら、と考えていた。それでも、今更離してやれそうにない。考える時間が必要なら、帰るまで待とうと思ったのだが……待つ事も出来なかった」

　続けて言った彼の言葉に理由を見つけて、大河は目を瞠った。

　静かな声で話すシェイドに、熱で酩酊状態になっていた頭が覚醒する。

「っ違う！　同情なんかじゃねぇ！」

　ぶわっと湧き上がった感情のまま、大河は自嘲するシェイドの頭を引き寄せた。

「……そうだな、それであんな嫉妬はしない」

　胸元で苦笑する籠った声に、胸が締め付けられる。

――自分が間違っていた。

　言葉も、態度も全てが足りていなかった。シェイドはいつだって態度で示してくれていたのに、恥ずかしさだとかそんなもので否定するばかりで。ここに来たのだって、まともに説明もせずに。相手の為のつもりで、本当の意味で相手を思いやっていなかった。

「お、俺、だって、シェイドに、会いたかった」

　大河は自責の念に苛まれ、どうにか気持ちを言葉にしようとする。

「すげぇ会いたかった！　ここに来たのは、隷属魔法陣の情報を聞いたからで……離れたいなんて思った事、一度もねぇ！」

　頭をぎゅうぎゅう抱きしめているせいで、彼の表情は見えない。

「同情なんて悲しい事言うな。俺はお前の事、……あ、あ、……あい、あい……あ、ぅ……」

　憤死しそうになりながら言葉を紡いでいると、くく、という笑い声が胸元から聞こえた。

「て、テメェ……!!」

笑われた事に腹を立てて頭を解放すると、シェイドが口元を鷲掴むように押さえて笑いを堪えていた。

「もう十分伝わったから、無理はしなくていい」

「……いいのかよ」

真っ赤な顔で口を尖らせる大河を見つめる目は、いつも通りに優しかった。

「らしくもない。自分がこんな脆弱な考えに囚われるとは」

「俺の言葉が足りないせいだ。ごめんな？」

シェイドは、小首を傾げて顔を覗き込む大河の額に唇を落とす。

「嫉妬するお前を見られたなら、そう悪い事ばかりでもなかった」

笑いながら再び唇を塞がれて、深く口付けられる。体を這う手に気付き、驚いて相手のローブを掴んだ。

「はっ、……ん、こん、なとこ、で……」

「皆、庭園だ」

そう言ってふやけるほど唇を合わされ、久しぶりの熱に大河の脳は早々に溶けた。

腰が抜けたようにズルズル落ちていく体をシェイドが抱き上げ、作業台に寝かされる。実験動物にでもされるみたいだな、と大河はぼんやりした頭で思った。

「本気で、すんの……？」

「ダメなのか？」

「だって、ここ学院の研究室……」

「言っておくが、俺は随分前から限界だ」

なけなしの理性で問いかけると、シェイドが欲望を滾らせた目で大河を見据えた。魔力を取り込んで興奮状態の大河と同じく、押し付けられたそこは既に硬くなっている。

「何度、寮に押し入ってやろうかと思ったか……」

「いや、寮は結界が、」

「この程度の結界、簡単に壊せる」

言い終わる前に据わった目で宣言されて、大河の体が震えた。恐怖なのか、それとも期待感からか判別がつかない。

「お前は平気だったのだろうがな……」

服を脱がされ少し冷えた空気が肌を撫でた。触れる指だけが熱い。

「……俺も、平気って訳じゃ……」

「ふ、なら俺を思い出して自慰でもしたか？」

そんな訳がないと言いたげな声に、大河は目を瞠って頬を赤らめる。自らの痴態を思い出してしまい、言葉を失くして固まった。

その一部始終を見ていたシェイドが手を止め、瞬きすら忘れたように大河を見つめた。

「……まさか、本当に？」

信じられないと、その声色が言っている。

目が零れ落ちそうなほど驚愕する彼に、大河は恥ずかしさが限界を超えて両腕で顔を覆った。これ以上シェイドを見ていると、意味もなく叫び走り出してしまいそうだったからだ。

髪を結っていた紐が緩んだのか、銀糸がするっと落ちて大河の体に触れる。その感触にひくりと体が揺れた。

「嫌なら、殴ってでも止めろ」

低く呻くようなその声に恐る恐る視線を向けると、ギラついた目をしたシェイドと目が合った。

「上手く制御出来そうにない……」

据わった目で珍しく息まで乱している彼は器用に大河の制服を脱がせると、自分の服も乱暴に脱ぎ捨てる。

ローブが下に敷かれてくしゃくしゃになっていた。


「ふ、……んっ、ぅ……」

露わになった首筋や胸元を甘噛みされ、乳首を舌で弄られると甘い痺れが走る。

自分で触った時にはあまり感じなかったのに、ぞくぞくと這い上がる感覚が堪らずシェイドに回した腕に力が入った。

　制御出来ないと言った割に、丁寧に解されたうしろは熱く溶けそうだ。三本に増やされた指でかき回され、一人でした時には得られなかった快感に内腿が震えた。抜き差しする指がいいところに当たると、無意識にきゅうきゅう締め付けてしまう。

「……タイガ」

　艶めいた声で名前を呼ばれ、大河は虚ろな視線を向ける。深く唇を合わせて舌を絡めると、混じり合った唾液が口の端から溢れた。

　唇を舐めたシェイドが、足を抱え上げるのを視界に捉えて、期待感に体が昂る。

「挿れるぞ」

「ん……はぁ、……っ!!」

　こくりと頷いた瞬間、入り口がゆっくりと開かれていく。

　声を抑えるために口元を押さえて指を噛んでいると、その手を外され指を組むようにして机に縫い付けられた。

「っ……ぁ、……っ、ん……」

　昼の明るい最中、熱くて硬いものにじわじわと貫かれる様がはっきりと見えて、大河は羞恥に全身を染め上げる。

「も、……はや、く……」

　見せつけるような行為への恥ずかしさからだったが、思わずそんな事を口走ってしまう。

　シェイドが口の端をあげてグッと腰を押し進めると、大河の背が弓なりに仰け反った。

「ぁ――――っ!」

　昂ぶった体は挿れられただけで気が触れそうなほどの快感を覚える。

「んっ、ぁっ、は……、ん、っ」

　奥深くまで押し入られ、息を吐く間もなく抽送が始まった。

　欲していた熱に下肢が戦慄き、大河は無意識に中のものを締め付ける。シェイドはふ、と息を洩らすと、更に腰を打ちつけた。

「は、ぁあ……っ、ぁ、っあ」

いいところを執拗に攻められて、大河から抑えきれない声が零れた。たいして触られてもいないのに、中心が今にも弾けそうなほど張り詰めて揺れている。結合部から耳を塞ぎたくなるような濡れた音がしていた。

「あっ、ゃ……、っ……！」

腰を掴んでギリギリまで引き抜かれて、再び奥まで激しく突き入れられると、声にならない快感に身を捩ってしまう。

縋るようにたくましい背にしがみ付き、抑えきれない声を上げる頃には、大河はここがどこだったかさえ忘れるほど感じ入っていた。

「っ、あっ、はぁ、シェイドっ、もう、」

「っは……好きに、いくといい」

荒い息のまま耳元で囁かれ、声を思い出してイッた時の事を思い出した大河は、耳から脳を犯されるような錯覚を起こし、

「んっ――――！」

その衝動のまま達してしまった。

ひくひくと痙攣を起こす体を休ませる事なく、蠕動する内膜の中を緩々した動きが刺激する。中に押し込まれたものは吐精時の締め付けのせいか、より一層硬さを増していた。

精液を塗りこまれて、より激しい快感がせり上がり意識すら奪いそうになる。

「は、まっ、て、いま……」

「ああ、後ろだけで達したな」

揶揄うような声に、大河は驚きと羞恥で言葉を出せないまま、はくはくと口を動かした。だがその感情も内壁を擦られる快感にすぐ塗りつぶされる。

シェイドの言った、制御出来ない、が性急さではなくその濃さと長さだと気付いたのは、とっぷり日が暮れてから解放された後だった。

「転移魔法陣？」

「ああ、それを運ばせてここまで来た。俺は国にいる事になっている」

「そうだったのか」

後ろからシェイドに抱きかかえられた状態で、大河は研究室の床に座っている。軽く拭いてくれてはいるが、本当は浴室に行って綺麗にしたい。だが体は疲れ切っていて、指一本動かす事すら億劫だった。

本棚に凭れたシェイドは、まだ足りないのか大河の髪や首筋などにちょっかいを出している。

「ルーファスの密命っていうのは、本当なのか？」

「……嘘ではない。陛下は魔物が増えた原因が帝国にあるのではと。それを調べる為もあったが……そちらの方がついでだ」

「はは、なんだそれ」

拗ねたような言い方におかしくなって、振り返るために顔を横に向けた。口元に耳が当たったのか、シェイドは悪戯っぽく耳を甘噛みする。

「やめろって」

シェイドは色々と規格外なので可能かもしれないが、大河はもう出来る気がしない。分かっているのか、それ以上はしてこないので、軽い抵抗はするものの大河も好きにさせている。

「タイガは、隷属魔法陣のためだったか……」

「ん……、変に期待させたくなくて、言えなかったんだ。帝国で人体に隷属魔法陣を描いた魔法師がいたって聞いて……。勿論、ギルの妹を助けたいって気持ちもあったけど」

「……そうか」

「シェイド、ずっと籠って研究してただろ？　だからやっぱり消したいんだって思ったんだよ」

背後で深い息を吐いたシェイドが、肩に額を乗せる。

「……俺も言葉が足りなかった」

「……？」

「籠って研究していたのは、隷属魔法陣のためではない。いや、その研究もしていなかった訳ではないが」

「へ？　違ったのか？」

「命令する者もいないのだ。だから息抜きくらいの感覚でやっていたな」

じゃあ何を？　と聞く前に、シェイドは空中から取り出した物を大河の手にのせた。それは液体の入ったいくつかの瓶だった。

「以前言っていた、調味料、だったか。陛下に頼んで国外から材料を取り寄せてもらってな。タイガの両親が残した文献や、家に残った物を調べて、色々と試していた」

「これ……」

「文献と似たような食材も見つけた。家に戻ったら見てみるといい」

大河は瓶を見つめて、しばらく呆然とした。そのあと割れないように傍に置くと、後ろを振り返ってシェイドの首に抱きついた。

「なんだ、そんなに嬉しかったのか？」

食い意地が張っている、と笑うシェイドに力一杯縋り付いて、グリグリと額を擦り付ける。

そうじゃない。そうじゃないんだと、胸がいっぱい過ぎて声にならない。

贈り物そのものも、もちろん嬉しい。けど、それよりも。

ずっと約束を覚えていてくれて、自分を想ってしてくれた全てが、何にも代え難いほどに嬉しい。

俺に出来ない事などないのだから、これからは他の者に頼むな。と釘を刺すシェイドは、余程セストに先を越された事を気にしていたらしい。

「すっっげぇ嬉しい！　ありがとなシェイド」

満面の笑みを浮かべる大河を見て、シェイドは満足げに目を細めた。

テーブルに調味料を置いて味見をしている大河は、目を煌（きら）めかせてすごいすごいと声を上げている。

シェイドは椅子に座って頬杖（ほおづえ）をつくと、それぞれの製作工程などを説明してやっていた。

「早く帰りたいな」

「いつ帰るつもりなんだ？」

わくわくと声を上げる大河に、シェイドは疑問を投げる。

「や、だってまだ隷属魔法の事も分かってないし。そうだ。人体隷属魔法陣について情報があるんだった。今調べてもらってるんだけど」

「ああ、それについては、話しておく事がある」

「へ？」

シェイドはそう言うと、気の抜けた返事をする大河に向かって綺麗に笑う。

そして一枚の紙を手渡した。


勝ち抜き戦の会場は、いつも騎士科が使用している訓練場だ。

元々観客席が備えられているのは、勝ち抜き戦以外にも祝祭などの催しに利用される為だろう。

広々としたそこには正方形のリングがいくつか設置されている。一試合ずつでは一日で終わらない為、数試合同時進行で行われるらしい。

勝ち抜き戦は騎士科の者達がトーナメント方式で試合を行う。

当日、大河に渡された対戦用紙は、あからさまに大河だけが連戦を強いられるものだった。総当たり戦かな、と思うような試合数だ。何回戦あるかしか書かれてはいないが、トーナメント表は偏った形になっている事だろう。

だが、大河は特に迷う事もなく了承した。たくさん戦えるならそれもいいかと思ったくらいだ。

試合の待合場所が異なるのか、訓練場に入ってから陽斗達にも会っていない。

　担当者に通された部屋には大河一人だった。裏方に従事している者は、生徒ではなく使用人なので、陽斗達の様子を聞いても分からないだろう。

「武器はこちらを」

　そう言われて手渡された剣を、しかし大河は受け取らなかった。

「使わないとダメか？」

「……剣を使わないつもりですか？」

　剣を差し出したまま、男性は訝しげに眉を寄せる。

　騎士の戦いは剣と魔法が基本だからだ。

「防具は私物を付けてもいいんだよな？」

「構いませんが。本当に剣はお持ちにならないんですか？」

「使い慣れねぇもん持つ方が危ねぇだろ」

　大河はアイテムボックスから自分の防具を取り出す。

　鉄で出来た手甲は嵌めているものの、基本的に軽装なその装備を見て、担当者の男性はより眉間の皺を深めた。

「怪我をなさっても、学院側は責任を負いかねますよ」

「分かってる」

　気合を入れるように拳を合わせて打ち鳴らすと、大河は案内に付いて会場へ向かった。


　メインに据えられているリングの近くには、貴賓席らしい豪華な席が備えられていた。

　そこにリヴェルとアシュアが会場を見下ろしている。彼等は試合に参加しないらしい。騎士科とはいえ、彼等の騎士候補を探す目的で学院に来ている面もある為、皇子達の参加は元々自由だ。

　そして真ん中は皇帝陛下だそうだ。皇子が二人在籍しているため祝祭に訪れた皇帝の周りは仰々しい警備が敷かれている。

近くの教授席にシェイドもいた。彼は勝ち抜き戦の話に呆れた顔をしたが、止めはしなかった。どんな状況だとしても、大河が楽しんでいるのを分かっているのだろう。

試合のルールは簡単。負けを宣言させるか、もしくは四肢以外を地面につかせるか、だ。

当然命を奪うような行為は失格になり、危ないと感じた瞬間に教員である審判が止めに入る。

魔法の使用も許可されており、石で出来たリングには、結界が張られていて魔法を使っても客席に届いたりしない。

「はじめ！」

合図と共に審判が空に向けて炎弾を撃った。そこで試合が始まったと観客に分からせるためだ。

始まった瞬間、大河は身を屈めて相手の懐に入り、顎に掌底をきめた。

騎士科の生徒は、始まったと同時に対戦相手が消え、戸惑っている間に気付いたら仰向けに倒されていた。

一試合目はそれで呆気なく終了だ。相手は瞬きすらしないうちに負けた事に、呆然としていた。

審判も目を丸くしながら、吃りつつ勝敗を宣言する。

大河の試合は他よりもずっと多い。出来る限り一試合を早く終わらせるのがベストだ。

幸いにも昨日の疲れは寝れば取れたし、あまり考えたくは無いが、たっぷり魔力を注がれたので、むしろ体は軽かった。

出来ればランバートとは試合がしたい。あの男の事だからそうそう負けはしないだろう。

当然周りでも試合が行われているので、会場のあちこちから歓声が上がっている。

そんな状況なので、隅で戦う大河の試合はそれほど注目されていない。そうでなければ、見慣れない防具に身を包み剣を持たず、魔法すら使わず連戦連勝する異常さに場内は騒めいていただろう。

　順当に勝ち上がり、そのうちフェミリアと大河の対戦になったが、彼女は始まる前に棄権した。

　大河に課せられた連戦に気付いた彼女の、無言の抵抗だった。女性相手はやりにくいので助かった思いもある。同じく陽斗とマイリーも棄権した。

「こんな不当な扱い、許せません」

　試合の合間の昼食時、憤慨するフェミリアが怒りのせいで昨日の事を話題に上げなかったので、大河としては感謝したいくらいだ。


　試合が残り少なくなった辺りから、会場が異変に気付き出す。メインのリング以外を使わなくなってきたからだった。

「何故剣を持っていないんだ？」

「なんだ、あの防具は……」

「騎士科ではないらしい」

「帝国の者でもないな」

「リヴェル殿下の慈悲で参加を認められたのだとか」

　そんな声が会場を騒めかせている。

　徐々に強くなる相手との連戦で、流石に疲れが出始めていた大河に、会場の声は聞こえない。

　そして準決勝の相手としてリングに上がったのはダリクスだった。

　彼とは何度もやり合って負けた事がないが、今日は体術勝負ではない。

「はじめ」

　試合開始の合図と共に、ダリクスは光魔法を放った。

　思わぬ攻撃を受け、眩しさに目を眇めた隙に剣を振り下ろされる。ガッという音を立てて手甲で剣を受け止めたが、二撃三撃と受けた手は衝撃に痺れた。

　やはり彼の得意とする剣戟は拳より重い。

　ダリクスがおしている戦闘に歓声が上がっている。

間合いを取る為に後ろに下がった瞬間に空気を切り裂く風魔法を撃たれ、それを寸前で身を屈めて避ける。姿勢を低くしたまま間合いを詰めて懐に入り込もうとしたが、上手くかわされ剣先が襲った。腕に切り傷を作ったそれを反対の腕で上から掴み、そこを重心にして顔に蹴りを入れる。

ガツッという重い音が鳴り、ダリクスがよろめいた。

彼の兜が飛んで地面に高い音を立てて落ち、場内が騒ついた。

大河の腕から血が滴る。

頭を押さえていたダリクスが大河に視線を向ける。乱れた髪の間から覗く目は怒りに揺れていた。

ダリクスは力の加減も考えず、間近にいる大河に向かってがむしゃらに魔法を放つ。

避けるために大河は仰け反り、バク転のような動きでダリクスの顎を蹴り上げた。

まともに食らった彼は、そのまま後ろに倒れ――――。

会場がしん、と静まり返った。

「しょ、勝者……タイガ・ガルブレイス」

戸惑った声で審判が告げると、観客がいっせいにどよめいた。それがいい感情からでないのは明らかだ。

そんな中、アシュアを含む一部だけが拍手を贈っていた。

決勝は当然、ランバートしかいない。

ワクワクする大河を余所に、リングに上がった彼は難しい顔で剣を差し出した。使用人が渡そうとしたものより、ずっと立派な剣だ。彼の私物なのかもしれない。

「剣を持たない者と、試合は出来ない」

ここまで勝ち上がってきた大河の強さを疑っているのではなく、騎士として丸腰相手に剣を向けられないという事らしい。真面目な彼らしい考えだ。

剣を持つ方が大河にとっては戦いにくいのだが、それでは彼が納得しないだろう。それに、剣と魔法を駆使するランバート相手に、魔法すら使わないのではきっと試合にならない。

説明が面倒、という理由で必要に迫られる以外、教員や生徒の前で腕の付与魔法を使うつもりはなかったが。大河は暫し考えた末、魔法を使う事にした。増幅装置のような付与魔法とは違うが、武器に魔法を纏わせるくらいは、騎士でも出来る者がいる。手甲に纏わせているとでも思うだろう。

ガンと、鉄の手甲を胸の前で打ち鳴らし、バリバリと音を立てて腕に雷を纏う。

「俺は剣を使わないで、こういう戦い方をする。これなら戦ってくれるか？」

真剣な目を向けると、驚いた表情で見ていたランバートは、差し出していた剣を仕舞って大河を見据えた。剣を構えるのが、了承の合図だろう。

なんだあれはと騒つく場内を余所に、大河は口の端を上げて構えた。

会場内で大河は異物だ。人は異質なものを排除したがる。観客の殆どは、不快そうな目で大河を見ていた。

向かい合った二人が同時に駆けた。

ガキィンッと甲高い音を立てて鉄がぶつかる。

手甲から響く衝撃に手が痺れる。両手でなければ押しきられただろうほどの力に、噛み締めた奥歯に力が入った。

ランバートは大河の纏う雷に煽られて髪が逆立ち、ビリビリと感電する腕に耐えかねて剣を横に振り払った。その勢いを利用して大河は体を傾け、ランバートの頭を蹴り上げる。彼はそれを後ろに避けて一旦距離を取った。大河の戦闘から近接が不利と踏んだのだろう。大河が体勢を整える間もなく撃たれた炎弾を、大河は瞬時に腕の魔法を炎に変えて受け止めた。だがその威力が強く、後ろに弾き飛ばされる。倒れまいと体を捻（ひね）り、着地した場所にも炎弾が襲った。それを転がり避ける。

大河とて、全く遠距離魔法が撃てない訳ではない。調節が出来ないために連続して攻撃出来ず、魔物相手の実戦に向かないだけだ。

大河が反撃で向けた炎の弾は、明らかにランバートよりも威力とスピードが高かった。だが、それをランバートは剣で切った。彼は剣に光魔法を纏わせているらしい。白い一閃（いっせん）から炎弾は二つに割れて、結界に当たり煙を上げて消滅した。

撃てる数は限られている、その魔法を簡単に消し去られた事に、だが、大河は興奮したように微笑った。

楽しくて仕方がないといった顔に煽られて、ランバートも思わず笑みを浮かべる。

再び駆け寄った大河に向けてランバートが剣を振り下ろすと、大河は体を横に傾けて後ろに回る動きをした。激しい威力に剣先が地面に埋まる。大河の動きに合わせて振り返るランバートの剣が石を削って火花を散らした。

振り向いた彼の腹に打撃を入れると、まともに食らったランバートが呻（うめ）く。が、剣の柄（つか）で上から背中を打たれて大河もよろめいた。

息を呑（の）む戦闘に、会場内は静まり返っている。

――その瞬間、結界が割れた。

何事かと二人を始め、周りが目を瞠っていると、大河の背後から鋭く尖（とが）った岩が勢いよく飛び出した。

ランバートの攻撃ではない。何故なら彼はいち早くそれに気付き、大河の腕を引いたからだ。

大河の体を貫く意志を持って放たれた魔法は、当たる直前で何かが遮り割れ落ちた。魔法を防いだそれが防御壁だと気付いたのは、一瞬間を置いてからだった。

ランバートが腕を引いた勢いで、共に倒れた大河は、起こった事象が理解出来ずに呆然としてしまう。

「……、し、勝者……、ランバート・ティリオン」

どこかに視線を向けていた審判が、おどおどとしたまま宣言する。

「何を……、何を言っている！」

それに対して激憤したのは大河ではなく、ランバートだった。

「私が勝者である筈がない」

「し、しかし。最後、引き倒されたのはランバート様です」

「明らかな妨害だっただろう！　試合は無効だ！」

憤るランバートを見ながら、大河は思考を巡らせていた。どうしても大河を勝たせたくない者がやった事は明白だ。なら犯人は自ずと分かるようなものだが、心当たりが多過ぎて困る。

「妨害という証拠がどこにあるんだ」

よく通る声が響き、貴賓席からリヴェルがランバートに問いかける。

「リヴェル殿下……私自身が証人です、私は地魔法を使っていない」

「お前ほどの男だ。無意識に使ったとも考えられる」

「な、何を……」

「皇帝陛下、いかがでしょう」

皇帝と呼ばれた男は、凛々しい眉を上げて不機嫌そうに睥睨した。

「……ランバートの勝利を、決定とする」

そう低く宣言した。

ランバートを勝たせたいのは、帝国の総意だ。皇帝が否を言う筈がないというリヴェルの狙い通りになった。

アシュアだけが鋭い目でリヴェルを睨んでいる。

皇帝の決定に反論出来る筈もなく、歓声の中でランバートは呆然と立ち竦んでいた。

「せっかくの試合だったのに、最後まで出来なくて残念だったな」

控えの部屋に戻ると、追いかけるようにランバートが入ってきた。

難しい顔をしている彼にそう声を掛けると、彼は弾けるように顔を上げた。何故平気なんだ、と問う彼は、悲しみや悔しさを綯交ぜにしたような表情をしていた。

再び顔を伏せたランバートに、大河は掛ける言葉が見つからない。

「……これは」

「出る前に、渡された剣だな。結局使わなかったけど」

俯いた彼が、置かれたそれに視線を向けて目を瞠った。ランバートは音が鳴るほど奥歯を噛み締めてその剣を手に取ると、両腕に力を入れて割り折った。

「見た目だけそれらしくしている、子供用の玩具のような剣だ」

そう言われて、試合前に執拗に剣を勧められたのはそういう事かと納得する。

「ま、終わった事だし別にいいや」

元々何か仕掛けられているのは分かっていた事だ。無事で済んで良かったんじゃねぇ？　と笑っていると、ランバートは眉を寄せた。

「……無事ではなかったかもしれないだろう。あの魔法の威力には殺意を感じた」

「ほら、ランバートが手を引いてくれたし、防御壁も」

「防御壁……？」

問い返されて、彼ではなかったのかと、大河は考えるように口に手を当てる。

だが、ランバートでないなら、心当たりは一人しかいない。教授席にいたのだから間違いないだろう。後で礼を言わなきゃなとのんびり考えている大河とは対照的に、ランバートの表情は暗く沈んでいた。

「どうかしたのか？」

「いや、……私は」

「？」

「……私は、幼い頃から騎士に憧れていた。忠誠と礼節を重んじ、強く、高潔でありたいと心から思っていたのだ」

「……」

「だが、今回の、これはなんだ……」

　今回の試合の全てが、真面目で穢れのない彼には許し難いのだろう。握りしめる手が怒りともつかない感情に震えていた。

「こんなものが騎士と言えるのか……！」

　自身が何かした訳でもないのに、血を吐くかのように苦しい思いを吐露する。

「あんま考え過ぎんなよ」

「だが……」

「理想通りなんて、出来なくて当たり前だろ」

　大河はランバートの落ち込みように、困った顔で頭をかいた。

　慰めるために近づき、俯く彼を見上げると、身長差で丁度視線が合う。

「他人がどうとかじゃねぇ。手合わせすりゃお前がどんなに頑張ってるか分かる。お前の努力にも、そうやって悩むお前の中にも、騎士の精神ってのが宿ってるんじゃねぇか？」

　そして、大河はニッと笑ってランバートの胸を軽く叩いた。

「胸張ってろよ。俺は誰よりも騎士らしいって思うぜ」

　ランバートは息を呑み、零れ落ちそうなほど目を開いたまま微動だにしなかった。

「タイガ……私は……」

　そう言って、胸元に置かれた大河の手を大きな手が握りしめる。

　どちらも手甲をつけているが、それでも分かるほど力強かった。

「タイガ様！　大丈夫ですか!?」

ランバートの台詞は、勢いよく部屋に入ってきたマイリーに遮られた。続くようにフェミリアと陽斗もやってくる。

「おう、守ってくれたからな、平気だぜ」

　誰がとは言わなかったが、明るく返事を返した大河に、マイリーはほっと息を吐く。

　そして手を握るランバートに気付いて視線を止めた。

「ランバート様、ダメですよ」

「な、なんだ?」

「ダメったらダメです」

　いつかと同じ台詞に戸惑うランバートから大河を引き剥がして、マイリーはもう一度念を押すように言う。

　フェミリアまでそうですよ！　と同意して、陽斗は同情するような視線をランバートに送った。


訓練場には誰もいないだろうと思っていた。

　勝ち抜き戦が終了してから、ランバート達と暫く話していたためだ。

　だが装備を外し控室を出ると、試合に使われたリングの傍に教授達がいた。使用人達が片付けをしている中で、シェイドとメイベルト教授、オロン教授が何事か話している。

　遠目に見てもシェイドの眉間にはシワが寄っていて、辺りに冷気が漂っていた。

　気になり近付いてみると、シェイドが怒りの表情のまま大河に視線を向けた。

「まだ残っていたのか、すぐ寮に戻るように」

　教授らしい口調で、そう大河達に言い放つ。そしてお礼を言いたいと開きかけた口を、指で押さえられた。

「早く戻りなさい」

　すぐに口は解放されたが、いやに急かされる事に首を傾げる。

オロン教授がこちらに近づいて、シェイドの後ろから覗き込むように大河を見た。シェイドは更に眉間のシワを深めて大河を隠すように教授の前に立つ。

「タイガくんじゃないか、試合、惜しかったね」

「あー……、えっ、と？」

「……ヒルガンテ教授、話は終わっていない」

「いいじゃないか、確証のない話をいくらしたって意味がない」

返事に困っていると、メイベルト教授が会話を遮った。シェイドの陰にいるので見えにくいが、ニコニコと笑うオロン教授に、メイベルト教授は冷たい視線を向けている。

「試合で使っていた腕の魔法は何かな？　ただ魔力を纏わせているようには見えなかったけど」

「あれは――――」

「生徒は寮に戻るよう、言ったのだが」

答える前に、シェイドが顔を横に向けて、突き放すような口調で言った。

遮られた事に驚きつつ彼を見上げるが、酷く怒っている事しか分からない。

「その通りだ、夜会の準備もあるだろう、戻りなさい」

「少し話すくらい、いいじゃないか」

メイベルト教授が念押しするように言って、オロン教授は笑いながら、だが不貞腐れたような顔をした。

夜会には行かないつもりだから別に、と言う空気でもなく、大人しく了承して寮に戻った。


「タイガ様を狙った者を調べていたのでは？」

なるほど、と言って陽斗が口元に手を当てた。

「それなら、あまり関わらせようとしなかったのも分かるな」

だから追い立てるように帰されたからといって落ち込まなくても、と陽斗は慰めるように大河の肩を叩いた。

教授達の様子を思い返していただけで、大河は別に落ち込んでいる訳ではない。ただ、妙に急かされたのが気になっただけだ。

今は、夜会に参加しなくてはいけないと言うランバートと別れて、寮の食堂に来ている。先に戻っていた繭も一緒だが、ユーリは家族の元なのかいなかった。

「まあでも、仲直りしたんだろ？　よかったな」

「……おう」

陽斗の言葉で昨日(きのう)の事が脳裏をよぎり、大河は視線を逸(そ)らしてスープを飲んだ。フェミリアに見られた事も含め、話題にあげたくないからだ。

態度で話題を拒否したつもりだったが、陽斗は気にした様子もなく話を続けている。

「俺、マイリーちゃんが意外だったな。二人の間を取り持とうと奔走しそうなイメージだったけど」

「だって、痴話喧嘩(ちわげんか)ですから。外野があまり口出すのも野暮かと思ってはいたんですが、多少口を出してしまった気がします」

マイリーの言葉に、大河はグッと喉(のど)を詰まらせた。すぐに水を差し出してくれる彼女は、それでも会話をやめたりはしないらしい。

「タイガ様があまりに鈍感で……。結局のところ、タイガ様に放っておかれてシェイド様が拗(す)ねてらっしゃっただけかと。あの方がタイガ様を手放す筈がありませんから」

涙目でゲホゲホと咳(せ)き込む大河を余所(よそ)に、天地がひっくり返っても、とマイリーは付け足す。

「もちろん、タイガ様が泣かれるような事がありましたら、直訴に行くつもりでしたよ！」

その前に仲直りしてくださって良かったです、とニコニコ笑うマイリーに勝てる気がしない。

大河は虚ろな顔で水を飲み干した。

「昨日は、たくさんお話し出来ましたか？」

「……まあ、一応は」

母親みたいな優しい目で聞かれて、返事をしない訳にもいかず大河は視線を合わせないまま呟く。話では済まなかったので、こんな場所で昨日の事は思い出したくない。大河は赤くなった頬を誤魔化すように、メインの肉を頬張った。

フェミリアのニヤニヤした視線がいたたまれない。

「そういや、そのシェイド様は？」

「……生徒の参加は自由だけど、教授達は夜会に強制参加だってよ」

そう昨日の時点で聞いている。

大河含め、皆夜会に参加しなかったため食堂で夕食をとっているが、多くの生徒が学院の大広間に行っている。そのため食堂内に人は少ない。内容を聞けば晩餐会がメインらしいので、食事内容に若干興味はあったがマナーとかが面倒そうという理由で大河は行かなかった。皆は大河に付き合ったのか、同じく面倒だったのかは分からないが。

「えっ、そうなの!?　私も行けば良かった〜。シェイド様の正装見れたじゃない」

「……藺ちゃん、まさかまだ諦めてないの？　こんな話題の後で？」

「陽斗。私、悟ったの」

「ん？」

藺は鼻息荒く拳を上げる。

「私、あの顔が好きなのよ！　だから自分がどうこう関係なく、見るだけでも幸せになれるって事よ！」

「…………そっか」

どうするんですかこんな事言ってますよ！　とフェミリアが大河を揺すったが、どうするも何も彼女に関してはいっそ清々しいと思うくらいだ。

陽斗とマイリーも、もう何も言うまいと顔に書いてある。

「……この話、もうやめねぇ？」

疲れた顔で要求する大河に対して、フェミリアは、えぇと何故か不満げな声を出していた。

夜も更けた頃、寮の部屋で机に向かっていると、光の鳥が窓を叩いた。

窓から外を見下ろした大河は、その姿を見つけて寮の外へと走る。

「夜会じゃなかったのか？」

「挨拶程度は終わらせた。問題ない」

そう言うシェイドは、白い正装に身を包んでいる。

騎士服とは違い後ろが長い形のジャケットで、銀の刺繍が施されている。騎士服含め、今までのものは全て真っ白なイメージだったが、今回のは裏地など所々に黒や濃いグレーがあしらわれているのが印象的だ。

よく似合うなぁ、と感心して見ている大河の手を、シェイドが引いた。

移動した先は、大河がよく来ていた裏庭にある東屋だ。

木々に囲まれたそこは夜になるとちょっと怖いな、と思いつつ椅子に座ると、シェイドが明かりを灯してくれた。フヨフヨと浮かぶ光魔法が幻想的だった。

「ここ、よく来てたんだよ」

「……知っている」

なんで？　と問いかけるように首を傾げると、シェイドが研究棟に視線を向けた。フェミリアが絡まれていた時に、研究室から見えると言っていたのを思い出して大河は笑みを零した。

そんな大河の前に立って、シェイドは真面目な顔で見下ろしている。

「今日の試合だが」

「防御壁出してくれたのシェイドなんだろ？　ありがとな」

笑って言うと、目の前の彼の怒りを表すように、辺りの空気が冷えた。

「結界を破壊して、攻撃を行った者の目処は付いている……が、確固たる証拠が見つかってない」

「そうなのか？　俺も心当たりはあるんだけど、多過ぎて分かんねぇんだよな」

　主にダリクスに相当恨まれている気がするが、試合時のリヴェルの対応から見れば、彼の可能性もある。ビビアンナでないとも言い切れない。リヴェルは自分が手を下していなくても、あのような事を言っただろう。

　大河があっけらかんとした口調でそう零すと、ペシっと指で額を弾かれた。

「なんだよ」

「もっと危機感を持て」

　ムッと口を尖らせた大河の口を、怒りの表情のままシェイドがむにと摘んだ。

「全く、何をどうしたらそんなに恨みが買えるんだ」

「むむんぅ……、っ虐めてんの見たら、普通止めるだろ？」

「普通かどうかは知らんが……」

　摘んだ手を離させて反論すると、シェイドは呆れた顔をしてから、諦めたように溜息を吐いた。

　そして腕を組み、何事か考えながら口を閉ざした。

「やはり、タイガは先に帰すべきか」

「え？　なんで!?」

　大河は驚いて顔を上げた。陛下の密命もあるシェイドはもう暫く学院に残ると聞いていたからだ。シェイドが残るなら、その間は学院にいようと思っていた大河は、不満を表すように眉尻を下げる。

「俺は、やろうと思えば転移で毎日でも家に帰れる。離れる、という事はない」

「そうかもしれねぇけど……」

　なんとなく、納得のいかない気持ちで、大河は不貞腐れる表情をした。

「今日のように俺が目の前にいる時はいいが、……守りきれる保証はない」

「俺だって、自分の身くらい守れるぜ？」

そうは言いつつも、今日守られたばかりでは説得力がなく、言葉尻が萎む。そんな大河の髪をシェイドは混ぜるように撫でた。癖の無い髪が指に絡まずにサラサラと落ちる。

「……心配してはいけないか」

「……」

切なげな視線を向けられて、どきりとする。そんな風に言われては反論出来ない。

ズルイな、と言いたげに大河は口を噤んで、暫くしてから、分かったと呟いた。

「じゃあ、祝祭が終わったら、帰る」

元々の依頼は達成しているのだから、今まで残っていた事の方がおかしいのだ。大河はそう納得する事にした。

セストにも会いたいし、帰ったら待っているという食材達に心惹かれる気持ちもある。

「毎日帰るから、家で待っていろ」

「んっ……無理はすんなよ」

大河が納得した事に、シェイドは安堵したらしい。大河の顎を掴んであげると身を屈めて、食むようにキスをした。

シェイドはキスが好きだよな、と大河はぼんやり考えつつ、体に伸びてきた手を掴む。

「こんなとこで、絶対しねぇからな……！」

外でなんて、と確固たる意志で宣言すると、シェイドが眉を寄せて不満を露わにした。

「壁があるか無いかだけの違いだ。大して変わらんだろう」

「大違いだよ！」

シェイドはどさりと横に腰掛けて、大河を横目で見ると口の端を上げた。

「そういえば、ひとつ言う事を聞くと言っていなかったか？」

「そっ、れは。お前が命令したくねぇとかって……！」

「確かに言ったが、無効になった訳でもないだろう」

ベンチの後ろに凭れ掛かって、楽しげな視線を向ける。こういう時のシェイドは本当に性格が悪い。大河は目を瞠ったまま、ぐ、ぐ、と呻きともつかない声を出した。

「本当に嫌なら、構わない」

こうなってしまうと、大河は手のひらの上で転がされるだけだ。

「……何をすりゃいいんだよ」

腹を括った表情で聞く大河に、シェイドは綺麗な笑顔を向けた。

「欲を言えば、一人でした時を再現して見せて欲しいが……」

「!! そ、れは……っ、む」

野外以上のハードルを持ってこられて思わず、無理だ!! と叫びそうになった大河は自分の口を塞ぐ。約束を守る矜持とか諸々が鬩ぎあって、涙目になっていた。

シェイドはその様子に苦笑すると、冗談だと否定した。

「タイガからキスをしてくれ」

ほっと息を吐いた大河に、シェイドは柔らかい声でお願いした。

「そんな事でいいのか……？」

「ああ」

先程の要望から考えると、急に下がったハードルに、それくらいならと大河は素直に立ち上がった。シェイドに向かい合うと乗れと言うように膝を叩かれ、椅子に膝を乗せる形で彼の膝に座った。

以前勢いよくぶつけて口を切ってしまったのを思い出しつつ、ゆっくり顔を寄せ、軽い音を立てて唇を合わせる。

「それだけか？」

揶揄う口調に赤くなりながら、もう一度合わせた。シェイドが誘うように薄く口を開いたのを感じて、熱い口内に舌を差し入れる。いつもされている事を思い出しながら、内膜に触れ、舌を絡めた。

どちらかといえば、舌を入れている大河の方が弄ばれている感はあるが。自らの意思で相手の中に入るという行為が初めての大河は、途中から夢中になっていた。コクリと音を立てて喉を鳴らすシェイドに、ゾクゾクとした愉悦が駆け上がる。

息を乱した大河が口を離す頃には、既に興奮状態になっていた。無意識に体を擦り付ける大河の腰を、シェイドが撫でる。それだけで全身が震えた。

「どうしたい？」

「は、なに……」

「タイガの、好きなようにしろ」

昨日も言われた言葉だ。もっと以前にも、似た事を言われた。

熱に浮かされた頭ではそれ以上考えられず、大河はシェイドの顔を見つめる。首を傾げた大河は、もう一度キスをしたらいいのか、と口を寄せる。

シェイドは苦笑しつつ、それを受け止めた。

昨日の今日で、更には闘技会の後に最後までするつもりはなかったらしい。

勃ち上がってしまったそれを処理はしたが、それだけで解放すると、シェイドは大河を寮まで送った。

祝祭三日目には、騎獣射撃の競技が行われた。

元の世界で言うなら、流鏑馬が一番近い。騎獣したまま遠距離魔法を使い、的を破壊するその正確性を競うものだ。ただし的は、審判を兼ねる教員達が魔法で浮かせた細工物になる。昨日はリングがあった場所に地魔法で小山が配置され、歪なトラックコースの道が敷かれている、一見すると大きなジオラマのようだ。一周する間にどれだけの的を落とせるかで勝敗が決まるらしい。当然、客席に攻撃が行かないよう、全体に結界が張られている。

騎獣での魔法射撃は当然難易度が高く、出場者自体が少ない。

出場した生徒の中には、緊張のせいか魔獣の操作もままならず落とされる者もいた。二階ほどの高さなら簡単に飛び越える魔獣の背から落ちて無事だったのは、救助のために教員が控えていたからだろう。騎獣する騎士が少なくなるのも頷ける。

その中で上位の成績を収めたのは、ランバートとアシュアだ。

勝ち抜き戦と違い騎獣射撃はアシュアも参加していて、ランバートに負けたとはいえ相当な腕前だった。

ランバートは昨日の勝ち抜き戦に続き二回目の優勝だ。リヴェルやダリクスも悪くない成績だったが、彼等には到底敵わなかった。

次代を担う彼等の活躍に、帝国貴族は大いに盛り上がっていた。

騎獣の迫力が凄まじく、大河は陽斗と熱くなりながら観戦した。以前は怖がっていた陽斗も、実戦を思わせる騎獣の技術に憧れを抱いたようだ。

皇帝陛下から勝者に祝いの言葉が贈られ、祝祭の競技は無事終わりを告げた。

残るは夜に控えた舞踏会だけとなった。

「では、祝祭が終わったらエスカーナに戻るんですね」

「おう、急だけどな」

「セストさんも寂しがっているでしょうし、良かったです」

寮に戻る道すがら、大河はマイリーに予定を話した。

陽斗とフェミリアは学院に残る予定らしく、寂しくなると嘆いている。繭はまだ悩んでいる様子だ。

「それが、転移使って頻繁に帰ってたみたいだぜ」

「……シェイド様が規格外なのを忘れていました」

大量の魔力を消費する転移魔法陣を気分次第で使える者など、この世に彼くらいだとマイリーは呆れたように苦笑した。

「では、タイガ様、陽斗様、舞踏会の準備、お手伝いに伺いますね」

寮に着き、別れる間際にマイリーが声を掛ける。

一日目の茶会、二日目の夜会に続き当然出るつもりのなかった大河は、その言葉に首を傾げた。

「いや、踊れないし出るつもりないよ」

「俺も」

陽斗の意見に頷いて、再び寮に足を向けた大河の腕がマイリーに掴まれた。

昨日も遅くまで起きてしまったし出来れば早く部屋に戻りたい、大河は眉を寄せて彼女を振り返る。

「国に帰るなら、これが最後の祝祭ですよ！　それに、シェイド様も出られるんですから」

「いや、ガラじゃねぇよ」

大河は舞踏会など出なくていいならそれに越した事はないと思っている。そもそも貴族の教育を受けていないからマナーも、ダンスも全く知らない。特に知りたいとも思わない。

腕を引っ張る彼女を引き摺るようにして歩いていたが、近くにいた繭がマイリーを止めた。

「大河はまたヤキモチ妬いちゃうのが怖いのよ、放っておいてあげたら？」

「あぁ!?」

「無理に引き摺っていったらかわいそう」

「や、く訳ねぇだろ！」

頬に手を当てて同情的な視線を向ける繭に、大河は簡単に煽られる。

「ふぅん、じゃあ行くんだ？」

「行きゃいいんだろ。上等だ」

喧嘩でも買うような調子の大河は、先日の事を知られている恥ずかしさも相俟って、いいように転がされた。

「これ俺も行く流れ？」

「舞踏会っていったらエスコートが必要でしょ！　女の子だけで行かせるつもり？」

藺は舞踏会に行ってみたかっただけらしい。エスコート役を引き込む為に一芝居打ったのだろう。陽斗は強かな彼女に苦笑しながら、仕方ないかと諦めたように呟いた。

学院に通うにあたって、大河達は正装を持たされている。

夜会などに出なくてはいけない事も考えての配慮だ。資金は依頼準備費として渡されたが、用意はセストがしてくれた。

とはいえ、着る予定のなかった衣装に袖を通して、なんとも言えない表情で鏡を覗く。

見慣れない衣装は違和感しかなく、似合わないにもほどがあると思うからだ。

黒を基調にしているのはいいが、立て襟から胸にかけてと、大きめの袖口には濃いグレーの配色がされていて、銀糸で刺繍が施されている。銀の六つボタンのジャケットは後ろだけが長い。こちらではブーツが正装なのか、細身のパンツの上から履く長いブーツが印象的で、スーツというよりコスプレ感が強い。

渋面で陽斗を振り返った大河は、その姿に安堵した。陽斗の方の衣装じゃなくてよかったという安堵だ。

白と濃紺を基調に、金糸で装飾された華やかな衣装はアイドルのようで、陽斗にはとても似合っているが自分だったらと思うと冷や汗が出る。

「お着替え終わりましたか？」

ノックはしたが返事を待たずに入ってくるマイリーは女子として何かが抜けている。最初、着替えも手伝おうとしていたのだから。使用人生活が身に染み付いているのかもしれない。

「わー！　お二人とも素敵です！」

「マイリーちゃんも似合ってるよ」

　さらっと褒める陽斗の言う通り、マイリーもいつもとは違う衣装に身を包んでいる。首は隠れるが肩が出るタイプで、足先まで丈があるドレスだ。白い刺繍の施された淡い黄色のそれは、彼女の柔らかい雰囲気によく似合っている。

　その彼女に髪をセットしてもらい準備は完了したが、髪のセットも衣装も慣れない大河は、どうにも落ち着かない。

「こう見ると、大河って男の目から見てもカッコいいよなぁ。黒い衣装、似合い過ぎだろ」

　褒められるのがむず痒く、やめろと言って顔を顰めた。陽斗は睨むと台無しだなと言って笑っている。

　そう言う陽斗の方は、このままアイドルデビュー出来そうなキラキラ感がある。

「一応女な私が一番霞んじゃいます！」

　何故か嬉しそうなマイリーに、ちゃんとキレイだとぶっきらぼうに言うと、彼女はひええと妙な声を上げた。

「シェイド様に怒られちゃうんで、お世辞なんていいんですよ！」

「俺が嘘苦手なの知ってんだろ」

「すごく可愛いよマイリーちゃん」

　マイリーが悲鳴を上げつつジタバタしてる間に、フェミリアと繭が陽斗の部屋に来た。

「助けてください！　二人がかりで褒め殺される……！」

　そう叫んでフェミリアに縋ったが、後から来た二人は呆然と顔を紅くしていた。

「ユーリは今日も家族のとこか」

「はっ！　あ、ユーリ。今朝も声を掛けたんですが、今日も家族が来るからと言っていたので」

　大河の言葉に我に返ったフェミリアが思い出しつつ、舞踏会の会場では会えるかも、と教えてくれた。

舞踏会の会場は、学院内の大広間だ。

普段使われていないそこは、大きなシャンデリアに、敷き詰められた絨毯、壁には国旗やタペストリが飾られ、学院の外側からは想像もつかない豪華絢爛といった内装が施されている。

室内はゆったりとした曲が流れ、中央では何組かダンスを披露していた。

ランバートが快く引き受けてくれたので、マイリーには大河、繭には陽斗、フェミリアにはランバートがエスコートとしてつき、会場内へと入っていく。

学院の舞踏会ではエスコートが無ければ入れない、という訳ではないが、女性達の気分は違うのだろう。

大広間の奥、一段上がった場所では既にアシュアやリヴェルが多くの貴族に取り囲まれていた。皇族のアシュアとは祝祭が始まってから話す機会も無い。

会場内を見渡すと、人だかりの中に見慣れた銀色が見えた。

相も変わらず、女性からアプローチされているらしい。一昨日まであれほど苛立っていたのに、今は呆れの方が勝っている。自分の感情がどこから来るものか理解したからかもしれない。お互いの気持ちをきちんと確認出来た事も大きい。

「タイガ様、シェイド様の所に行くなら手伝いますよ？」

何故かファイティングポーズを取って言うマイリーに、遠慮しとくと返して、食事をとれる場所に視線を向けた。

「腹減ったし食ってくるか」

「あっ、俺も」

「む、エスコートはいいのか？」

貴族として育ったランバートは驚いたように女性陣に顔を向けたが、彼女らは苦笑しながら行ってらっしゃいと手を振った。

舞踏会での食事は立食形式だ。

食べやすい大きさに小分けにされた食事が、テーブルに並べられている。花などを使って派手に盛り付けられていて、一瞬どれが食べ物でどれが装飾なのか迷ってしまう。

肉や魚をハーブと合わせてソテーしたものや、蒸し野菜、ドライフルーツの焼き菓子など、飾り付けが華美なだけで基本的には寮の食事と大差ない。

広間の中央に視線を向けると、フェミリア達はダンスの誘いを受けて踊っているのが見える。

僅かだがその中に帝国貴族の生徒も混じっていた。魔物襲撃の後、蟠りが解けていい方向に向かっている者達もいるらしい。

大河は腹ごしらえしながらも、穏やかな気持ちでその様子を眺めていた。

「マイリーはともかく、繭も踊れたんだな」

「一応、エスカーナでそういう授業も受けたからね。俺は覚えらんなかったけど」

ふと疑問を口にすると、陽斗は大河の視線を追ってから答えをくれる。

召喚された後の事はお互い話した事がなかったなと、今更ながらに気付いた。大河が知らない神殿を出た後の話に思わず、へぇと感心するような声が出た。

「王宮でも授業とかあったのか」

「そりゃ、俺達こっちの世界の常識なんて全く分からないし。必死で覚えたよ。文字もだけど魔法とか意味分からなかったしね」

「あー、それは俺もだな」

「中間とか期末テストじゃないのに、あんな勉強したの初めて」

「ははっ、期末テストって」

久しぶりに聞いた懐かしい響きに、笑みが零れる。遠い昔のようにさえ感じていた向こうの世界に一瞬引き戻されたような気がした。

「……なんの話をしてるんだ？」

訝しげなランバートの声で、思い出話をしていた二人の会話が、あっ、と止まった。

二人顔を見合わせてから、首を傾(かし)げる彼に向き直る。

「そういや言ってなかったか」

「隠してた訳じゃないんだけど」

「俺ら、元はこの世界の人間じゃねぇんだよ」

「……は？」

帝国では信じられてないと聞いて言う必要性も感じていなかったが、特に隠していた訳ではない。信用の置ける彼には言っても構わないだろう。

ランバートは目を丸くして固まっていた。

「俺と大河と繭は別の世界から召喚されたんだ」

「まあ、別に信じなくてもいいぜ」

そう言って笑うと、大河はハーブの効いた肉をぱくりと口に入れた。

唐突なカミングアウトを浴びせられたランバートは額を押さえ、黙り込んでしまった。

空になった皿を給仕に預けて、ふと視線を向けると、相変わらず囲まれているシェイドの周りに何故か空間が出来ていた。

老齢の女性と何か話しているらしい。彼には珍しく、表情が若干柔らかい気がする。間に入れない女性達が歯軋(はぎし)りでもしそうな表情で会話が終わるのを待っていた。

「はー、モテるなぁ。羨(うらや)ましい……」

「陽斗もモテるだろ」

「モテないよ！　なんでだ！」

大げさな身振りで不平を訴える陽斗に苦笑してしまう。弟みたいな感じがするからじゃないだろうか？　というのは心に留めて、年上にモテそうだけどなとだけ伝えた。

陽斗はそんな大河に対して、今度は悪巧みでもするような顔を向ける。

「気になるなら、ダンスに誘ってみたら？」

「……俺で遊ぶな」

「いやー、すげー面白そうじゃん。あの女性の群れを押しのけて大河が踊るなんて」

揶揄(からか)っているのだと分かる声に、思わず顔を顰める。そんな事をすればただの見せ物だと思うが、たしかに笑える展開だ。

「残念だな、俺は踊れねぇよ」

「……私が教えてやろうか？」

漸く混乱から復活したらしいランバートが「踊れない」だけ聞き取ったのか、まだ戸惑いの残る表情でそんな事を言った。

「妙な事言って混乱させたのに？」

「……タイガ達は、嘘(うそ)を吐くような人間ではない」

真面目くさった顔で断言するランバートの言葉に、思わず目を瞠(みは)った。彼の信頼が嬉しく、彼の人間性が好ましい。同じ事を思ったのか、陽斗と視線を合わせると二人して笑った。

「身体能力が高いタイガなら、ダンスくらいすぐに覚えられるだろう」

話を戻すためにひとつ咳払(せきばら)いをして、貴族らしく礼をとると片手を差し出す。ダンスに誘う時のポーズだ。

それが様になっているのが妙におかしかった。

その行為を見た周囲がざわりとしたが、ランバートの悪ふざけだと思って笑う大河は気がつかない。

「じゃあ、教えてもらうかな」

笑いを噛(か)み殺(ころ)しながら手を取ろうとして、陽斗に止められる。

「ちょい待て！　大河お前、ランバートを殺す気か！」

「何言ってんだ？」

いきなり何を言い出すのか。

止められた大河も、手を差し出したランバートもきょとんとした顔で陽斗を見た。

「いいか大河、自覚がないかもしれないが、それは浮気だからな！」

「はあ？」

意味が分からない。

大河は半眼になってビシリと指をさす陽斗に視線

を向けた。

男同士で何を言うんだ？　と言う視線だ。勿論、シェイドと大河は男同士だが、基本的に男は恋愛対象じゃない。

男であろうと好意を持った相手からのアプローチを受け入れたなら、浮気かもしれないが。

ランバートは友人だ。

「……浮気ってのは、どっちかに友達以上の好意がある場合だけじゃねぇのか？」

どう説明したらいいものか、腕を組んで悩みながら大河の中にある定義を言葉にした。

触れるのが一切ダメなら、既に陽斗とも浮気している事になる。それは暴論だと思ったのだ。

「いや、そうだけど……そうなんだけど……！」

「俺とランバート、どっちにもそんな感情ねぇよ」

陽斗はあわあわしながら大河とランバートを交互に見た。

ランバートは何も言わずに大河を見ている。難しい顔で何やら考えているようだった。

「……浮気、かもしれない」

暫くしてぽそりと呟いたランバートに、陽斗がもしかしてやぶへびだった⁉　と蒼白になる。

陽斗の意見に同意しただけだと考える大河は、お前まで何をという顔で呆れた。

「ランバート、早まらないで⁉」

「む？」

「もっとちゃんと考えた方がいいって！」

トップ騎士として尊敬しながら丁寧に接していた陽斗はどこにいったのか。やべーと言いながらランバートを責め立てる陽斗に、大河は仲良くなったなぁと呑気な事を考えている。

そんな彼等を、ヒヤリとした冷気が包んだ。

「面白そうな話をしているな？」

背後を振り返ると凍てつくような目をしたシェイドが立っていた。上品な高齢の女性と話していた筈なのに、いつの間に背後に来ていたのだろう。勝手についてきたのか、しっかり女性達を引き連れている。

陽斗はヒッと真っ青な顔で引き攣った声を出した。

「お、俺は止めましたからね!?」

わたわたと焦る陽斗を余所に、シェイドは威嚇するような視線をランバートに向ける。そんな視線を向けられる理由が分からず、彼は若干怯みながらその視線を受け止めた。

だが、シェイドが何事か言おうと口を開いた瞬間、それを遮るような声が掛けられる。

「シェイド教授、わたくしと一曲踊ってくださいませんか?」

先程から話しかけられずに手をこまねいていた彼女は、大河達が相手なら割り入っても構わないと判断したのだろう。

私もと声を掛けようとする女性達を視線で黙らせて、ビビアンナは美しく微笑んだ。

「先日の誤解を解きたいのです。どうか……」

豪奢なドレスを身に纏い、大きな目で上目遣いに見つめる姿は、普通の男なら一瞬で虜にしてしまえるほど麗しい。

シェイドはランバートに向けていた視線を一瞬だけ大河に送り、そして彼女に向き直った。

視線が自分に向けられ、ビビアンナの表情に喜色がのぼる。

シェイドは腕を組むと、ほんの少し笑って首を傾けた。

「悪いが、私の婚約者は嫉妬深いんだ」

初めて見る彼の笑顔に惚けた彼女達は、次の瞬間凍りつく。

一瞬しん、と辺りが静まり返ったが、謎の多い彼に婚約者がいたのかと周囲は騒然とした。

誰が嫉妬深いんだ、と心で怒鳴った大河は、ギリギリで声に出すのを堪えた。最近、幾度となく盛大な墓穴を掘って、多少学んだからだ。

「ダンスの誘いを受けるのは、浮気、だからな」

そんな周囲を余所に、シェイドは念を押すような声で大河に笑いかけている。

ここにいるべきじゃない、と本能が告げて、ジリジリと後ずさり。その途中で、近くにいた陽斗の肩を叩く。

「……逃げるが勝ちって言葉、ちゃんと覚えたからな」

「へ？　大河？」

真剣な表情でそう言うと、大河は踵を返して大広間から走り去った。墓穴を掘る前にこの場を離れるのが最優先事項だ。

「こんな状態で置いてくなー！」

陽斗の叫びが虚しく響いていた。


夜も更け舞踏会も後半に差し掛かった時間。

月明かりだけが照らす学院の外には、大広間の音楽が微かに漏れ聞こえている。

大広間から抜け出した大河は先程の事を思い出しつつ溜息を吐いた。

自分が墓穴を掘るのも嫌だったが、シェイドの事だ、あのまま大河がいたらそれこそ自分達の関係を言ってしまいかねない。彼はそういった事に対して羞恥心が皆無なのだから。周りの友人に知られているだけでもいたたまれないのに、これ以上は勘弁してもらいたい。

花の季節とはいえ、日が沈んだ後の外気は少し肌寒い。大河はポケットに手を入れようとして、その手が空を切った。自分の服装を思い出して眉を寄せ、さっさと寮に戻ろうと帰路に足を向ける。

不意に、後ろから声が掛けられた。

「……ユーリ？」

振り返った先の見知った姿に、面食らった表情のまま彼女の名前を呼ぶ。

ユーリはおどおどと視線を逸らした。舞踏会でも見かけなかったが、ドレスを着ていないところを見るとそもそも参加していなかったのだろう。

「……あの、あ……私、」

「どうしたんだ？」

「タイガ様に、相談があって……」

　ユーリに近づくと、彼女は肩を揺らして大河を見た。ひどく怯えた様子が心配で、出来るだけ優しい態度を心がける。

　何かあった事は明白だ。

「ああ、俺でよければ聞くけど」

　即座に了承したが、何故か顔を上げた彼女はショックを受けたような顔をしていた。

「……ごめん、なさい」

「別にいいって。帰るだけだったしな」

　そう声を掛けた彼女の肩は、寒さにか震えていた。


　一緒に来て欲しいと言う彼女についていき、再び寮から離れて校舎の横を歩いた。

　皆まだ舞踏会を楽しんでいるのか、外に人気はない。

　校舎を横切り、研究棟が見えてきた所でゴージャスな女性と遭遇した。

　ユーリは驚いた表情をしてから、少し後ずさって大河の後ろに隠れると顔を伏せた。

「……君らも宴に飽きたのか？」

　胸元の開いた大胆なドレスに身を包んだ女性は、メイベルト教授だ。大広間から出てきたらしい彼女は、舞踏会に飽きて帰る所だと言った。少し酔っているのか、頬がほんのりと赤い。

　教授はドレスを着ていないユーリに少し不審な目を向ける。

「あ、あの、シェイド教授に頼まれたものがあって……」

　その言葉に大河は首を傾げた。先程別れたばかりのシェイドは、まだ大広間にいる筈だ。だが、彼女の怯え様に声に出せなかった。メイベルト教授に対して何か怯える事があるのかと疑ってしまう。

ユーリは真っ青な顔で震えているが、辺りが暗いため、大河の後ろにいる彼女の様子に、メイベルト教授は気付いていていない。

「アルヴァレス教授は、もう戻ったのだったか？」

研究棟に視線を向ける教授は、シェイドが大広間にいた事に気付いていないらしい。大広間は広く、人が大勢いたのだから当然だ。

「まあいい。あまり遅くならないうちに寮に戻りなさい」

そう言って、教授は立ち去った。学院の外にある自宅へ帰るのだろう。

「ユーリ？」

教授がいなくなった後、ユーリに声を掛けたが、すみませんとしか言わなかった。

大河には相談だと言い、メイベルト教授には頼まれたと言う彼女が嘘を吐いているのは明白だ。一瞬足を止めた大河は、迷った末に彼女の後を追った。

ユーリが嘘を吐くのには、理由があるだろうと考えたからだ。


どこに向かうのかという疑問はすぐに解けた。

彼女が入ったのはシェイドの研究室の奥。

「ああ、良かった。ちゃんと連れて来てくれたんだね」

そう言って、部屋の主であるダークブロンドの髪の男が朗らかに笑う。

「オロン教授……？」

予想外の展開に大河はきょとんとしてしまう。何故、彼の部屋なのだろうか。

「私が頼んで連れて来てもらったんだ。悪かったね」

そう言ってユーリに謝罪する教授に、彼女は顔を伏せたまま返事をしなかった。

「俺に何か用、すか？」

「ああ、そうなんだ。見てくれ。この有様」

　そう言って大仰に部屋の中を示す。室内は大河が手伝いに来ていた時と比べて散らかり放題だった。

その有様に思わず眉を寄せてしまう。

「掃除が出来なくて呼んだん、ですか」

「彼女も得意ではないようでね。やはり君でないと」

　懇願するような彼の目に嘘は見えないが、こんな時間に嘘を吐いてまでここに連れて来た理由が読めない。

「ああ、君はもう帰って大丈夫だよ。ありがとう」

　優しい声でユーリに話しかけたオロンに、だが彼女は血の気の無くなった顔を上げた。はくはく、と声にならない何かを発している。

「ユーリ？」

「どうしたんだ？　疲れてしまったのかな。帰ってゆっくり休むといい」

　オロン教授はユーリに近づき、彼女の肩を抱くようにして扉に向かわせた。

「おやすみ」

　笑顔でそう言ってパタリと扉を閉める。

「つか、掃除なら昼に呼んでもらえない、ですか？」

「メイベルト教授のガードが固くてね。頼もうとしてもいつも止められる」

　酷いと思わないかい？　と訴えかけ、教授は扉から移動すると大河の肩に手をかけた。

「明日じゃダメ、なんですか？　流石に今からじゃ……」

「うん、明日はダメだね」

「……？」

「だって、明日、君は学院にいないもの」

　一瞬、シェイドが帰る事を言ったのかと思ったが。

　晴れ晴れしい顔で笑うオロン教授に、何故かぞわっと鳥肌がたった。

　――なんだ、これ。

大河は反射的に構えて後ずさる。

急激に駆け上がる嫌な予感に、大河は扉を確認した。自分の速さなら、多分ここを脱出するのは簡単だ。

そう思ったが、

「ああ、帰ってはいけないよ。そんな事したら、彼女が大変な事になってしまう」

「――――は、?」

「彼女の首に、こんなものを描いているから」

ひらり、と手に持った紙を見せられる。魔法陣だと分かるが、それが何かは分からない。

「これはね、爆破する魔法陣だよ」

遠隔でも発動出来るんだ、と楽しそうに笑う教授に罪悪感のようなものは一切見えない。大河は吐きそうなほどの不快感に身を震わせた。

オロン教授は、目を見開いて動かなくなった大河の手を引く。

「掃除をお願いしたいのも本当だけど、それよりも君に興味があるんだ」

大河は抵抗する事も出来ず、教授に促されるまま椅子に座った。

「ずっと気になっていたんだよ。君が光魔法を使えない事」

そう言って、オロン教授は魔法陣と、血の付着した布を出した。

「せっかく君と親交を深める機会が出来て、ゆっくり調べさせてもらおうと思っていたのに、メイベルト教授が邪魔をしてくれたから。最近はアルヴァレス教授まで君の守りを固めていて、どうしたものかと思っていたんだよ」

「……アルヴァレス」

「親しいのだろう? こと私の前では君に関心のない素振りを見せていたけど。君に興味を持たせたくなかったのかな」

そういえばシェイドの偽名だ、と大河は混乱した頭で思う。ジリジリとした焦燥感の中、大河は微動だに出来なかった。

一頻り一人で話した後、教授が魔法陣に魔力を込めると、見覚えのある画面が浮かび上がる。ステータス画面だが、大河が自身で出すものと違い、言語がこちらの世界のものだ。

「これなら自由に見られるんだ。血は情報の宝庫だからね……」

君の血を手に入れるのに苦労した、とオロン教授は何故か嬉しそうに言っている。流れるほどに出血したのは、昨日の闘技会でダリクスと戦った時くらいだ。

「まさか闇属性だなんて……昨日これを見た時には、神からの贈り物かと歓喜したものだ。調べる前に殺さなくて、本当に良かった。攻撃を防いだ者に感謝しなくては」

間近に顔を寄せた教授は大河に視線を合わせ、頬に触れる。嫌悪感が背筋を駆け上がり、触るなと言わんばかりに鋭く睨みつけた。

矛盾ばかりで、先程から彼の言っている意味が分からない。自分の理解力が足りないからだろうか。それとも彼がおかしいのか。

「あまりに興奮して、こんなに急に君を呼び寄せてしまった。いつもはもっと慎重なのに……」

紅潮した教授のうっとりとした口調は、まるで愛でも語らっているようだ。触られる不快感に鳥肌が治らず、大河は顔を背ける。

「魔法研究のために、協力してくれるね？」

有無を言わせる気は無いのだろう。彼は返事を待つ事なく、大河から離れて散らかった机をガサガサと探る。

「……なんのために」

「闇魔法に関しては、趣味と仕事を兼ねていると言ったところかな。勿論、趣味にも付き合ってもらうけど」

怖気が走るのを堪えながら、大河は気持ちを奮い立たせるように教授を見据える。

「俺が協力したら、ユーリに描いた陣を消してくれるのか……」

　きょとん、とした顔で教授が大河を振り返る。

「ん？　ああ、あー、まあそうだね。構わないけど、君に関係があるのかな」

「は……？」

「だって、もし研究の途中で君が死んじゃったら、どうせ見る事も出来ないじゃないか。だから、純粋に疑問に思っただけだよ」

　本当に分からない顔で首を傾げる教授の姿にゾッとする。人間でない者と話しているような気さえした。

「さて、準備も出来たし、行こうか」

「……」

「すぐにでも隅から隅まで研究してあげたいが、ここでは不都合だ」

　そう言って、教授は大河に認識阻害のローブを被せた。

「転移魔法陣が無くなった事が本当に悔やまれる。あの時見つかりさえしなければ、すぐに君を移動させられたのに」

「転移……？」

　誘拐未遂の犯人は、フレット教授ではなかったのか。

「まあ、運ぶ手段くらいある。祝祭後は学院も休みだし、せっかくだ、一緒に道程を楽しもうか」

　オロン教授の声は、おもちゃを与えられた子供のような無邪気さだった。

　さあ、行こうと差し出す手を、拒む為の手段が思いつかない。

　射殺しそうな目で手を掴む大河に、教授はいい子だねと言って優しい顔で笑った。

二十

貴族が使う獣車に乗せられて、夜の間に帝都を出たらしかった。

獣車の窓が閉じられていたので、らしいとしか言えない。獣車に揺られている間、体を好き勝手に調べられて、大河は我慢出来ずに吐いてしまった。暴力ならまだ我慢出来るが、ひたすらに気持ちが悪い。彼は狭い車内で吐かれるのに懲りたのか、その後は大人しくしていた。

体感で半日ほど経過した後、どこかに到着したらしく獣車から降ろされた。いつの間にか夜が明けている。

獣車から降りて一瞬見えたのは町並だ。どこかの町の中にあるお邸だというくらいしか分からないが、その建物に連れて行かれた。

玄関ホールに入ると、大河よりいくつか年下に見える少年がいた。使用人らしい服装をしているので、雇われているのだろう事が分かる。主人に対して礼を取る彼には表情が無かった。

「わ、私は、もう戻っても……」

後ろから怯えた声が聞こえた。御者をしていた男がオロン教授に視線を向けている。

「いや、明日には学院に戻るから、それまで待機していなさい」

それは穏やかな声だったが、御者はビクリと肩を震わせて、はいと呟いた。

大河はまた手を引かれて邸の玄関ホールから移動させられる。階段を上がり、奥の部屋まで行くと、魔法で閉じられていたらしい扉が光を放って開いた。

室内は、魔法師の研究室といった雰囲気だ。

白い大理石の床に白い壁、だが窓がない。薄暗いそこを教授は光魔法で明るく照らした。

その瞬間、大河の背筋に怖気が走る。

少しざらついた素材の白い石壁に、黒っぽいシミが付いていて、血痕のように見えたからだ。出来れば、そうではないと思いたい。

「気を楽にしてくれていいよ。これ以上、吐かれては堪らない」

　そう言って大河を椅子に座らせる。彼の雰囲気がいつもと変わらない柔らかさなのが、余計に恐怖を煽った。

「……ここはどこなんだ？」

「私の領地だよ。一応ね」

　持ってきたらしい書類や器具を部屋に置くと、大河のローブを脱がせる。

　大河の問いに対して、彼は思ったよりも素直に答えてくれる。だから少しずつタイミングをみて質問を繰り返した。少しでも情報が欲しい。

「まずどうしようか、闇属性なら、中身は魔物？　それとも人と同じなのかな？」

　教授は大河を椅子に座らせると、獣車での続きとばかりに体を調べだした。目や口の中を覗かれ、服まで剥かれて、本当に隅々まで検分された。

　大河は再び胃が迫り上がるのを、唾を飲んで堪える。

　手の甲を切り、血を採ると彼は何事かぶつぶつと呟きながら、積まれた文献を引っ張り出している。下の方を抜いたので、本の山が崩れてしまっていた。

　大河は深く切られた傷から血が流れるのも気にせず、彼の意識が別に向いている間に落ちていた服を身に纏う。

「闇属性だけでなく、付与魔法まで……他にも知らないステータスが多いな。君は本当に調べ甲斐がある」

「そら良かったな」

　服を着ながら心底軽蔑したような声が出たが、オロン教授は意に介した様子もない。

「腕を切り落としても生えてくるのか試したかったんだけど、調べたい事が多過ぎる。少し時間がかかりそうだなぁ」

　無邪気に言う教授を、大河は眉(まゆ)を寄せ、生えてくる訳ねぇだろ、と苛立(いらだ)ちの籠(こも)った目で睨みつける。

「魔物の種類は何に属するんだろうね。四本脚で毛の多い魔獣であれば体が欠損すると戻らないが、鱗(うろこ)のある魔物であれば光属性の者を食べて欠損すら復元するものもいる」

　頬杖(ほおづえ)をついた教授の言葉に大河は蒼白(そうはく)になった。

　それまで強気な態度を崩さなかった大河の表情の変化を見て、教授は笑っていた目を更に細める。

「自分の腕を失うより、そちらが怖いのか……かわいそうに、魔物なのに人としての倫理観を持っているなんて」

　面白がるような口調のまま、まるで同情するかのような事を言う。

「今は我慢してあげるから、闇魔法を使って見せてくれる？」

「闇魔法は使い物にならないのか」

　一頻り大河に闇魔法を使わせようとした彼は、残念そうな様子でそう呟いた。幻惑は自分の意思で発動出来ないし、黒い球を出した時には闇に呑(の)まれそうになった。

　試しに闇の魔法を使ってみたが、以前と同じく意識が持っていかれそうになった。膨れ上がった黒い魔法をオロン教授が簡単に光魔法で霧散させた事からも、彼が魔法に長(た)けている事が窺(うかが)える。

　オロン教授が何やら考えながら書き記していると、扉からノックが聞こえた。

「なんだい？」

「……お食事の用意が出来ました」

　少年の声が聞こえて、そんな時間かと教授は顔を上げて立ち上がる。返事を聞いて、部屋の扉を開けたのは玄関ホールにいた少年だ。

「君も一緒に行こう。吐いてしまいそうなら、食べなくて構わないけど……」

そう言って椅子に座る大河に手を差し出す。

食欲は湧かないが、体力を付けておくべきだ。苦虫を噛み潰した表情で手を取ると、彼はまだ血の滴る手の甲を見て眉を上げた。

「もしかして、回復魔法も使えない？　回復は光魔法に属するから当然か……ふむ」

食事より意識がそちらに向いてしまったらしく、そのまま考える表情で傷を見つめた。

「魔物であれば、体液摂取で回復出来るとか？」

視線を扉を押さえていた少年に向ける。そして彼を呼び寄せると、杖を手に取った。

一瞬の後、教授のしようとしている事を察して瞠目する。

「やめろ！」

叫んだ時にはざっくりと指を切りつけていた。深く切りつけられた指からしとどに血が流れる。無表情だった彼が痛みに呻いた。

「口を開けなさい」

彼は笑顔のまま、頑なに閉じようとする大河の口を無理矢理に開いて、彼の手を突っ込んだ。甘い血の味が口に広がり、生理的な嫌悪感に瞳が震えた。

「ああ、やはり魔物と同じ特性があるのか」

げほげほと血を吐き出す大河を余所に、教授は嬉しそうに傷の治った手を見ている。

再び無表情に戻った少年が、指を押さえてオロン教授に視線を向けた。

「……食事が冷めてしまいます」

「ああ、そうだった、食事に行くんだったね。さ、行こうかタイガくん」

「……いらねぇ」

「そう」

拒否した大河を不思議そうに見た教授は、血濡れた床に少し眉を寄せた。

「給仕はいいから、ここを綺麗にしておいて」

そう言って彼が部屋を去った後、大河は再び迫り上がる吐き気のまま胃の中のものを吐き出す。

殆どを胃から吐き出したが、僅かでも血液を取り入れたせいで熱くなる体が、心底疎ましかった。


体の奥に燻る熱を気取られないよう、冷静を装う。本音を言うなら頭から水でも被ってしまいたい。

「……回復魔法使えるか？」

指を押さえたままの少年に声を掛けたが、彼は目を伏せたまま首を横に振った。

辺りを見渡したが、丁度いいものが見当たらず、自分の着ていたシャツを脱いで切り裂いた。出来るだけ綺麗な部分を探して、それを血の滴る指にきつく巻きつける。

「後で、清潔な布に替えてくれ」

その間、彼は手元を見つめたまま微動だにしなかった。

「大丈夫か？」

「……はい」

声を掛けると漸く顔を上げて返事をした。やはり彼に表情はない。

そのまま掃除を始めようとした少年を止めて、大河は自分がやると申し出た。排水出来る場所で水魔法を使って雑巾を濡らし、あちこちに飛び散った血を拭いていく。

「すみません」

この指では雑巾を絞る事もままならないと分かったのか、彼は大人しく従った。

教授が離れた事で、どっと疲れが出たのか、手から力が抜けて雑巾を取り落としてしまう。

落ちたそれを情けない気持ちで拾い。再び床を拭いた。

水だけではなかなか汚れが落ちなくて拭き終わるのには随分と時間がかかってしまったが、その間彼は終始無言で大河を見ていた。単調な作業のお陰で、色々な意味で少し落ち着いたのは有難い。

「あんたさ、なんであんなのに仕えてんだ？」

雑巾を洗いながら、大河は疑問を口にする。

「……」

「俺が言う事でもねぇけど、ここから離れた方がいいと思うぜ」

望んで教授に仕えているなら、余計なお世話だろうが、あんな危険な男の近くにいる理由が分からない。

「出来ません」

「……なんで？」

「隷属させているからだよ」

返ってきた声は少年のものではなかった。

扉を開いたオロン教授が二人を見つめている。

「……隷属？」

一瞬頭が真っ白になって、おうむ返しのようにその言葉を呟いた。

「まあ、隷属させてなくても、行くところなんてないだろうけど」

少年は表情を失くしたまま目を伏せている。

この男は今、隷属と言った。

隷属魔法陣を人に施す事は、魔法師達が口に出すのさえ躊躇(ためら)うほどの禁忌だ。

それを、平然と出来る者が、他にもいるだろうか。

「あんた、昔、エスカーナで人に隷属魔法陣、描いた事あるか……？」

怒りから震えそうになる声を抑えて、大河は教授を睨みつけた。

その声に、大河に視線を向けた教授は、きょとんとした顔で首を傾(かし)げる。

「そんな事も、あったかな？」

思い出すように顎(あご)に手を当て、身に覚えがあり過ぎてはっきり覚えてないと言う彼の声には、罪悪感の欠片(かけら)もない。

「て、っめぇ……!!」

グルル、と我知らず喉奥が唸った。

大河の意識がどす黒い怒りに染まる。バリバリと響く耳鳴りすら意識出来ずに睨みつける視線は、それだけで相手を刺し殺せそうなほどに鋭い。

「わぁ……すごいな。怒りで魔物化するのか」

大河の怒りを物ともせずに、教授は目を瞠り、歓声を上げた。

怒りのせいで角と牙が出てしまった大河の姿に対してだ。使用人の少年は、無表情を崩して瞼を押し上げている。

教授は噛み付かんばかりに凄む大河を、ペットでも躾けるように頭を掴んで押さえた。

「反抗して、いいの？」

顔を近づけ優しい声で問いかけられ、怒りに染まる大河の意識にユーリの姿が過った。

思わず息を詰めて唇を噛み締める。

――――悔しい。

シェイドを苦しめた本人がここにいるのに、何も出来ない事に目の前が暗くなるほどの怒りを感じる。

鋭い牙で噛み締めた唇から、血が流れて床に落ちた。

このまま怒りに身を任せたら魔物化してしまいそうだ。

それは嫌だとなけなしの理性が告げる。

「せっかく掃除をしたのにね」

そう言って指で血を掬うと、擦り付けるように唇をなぞった。

「こうなっても血は赤いんだね」

まあ魔物も赤い血の方が多いか、と納得したように話す彼の楽しげな声だけが部屋に響いていた。


日が落ちたのか、漸く実験から解放された大河は、深い溜息を吐きながら部屋の壁に凭れた。

精神も体も疲弊しているのに、眠気はこない。

窓も無い閉じられた研究室は徐々に暗くなっていったが、視界は良好だ。怒りのせいで角が出てしまったからか、この状態だと暗闇（くらやみ）でも見る事が出来るらしい。

新しい発見だなと思いながら、大河はアイテムボックスから紙を取り出した。

シェイドから預かったものだ。

紙には魔法陣と、それを描く手順が丁寧に描き記されている。

彼の字を見ると、それだけで気持ちが落ち着くような気がする。

これは、彼が長い努力の末に漸く見つけ出した、解除の魔法陣だ。

魔法陣を解除するためには、この陣と吸収の特性を持つ闇属性特有の魔力が必要だと言っていた。いつになっても構わないから、描けるようになったら大河の手で魔法陣を消してくれと言った彼の言葉を思い出す。

以来、寮に帰ってからなど時間の許す限り何度も何度も描いているが、そう簡単にはいかない。

説明の紙は、子供に向けるかのように分かりやすく書かれていて、これを彼が書いたのだと思うと、それだけで笑みが溢（あふ）れてしまう。

もう一枚あるのは解除の練習用にと、即興で描いてくれた風を起こす魔法陣だ。これが消えたら、解除の魔法陣を習得した事になる。

今日は魔力をたくさん使わされたから、あまり練習出来そうにないと二度目の溜息を吐きつつ。

どうにか自分の気持ちを奮い立たせ、指に魔力を込めた。

翌日、オロン教授は朝から半日ほど大河を実験に付き合わせたが、昼過ぎに帰る準備を始めた。

研究室の扉を魔法陣で閉じて、大河を別室に移す。

理由は分からないが、幸い拘束はされていない。

「今日で祝祭後の休みが終わってしまうから、次の休みまで大人しく待っているんだよ」

子供に留守番を言いつけるような口調で、教授は大河に声を掛けた。

血も魔力も足りない状態で大河はぼんやりと彼を見つめる。彼は大人(おとな)しい大河の頭を撫(な)でて角に触ると、少し考えるような顔をして、まあ問題ないかと呟(つぶや)く。

その後、怯(おび)えた様子の御者が迎えに来て、彼は呆(あっ)気(け)なく邸を去って行った。

オロン・ヒルガンテは、変質的なサイコパスだ。

そして大河が探していた、シェイドに隷属の魔法陣を描いた魔法師であり、誘拐未遂事件の犯人だ。

そう、大河は結論づけた。

彼は常に目先の興味に吸い寄せられる。人を人とも思っていないが、興味を示されている限りは殺される事はない。彼の言動から、ここが彼の領地で、今日中に学院に戻ると言う彼が教授という仮面を大事にしている事も分かった。

とすれば、ユーリを無闇に手に掛ける事はないだろう。

大河は崩れ落ちるように膝(ひざ)をついて、そのまま仰向けに倒れる。傷ついた体が、引き攣(ひつ)るように痛んだ。

――とりあえず生きてる。

それだけで、良かったと思うしかない。

実験に魔力を持っていかれたりはしたが、魔力を無くして死にかけた以前の事を思えば、この程度問題はない。

今になって思うと、実験体だと言ってシェイドに監禁されていた時が、どれほど恵まれていた事か。

彼は、実験体なんて呼んでいたが、こんな風に酷(ひど)い目に遭わされた覚えがない。大事にされていたんだなと、こんな状況になって分かってしまい、苦笑する。

「……シェイド」

思い出したせいか、無意識に名を呼んでいた。

結局、彼を苦しめた魔法師を見つけたのに、何も出来なかった。

ユーリはきっと今も怯え震えてる。

自分がいなくなって、また皆に心配をかけてしまう。

大河は目を閉じて、ともすれば悪く考えてしまいそうな思考を止めた。


「お兄ちゃん大丈夫？」

「しんでる？」

柔らかい小さな手がぺちぺちと頬を叩く。

重い瞼を上げると、首を傾げて覗き込む子供と目が合った。

大河はいつの間にか寝てしまっていたらしい。

状況は分からないが、まずい、と思った。

子供と触れ合った事は少ないが、目つきの悪さで子供には泣かれた記憶しかない。それに今は角が出てしまっている上に、傷や血で見た目は酷い状態だ。

「あ、おきた」

「おはよー！　あそぼ！」

だが心配をよそに子供らは泣かず、むしろ仰向けの大河に馬乗りになっている。

「けがしてるのに、乗ったらダメだよ」

少し大きい子供が小さい子に注意した。小さい子はイヤイヤと首を振っている。

「ここの子供か？」

のそりと起き上がると、腹に乗っていた子供がずり下がり膝の上に落ちた。図らずも子供を抱える体勢になる。

大河の顔を覗いていた二人の子供は、一人は五、六歳くらい、膝に乗ったもう一人は三歳程度の男の子だ。

「ここ、おうち！」

「ちがうよ、おうちじゃないよ」

「ここはやだからちがうの！」

「……はぁ？」

要領を得ない子供との会話に、疑問だけが募る。

この家の子供、というなら教授の子供だろうかと一瞬思ったが。

「あそぼ！　あそぼー！」

膝に乗った子供が腕をペシペシ叩いて催促する。

「遊ぶっつったってなぁ」

少し考えて、子供を膝からおろす。

そしてアイテムボックスからフードを取り出して被ると、不服そうな子供の前にしゃがんだ。

片方削られたりしたせいで、歪な形になった角を隠すためなので、認識阻害の魔法は発動させていない。牙くらいなら、歯を剥き出しにしたり大きく口を開けなければ誤魔化せるだろう。

「肩車してやっから、ここ案内してくれるか？」

「かたるるま？」

きょとんとする子供を抱き上げて肩に乗せると、きゃあと高い声を上げて喜んだ。少し寝たからか、傷はそれほど痛まない。

「ずるい！　おれもおれも」

「順番な」

そう言ってもう一人と手を繋ぐと、こっちこっちと引っ張られる。

フードの上から角をハンドルのように掴む子供の手を別のところに移して、これは内緒な、と約束した。

部屋から出られないのではという懸念を余所に、扉はすんなりと開いて外に出る事が出来た。大河がいたお邸はそれなりに立派な建物だったが貴族が住むには小さいように見えた。

他の部屋も見たが、使用人をしている少年の姿も、それ以外の人の姿もない。

外に出ると、お邸よりもずっと簡素な作りの家々が立ち並んでいる。木の建物もあるが、遊牧民が住んでいそうな布張りの住居もある。間に合わせのような家の作りだなと失礼な事を思いつつ歩く。

お邸の正面は町だが、窓から見えた限りでは家の裏手には草原と森しかなかった。そちらに顔を向けると、そっちは行けないよと子供が大河の手を引く。

町中を歩く人を見つけ声を掛けようとしたが、子供にグイグイと引っ張られてそれは叶わなかった。町の人は、一瞬驚いた顔をした後、眉を顰めてどこか悲しげな表情で大河を見ていた。

町を通り過ぎると、畑を耕す人や、林の中で収穫をする人々が見え始める。

「母ちゃん！」

「かーちゃん！」

子供が手を振ると、果物を収穫していた女性が子供と大河を見てぎょっと目を開き、慌てたように走ってきた。

「何してるの！　あなた達、お邸に入ってはダメと言ったでしょう⁉」

まずい事でもしたか？　と子供を肩からおろすと、子供は母親に駆け寄った。

「つぎおれ！」

「ヨル、こっちに来なさい」

「つぎおれー！」

順番と言った言葉を覚えていた男の子が大河の服の裾を引く。警戒する母親の手前抱き上げる訳にもいかず、まいったなと大河は困り顔で頭を掻いた。

「悪い、ここがよく分からなくて、案内してもらってた、んです」

「……」

女性は警戒したような視線を向けて、大河の全身を見渡した。

「……怪我を」

「あ、ああ。もう血は止まってるんで、平気」

今朝も好き勝手に血を奪われたりしたので、体のあちこちに切り傷が付いている。

痛々しそうに目を細めた女性に、大河は問題ないと告げたが、彼女は近づいて回復魔法をかけてくれた。

「あの、それ、手伝ったらダメっすか？」

「え？」

「回復魔法のお礼、っていうか」

収穫するための籠を指差して言うと、子供達の母親は虚をつかれたような表情になった。駄々をこねていた子供はパッと明るい顔になり、いいよ！　と大きな声を出す。そして近くにあった空の籠を抱えてきた。

「ちょっと、ヨル！」

「迷惑ならやめとく、すけど」

「いえ、そういう訳では……」

訳の分からない状況に戸惑う母親の許可を得て、籠を背負おうとしたが止められた。

「そのような良い御召し物で」

そう言われて漸く、ローブから覗く自分の服装が舞踏会に出ていた時のままだと気付いた。若干恥ずかしくなるが、中のシャツを破いてしまったので脱ぐ事も出来ない。そもそも血で汚れていたから、汚れるのを躊躇ったというより、貴族とでも思って遠慮したのだろう。

ジャケットの袖を捲り上げ籠を背負うと、大河はそのまま子供を肩車した。

「高いから、お前も手伝えるだろ？」

「てつだう！」

これなら子供の願いを叶えつつ、母親から離れないので彼女も安心かと思ったのだ。

大河は母親から取っていい果実の説明を聞き、収穫していく。真っ青な色の果実は、ひんやりと冷たかった。これで食べ頃なのだそうだ。不思議そうにする大河に、女性は氷の季節の冷たい空気をたっぷり吸収したからだと教えてくれた。

羨ましそうにしていたもう一人と途中で肩車を交

代して、一刻も経たないうちに籠はいっぱいになった。

「あの、ありがとうございました」

「や、こっちこそ。無理言っちまって」

頭を下げられ、それにゆるく手を振る。すっかり懐いた子供達は大河の両足に抱きついて離れない。子供達の名前は、ヨルとファムというらしい。母親の名前はラナハと教えられ、大河も自分の名を名乗った。

「ここはオロン教授の領地なん、すよね？」

「……ここは、その、なんと言えばいいのか」

帝都から遠いのか聞きたかったが、何故かラナハは困ったような顔をした。

大河が首を傾げていると、腹からくぅぅと悲しげな犬の鳴き声みたいな音がした。そういえば、昨日から何も食べていない。

その音に気付いて彼女が何か思い立ったように視線を上げる。

「……長老のところにご案内しますので、ついてきてください。一緒に食事も取りましょう」

そう言う彼女に両足に張り付いた子供を剥がしてもらい、一緒に町の中へと移動した。


「ここは、オロン・ヒルガンテ伯爵の領地内だ」

長老と呼ばれた白髪の男は、目を閉じたまま静かな声でそう言った。

簡素だがそれなりに広い家には囲炉裏のようなものがあって、古い日本の家を思わせる。木の床に胡座をかいて座る長老の他に、男性が二人、他にも老人と女性と子供が十数人ほど家の中にいた。

男の一人はラナハの夫だと紹介されたが、彼には片腕がなかった。

「帝都からは遠いん、ですか……」

場所だけでも、と思ったが長老は黙ってしまった。

それにしても教授は何故大河を自由にさせているのかと疑問に思う。ユーリを人質に取っている間、大河は大人しく従うと思っているのだろうか。

「とりあえず、お食べなさい。若い人には物足りんだろうが……」

床に置かれた木皿の上には先程収穫した果物と、木の椀には豆と野菜を煮たスープが入っている。

「町の中には滅多に魔物が出ないので、肉はそうそう手に入らないのだ」

そう言って果実を口に入れた長老は、一瞬顔を顰めた。それに倣って大河も食べてみると、果実の酸っぱさに顔を顰めたのだと分かる。果実は最初非常に酸っぱく、暫くすると口の中で甘くなった。

豆の入った汁物は、少量の塩で味付けされているらしかった。昨日から何も食べていなくてお腹が減っていたのでそれを味わっていただいた。

手を合わせてご馳走さまと言うと、近くでそれを見ていた子供が、面白がって真似をする。

「食事をありがとう、ございました」

彼等の様子を見るに、食料が豊かだとは思えない。少ないそれを分けてくれたのだと思えば、申し訳なさが先に立つ。お礼に何か渡す事が出来たら良かったが、この所必要な分だけを調理場で調達していたので、アイテムボックスには何も入れていなかった。

大河がそう言って長老と町の人に頭を下げると、長老は目を弧にして相好を崩す。

それまで成り行きを見守っていた男性や町の人達も、多少緊張を緩めたような顔をした。

「領主様は、体面を大事にしてなさる。だから休日でなければここには来られまい……」

そこまで言って長老は言葉を切る。何かに迷って、言い淀んでいるかのようだった。

「それまでは、気兼ねなく過ごすといい」

彼は言葉を呑み込んだように、それだけ口にする。

学院は十日毎に休みがある。だから次にオロン教授がここに来るのは今日から十日後だ。

日が暮れる前に長老の家からお邸に戻ると、玄関ホールで使用人の少年が待っていた。

昼の間は建物裏の菜園にいたらしい。その話の間に、このお邸には彼一人しか使用人がいない事を知る。

「お邸を出るのは構いませんが、ここからは逃げられません」

逃げるつもりで出た訳ではなかったが、その言葉に疑念を抱く。町の外には出られないと確信しているかのようだ。ユーリの事がなくても、帝都までの距離も位置も分からない状態で出る事は出来ないが。

大河は腕を組んで首を傾げていたが、思い出したように彼の腕を引いた。

「な、何を……」

急に引っ張られ、お邸の外まで連れて行かれる事に、彼は戸惑った声を出す。

されるがままの少年を連れて、来た道を戻ると、長老の家で片付けをしていたラナハに頭を下げて回復魔法を頼んだ。教授に切られた指は大河が結んだ時のままで、血が滲んでいた。

「酷い事を……」

彼女は少年の姿に驚き、一瞬戸惑った表情をしたが、痛々しい指の傷を見て治療してくれる。

「良かったな」

笑って言う大河を、少年は感情の無い目で見ていた。

「……頼んでいません」

「そうだな」

俺が良かったって思っただけだ、と言って大河はラナハにお礼を伝えた。血で汚れた布を処分しておく、と言った彼女に、少年は自分で処分するからとそれを受け取った。

あくる日、お邸で目を覚ました大河に、使用人の少年は着替えと食事を用意してくれた。町の人が着ていたような作務衣に近い形の前合わせの服だ。大河の着ていた服は酷い有様だったので、有り難くそれに着替える。

一緒に朝食を食おうと言っても無視だったが、聞き忘れていた名前を聞くと、暫く黙ってから、サシャだと答えた。彼は、多分大河より二、三歳ほど下だろう見た目の少年で、少し長い栗色の髪を後ろで縛っている。

剥き出しの角を思い出して「そういや、怖くねぇの？」と聞くと、「別に」と素っ気なく返された。

それ以降は何も答えてくれなかったので、大河は諦めて席を立つ。

「お邸を出るのは構わないんだよな？」

静黙したままの彼を置いて大河が再び町へ出ると、待っていたかのようにすぐに子供に捕まった。ヨルとファムはお邸に入るなと親から叱られて、大河が出てくるのを待っていたらしい。

その二人に町を案内してもらい、この町は結界に覆われている事、結界の外には住民ですら出られない事を知った。

だから自由にさせているのかと理解する。結界内には通過魔法陣が存在せず、どうやってもこの結界の外に出る手段はないらしい。

町はそれなりに大きいが、建物の様子からあまり豊かではないと見受けられる。

町の中に店らしきものはなく、領主の家だという建物と、民家の他には作りが民家と変わらない光の神殿があった。華やかさは無いが御神体に光が当たるよう明かり取りの小窓があるなど、質素ながらも趣向を凝らして作られている。

他には畑と果樹園があり、ミルクを出すものや、卵を産む家畜がいた。町の人は基本的にその収穫で自給自足の生活をしているらしい。

町と呼べるだけの人々が集まるここには、何故か女性と子供ばかりだ。男は年老いた者以外殆ど見かけない。男手が足りないと嘆く町の女性に理由を聞いてみたが、言葉を濁された。

問い詰めるのも躊躇われて、男手が必要ならと手伝いをかって出る。子供達に町を案内してもらいながら、そうやって手伝いをしていると、長老達以外にも気安く接してくれる人が増えた。

彼女達と接していると、元々が懐の深い土地柄なのだろう事が窺える。

夕方頃にお邸に戻って、町での事を一方的に話しながら食事をとった。

サシャは終始無言で、そうですかと最後の方に相槌を打っただけだった。

それでも、一人でこんなお邸に放置されるより、ずっと気が紛れる。そして、隷属させられここに一人でいる彼の事を考え心が痛んだ。シェイドの事を思い出すからかもしれない。

「気が向いたら、一緒に町に行こうぜ」

食事の片付けを手伝った後、部屋に戻る前に大河はそう声を掛けたがやはり返事はなかった。


「あ、それもたべられるよ！」

「これだな。りょーかい」

ヨルが指差す野草を採って籠に入れる。一緒にいるファムと男性も大河の背負う籠に収穫したものを入れた。

二日も経てば、子供達はすっかり慣れきって、以前から一緒にいたかのように振る舞ってくれている。ともすれば、抑え込んだ怒りが吹き出してしまいそうになる大河にとって、彼等の存在は救いだ。

「手伝ってもらって悪いね。僕の腕じゃ背負うのも一苦労なんだ」

そう言って眉尻(まゆじり)を下げる男性はヨルとファムの父親で、名はヒューゴだと教えられた。彼の左腕は肩から先が無い。理由を聞くのを躊躇った大河の考えを読んだのか、彼は、前に戦争でねと簡潔に教えてくれた。

花の季節になり青々と生い茂る若葉に、ほの温かい陽気。

光を反射する清流の川べりで野草を採っていると、網をもって魚を獲(と)る老人が手をあげて挨拶(あいさつ)する。

状況を忘れてしまいそうなほど、のどかな風景だ。

草木の香りが鼻を擽る。

川と自然、木で出来た民家の並ぶ風景はどこか郷愁を感じさせた。

これがオロン教授の治める町だという事に、違和感を覚えて仕方がない。

「領主は滅多にここには来ないんだ」

思わず口をついて出てしまった言葉に、ヒューゴが返事した。

「領主が嫌いなのか？」

苦々しげな声に嫌悪を感じてそう聞くと、彼は無言で肯定する。

「じゃあ、サシャは？」

「サシャ？　ああ、領主のお邸で働いている子は、そんな名前なのか」

こんなに小さい町で名前も知らないのか？　と首を傾(かし)げると、ヒューゴが苦笑した。

「彼は、あまり我らに関わろうとしない。だからこちらも、領主邸へ収穫物を持っていくくらいしか関わっていなかったんだ」

「そうなのか」

「……だから驚いたよ。先日、君が彼を連れて来た後、再び彼が町へ来た時には。服を譲って欲しいと言って頭を下げた。そんな事は初めてだったから」

「……」

「君の為(ため)だったのかと、後になって分かったが」

大河は自分の服を見下ろす。終始無表情の彼が、わざわざそんな事をしてくれていたとは思いも寄らなかった。

「とーちゃん、タイガー」

何故か上の方から声が聞こえ、見上げるとヨルが木に登っていた。三メートルほどある木の枝に座ったヨルには手を伸ばしても届かない。一瞬目を離しただけでよくそこまで登ったものだが、それよりも落ちるのではないかと焦った。

大河はヨルを助けに自分も登ろうとするが。

「まったく」

大河が動くよりも先に、ヒューゴがそう呟いて木を駆け上がった。

登るというより駆け上がる感じで軽々とヨルのところまで行くと、片手だけで器用に子供を抱え、くるっと跳んで着地した。

「……すっげー身軽だな」

感心する大河に彼は、ははと照れたように笑う。

「おれも、おれもすごいだろ」

「すごいけど、あぶねーだろ」

褒めて欲しがる子供の頭を手のひらでグリグリする。

「しゅぎょうしてるから、へいき！」

「修行？」

「子供達に身を守る術を教えているんだ」

首を傾げてヒューゴを見ると、彼がそう教えてくれる。

おれものぼる、と駄々を捏ね出したファムを肩車してやっていると、遠くの方から歌が聞こえた。

農作業をしていた女性達が、休憩中なのか座って歌を歌っている。耳に心地いい音だ。

「我らも飯にしようか」

歌声を聞いたヒューゴは、そう言って笑った。

歌う女性達のところに行くと、彼女らは嫌な顔ひとつせずに迎え入れ、食事の用意をしてくれる。先程魚を獲っていた老人もいて、焼き魚を振る舞ってくれた。

急に来ていいのか？　と遠慮する大河にヒューゴは笑い、そして自分達は皆家族なのだと言った。皆で分け合い助け合うのだと。

そうして食事が終わるとまた皆が歌った。豊作を願う歌なのだという。

歌詞が分からない大河は聞いているだけだが、悪辣な教授のせいで削れた心が少し癒されるような気がした。

「ここの人達は、よく歌います」

お邸に戻ってから町での事を話すと、サシャが珍しく相槌でない返事をしてくれた。

少し気を許してくれるようになったのかと思うと嬉しくなる。

「へぇ……じゃあ、サシャも？」

「いえ、僕は」

もごもご、と言い辛い様子で躊躇っていた彼が、一呼吸置いてから「アラバントの人間なので、彼等の歌は分かりません」と言った。

ガレイア帝国の生まれじゃないのかと問いかけると、サシャは大河に視線を合わせる。

「彼等も……」

何か言いかけて、そのまま沈黙してしまった。

「そういや、服ありがとな」

ふと今日聞いた事を思い出し、お礼を言う。彼は驚いた表情をしてから、視線を逸らした。

「ここには……ヒルガンテ伯爵の服しかありませんから」

僕の服では小さいですし、と呟き、そこからうんともすんとも言わなくなってしまった。

いつもより随分と長く話せたので、少しずつでも気を許してくれているのかもしれない。

それ以上の会話は諦めて大河はベッドのある部屋に戻った。

悪い方に考えようと思えば、いくらでも浮かぶ。

けど、二日経って気持ちが落ち着いたのか、今はそれほど悲壮感はない。

何故なら学院にはシェイドがいる。

心配をかけてしまうのは申し訳ないが、彼がいるならきっと自分を追ってくれるだろうと確信している。

助けを待つだけなど性に合わない、という気持ちも消せはしないが。

大河に今出来る事は、ひとつだけだ。

二十一

突然タイガの消息がつかめなくなった。

最後に見たのは舞踏会の夜。

ダンスを存分に楽しんでから、フェミリアはマユとマイリーと共にハルトの元へ戻った。そろそろ寮に帰ろうかと声を掛けた時にはタイガはおらず、途中で帰ったと言うハルトは疲れた顔で苦笑を浮かべる。何があったのか聞くと、またそれがなかなかの珍事だったので、思わず笑ってしまった。

あの生真面目な騎士生が男性をダンスに誘うなんて。

ランバートがタイガに惹かれているのは明らかだったが、ハルトのせいか、又はお陰か、本人も気付いてしまったらしい。

彼はそれだけ魅力的な人物なのだから、仕方がない。フェミリアは自覚する前に淡く散ってしまった自分の恋心を思い出して苦笑した。自分の心を暗闇から明るい所へ引き上げてくれた人なんて、惚れない方が難しい。

それでも、先日見てしまった二人を思い出すと、頬が赤くなってしまう。

男性同士の筈なのに、不思議と違和感を覚えなかった。むしろ妙なときめきを感じてしまったようにも思う。

そして、タイガの横は自分じゃないと強く自覚したのだ。そうなってから自分の気持ちに気付いたのも滑稽なのだが。

皆と談笑しながら寮に戻り、舞踏会でも見かけなかったユーリの部屋に声を掛けた。返事がなかったが、夜も遅い時間だったので寝ているのかもとそっとしておいた。

次の日の朝食時、再びユーリの部屋まで誘いに行くと、また用があるからと言って断られた。最近はこの調子で断られる事が多い。

仕方なく食堂へ行くと、ハルトがタイガの部屋から返事がないと言い出した。

マイリーやマユと顔を見合わせて、体調でも悪いのかと朝食もとらずに四人で部屋に向かったが、やはり返事はない。いるのに返事をしない、というのはタイガに限っては考え難い。

「シェイド様のところにいるんじゃない？」

マユが嫌そうな顔で言った言葉に、フェミリアはなるほどと納得した。昨日から彼と一緒なら朝からいないのもおかしくはない。

だが、ハルトとマイリーはうーんと唸っている。

「確かあの後、シェイド様はリヴェル殿下に声を掛けられてて……」

「私、念のため確認に行ってきます」

渋々対応してたとハルトが記憶を辿りながら呟く途中で、マイリーが踵を返した。

RUBY INFORMATION 4

April 2023

公式HP https://ruby.kadokawa.co.jp/ Twitter https://twitter.com/

〒102-8177 東京都千代田区富士見2-13-3 発行:株式会社KADOKAWA

ゲームの世界に
転生した俺が
○○になるまで 1

!

…たカリヤは、戦争に
…多数の転生者
…持つ美少年・

異世界転生したけど、七合目モブだったので普通に生きる。1

白玉（しらたま） イラスト/北沢（きたざわ）きょう

「自称」モブ転生者×美形宰相子息。
偏った友情が恋に変化する甘ラブBL!

乙女ゲーム世界の伯爵家長男に転生し平穏なモブ人生を歩む予定だった主人公だが、年下で攻略対象の宰相子息と出会い彼を溺愛していたらなぜか腐女子を増産しゲームは激変？　無自覚スパダリの激甘主人公攻めBL!

単行本/B6判/定価1,540円（本体1,400円＋税）※2023年4月現在の定価です。

受:ギルバート

侯爵家長男。乙女ゲームの攻略対象者。氷の貴公子と名高い美貌と無表情。笑顔はアルフレッド限定。

攻:アルフレッド

伯爵家長男。5歳で前世を思い出した転生者。すべてが中の上な自分を七合目と自称。色々と無自覚。

…roduct/collection/

もし二人が一緒なら邪魔する事にならないか、と一瞬迷ったが、研究棟に向かう彼女をハルト達と共にフェミリアも追う事にした。

祝祭後の二日間は学院が休みになるため、生徒は皆自由に過ごしている。休みの度に実家に帰るという生徒は少なく、学院内にはそれなりに人がいた。

研究に心血を注いでいる教授達が、休みでもよく学院にいる事は生徒も認知している。今日もシェイド教授が研究室にいる事は、扉の前に集まった女子生徒達で察せられた。

婚約者がいると言ったにも拘わらず、とは思ったが考えてみれば帝国は複数愛者が多い。決まった相手がいたからといって諦める理由にはならないのだろう。

その彼女達に嫌な顔をされながら、人を掻き分けてマイリーが扉をノックをする。

「すみません、シェイド様、お話が」

マイリーの声に、ほどなくして扉は開いた。女子生徒達は何故と驚いている。彼女らがノックしても今まで反応が無かったのだろう。

教授は女子生徒に素気無く帰るよう言うと、マイリー達を研究室に入れてくれた。

部屋の様子を見たマイリーは一瞬で張り詰めた表情になる。

「タイガ様、いらっしゃらないんですね。部屋から返事がないのでこちらかと思ったのですが」

マイリーが言った瞬間、スゥ、と目を細めたシェイド教授からは、何の感情も読み取れなかった。それなのに、何故かその表情を見たフェミリアは腹の底が冷えるような気がした。

教授はすぐさま寮に行き、管理人を引き連れてタイガの部屋の扉を開けさせる。

部屋の主の姿はそこになかった。

「……最後に見た者は」

「シェイド様と一緒に、舞踏会で見たのが最後です」

ハルトが動揺を隠せない声でそう告げる。あの時一緒に帰っていれば、とでも思っているのかもしれない。

教授は冷静に見える動きで、クローゼットを開いた。

「制服の数が揃っている」

生徒が支給される制服の数は、替えを合わせて三着だ。

学院内は寮も含めて、部屋着ほどの軽装は許されていない。だからタイガは横着して基本的に制服で過ごしていた。

「着替える事なくどこかに……？」

「い、生きてる、わよね？」

マユが震えて狼狽える。そんな大袈裟なと思いながらも、皆が青褪めて息を呑んだ。犯人とされているフレット教授は捕まったままだが、自分が誘拐未遂された件を含め、学院で不穏な事件が続いたからだ。

「……現時点で、命に別状はない」

「な、なんで分かるんですか？」

「タイガの命に何か危険があれば、これが反応する」

そう言ってシェイド教授は片腕に嵌めた腕輪を見せた。確か似たものをタイガも腕に嵌めていた。

再び男子寮の外に出ると、先程まで晴天だったのに、今は強風が吹き、風が雲を運んだため空が暗くなっていた。そのせいなのか、辺りが急に冷え込んでいる。妙な天気に、フェミリアはゾクリと背筋を震わせた。

シェイド教授は外に出た瞬間、手すら上げずに鳥のような大量の光魔法を飛ばす。

人探しの際や、相手を自分の元へ呼び寄せる時に使われている魔法だ。目的の人物を探すように、それは学院内を飛び回る。そのあまりの多さに、学院内を歩く生徒達も驚いて見上げていた。

「なんだこれは！　アルヴァレス教授、何をしている」

休日にも拘わらず、メイベルト教授も学院に来ていたらしい。空を覆うほどの光魔法に驚いた彼女が駆け寄ってきた。

「生徒が一人いなくなった」

「どういう事だ、誰がいなくなった……!?」

「タイガ様です、昨夜別れてから姿が見えなくて」

「タイガ……?」

いつもの冷静さが消えたメイベルト教授は、その名を聞いて考えるように顎に指を当てた。

「昨夜なら、私も見た。アルヴァレス教授に頼まれたものがあると言っていたが……」

「俺に?」

「ああ、女子生徒が一緒だった。名は、確か……ユーリ・ツェリアット」

いつもの三倍は眉間にシワを寄せた彼女は、クソッと教授らしからぬ言葉を吐く。

「ユーリが!?」

「……それは今、どこにいる?」

「今朝は部屋に。よ、用があるって、言ってました」


一人だけ、ずっと冷静なままのシェイド教授に問われ、フェミリアは何故か怯えた声が出た。

彼は、今度は女子寮の近くまで行くと、寮を守る結界を簡単に割った。光が稲妻のように壁を伝って音を立てて割れたのだ。

寮に入る許可を取る時間も惜しいらしい事が分かったが、メイベルト教授が後始末の事も考えろと怒鳴っていた。


フェミリアがユーリの部屋をノックしても、反応はなく部屋の扉は開かなかった。いないようだと皆を振り返ったが、シェイド教授に扉の前から横に避けるよう促される。

そして彼は無表情のまま、扉を鍵ごと蹴り壊した。

荒い動作に見えなかったが、ガンッという大きい音を鳴らして扉がふっ飛ぶ。

周りの皆は突然の事に声が出なかった。

そのまま彼は足を止める事なく中に入ると、部屋の隅で蹲り驚きに目を見開いたユーリを見下ろす。

「タイガは、どこだ」

ユーリは怯え震えて、声が出ないようだった。

フェミリアはそんなユーリに駆け寄った。一瞬、彼女が殺されてしまうんじゃないだろうかという恐怖に襲われたからだ。

「ユーリ、お願い話して。タイガ様はどこなの?」

フェミリアを見上げた彼女は、ボロボロと涙を流す。

「……ご、ごめ、なさいっ、ごめん、なさいっ」

「謝れと言っていない。情報を寄越せ」

謝る彼女を冷たく見下ろして、シェイド教授は低い声で言い放つ。

ユーリは涙を流しながら、彼を見上げて口をはくはくと動かした。

「……言葉を封じられているのか」

メイベルト教授がユーリの近くまで来て、魔法陣の場所を示すよう言うと、ユーリは首の後ろを指差した。

淡い色の髪を掻き分けると、うなじの辺りに拳大の魔法陣が描かれている。

「……情報を封じる魔法と、爆破の魔法が重ね掛けされている」

その言葉にゾッと血の気が引いた。

「――――ヒルガンテか」

「この学院でこんな事が出来るのは私とアルヴァレス教授、そしてヒルガンテ教授の三人だけだろう」

教授達は確信しているような口調だ。

すぐさま踵を返したシェイド教授を、彼女は慌てて追いかけた。

「ちょっと待て、そのまま問い詰めて素直に吐くと思うのか」

「吐かせればいい」

「冷静になれ」

感情が外に漏れ出るかのように、シェイド教授の足元がパキパキと音を立てて凍っていく。

「あれでも、帝国一と謳（うた）われる魔法師だ」

冷静だと思っていた彼が一番冷静さを欠いていたのだと、部屋が凍っていく様子を見てようやく思い至った。

ハルトとマユがその様子を見て後ずさり、身震いする。

「彼女を殺す気か」

「……」

「それなら、気付かれずタイガを探す方が得策だ」

「魔力を奪って、拷問にかけた方が早い」

「冷静になれと言ってるだろうが。それに奴（やつ）は今、学院にいない」

学院長が言っていたから確かだと、メイベルト教授が焦った様子で彼を止める。無機質な目が彼女を捉（とら）え、そしてユーリを見下ろした。

「ひとつ言っておくが……」

タイガがいないと、シェイド教授はこんなにも冷たい表情をするのかと、フェミリアは驚愕（きょうがく）が隠せない。

幼い頃（ころ）に遠くから見ただけの彼は、学院で初めて会ったと言っても過言ではない。学院での彼は無表情ではあったが、ここまで人間味を感じない事はなかった。

「タイガ以外を優先する気はない。……邪魔をするなら容赦しない」

部屋は既に氷漬け状態だ。外の強風のせいか、窓が割れそうにガタガタと揺れた。

射竦（いすく）められたユーリの背中が震え、メイベルト教授が息を呑んだ。

「……っ、そのタイガにも、何か仕掛けられている可能性もあるだろう……彼の所在が分からないうちから無闇に手を出すべきではない」

感情の揺れを表すかのように、音を立てて窓が割れた。シェイド教授は割れた窓に視線を向けてから、何かを抑え込むように片手で顔を覆う。

暫くして、彼はふと後ろに顔を向けた。

部屋の扉の近く、光魔法が円を描いて飛ぶ下に男が一人跪いている。フードを目深に被った男に見覚えはない。

シェイド教授は顔を覆った指の間から、その姿に鋭利な視線を向けた。

「タイガはどこだ」

男に向かって放たれた声は、地を這うかのように低い。

「貴様らの目的のために、わざと攫わせた訳ではないだろうな……」

バキバキと音を立てて氷が地を伝い、男の足を登っていく。

跪いたまま、首元まで凍らされ、それでも男は落ち着いた表情のまま。

「妹が、追っている」

彼は強い意志の籠った視線を向けた。

「命に代えても、必ず助ける」

シェイド教授は男の言葉に一瞬眉を寄せ、

「……得た情報は余す事なく全て寄越せ」

瞬間、氷が霧散した。

分からないやり取りに、だが口出し出来るものはいなかった。

「シェイド様!?」

「どこに行く」

男の横を通り過ぎて突き進む彼をマイリーが慌てて追う。メイベルト教授が再び止めようとしたが、今度は叶わなかった。

外はいつの間にか底冷えするような寒さになっていて、フェミリアは無意識に手を擦り合わせる。

訳も分からずについて行くと、シェイド教授は森の中に入っていった。

「どうなさるんですか？」

物怖じせずに問うマイリーは、心配でいてもたってもいられないのだろう。

シェイド教授は離れていろ、と彼女に言うと空中から魔法陣を取り出した。

「転移魔法陣？」

魔法陣の描かれた石盤が重い音を立てて地面に落ちるのを見て、メイベルト教授が思わず口にする。

「……これでは小さい」

そう呟くと、地面に石盤と同じだが、それよりずっと大きな魔法陣を描き始めた。見ていたメイベルト教授がギョッと目を見開く。

転移魔法陣は非常に細かい柄の組み合わせで描くだけでも難しいが、緻密な陣を大きく描く事の一番難しい点は魔力が保たない事にある。人を運ぶほどの大きいものは数人かがり、一人であれば長い時をかけなければ描けないのは一般常識だ。

描かれようとしている陣は一般的なものよりも明らかに大きい。

彼は慣れた様子で地面に魔法陣を描く。

授業でも見た事のある彼の描き方は手も使わないため、足元から光る模様が広がっていくかのように見えた。

「バカな。描けたとして、そんなものすぐに消えてしまうぞ」

「数時間保てばいい」

「この馬鹿でかい魔法陣を数時間保たせられるのか……」

メイベルト教授は、最後にはもう驚きを通り越して呆れ返っていた。

全て描き終えると、シェイド教授は先に出した魔法陣に入り、音もなくどこかへ転移する。

そして一時間もしないうちに大きい方の陣から帰って来た。

羽のある白い大きな魔獣を連れて。この魔獣を連れて来る為だけの魔法陣だったらしい。

「ティガ」

マイリーは知っているのか、魔獣の名を呼んで近付いていく。

珍しい白い魔獣にメイベルト教授が再び言葉を失って、もう何がきても驚くまいと額に手を当てている。

「見つかった時にすぐ追うためですね」

「ああ」

魔獣は彼女にも懐いているらしく、すり、と頭を擦り付けた。

「森の中なら見つからないでしょう。お世話はお任せください」

マイリーの言葉に頷いて、シェイド教授は魔獣の首の後ろを撫でた。

二十二

見知らぬ場所、見知らぬ街に連れて来られて数日が経った。

ここに来てからの短い間で、町の人は大河の存在に慣れたらしい。

仕事を手伝い、子供の相手をよくするので有り難がってくれている人もいるが、食事などを世話になっている大河としては当然の事だった。それに、魔力が回復するまでの間、何もしなければ鬱屈としていただろう、大河にとっても気が紛れるのは助かっている。

今朝も早くに起きて、寝不足から欠伸をしつつ畑に向かった。花の季節になってから暖かくはなっていたが、今日は特に気温が高い。

朝早くから農作業を手伝い、子供達との約束のため昼は長老の家に行くと、そこにサシャがいた。

珍しいな、と思っているのは大河だけでないらしく、長老の家に手伝いに来ている女性達が戸惑ったような顔をしている。

「やはり、ここでしたか」

「おう、どうしたんだ？」

「……あなたが、……町へ行こうと言ったんでしょう」

以前そう言った時には返事はなかったが、ちゃんと聞いていたらしい。

視線を逸らす彼にきょとんとしてから、大河は表情を綻ばせた。

「そっか、探してもらって悪かったな」

じゃあ、昼からは一緒に子供達と遊ぶかと言うと、彼は一瞬止まったが、はいと渋々呟いた。

子供達はすぐにサシャを受け入れた。元々、勝手にお邸に忍び込んでいたヨルとファムはサシャの事を知っていたらしい。その度に怖い顔で追い返されていたので、怖いお兄ちゃんと呼ばれていて彼は若干不服そうだった。

何をして遊ぶ、と決めている訳ではない。基本的に子供達が魚を獲ったり、走り回ったり、木登りしたりするのを怪我をしないよう付いて回るのが大河の役目だ。

サシャは何もかもが慣れない様子で、驚き慌てながらついてきていた。ヨルに一緒に登るとせがまれて木登りをした彼が、枝に座って景色を眺める様子が印象的だった。初めて空を見るかのような、表情だったからだ。


夕刻になり、再び長老の家に戻ると、大河とサシャ二人揃って夕食に誘われた。

今まで町の人達と関わってこなかったらしいサシャは少し気まずげにしている。

大河が土間に入って靴を脱ぐ間に、子供達は暑い暑いと言いながら服を脱いで板間に走り上がった。

今日は特に暑かったからな、と子供達に視線を向けた大河の顔から血の気が引き硬直する。

「ちょっと、ヨル、ファム！　服を脱いではダメ！」

「だって、あついー」

「いいから、着なさい」

ラナハが焦ったように子供達を呼び寄せる声さえ、耳に届かなかった。ファムは服を持つ母親を、両手を押し出すようにして突っぱねている。

「タイガ様……？」

大河の後に上がろうと後ろに控えていたサシャが、声を掛けた。

立ち竦んだまま、大河が微動だにしなかったからだ。

「なんだそれ――――魔法陣……？」

呆然と大河が呟く。その声を拾ったラナハが、肩を震わせた。

――――子供達の背に隷属魔法陣が描かれている。

それを目に留めた瞬間、大河の理性が焼き切れた。

それまで押し込めていた怒りが、吹き出してしまった。

魔物化しないために、内臓が震えるほどの激しい感情を必死に抑えていたものが。

腹の底が煮えたぎり、全身に広がるような錯覚が起こる。

頭にザワザワ、バリバリと不快音が響く。

「ぐ……っ、……ぅ、……」

大河は顔を覆ったまま、崩れるように膝をついて前のめりに蹲る。頭を限界まで前に倒したせいで、常に被っていたフードがずれた。

力の入った体は何かに耐えるように小刻みに震えている。

グルル……と地を這うような唸り声が辺りに響いた。

首筋に浮き上がる血管のような赤い光から、噴き出るように黒い鱗（うろこ）が表皮を覆い出して、爪が鋭く尖（とが）っていく。

異常を察した町の人達が、驚愕の表情で大河から距離を取った。

幾度か経験した覚えのある感覚に、大河は自分の身がどうなっていくのか分かってしまう。

背中を突き破るように羽が生える。

――ダメだ、抑えろ。

大河は、以前魔物から人に戻った時の事を考える。戻る時はいつもシェイドの傍だった。

彼の笑う顔を、静かな声を、触れる手を思い出す。

そのお陰か、風前の灯だった理性が体を動かした。

大河は鋭い牙（きば）で、自分の腕に噛（か）み付き、血が流れるのも構わず歯を食いしばる。

痛みが、多少でも自分の頭を冷やしてくれる。

ふー、ふー、と鼻で荒い息を吐く音だけが聞こえる中、息を呑（の）んだまま周囲は一言も発しなかった。

「タイガ……？」

暫（しばら）く経ってから、呆然と呟いた声は誰（だれ）のものだったのか。

ようやくおさまった耳鳴りに、荒い息を落ち着けていた大河は、彼等の怯（おび）えた表情を想像して顔を上げる事は出来なかった。エスカーナでも魔物化は恐怖の対象だった。だから自分の存在を知られないよう認識阻害のフードを身につけて生活していたのだ。

「すげー！」

しん、と静寂に包まれた空間に跳ねたような高い声が響いて、子供達が大河に駆け寄った。ラナハは、はっと我に返って子供を捕まえようとしたが、一瞬遅れたらしい。

板間に上がっていたヒューゴが床を蹴（け）る。

短剣を構えた彼が子供達に追いつくのと、大河が顔を上げたのは同時だった。

「タイガ？」

「いたいのか？」

子供達は恐れる事なく心配気な声を大河に掛ける。

半端な魔物化とはいえ、腕が疎らに黒くなり、きっと他の部分も変化している。恐れて当然な外見だ。出会った時もだったが、本当に物怖じしない子達だなと思う。

　顔を上げた瞬間向けられた短剣に、驚きはしなかった。子供らに危険があるかと思えば当然の行動だ。けど、湾曲した短剣が自分に届かずに止められた事が不思議だった。

　何か言おうとして、クルル、と小さく喉が鳴る。

　ヒューゴは暫く微動だにせずにいたが、剣を持った腕を下ろした。

　何故？　と首を傾げた大河の顔に、ヨルが手を伸ばして慰めるように頭を撫でた。

　自分は今、どんな表情をしているのだろうか。

「その姿……」

　長老が裸足のまま土間に降りて、大河に近寄る。

「彼は、……怒りで魔物化するようです。ヒルガンテ伯爵が、そのような事を」

「お主は、知っておったのか」

「以前、角が生える所を見ましたので」

「肝が据わっとるなぁ」

　冷静なサシャの言葉に、長老は笑った。大河もそれには全くもって同意見だ。サシャはあくまで冷静なまま、貴方の方こそと返している。

「わしは、そうだな。理由はある……タイガ、意識はあるのか？」

　振り返った長老から怯えも恐怖も見て取れなくて、大河は赤くなった目をパチパチと瞬いてから頷いた。

「そうか、なら少し話そう」

　そう言って、長老は大河の腕に回復魔法をかけてくれる。

　展開についていけなくて戸惑ったまま、分かったと言ったつもりの返事は、ヴァウ、という鳴き声になった。

囲炉裏を囲むように座るのは、長老とヒューゴと男がもう一人、それから手伝いに来ていたラナハを含む町の女性達だ。

大河は長老の斜め前に胡座をかいて座る。そして手足を確認した。かなりギリギリだったが、魔物化が途中で収まったお陰で人の形のままだと安堵する。

サシャも家に上がって大河の横に座る。

ファムがとてとてと大河の所に歩いてきて膝に乗った。驚いて顔を上げ、ヒューゴとラナハを交互に見るが、彼等は何故か苦笑している。

「まずは、わしらの事から話そうか」

長老は落ち着いた様子で大河に視線を向けた。

「……我らは、グレイルテアの民だ」

皺の寄った眉間に力を込め、粛然とそう告げる。

大河はその意味を理解するのに、少しかかった。

「闇の神を信仰していた国です」

意味が分かっていないのかと、サシャが大河に対して補足するように声を掛けた。

やはり気付いておったか、と言う長老の声に驚きはない。

「だが、その認識は間違っている。我らは光と闇の二柱の神を崇めておるのだ」

長老はそう言って、悲しげに目を伏せた。

「光と闇はどちらが欠けてもいけない、片方だけを崇めるなど愚かしい事だ。それは遠い昔に光の神から神託を受けた多くの者が知っていた。だが、それが国や人々に受け入れられる事はなく、闇の神を信仰する者は迫害され、時には惨たらしく殺された。グレイルテアは、そんな先祖に光の神が与えてくださった地だったのだ」

聞いていた話とは全く違う情報に、大河は目を見開く。サシャも驚いた様子だった。

「帝国からの侵略を受けて、我らはここに捕らえられている。我ら特有の技術や魔法を調べる為、そして男達を利用する為の人質としてだ。だから帝国の民になった訳でも、信仰を捨てた訳でもない」

その言葉で、町に結界が張られている理由に納得がいく。

「お主が何故その姿になるのかは知らんが、闇の神様のなさった事と思えば、恐れるよりも理解しようと思うのは必然だ」

そう言って、長老はシワを深めて相好を崩した。

予想外の反応に、大河は目をまん丸にして彼を見つめた。

「タイガ」

長老は水を飲んで一息つくと、大河を呼んだ。

「わしは、お主を逃がそうと思っている」

少し言い淀んだあと、意を決したように伝える。

「……？」

「お主が来た時から皆と話し合っておった。ここには月に一度、帝都から配給品を持った人間が来る。それが明日だ」

神妙な表情で話を続ける長老に口を挟む事も出来ず、息を呑んで言葉を待った。

「我らが、なんとかして通過の魔法陣を奪うから。……それを持ってここから逃げなさい」

逃げたい気持ちは勿論ある。

だが、そんな事をすれば、彼等が咎められるだろう。それに、ユーリの事もある。

大河はふるふると首を横に振った。

断られると思っていなかったのか、長老達は狼狽したように大河を見た。

そして一瞬間を置いて、苦渋の色を浮かべる。

「この地の領主は、まともではない。タイガのように連れて来られた者が過去にも数人いた……だが、恐らく生きている者はいない」

過去に連れて来られたというのは、もしかするとあの転移魔法陣でここに送られてきた生徒なのだろうか。そう考えて肌が粟立つ。フェミリアの時は未遂で終わったが、その前が無いとは到底思えない。

あの教授の様子を思い出せば容易に想像がつく。

ぐらぐらと揺れる不安感に大河は額を押さえるように顔を俯(うつむ)けた。

「次に領主がここに来る前に逃げなければ。お主もそうなるかもしれない……我らの事なら、心配しなくて良い。人質である以上、命まで取られるような事はない」

　安心させようとする優しい声に、それでも大河は首を振った。

　彼等の気持ちは有難いが、大河にはやる事がある。それを達成出来なければ、帰っても窮地に陥るだけだ。

　頑なな大河に、長老を含め町の人達が顔を見合わせ戸惑った顔をする。

　大河は、ふと思いついた事を伝えようとしたが、ウルルと鳴き声が出た。

　声が出ないもどかしさに、ワシワシと頭をかいてからジェスチャーを試みてみる。

　腕を動かしても伝わらず、立ち上がり全身を使って表現していると、足元でファムが真似(まね)をした。

　二人の踊っているような動きに、女性達が口を押さえて肩を震わせている。長老が難しい顔で首を傾げて、なるほど分からんと言った。

「タイガ、やみのしんでんに、いきたいの？」

　ヨルの言葉に大河は表情を輝かせて、大きく何度も頷(うなず)く。

「……なんで分かったんだ？」

「だって、そんなかんじのうごきだったよ」

　ヒューゴは子供の感性に感心したような声を出した。


　歪(いびつ)な御神体が祀(まつ)られた祭壇に、大河は安堵の息を洩(も)らす。

　闇の神殿には、ヒューゴともう一人の男性、カイムに連れて来てもらった。カイムは右足が悪い。彼等がこの地に残っている理由は、戦闘能力が無いと判断されたかららしい。

　神殿は領主に荒らされないようにか、領主の邸から離れた場所。町の奥にある家の、木の床を開いて降りていった地下に作られている。

　神殿に入った瞬間、スコンと魂が抜けるように大河の意識はなくなった。

『よう来たな』

　気付くと暗闇（くらやみ）の中にいて、以前と同じに人のようなものの気配がする。

「久しぶり」

　そう軽快に挨拶（あいさつ）すると、暗闇の存在が笑った気がした。ここでは普通に話せるらしい。

『よくもまあ、次々と問題に巻き込まれるものだ。お前を見ていると退屈せんかったよ』

「見てたのか？」

『私の作った、子のようなものだ。見ていたくもなる』

「へえ……」

『まさか、あのような番（つがい）まで作るとは』

　見られていた事自体は特に気に留めていなかった大河だが、番という言葉には顔から火が出たような感覚になった。

『……あれは、極めて稀有（けう）な存在だ』

「けう……珍しいって事か？」

『ああ。世界は光と闇のバランスで成り立っている、と以前言っただろう。どちらかに傾くと、補正するかのように異常な力を持った者が生まれる。勝手に生まれてしまうものもいるが。光の神は清廉な魂に力を与え、バランスを取っている』

　魔物には理性がないから光の神には苦労をかけている、と暗い存在は苦笑するように言った。

「すごい力だとは思うけど」

『光のが考える事など分かりはしないが、相当に見込まれたのか』

「神様同士で話したりしないのか？」

難しい内容に脳をぐるぐるさせながら聞いていた大河だったが、ふと疑問に思った事を口にする。

『光とは表裏一体だが、だからこそ会話を交わす事は出来ない。壁を隔てて背を合わせているようなものだ』

「それは、ちょっと寂しいな」

二人はずっと一緒なのだと思っていた大河は、孤独な事実にしょんぼりとしてしまう。

『ただ、我々が目する所は同じだろう』

気配が動いて、撫でられたような感覚があった。

遠いとも近いとも分からない場所で、それは気のせいかもしれない。

『それよりも、願いがあって来たのではないか？』

「そうだ……！」

『言ってみなさい』

その声に大河は、はっとしたように顔を上げる。

「魔力を取り入れる方法がないか聞きたくて」

『魔力？』

「魔法陣の練習に魔力をたくさん使うんだけど、無くなった後、自然に回復するのを待つ時間がない」

『それなら、血でもなんでも光の者から取り入れるだけで叶うだろうに』

「だっ、て、それは！　その……体が変な感じになるだろ。それに、血を飲むのは絶対に嫌だ」

なんと我儘な、と目の前の存在が呆れた声を出した。

そう言われても、町の人を傷つけて血をもらう事も、その後に性欲が暴走するのも断固拒否したい。

『まあいい。それなら吸収の魔法を与えてやろう』

「吸収？」

『これは近くにある所有者の無い魔力を取り込む。死した者から勝手に吸い上げるような魔法だ』

「そんなんじゃ意味ねぇだろ……」

大河は不貞腐れた声で不満を言った。

『ここにいる間は、私が神殿内に魔力を満たしてやろう。神殿内であれば、それくらいは出来る』

「いいのか!?」

『ああ、だから此処の者達を解放してやってくれ』

予想外の言葉に、喜びよりも驚きが勝った。

『彼等は、遥か昔から私を敬愛してくれる数少ない人間達だ。だが、私は何も干渉する事は出来ない』

彼等はどれだけ信仰しても光属性である以上、闇の神の声を聞く事はない。

「分かった。約束する」

大河がしようとしている事は、彼も分かっているのだろう。だからこそ簡単に協力してくれたのかもしれない。

彼の頼みに深く頷くと、目の前の気配が笑ったような気がした。

『もうひとつ、お前も此処の者達と行動を共にしなさい。じきに番も追ってくるだろう』

「なんで?」

『その方が安全だ』

首を傾げる大河に、闇の中の存在はそれだけしか言わなかった。暗闇が薄くなり、現実に戻される気配がする。


再び気がついた時には、ヒューゴ達の顔が目の前にあった。

「良かった、気がついたのか」

「肝が冷えた」

そう言って大河の体を起こしてくれる。

そんな二人に、神殿に籠ると身振りで伝えた。分かりやすかったのか、今度のは通じたらしい。

「こんな狭い場所に籠るのか?」

床も壁も剥き出しの土で、人が三人も入ればいっぱいになるような場所だ。今も大河は窮屈そうに羽を折り畳んでいる。その上、水晶がひとつ置かれているだけの場所は暗く、日も当たらない。闇の神殿は必要以上に明るくしないものらしい。

彼等にとって大事な神殿とはいえ、居心地の良い空間ではない。

二人は困った顔になったが、座り込んで腕を組み動かない意志を表している大河を説得する言葉は持たなかった。


その後、大河は神殿に籠り、そこから一度も出なかった。

サシャが食事を運んでくれたが、それ以外誰にも会わないまま。

そして帝都からの使いが来た。

到底人間には見えない自分の姿を見られる訳にいかないが、使者の様子を確認するため一度お邸に戻る。町の人にやらせるつもりは無いが、通過の魔法陣が奪えるなら手に入れておきたい。

認識阻害のフードを被り、寝不足でフラフラする頭をどうにか起こし、二階の窓から様子を窺う。

首元から顎辺りまで黒い鱗で覆われているが、目元から口までなら人に見える。

帝都からの使いは荷物をのせた数台の獣車を領主の家の前に止めて、配給品を下ろすよう町の人に指示している。使いは十数人で、この場所を知られないようにする為だろうか全員が認識阻害のローブを着ていた。

荷下ろしが終わった後、使者が帰るために獣車を回し、一台、また一台と結界を抜けて去っていく。

最後の一台になった時、ヒューゴとカイムが獣車を襲撃した。

大河は慌てて窓の外に飛び出す。彼等には逃げないと散々念を押したのに、独断で動いたらしい。

飛び降りた大河が見たのは、二人の使者を一瞬で拘束したヒューゴとカイム、そしてその彼等に剣を向けた二人の人間だった。

最後の獣車に人は四人いた。そのうちの二人を瞬時に拘束した彼等は相当に腕が立つのだろう。だからこそ、後の二人も問題なく処理出来ると思っての行動だった。

　剣を向ける二人は、それよりも腕が立つのか。その動きに隙がない。

　拘束された使者が解放されると、その二人に指示を出したらしい。片付けは任せて先に戻れとでも言ったのか、獣車は二人の使者を残して走り去った。

　走ってきた大河は、跪かされているヒューゴとカイムの前に出る。

　何か考えがあった訳じゃない。ただ体が勝手に動いただけだ。

「タイガ、ダメだ」

　焦ったヒューゴ達の声に、だが残った使者は安堵の息を零した。

「……良かった、ご無事でしたか」

　震える声でそう言って、使者の二人はフードを取る。一人は見覚えのある顔で、もう一人は見覚えがないが、声に聞き覚えのある女性だった。

　……コン？　と声に出来ずに、喉が鳴る。

「グリード……、ヒメナ……」

「まさか、そんな……」

　大河の疑問は、町の人の喜びの声にかき消された。

「ヒューゴ、カイム……皆、無事だったのね」

　涙ながらに喜び合う人々を前に、大河と小さな子供達だけが置いてけぼりにされた。

　だれ？　と問う子供達に、大河は首を傾げるしかない。


「私は、ヒメナ・クロスト・グレイルテア。そして兄は、グリード・クロスト・グレイルテアと申します」

　改まって紹介してくれたのは、黒装束の妹の方だ。いつかも名前を聞いた事があったが、その時は教えてもらえなかった。

今は場所を移し、長老の家で囲炉裏を囲んでいる。我も我もと人が集まったせいで家の中はぎゅうぎゅう詰めだ。

「私と兄はグレイルテアの首領の子でした。先の帝国侵略の際、父に逃がされ、エスカーナに身を潜めておりました」

大河が赤くなった目を見開いていると、ヒメナは気まず気に視線を伏せて膝の前に手をついた。

「貴方を利用するような形になってしまい、申し訳ありません……」

彼女は謝り、額を床につけるくらい深々と頭を下げた。コン、もといグリードも同じく頭を下げている。利用されたという自覚のない大河は首を傾げてその姿を見た。

彼等は帝国から侵略を受けた際に父に逃がされ、商船に潜り込んだそうだ。

だが、闇信仰と噂される国と取引を持つ商人には良くない者も多い。商人は二人を売り払い、そして行き着いた先がエスカーナだった。

グレイルテアの民は表向きは闇信仰者として迫害されているが、その実、黒衣の者と呼ばれ諜報や戦力として非常に役立つ事は権力者の中では知られている。何故なら、グレイルテアは人材を差し向ける事を条件に、様々な国と不可侵の条約を結んでいたからだ。そうまでしなければ、国は生き残れなかった。

国の者は侵略の際に全て殺されたと聞かされていた二人は、ただ漠然と生きるために仕事をしていたが、前宰相が帝国と交渉していた中に、彼等の仲間を売買するような提案があったと、前国王が崩御した後に現在の陛下から聞かされた。

だからこそ、大河達が帝国に行く依頼に護衛をかって出た。

帝国がオロン・ヒルガンテの領地のどこかに仲間を隠している事が分かったが、どうしても場所が分

からず、

「貴方の求めた情報から、元商人を張っていたので、獣車を追ってここまで来たのです」

オロン教授が使っていた獣車の御者は、彼女が持ってきた情報にあった他国の商人だった男らしい。

到達直前で尾行に気付かれたのか巻かれてしまい、結界にも阻まれてこれほど時間が過ぎてしまったと苦々しげに語る。

「本来なら、帝都を出る前に貴方を助け出すべきだったのに……ヒルガンテの向かう先に仲間がいる可能性が捨てきれず。そのせいで、危険な目に遭わせてしまいました。……申し訳ありません」

ヒメナは一度も顔を上げずに話していた。

悲痛なほど罪悪感を含んだ声色に、だが大河には何が悪いのか分からない。

彼女が大して良く知らない大河よりも、自分の家族とも言える人達を優先するのは当然だ。そもそも、攫(さら)われたのだって彼女達のせいではない。謝られている理由が分からず、どう答えたものかと腕を組んで首を傾げた。

今思った事をそのまま言ってみようかと声を出すと、ヴァウ、という鳴き声になった。

アァア、と大河は手で顔を覆う。つい忘れてしまうが、話せないのだ。

大河はオロオロとしてから、怒ってない事が伝わればいいと、彼女の頭を撫でて笑顔を向ける。

「怒ってらっしゃらないのですか……？」

彼女の呟(つぶや)きを肯定するために、大河は何度も頷いた。

「タイガは、そういう、男だ」

横にいたグリードが、何かを思い出すような目を向ける。

和やかに言った声に、だがヒメナは激昂(げきこう)して彼の腕をあらぬ方向に曲げた。

「兄様！　だからと言って、私達の行いが許される訳ではないのです‼」

「いたい……」

だからいいって……それ腕大丈夫か？　と声に出来ない大河は、心の中で思いながら困った顔で頭をかいた。

プロレスにこんな感じの技があった気がする。腕が捻られてグリードが眉を顰めて痛がっていた。

兄妹ゲンカのようになった二人を、長老達は苦笑して眺めている。

「皆も、タイガも、無事でよかった」

腕を痛めつけられながらグリードが呟く。相変わらず口下手だなぁと町の皆が笑った。

全然効いていない様子に呆れたのか、ヒメナは腕を解放して居住まいを正した。

「それより、早く戻った方がいいですね」

そう言って結界通過用の魔法陣を取り出し、大河に手渡そうとする。

「兄様、ここには私が残ります。私ではタイガ様を守り切る自信がありませんから」

「……分かった」

話を先に進める二人を止めようと、大河は行かないという意志を込めて首を横に振った。

「何故ですか？　あの男が貴方を攫った理由は分かりませんが、一刻も早く離れるべきです」

隷属魔法陣を求めた商人と関わる魔法師を探していたのは分かっていますが……、とヒメナは悩ましい表情をした。その辺りの事はここに来てから色々分かったので伝えたいが、声に出来ない今は難しい。

彼女は頑なに首を振る大河に、引くつもりのない意志を感じ取ったらしかった。

「何かお考えがあるのですね……分かりました」

そう言ってヒメナは紙と筆を取り出し、サラサラと文字を書く。二枚ほど書き上げると、一枚をグリードに渡した。二人が指笛を鳴らすと、黒い小鳥が二羽部屋の中に入ってくる。これも魔物なのだろうか。小鳥は尾と羽の内側だけが白い。

どこかで見た事がある鳥だと思ったら、いつだったか学院で大河の頭に止まったやつだ。

　パタパタと羽音をさせて肩に止まる小鳥に紙を咥(くわ)えさせると、まるで理解しているかのようにそれを咥えたまま飛び去った。

　隷属させた魔物かと思ったが、魔法陣が見当たらない。

「我らの友人です。あれは結界の干渉を受けないので、陛下とシェイド様に貴方の無事を伝えてくれるでしょう」

　首を傾(かし)げて鳥を見る大河に、ヒメナが教えてくれた。

　そんな事が出来るのか、と感心して見ているのは大河だけなので、彼等にとっては常識らしい。大河の部屋に手紙を届けていたのもあの鳥だったとしたら疑問が解ける。

　話が一段落したところで、大河は立ち上がった。神殿に戻るためだ。

「タイガ様？」

「また神殿に戻るのか。ちゃんと寝てるのか？　顔色が悪い気がするが……」

　心配気な声に平気平気と手を振って、長老の家を後にする。グリードが付いてこようとしたようだったが、近くにいた人に止められたらしい。久しぶりの再会なら積もる話も多いだろう。


　再び神殿に籠り、数時間は経(た)っただろうか。地下にいると時間の感覚が分からなくなる。

　最初の頃(ころ)に比べると随分上達したような気もするが。大河は先程書き終えた魔法陣を見ながら、何度目かの溜息(ためいき)を吐いた。

　こんな緻密(ちみつ)なものを、よくサラサラと描けるものだと改めて感心する。シェイドが魔法陣を描いているところは何度も見た事があるが、淀(よど)みなく機械的な正確さで描いてしまうのだから。それを見ていると、簡単に描けそうだと勘違いしてしまうが、実際描いてみると恐ろしく難しい。

先程描いた魔法陣も、結局発動せずに消えてしまった。どこかが間違えていたのだろう。

オロン教授が来る日までに描けるようになんてなるだろうか、と焦りを感じつつ、もう百回は余裕で超えているであろう手習いに、大河はまた一から取り掛かる。

だが、指に魔力を込めた瞬間、轟音（ごうおん）が響いた。

地下まで聞こえてきた大きな音に、手元に意識を集中させていた大河が顔を上げる。外で何か起こったのか、と焦りに追い立てられるように外に飛び出した。

勢いよく扉を開けると、大きな音に驚いた町の人達も、何事かと外に顔を出していた。

すっかり日が落ちて辺りは真っ暗になっているが、大河にはよく見える。

「タイガ様……！」

ヒメナが呼ぶ声が聞こえたが、それよりも、大河の視線は町の上空に釘付（くぎづ）けだった。

まだ、二人が鳥を飛ばしてから数時間しか経っていない筈（はず）だ。

だが暗闇（くらやみ）の中、ひび割れるように結界が消えていくその先に。

クルル、と喉が鳴って、名前を呼べない事を思い出した大河は、拍動に導かれるように地面を蹴（け）って駆けた。結界が割れていく大きな音の中で、心臓の音の方が煩い。

大河が真下まで駆け寄るのと、白い魔獣が地面に降り立つのは、ほぼ同時だった。

シェイド、と呼ぶ代わりに抱きついた。羽がバサっと広がって飛びついたみたいになった。

彼は一瞬驚いた顔をしたが、腕を広げて受け止めてくれる。

シェイドは大河を勢いよく懐抱して、その勢いのままぎゅうぎゅうと締め付けた。

苦しいくらい抱きしめられて、彼の匂いに包まれた大河は安堵の息を吐く。無意識に猫が喉を鳴らすような音が出た。

「……タイガ」

彼らしくない掠れた声に驚いて、大河は胸に埋めていた顔を上げる。

シェイドは憔悴しきったような顔で、大河を見ていた。心配をかけたのだと思えば心が痛む。彼の目の下は大河よりも暗かった。きっと寝ていないのだ。

「――気が、触れるかと、」

大河に額を合わせて目を閉じたシェイドが、いっそう小さい声で囁いた。

彼の髪を撫でると、再び強く抱きしめられる。そのまま眠ってしまったのかと思うくらい長い時間、シェイドは大河を抱き込んだままだった。大河も離そうとはせず、その間ずっと背中を撫でていた。

暫く経ってから、漸く顔を上げたシェイドが、大河の頭の横に手を寄せた。

「……これはどうした？」

問われて、大河は自分の姿を思い出した。頭の両サイドには緩くカーブを描くように角が生えている。角どころか牙もあるし、腕は部分的に黒くなっていて羽まで生えている。魔物化した理由を話さないと、と思うが、彼を苦しめた人間を知る事が、彼にとって良い事なのか判然としない。

しかし、シェイドはそういう事を言っている訳では無かったらしい。教授に削られて少し歪になった方の角を触っている。

「俺が、防げていれば……」

悔しげな声が零れる。シェイドの目が悲しい怒りに染まって、辺りの温度が下がった。

そんな無茶な、と大河は思う。

いくら優秀でも彼とて人間だ。全ての事を把握して防ぐ事など不可能だ。危機感を持てと言われていたにも拘わらず、迂闊に行動した大河にこそ非がある。

　大河がなんと声を掛けていいか迷っていると、背後から名を呼ばれた。

　恐る恐る声を掛けたヒメナのお陰で、大河ははっと我に返る。

「邪魔立てして申し訳ありません……」

　顔を伏せたまま彼女は、長老がお待ちです、と大河達に伝えた。

　大河は今更ながら往来だった事を思い出して、わたわたとシェイドから離れた。辺りは暗いので、町の人には見られていなかっただろう、と思いたい。


「いやはや、こんなに簡単に結界が破れるとは」

「普通は、出来ない」

「結界内に入り、タイガ様の存在を確認してから連絡を入れましたが、その前に場所をお知らせするべきでした……」

　長老の言葉に、グリードが返した後、ヒメナは後悔を口にした。

　普通は町を覆う結界を破れるなど考えないので、ヒメナの判断は正しいのだが。シェイドはその通りだとでも言いたげな視線を彼女に送った。

　長老の家には、他にヒューゴ、カイム、そして音に驚いて来ていたらしいサシャがいた。深夜なので子供達は寝ているらしく、ラナハは家にいるようだ。

「タイガ様がまだ戻らないと仰（おっしゃ）っているので、来ていただけて良かった。シェイド様ほどの騎士様であれば、魔法師が来たとて対抗出来るでしょう」

「……戻らない？」

　ヒメナの言葉に、シェイドは横にいる大河を見た。大河はこくこくと頷（うなず）いて説明しようとしたが、鳴き声になってしまい言葉に出来ない。

「シェイド様、タイガ様を人に戻す方法をご存知ではないでしょうか」

大河は半魔物化している自分の姿に視線を落とした。

なんとなく、シェイドに会った瞬間に戻るような想像をしていた大河は、以前はどうだったかなと首を傾げたまま記憶を辿った。

「戻す方法なら、分かるが。この場でしてもいいのか？」

シェイドの言葉に大河はびくりと肩を揺らした。キスをすると戻るのかと言った彼が、体中にキスをした記憶が蘇ったからだ。絶対違うと大河は確信しているが、シェイドはそれで戻ると思っているのか、違うと分かっていて揶揄っているのかは分からない。

大河はブンブンと大袈裟なまでに首を振った。

シェイドが思っている方法では戻れない事を、ガウガウ鳴きながら身振りを駆使して説得する。

彼は表情を緩め、ウンウンと軽く頷きながら大河を眺めた。ヒメナは感心したようにそれを見ている。

「タイガ様の言っている事が分かるのですね」

「いや、全く？」

オイ！　とつっこむ代わりにグルルと唸った。

必死に伝えようとする姿が愛らしい、と悪びれずに言うシェイドを説得するのは諦め、大河は鼻で息を吐く。

そして話を逸らすべく、大河は長老達に視線を向けた。

自分の姿の事よりも、結界が消えた後に彼等がこれからどうするのかが気になったからだ。

再び身振りを使って聞いてみたが、伝わる筈もなく。長老達は首を捻っていた。どう伝えたものかと大河は困った顔で腕を組む。

「タイガは、貴様らが今後どうするのか気になるようだ」

「……言っている事が、分からないのでは？」

「さあな」

口の端を上げて、適当に返事を返すシェイドは、まともに答える気は無いらしい。

「我らがこの場を離れられない理由は、他にもありますゆえ……」

　子供達の背負っている魔法陣の事を言っているだろう長老に、大河の眉が寄る。

　大河が解放してやりたいと思っているが、まだ出来ない事を言う訳にもいかない。出来なかった時に余計な失望を与えてしまう。

「これほど突然、結界から解放されるとは思いもしなかったもので。我らの今後は、この後話し合います。お二人ともお疲れの様子、今日はひとまず休まれますか」

「お邸は嫌でしょうが、ベッドもありますから一度戻られては……」

　時刻は既に深夜だ。

　長老の言葉にサシャが付け足すように言った。


神殿に籠るまでに領主のお邸で寝泊まりしていた時に使っていた部屋は、クローゼットとテーブルと椅子、大きめのベッドが置かれている。昔は客間として使われていたのでは、とサシャが言っていたが定かではない。

　部屋に戻って湯浴みをしつつ、そのついでに服を洗った。替えがないのでいつもそうしている。寝る時くらい何も着てなくても構わないからだ。

　大河が真っ裸で浴室から出て、そのまま服を干していると背後から溜息が聞こえた。

　振り返ると鎧を外していたシェイドが額に手を当てている。

　大河がどうかしたのかと首を傾げると、シェイドは呆れた表情でアイテムボックスから自分の服を取り出した。

　有り難くズボンだけ受け取って穿く。今洗った服はもう破れてしまっているからいいとして、上着は羽があるから着られない。

羽に気をつけてベッドに横向きに寝転ぶと、すぐさま睡魔に襲われた。

睡眠時間を削りに削っていたのだから当然だ。

シェイドが近くにいる。それだけで体中が安堵感(あんどかん)に満たされて、大河は抗(あらが)う事なく睡魔に身を任せる。

「まったく……」

苦笑を零(こぼ)しながら呟かれた声が、微睡(まどろ)みの中で聞こえた。


目を開けてすぐに視界に広がる存在に、大河はほっと胸を撫で下(お)ろした。

大河を抱きこむようにして寝ているシェイドは余程疲れていたのか、胸元に頬を埋めても起きる気配はない。

調子に乗った大河は彼の背中に腕を回して、鼻を擦り付け肺いっぱいに匂(にお)いを吸い込んだ。魔物化していると、普段より鼻も利くのかもしれない。それだけで酷(ひど)く安堵する。

そういえば、何故人に戻らなかったのだろう？と大河の中で疑問が擡(もた)げた。

今までの経験上、シェイドが一緒の時に戻った筈だ。キスをして戻った事もあるが、そうでない時もある。

眉(まゆ)を寄せて難しい顔で考えてみたが、大河の脳では理由に辿り着けなかった。

違うのは分かっているが、一度試しておこうかと大河は少しずり上がって眠ったままのシェイドに顔を寄せる。

そして、ちゅ、と音を立てて形の良い唇に自分のそれを合わせた。

そこまでして、何をやってるんだと自身の行動に恥ずかしくなる。

自分の行動に呆れた大河はベッドから降りようと

したが、唐突に腕を引かれ再び抱き込まれた。

「……足りない」

そう言って深く口付けるシェイドの肩を手で押し返した。抵抗したい訳ではないが、牙で傷つけてしまいそうな気がして怖かったからだ。

それでもシェイドは離れず、口内を好き勝手に動き回る。舌を傷つけないよう、口を開けた大河はされるがままになる。絡み合った唾液が喉奥まできて、無意識にコクリと喉を鳴らした。

その瞬間、ぐらりと視界が揺れるくらいの熱を体内から感じて大河は赤い目を見開く。

「何故戻らないのだろうな」

シェイドが不思議そうに零しながら大河の唇を舐めた。大河はもっと欲しいとでも言うように、シェイドの服を掴む。

半魔物化している影響だろうか、いつも魔力を取り込んだ時に感じる熱より数段体が熱い。

「どうした?」

異変を感じたのか、シェイドは唇を離して顔を覗き込んだ。

は、は、と荒い息を吐く大河は、焦点が合わない目で彼を見つめる。頬が上気して、興奮しているのが明らかだった。

シェイドは大河の口に指を入れて、歯をなぞった。そこには既に牙が無くなっているが、大河は気付いていない。そのまま指が上顎を擽ると、蕩けるように目を細めて喉を鳴らした。

軽く触れ合うだけのつもりだったが、こうなっては仕方ないと、シェイドは明らかに喜色を浮かべた表情で口の端を上げた。

大河の身体の魔物化は皮膚が鱗のような黒いものに覆われているが、半魔物化なので、全てではない。主に体の外側、例えば腕は手の甲から肘まで外側だけが黒い。腰辺りなど模様のように部分的に黒い鱗が出ている場所もあるが、全体的に見れば人間の部分が多かった。

　そんな大河の羽を痛めつけないよう、うつ伏せで膝を立てた背後からシェイドが覆い被さっている。

　胸元から太ももまで人のまま変化はなく、柔らかいままの胸の突起や、大河自身など弱い所を指が辿り、大河は呻きともつかない鳴き声を上げた。だがその声には甘い響きが含まれている。

「グル、ッ、……ア、……ア、ゥ……、ッ！」

　魔物のような鳴き声など興ざめだろうと大河は思うが、シェイドは嬉々として弄んでいる。

　背中も同じような感じで、人の肌から羽が出ている。舌が這う濡れた音が背筋を辿って、羽の生え際を噛まれた。その刺激に大河の背中が仰け反る。どこもかしこも熱くて、触れられるだけで甘い痺れが走った。

「……こんなものまで生えているのか」

　的確にいいところを攻められて、快感に身を捩っていた大河の背後から、感心するかのような声が落ちた。

　緩い服を着ていると見えないが、尻の割れ目の上には小さな尻尾がある。ドラゴンの尻尾を小さくしたようなものがちょこんと鎮座していた。

　性器のようにそこを撫でられて、大河はビクビクと内腿を震わせた。膝下が跳ねて、キュッと足の指が丸まる。

　それだけの刺激でイってしまっていた。

　大河は呆然と自分の腹辺りを見てから、シェイドを振り返った。あまり理性が残っていないのか、虚ろに蕩けた視線を向ける。そして涙目でクルルと情けない音で喉を鳴らした。

　シェイドは少し笑って、宥めるように背中を撫でる。

　背中を撫でるほんの少しの刺激だけで、また大河の体が戦慄いた。敏感過ぎる自分の体に意識が飛びそうになりながら、過ぎた快感を耐えるように大河は枕に噛み付く。

「ン、……、ゥ、ンッ……ン……」

そんな大河を余所に、潤滑油を纏わせた指が入り口をなぞって潜り込む。埋め込まれた指が襞を広げるように内側を撫でると、くちゅくちゅと卑猥な音が耳を犯した。

時間をかけて解され快楽に朦朧とした意識で、大河はそれじゃ足りないという思考に支配される。シェイドのを挿れて欲しい、と熱に溶けた脳のまま呟いたが、鳴き声になった。この時ばかりは言葉に出来なくて良かったと思う。

それでも、望みが通じたのか、シェイドは大河の体の横に手をついてその身をあてがった。

誘い込むようにヒクついていたそこが、圧迫感と共に口を開かれる。挿れられただけなのに、気が触れそうになるほどの快感を齎して、大河は思わず枕から口を離した。

「……ッハ、……ア、アッ、……ン……アァ、ヴ、……ンン」

大河は息を吐きながらそれを受け止めていた。少しずつ入り込む度に、体がビクビク跳ね、小刻みに声が漏れた。

内側の締め付けにシェイドが、ふ、と息を零す。

まるで獣だと焼き切れそうな意識の中で思う。この体勢も、自分の姿も。その事が妙な快感を齎しているが、今はそれよりもシェイドの顔が見たい。もっと存在を感じたいと思ってしまう。

この体勢なのは羽のせいだ。これが無ければ、と思った瞬間。

背中の羽が落ちた。

「タイガ……」

根元まで自身を埋め込んで、大河の背に唇を落としていたシェイドは、当然その変化に気付いた。

そして少し身を起こして、首を傾げた。急に羽が落ちた原因が思い当たらなかったからだ。

「どういう原理だ……？」

驚いたせいか、その体勢のまま何やら考え始めたが、大河はたまったものじゃない。

意識しなくても思考を支配するような存在感が体内に埋められているのだ。熱に浮かされたまま大河は背後を振り返り、抗議するような鳴き声を上げた。

鳴き声が響いた後、シェイドと会話出来ないのは嫌だと強く思う。

「ヴ、……ッ、……は、シェイド！」

そして、分かってしまった。魔物化が解ける方法が。

「声も戻ったのか」

「っ……考えるのは、後にしろよ」

顔を真っ赤にした大河が、掠れた声で抗議する。

身を屈めて大河の顎を掴んで口を塞ぐと、シェイドは笑みを浮かべ、そうだなと言ってやんわりと腰を動かし始めた。

こんな理由絶対言えねぇ、と思いつつ、大河は上げそうになった嬌声を枕を噛んで耐える。動きが激しい抽送に変わり、齎す濡れた音が響くと共に大河の理性は掻き消えた。

「魔物化を戻す方法が、いまいちハッキリとしない」

吐精後の脱力感に、頭を相手の肩に乗せて荒い息を吐いていると、大河の頭上からシェイドの声が落ちた。

「……後にしろ、って言ったろ」

シェイドが胡座をかいた上に座らされ、そのまま下から貫かれている大河は、不貞腐れたように息を零す。

そして最初からこの体勢だったら、あんな事思わなかったのにと羽が取れた時の事を思い出して唇を閉ざした。戻り方が分かったのだから、結果オーライではあるが。

熱に浮かされた中で、正確にいつとは分らないが大河の体はすっかり元に戻っていた。

「まだするという意味か？」

「ちげぇよ……もう無理」

大河はシェイドの肩に手をついて、中の物を引き抜こうとする。が、腰を掴まれて再び最奥まで入れられた。

「――――っ」

上げそうになった声を呑（の）み込んで、大河は抗議するようにシェイドを睨（にら）みつける。

魔力を吸収する影響か大河の体は際限なく快感を拾うが、どうしたって体力が持たない。

「タイガは戻り方が分かったのだろう」

確信があるのか口の端を上げてそう言いながら、シェイドは戯（たわむ）れるように鼻を擦り合わせた。

「……な、なにが？」

「言ったら、抜いてやろう」

腰を掴んだまま、この男はなにを言うのか。大河は顔を真っ赤に染めて、目の前の顔に頭突きをした。

「ぜっっってぇ言わねぇ!!」

緩んだ手を退かせて思い切りよく立ち上がると、呑み切れなかった白濁が太ももを伝う。

ひえ、と心中で冷や汗をかきつつ大河は浴室に駆け込んだ。

二十三

花の祝祭も終わったというのに、ここ数日の学院は氷の季節が戻ったような気温に晒されている。

ブルリと身を震わせたマイリーは、無意識に二の腕を擦った。

近くにいた白い魔獣が、グリグリと頭を擦り付ける。その温かさに、ほ、と息を吐く。

魔獣の世話をかって出たのはシェイドの負担を和らげるためでもあるが、ともすれば悪い想像をしてしまいそうになる自分の思考を止める為でもあった。

タイガがいなくなって、もう六日目になる。

その事を考えると、寒さのせいでなく体が震えて止まらなかった。

あの時現れた黒衣の者と呼ばれる男は、タイガは帝都にいないと言っていた。そして所在を確認次第知らせると言って出て行ったきりまだ報告はない。

あれからアシュアやランバートまで事情を知り、皆なり振り構わず探しまわろうとして、メイベルト教授に止められた。無闇にオロン教授を刺激するなという事だ。確かに、帝都にいない彼を探す手立ては現状無い。アシュアとランバートは学院内ではなく門番などの兵士にあたってくれているらしい。

何も出来ないもどかしさに不安だけが募っていく。

シェイドはあれから帝都外に向けても大量の光魔法を飛ばしていたが、あれは道に迷った者を自分の元へ導いてはくれるが、相手の場所が分かる訳ではない。彼も分かっていて、それでも出来る事は全てやろうとしているのだろう。

世界のどこにいるかも分からない人物を探し出す魔法など、この世に存在しない。

ハルトが「GPSでもあればな」と呟いた言葉を耳に留めて、今はその研究に打ち込んでいるようだ。すぐに開発出来る訳がないが、何かしていないとおかしくなりそうな気持ちが、マイリーにも手に取るように分かった。

学院に戻ったオロン教授はのうのうと授業を行っていて、怒りで脳が焼き切れそうだ。

その怒りが彼に気付かれないよう、マイリーは授業を休んでティガの世話をしていた。もう日も暮れる時間になるが、白い魔獣の傍が一番安心する。

顔をぺろっと大きな舌で舐められて、ティガの耳の後ろをかいてやる。気持ちいいのか、グルルと喉を鳴らす姿が愛らしい。

この子は、シェイドが父親から与えられ、以前は名前の無かった魔獣だ。

後からセストに聞いた話だと、タイガが最初にこの魔獣を見た日に、名前は？　と聞かれてシェイドは不思議そうにしていたらしい。魔獣に名前をつけるなど聞いた事がないので、それも当然だ。

だがある時からセストがこの魔獣をティガと呼び始めた。

理由を聞くと「シェイド様が呼んでおられたので」と言って可笑しそうに笑った。その頃丁度タイガがギルドに帰った辺りだったのを考えると、その理由が推し量れる気がしてマイリーも笑ってしまった。名前の語感が似ているのもそのためだろう。

そんな事を思い出して、ティガの柔らかい毛の中に顔を埋める。

「タイガ様、お腹すかせてないかな……」

震える息が白い毛に吸い込まれた。

たくさんの美味しいものを与えてくれた彼が、飢えていなければいいと思う。

いっぱい笑顔をくれた彼が、苦しい思いをしていなければいい。

マイリーはタイガが大好きだ。恋愛のそれとは違うが、家族に対してよりも強い気さえするほどに。

彼女は、唯一の肉親である父が死に、その復讐の目的も失って。今更帰る場所もなく、長い事意味も見出せずにただ生きているだけだった。

タイガの侍女にと言われた時も、いつものように愛想笑いで乗り切ればいいと思っていたし、暫くの間はそのつもりで接していた。その気持ちが変わった瞬間は覚えていない。彼は使用人にも最初から対等で、驚くほどに真っ直ぐで。ぶっきらぼうな言葉を使うのに、常に優しくて。鈍感でちょっと馬鹿な所もあると思った頃には、愛想笑いなど忘れてしまっていた。

毎日が楽しくて、美味しくて、ワクワクして。ふとした拍子に、生きていて良かったなぁ、と思った自分に驚いたのを覚えている。

だからこそ、クロフォード公爵と会った彼が力なく倒れる姿をただ見ている事しか出来なかった事を、死ぬほど後悔した。

結局、今も自分は何の役にも立てていない。その悔しさに、血が滲むほど唇を噛み締めた。

「マイリー」

突然名前を呼ばれて、ばっと顔を上げる。目が潤んでいそうな気がして、腕でゴシゴシと擦った。

「……シェイド様」

振り返った先にシェイドがいた。こちらに向かって歩きながら、鎧を身につけている。

「連絡があった。今から出る」

そう言った彼に、マイリーは目を見開いた。

シェイドは彼等を完全に信用している訳ではないらしく、無事を確認したら連絡すると付け加える。そして、取り出した結界通過の魔法陣の紙を魔獣に咥えさせた。

「タイガ様をどうか……」

思わず口をついて出た言葉を、途中で呑み込んだ。自分が言わなくても、彼は何よりも最優先でタイガを助けるだろう。

シェイドは魔獣に乗る直前にマイリーの前に立ち

止まり、視線を合わせた。

「こちらの事は頼んだ……タイガは自分の事よりも、友の事を考えるようなお人好しだからな」

彼は白い魔獣に跨り、一瞬のうちに空に飛び立った。

マイリーは目が零れ落ちるほど驚き、その衝撃に打ち震える。

タイガが心配なあまり、彼が考えているであろう事に思い至らなかった愚かさに対してだ。


寮に戻ったマイリーは、その足でユーリの部屋に行った。

彼女はこの数日部屋から出ずに籠っているらしい。フェミリアが献身的に世話をしているらしいが、食事も殆ど取っていないと言っていた。

「……どうですか？」

「何も」

木の扉をノックすると部屋から出てきたのはフェミリアだ。ユーリの様子を聞くと彼女はそう言って首を振った。

部屋の中は人の気配が無いかのように、しんとしていた。

ユーリは何も言わない。核心が伝えられないから当然かもしれないが。

部屋の隅に蹲ってただ時間が経つのを待っているようだった。教授が学院に戻ってからも呼び出されたりしていないのを見ると、既に用済みと思われているのかもしれない。

室内を見渡すと、ベッドの向こう側に薄茶色の髪が見えた。床に蹲って顔を伏せる彼女は近づいても顔をあげない。

「タイガ様が見つかったようです。今、シェイド様が向かわれています」

そう伝えると、ユーリの肩が揺れ、フェミリアが、少しだけ安堵の息を漏らした。まだ安心は出来ないが、場所が分かっただけでも朗報だ。

マイリーはユーリの前に立つと、しゃがんで膝をつく。

「……何があったのか、話せる事だけでも話してください」

「……」

「どうするか……一緒に考えましょう」

出来るだけ優しく伝えると、彼女は少しだけ顔をあげた。ユーリは、泣いているらしかった。

「タイガ様、ご無事で、しょうか……」

「シェイド様が行かれたのです」

彼が常人離れした力を持っているのは、自分達の国では常識だ。フェミリアも、そうですねと同意して頷く。

目が溶けるほど涙を流しながら、タイガの無事を案じる彼女の姿に、マイリーの胸中は複雑だ。

「どんな理由があろうと、貴女がした事を私は許せません……」

「……」

「ですが、貴女が苦しんでいる事も、理解しています」

シェイドの言葉がなければ、きっとここには来なかった。どんな弱みを握られていたにせよ、彼女が教授にタイガを引き渡した事に変わりはないという気持ちがあったからだ。

けれど、タイガなら。きっと全て知った上で彼女の身を案じただろう。

「私が、私が悪いんです……私の、せいなんです……」

「分かっています……それでも、きっとタイガ様は今も自分の事より、貴女の心配をしていると思うんです」

自分の身よりも、そうせざるを得なかった彼女に対して心を痛めているに違いないのだ。タイガと深く関わってきた人間なら、誰しもがそう思う。

だからマイリーはユーリの為ではなく、タイガの為に彼女を救いたい。

マイリーがそう言うと、ユーリは大きく見開いた瞳を震わせた。

二十四

すっかり日も昇って、間もなく昼かという時間。早朝に起きたというのに、どうしてか、ではなく理由ははっきりしているが随分と時間が経ってしまっていた。

湯浴みを終えた大河は服を着ると、人に戻れたとはいえ他人の家で致してしまった罪悪感に苛まれながらシーツを剥ぎ取った。サシャに気付かれる前に洗って干してしまいたい。

シェイドは悠然と服を着ながら、大河の行動を見ていた。何事か思いついたような顔をして、アイテムボックスから手のひらサイズの石板を取り出す。

「家の道具につけようと思っていたものだが」

風魔法で水を回転させて、光の浄化魔法を追加する事で衣服を綺麗にする魔法陣らしい。

洗濯機だな、と大河は思う。家にある家電の説明をシェイドにしたら、それをひとつずつ動くようにしてくれている。

異空間から便利グッズを取り出す姿に、小さい頃に見た猫型のロボットのアニメを思い出して笑いそうになりながら、大河はそれを受け取った。

本来、呑気に洗濯している場合ではないので有難い。

大河は急いでお邸の裏に行き、大きい桶でシーツの洗濯を始めた。

「……タイガ様？」

「さ、サシャ、おはよう」

「もう昼です……シーツの洗濯なら、僕がしますが……」

訝しげなサシャに、洗濯くらい自分でやると言うと、何故か余計に胡乱な目をされた。焦っているのが一目瞭然だからだろうか。

だが、妙な魔法陣で洗濯している事に気がつき、サシャの興味が移ったお陰で事無きを得た。大河は内心シェイドに感謝しつつ、洗濯の魔法陣の凄さについて語った。


大河が洗濯に勤しんでいる間に、シェイドはこのお邸の中を調べていたらしい。

シーツを干した後、昼食にしようと呼びに行くと、彼は魔法で閉じられていた筈の部屋を開いていた。大河にとってあまり思い出したくない部屋だ。

「隷属魔法と闇魔法……いや、グレイルテアの魔法について研究していたようだな」

置かれた書類や文献に目を通しつつ、シェイドが呟く。

そして、魔力を不安定にさせる方法を探っていたのか、と不快そうに眉を寄せた。

「……俺の背に描いたのも、この男か」

大河が伝えるべきか悩んでいた事実を、彼は部屋の中を見ただけで気付き、驚いた表情をする大河の反応で確信したらしい。シェイドは口の端をあげて手元の本に視線を落とした。

「奴隷制があった頃の隷属魔法についての文献まであるからな。部屋に置かれた資料と文献で、研究者の人間性と欲求が見えるものだ……何がそこまで奴を動かすのかまでは、俺には理解出来んが」

劣等感か異常性癖か、どちらにしても碌なものではないと淡々とした口調で言うシェイドは、大河の心配を余所に動揺も取り乱しもしていない。冷静に分析しているらしかった。

「ぜってぇ、俺が消すから」

強い口調で大河が宣言する。

シェイドは文献をパラパラめくっていた手を止める。そして大河に視線を向けると、目を細めた。

「学院に戻らない、と言ったのはそれでか」

「……それしかねぇと思って。早く戻らねぇとダメかな」

「いや、逆だ。タイガが納得するなら、このままエスカーナに帰っても構わない」

マイリーには無事の連絡を届けさせた、学院には既に辞職届を出している、臨時だから問題も無いと、シェイドは淡々と語る。

「なんで、そんな事」

反対に悲しげな表情をした大河に、シェイドは溜息を吐いた。

「タイガの考えそうな事は、多少分かるようになってきた。お前を騙した友人を助けたいとでも言うのだろう」

「それは……そうだけど」

「その予想はしていたがな。なら、好きにすると良い。ここに奴が来ても、学院に戻ったとしても、俺のやる事は変わらない」

「……？」

首を傾げる大河に、シェイドはゆったりと笑って見せた。

「俺はタイガを守る事だけを優先する。それがお前の友人を危険に晒す事になってもな」

それを聞いた大河は目を見開く。

彼に助けを求める気はなかったが、そんな風に宣言されるとは思っていなかったからだ。

「俺は、出来る限りタイガの意思を尊重してきたつもりだ」

そう言って、シェイドは持っていた本をパタンと閉じる。

「危険が伴おうと、やりたい事を無理に抑える事はしたくない。本音を言えば、危険の無い場所に閉じ込めて監禁しておきたいと思っている。だが、それではお前らしくいられないだろう？」

シェイドは近くの机に本を置くと、そこに凭れて体ごと大河に向き直った。

「……だから先程言った事が、俺の妥協点だ」

普段見せない表情でにっこり笑うシェイドに有無を言わせぬ圧を感じて、大河は思わず顔を引き攣らせた。好意に基づく言葉とは言え、もう監禁は遠慮したい。

そして少しの間考えてから、大河は気合を入れるように手のひらにパシッと拳を当てた。

「助けたかったら、自分の力でって事だな。ぜってぇ習得してやるって気合入ったぜ」

「……」

鼻息荒くやる気をみせる大河とは裏腹に、シェイドは諦めたように、あまり無理はするなと零してから額に手を当てた。


遅い昼食をとってから大河が闇の神殿に向かうと言うと、シェイドは研究室の調査を中断して付いてきた。闇の神殿というものに興味があるらしい。

神殿に向かう大河を町の人が遠巻きに見ていた。

皆いつもなら気軽に挨拶してくれるのに、今は声を掛けても距離を空け戸惑いながら挨拶を返している。

「タイガー！　あーツノがない」

「はねも……」

大河を見つけた子供達が、いつものように駆け寄ってきて、途中でトーンダウンしたかと思うと寸前で止まった。

ヨルとファムの二人は猛獣でも前にしたような構えで止まり、じりじりと後ずさる。子供達を追ってきていたラナハも、同じく静止している。

「どした？」

大河が首を傾げて聞いても、子供二人は大河の後ろを凝視したままだ。ああ、と納得した声を出して大河が振り返る。同時に町の人に遠巻きにされていた理由も分かった。

「こいつはシェイド。怖がらなくても、取って食ったりしないぜ。シェイド、顔、怖ぇって」

「……いつも通りだが」

「まぁ、いつも通りの無表情だけどな？」

物怖じしない子達が珍しい反応をしているが、大人の無表情は怖いのかもしれない。大河がシェイドの頬に二本指を立てて、むに、と笑顔を作ってやると嫌そうに眉を寄せられた。

だが子供達はそれで多少緊張が解けたらしい。

「すごいキラキラ！」

「きらきら！」

途端にきゃっきゃとはしゃぎだした。子供達の素直な言葉に笑ってしまう。確かにシェイドは存在自体がキラキラしている。

それまで静止していたラナハが漸く、はっと気付いたような顔をした。

「もしかして、結界を壊してくださった魔法師様……、こちらへはタイガさんを助けに？」

「そう、かな。えと、こいつは俺の……」

「婚約者だ」

なんて紹介しようかと口籠った瞬間、シェイドが勝手に答えた。大河はぎょっとしてシェイドを振り向く。大河を見下ろす彼は、違うのかとでも言いたげに目を眇めた。

「……です」

片手で真っ赤になった顔を覆う大河を余所に、ラナハは、あらあらと楽し気な声を上げている。子供達が、こんやくしゃって何ー、と母親の服を引っ張っていた。

「タイガったら隅に置けないわね」

「こんな綺麗な人初めて見たわぁ」

「目の保養ね～」

急に騒がしくなった声に覆っていた手を退けると、町の女性達が近くに集まってきていた。少し遠巻きに聞き耳を立てていたらしい。

その前に男同士とか色々言う事ないか？　と思うが、半魔物化した大河を受け入れた人達が、それくらいで拒絶する訳がない気もする。

大河は居心地の悪さと同時に、妙な居心地の良さも感じた。

井戸端会議のようになってきた場所から逃げるように離れ、神殿に潜った。

床を開いて身を押し込むと、既に馴染んだ御神体がある。ドラゴンや蛇や獅子などが混ざり合った歪なそれは、見慣れたらそう恐ろしいものでもない。

暗く狭い神殿内を、シェイドは興味津々といった様子で見回していた。

「……魔力溜まりに来たような感覚がある」

「魔法陣の練習がしたくて、今は神殿内に魔力を満たしてもらってるから」

「……誰にだ？」

「闇の神様？」

大河が首を傾けて返事をすると、シェイドがなんとも言えない顔をした。

非常識だな、と言うが、シェイドにだけは言われたくない。

それから、大河はシェイドに魔法陣を描いてみせる。

軽く見ただけで、彼は間違えている箇所をいくつか指摘して、解決法を示してくれた。ぼんやりと凄いとは思っていたが、自分でも描くようになるとシェイドの実力が身に染みて分かる。

素人(しろうと)が同じ事を百回繰り返すより、プロの意見を聞いた方が近道なのは何でも同じらしい。暗い前途に光明が差した気がして、大河は目を輝かせた。

感嘆の声を上げて尊敬の目を向ける大河に、シェイドはどこか得意気だった。


「お連れ様でしたら、今日は早くから外に出られましたよ」

寝ぼけ眼(まなこ)の大河の前に朝食を出しながら、サシャはそう伝えてくれた。

翌日、目を覚ました大河は神殿ではなく、お邸のベッドに寝かされていた。昼から朝方までひたすら同じ事を繰り返していた大河はいつの間にか寝てしまっていたようで、シェイドが寝床まで運んでくれたらしい。そのままで良かったのに、と思いつつ甘やかされる感覚に擽ったさを感じて両腕で頭を抱えた。慣れなくてはと思うが気恥ずかしさを感じると、走って誤魔化(ごまか)したくなってしまう。

そのシェイドは既に部屋どころか、お邸から出て行ったらしい。

昨日(きのう)も当然ずっと大河についていた訳ではなく、一通り魔法陣の描き方を教えた後は、出てくると言って神殿からどこかに行ってしまった。何か調べたい事でもあるのだろう。

「タイガー！」

「あそぼー！」

神殿に向かう途中、長老の家に差し掛かったところで、子供達が大河の足に纏わりついた。悪ぃ今日も遊べないと謝りながら通り過ぎようとすると、中から顔を出したヒューゴに呼び止められる。

「ああ、タイガ。今お前の婚約者様が中にいるぞ」

「その呼び方やめてくれねぇ？」

大河の反応に苦笑するヒューゴに招き入れられ長老の家に入ると、何故か狩られた魔獣が土間に積まれていた。イノシシ型の魔獣でとても美味しい。女性達が嬉しそうにしているところを見ると、闇信仰だから魔物を食べないという事も無いらしい。

「婚約者様……じゃなくて、シェイド様が狩ってきてくださったんだ」

不思議に思いながら、長老達に挨拶して囲炉裏の前で胡坐をかいているシェイドの横に座った。向かいにはヒメナとグリードもいる。

「なんで魔獣？」

「昨日、この者達の話を聞いていてな」

グレイルテアの人達は、当面この場所に留まるらしい。子供達の魔法陣の事もあるし、現状戻る場所もない。とりあえず、場所の分かる仲間の元に場所を記した手紙を送っていて、そこから他の仲間にも伝達される。仲間が戻れば、出来る事も増えると言う。

シェイドは帝国にバレないよう元の結界と同じものを張り直してある、と事も無げに言った。今度の結界はシェイドが張っているので、いつでも消せるらしい。

「結界を張り直したついでに、肉が食べられなかったと言っていたから狩ってきた」

「シェイドが？」

見捨てられない優しい部分があるのは知っているので結界は分かるが、わざわざ魔獣まで狩ってきたらしい。あまり他人に尽くすイメージの無い彼の行動に、疑問が前面に出てしまっていたのだろう。大河の表情に長老は苦笑した。

「我らの魔法を教えて欲しいと言われてな」

「ああ、なるほど」

昨日調べてみて、グレイルテアの魔法については彼にも分からなかったのだろう。それなら納得だと、大河は思う。シェイドは知的欲求に対して素直だ。

「しかし、我らに特別な魔法はないのだ、残念ながら」

「なら、ヒルガンテが調べていたのは何故だ？」

「恐らく、これの事かと思うが……」

そう言って、長老がグリードに視線を向けると彼はおもむろに指笛を鳴らした。すると、囲炉裏の炎で出来ていた彼の影から狼のような魔獣が出てきた。狼に似ているが毛が黒く、ロックウルフのように角はない。

「えっ!?」

「……ほう」

驚く大河と感心するように目を細めたシェイドを余所に、グリードは大きな狼の魔獣の顎を撫でてやっている。黒い毛の魔獣は気持ち良さそうに目を細めて、彼に顔を擦り付けた。それだけでとても懐いているのが分かる。

「隷属の魔法陣が無いな」

「基本的に臆病で影に住むのを好む魔獣です。この魔獣は我らの友人です。隷属ではなく、幼い頃から衣食住を共にして関係を築いてきました。魔法とは無関係ですが、何も知らぬ者にはそう見えるのでしょう」

移動の際に乗せてもらいます、と言うヒメナの説明に、大河は憧れを含ませた目で魔獣を見た。

「シェイドの白い魔獣と同じだな」

「……あれには隷属魔法陣が描かれている」

「けど、発動させてねぇだろ？」

「……」

何度も乗せてもらった事があるが、一度も魔法陣を発動させているのを見た事が無い。大河の言葉に、シェイドはそうだなと口元を緩めた。

　元の世界でだって動物と絆を築く人達がいたのだから、魔物によっては人と心を交わす事が可能なものもいるのだろう。だが、それを魔法だと思う者達がいるくらい、難しい事なのだという事も分かる。

　大河は彼等の説明に納得したが、シェイドは暫く何事か考えていた。

「率直に聞かせてもらおう」

　シェイドは改まって、長老を見据える。

「近年、魔物が増えている原因に心当たりはないか」

「心当たり？」

「……何故ですか？」

　ヒメナとグリードは訝しげな顔でシェイドを見つめた。意味が分らないと言いたげな表情をしている。

「……分からない、としか言えん」

　長老は難しい顔で否定した。

「そうか。ならいい」

　シェイドはそれ以上問い詰める事はせず、そこで会話は終わった。

　魔物が増えた原因が帝国にあるのではと、そうシェイドが言っていた記憶が蘇って、大河は首を傾げた。何故、彼等に聞いたのかが分らなかったからだ。


　肉だ宴だと騒いでいる町の人を尻目に、大河は再び神殿に籠った。

　今日もシェイドはついてきて、一通り大河の手習いを見て丁寧なアドバイスをくれる。突き放すような事を言っていたが、結局は協力してくれていた。

　彼にそう言うと、自分の為だと視線を逸らすのがおかしい。

　そして大河が集中し出すと、昨日と同じにシェイドは神殿を離れる。調べる事があるからかと思っていたが、集中出来るようにそうしてくれているのかもしれない。

　どれくらいの時間、魔法陣と向き合っていただろう。

　コンコンと床を叩く音が聞こえて、大河は顔を上げた。扉代わりの床板を開いて顔を出すと、お膳を持ったサシャとグリードがいる。

「なんでいつもみたいに開かなかったんだ？」

「良かった。いえ、何故か入れなかったんです。昨日はノックに気付いてもらえなかったので、食事を置いて行ったんですが」

「……結界が張られている」

「結界？」

　俺は出られるけど？　と首を傾げる大河の襟元から、グリードが紙を取った。通過用の魔法陣だ、いつ差し込まれたかも気付かないくらい集中していたらしい。

　こんな事をするのはシェイドしかいないな、と思いながら魔法陣を仕舞って、大河は凝り固まった体を伸ばした。

「せっかく運んでくれたのに悪かったな」

　過保護だと思うが、心配をかけた手前シェイドにやめろとも言えない。

　サシャは神殿に入れない事を長老に伝え、それを聞いていたグリードが付いて来てくれたそうだ。シェイドに直接聞けばいいと思うが、サシャとシェイドには目に見えない距離がある。彼はオロン教授の侍従だというサシャの事を、まだ警戒しているらしい。

　休憩がてら三人で話しながら食事をとった。

　最近は神殿に籠りきりで、畑の手伝いも子供達の相手も出来ていない。だが、その代わりになのかサシャが手伝ったり、子供達と遊んでくれている。あまり表情には出さないが、彼は少し楽しそうにその事を話していた。

　不思議な子だと、大河は思う。それほど年が離れていないので、子というのはおかしい気もするが。

大河が半魔物化した時には驚きはしたものの、その後は普通に接してくれているし、素っ気ないながらも世話を焼いてくれる。

食べ終えた食器を片付けて、立ち上がるサシャを見ているとポケットからペロンと何か白いものが出ていた。

落ちそうだなと大河がそれを摘むと、ポケットからスルスル出てきたのは雑に破られた白い布だった。だいぶ赤茶に汚れているので、白かったと言うべきか。

サシャは大河が持ったそれに気付くと、わっと声を上げてそれを引っ手繰るように取り返した。

「……」

大河がきょとん、と首を傾げる。

その表情を見て、サシャは顔を真っ赤にした。

「っ、……」

大河は本当に何か分からなかったのだが、サシャは気付かれたとでも言いたげに眉尻を下げている。

そして落ち着かない様子で視線を逸らして、手に持った布を握りしめていた。黙り込んだまま暫く無言の時間が流れる。

「サシャ？」

大河が声を掛けると、サシャは肩を揺らす。そして視線を地面に向けたまま、もごもごと何度か口を動かした。小さ過ぎて聞こえなかった声に、ん？と顔を寄せると再びビクリと体を揺らして、彼は思い切ったように喉に力を入れた。

「…………や、……さしくされたのが、生まれて、……初めてだ、ったので」

消え入りそうな声で呟く彼の言葉で、ようやくそれが包帯代わりにしたシャツの切れ端だと分かる。

怪我をした時に巻いたそれを、今まで大事に持っていたらしい。あんな些細な事ですら喜ぶほど、彼は人に恵まれなかったのかと思うと胸が痛い。

「す、捨てますよ。こんなの持ってても、仕方がないし……」

いつも表情を見せないサシャの戸惑った様子に、大河は視線を逸らしたままの彼の頭を撫でた。それを見ていたグリードまで同じように髪をくしゃくしゃにして撫でる。

サシャは最初、やめてくださいと言っていたが、そのうち大人しくなって撫でられていた。

二十五

最初は、ただ教授に頼まれて手伝いをしていただけだった。

切っ掛けは些細だ。最近になって漸く打ち解けてきた帝国生に教授が呼んでいると言われ、行ってみたら手伝いを頼まれた。

以前、タイガもしていた事だったし、部屋の片付けが苦手だという教授が情けない顔をするので、片付けを手伝うくらいならと了承した。生徒は基本的に教授に憧れを持っている。頼まれて拒否する者の方が少ないだろう。

メイベルト教授に見つからないよう来て欲しいと言われ、多少の違和感を抱いたが、部屋が片付かない事に小言を言われていると戯(おど)けて言うのを信用してしまった。

帝国生にオロン教授は人気がある。オロン教授は帝国生の味方だから、という言葉を時折耳にしたほどだ。

そのお陰か、教授の手伝いをするようになってから、ダリクスから辛辣な言葉を投げられる事が無くなった。一度、教授の前で彼等の言動が苦痛だと零した事があるので、彼がダリクスを止めてくれたのだと思った。

ある時、オロン教授から、手伝ってくれたお礼に何か望みを叶えてあげよう、と言われた。

いつ行ってもにこやかに接してくれ、自分を守ってくれた彼にすっかり心を許していたユーリは、もっと自信を持って話せるようになりたいと言った。

強くなったフェミリアの姿にどうしようもなく憧れ、自分もそうなりたいと思ったからだ。

例えば声や行動を制限するものがあるように、自分に自信をつける魔法陣も存在する、と言われるままに魔法陣を描かれるのを許容した。

まさかそれが、自分の命を奪うようなものだと思いもせずに。

その時になって自分の愚かさを呪っても、もう遅かったのだ。

ユーリが吃りながら懸命に話した内容は、核心が声にならないためにそれだけでは意味が分からない。何も知らない人間が聞けば、全く分からなかっただろう。

マイリーとフェミリアはオロン教授のした事を知っている。そこから内容と事実を繋ぎ合わせて考えてくれたらしい。

「学院に、もしくは国に訴えて、彼を拘束してもらう事は出来ないのでしょうか」

「無理です。彼が魔法陣を描いたという、証拠がないので……それに、魔法陣を描く事自体は罪になりません」

マイリーは、そうでしたね、と頭を抱えた。

禁忌の魔法陣でもない限り、魔法陣を描いても罪には問われない。

「力のある魔法師は国に守られています。公にしたところで悪い評判を立てる事くらいしか出来ず、場合によってはその前に彼に命を奪われるでしょう」

エスカーナと帝国で法律は違うが、魔法陣を扱う魔法師に対しての法は世界的にあまり変わらない。彼等は国への貢献度が非常に高く、どの国でも優先されるべき存在だとされている。

彼等が法に裁かれるのは、殺人を犯したり、国へ叛旗を翻したりという、罪が明らかな場合のみ。先日の魔物襲撃でフレット教授がすぐさま捕らえられたのは、皇子に危険が及んだからだ。

「とにかく、皆で策がないか考えましょう。それまでユーリ様は従順なふりをしておいてください」

「彼が興味を失っているようなら、目につかないよう隠れていた方がいいかもしれない」

マイリーとフェミリアの言葉に、ユーリは目を伏せてコクリと頷いた。

その後は記憶がない。ずっと眠れていなかったので、気を失ってしまったらしかった。


次にユーリが目を覚ますと、ベッドの上で横向きに寝かされていた。

窓からの光で、朝になっているのが分かる。

「ああ、悪い、勝手に見させてもらっていた」

ユーリに声を掛けたメイベルト教授は、長い髪を分けてうなじを見ていたらしい。そこには魔法陣が描かれている。

メイベルト教授は髪を戻すと、頭痛を抑えるように目頭に指を当てた。

彼女が離れてベッドから降りるのを見ながら、ユーリは身を起こす。部屋にはハルトやマユ、アシュアとランバートまでいた。シェイド教授が出発した時点で大河の居場所が分かった事を知らせていた面々が、授業が始まる前にマイリーを訪ねて集まっていたらしい。

「……消す事は出来ないんですか？」

「残念だが、魔法陣を消す事が出来るのは、描いた者だけだ」

　魔法陣を指して言ったハルトの言葉に、教授は苦々しくそう告げる。分かっていた事とはいえ、一縷の望みを砕かれてユーリは目を伏せた。

　沈黙の落ちた部屋にノックの音が聞こえて、返事も待たずにマイリーが入ってくる。

「すみません、皆さんお揃いだったのですね」

　そう言う彼女の表情は、昨日と打って変わって明るい。マイリーはポケットから手紙らしきものを取り出して皆に見えるようにした。

「明け方にシェイド様から手紙が届きました。タイガ様はご無事だそうです。すぐに戻らなくても、心配しないようにと」

　微笑んだ彼女の言葉に、それぞれが脱力したように安堵の表情をした。ユーリも安堵感で崩れそうになった体を手をついて支える。

「……良かった」

　微かに震える声でそう零したのは、俯いたまま目元を覆ったランバートだ。アシュアはそんな彼の背を軽く叩いていた。

「しかし、まだ戻らないとは」

「何かお考えがあるのでしょう」

　顎に手を当てるメイベルト教授に対して、マイリーは手紙を仕舞いながら言った。

「いや、戻る気があるのだと思ってな。アルヴァレス教授は学院に辞職届を出していた。元々臨時という話だったのでおかしな事でもない……このまま学院を去るつもりなのかと思っていたが」

「タイガ様は、それが出来る方ではないので……」

　マイリーは言いにくそうに目を伏せた。彼等は巻き込まれただけに過ぎない、彼女としては悪意の渦巻くこの場所に戻って欲しくはないのだろう。

戻る理由に、自分が含まれるのだとしたら。そう考えたユーリは、身を裂くような罪悪感に俯いた。

気を落ち着けるために、マイリーは皆にお茶を淹れてくれた。

思わずといった感じで、美味いなと口にしたメイベルト教授に彼女は、タイガ様の侍女ですから、と誇らし気にしている。上級貴族が下級貴族の生徒を侍女や侍従として雇う事は珍しくないが、令息に侍女が付く事は無い。教授はそうか、と言いながらも首を傾げていた。

「それにしても、オロン教授は何故このような事を……」

「理由は分からないが、オルドリッチ令嬢の誘拐未遂も恐らく奴だ」

「それは、フレット魔法師の罪状では？」

「……その辺りの事は、分からない事だらけだ。だが、主犯はオロン・ヒルガンテだと踏んでいる」

お茶を飲んで一息吐いたランバートがそう呟き、返ってきた教授の言葉に驚いて顔を上げた。

メイベルト教授がテーブルにカップを置いて皆を見渡す。

「以前にも生徒が失踪した事件を知っているか？」

「森で迷い戻れなくなったという話ですか……？」

「ああ、最終的に森で魔物に食われたと報告されたが、おかしな話だろう？　結界に囲まれた森にそれほど強力な魔物は出ない筈だ。先日の魔物襲撃のように意図的に入れられたなら別だが」

「それはどういう……」

教授は優雅に脚を組む。そして戸惑うように彼女を見ていた生徒達に再び視線を向けた。

ざわざわと這い上がる嫌な予感に、出来れば先を聞きたくないと思ってしまう。皆似たような心境なのか、表情に不快感を滲ませていた。

「それに、私ほどの魔法師が森を隈無く捜索して、痕跡(こんせき)すら見つからなかった。勿論(もちろん)、強力な魔物もな」

「学院は、……何もしなかったんですか？」

「おざなりな捜査だけだ。帝国の生徒であれば違ったんだろうが」

　その言葉に一番反応を示したのは、アシュアとランバートだった。

　彼等にとって、帝国至上主義は生まれた時から自然と身の回りにあった事だ。思うところもあるのだろう。

「ヒルガンテの仕業ではないかと思ったのは、転移魔法陣を見つけた時だ」

　メイベルト教授は脚を組み直し、思い出すよう目を伏せた。

「魔法陣の描き方には魔法師のクセが出る事がある。だが、そんな気がする程度の事で、何の確証もなかった。その上フレットが犯人として捕まったしな。為(な)す術もない状態だった所に、アルヴァレス教授と協力関係が出来て、彼と共に奴の動向を追っていた。そんな矢先に……」

　こんな事になるとは、と深く溜息を吐(つ)いた。

　学院が捜査をするという話だったが、もしかすると彼女一人だけがまともに調べてくれていたのだろうか。

「出来る限り、あれに生徒を近づけないよう気をつけていたのだが……」

　厳しくて怖いと思っていた彼女の優しい内面に触れた気がして、皆が驚いたようにメイベルト教授を見ていた。

「彼女を見落とした私の落ち度だ」

「ち、違います。私が、オロン教授に言われて、メイベルト教授を、避けていたので……」

　彼に惑わされ、魔法陣を描く事すら許してしまった。自分のせいで友人が危険な目に遭っている。全(すべ)て自分の愚かさのせいだと、ユーリの声は小さくなった。

「オロン教授は帝国生の味方……」

「……なんだそれは」

「いや、随分前にそんな話を耳にした事があって」

アシュアの零した言葉に、メイベルト教授が眉根を寄せた。私も聞いた事があります、とランバートもアシュアに同意している。

「今回の事、生徒が関わっている可能性は無いんですか？」

「ユーリ嬢以外にか？」

ユーリは自分の名前が出た事に肩を揺らした。そして顔を青くして息を呑む。この場において、自分が異物のように感じたからだ。

「その可能性は無い、と思っていたが。ユーリ嬢の事さえ見逃していた。今一度調べる必要があるだろうな」

「我々も、協力します」

力強い声でアシュアが言った。メイベルト教授は少し悩んだ様子を見せたが、頼むと返した。生徒の噂などを調べるのは、彼女には荷が重いのだろう。どちらかと言えば、生徒から距離を置かれる存在だ。

「ヒルガンテには悟られないよう、気をつけてくれ」

そう言ってから、教授はユーリに向き直った。

「魔法陣について解決策が無いか、私は過去の文献を洗ってみる。ユーリ嬢は、暫く休んでいなさい」

「……私も、何か……！」

「奴は、今まで罪を隠匿して教授の仮面を被ってきた。だからこそ無闇に命を奪うような事は無いだろうと私は踏んでいる。だが、君が邪魔だと感じた時に躊躇う人間だとも思わない」

後の事は任せて大人しくしていなさい、とメイベルト教授は有無を言わせない口調でそう伝えた。

ユーリは力無く頷くしかなかった。


先日の会合から数日経ち、皆が再びユーリの部屋に集まっていた。

「オロン教授はそんなに慕われているんですか」

「帝国生は特に、といった印象だな」

「だが、表立って親しくしている訳ではないようだ。オロン教授がメイベルト教授を警戒しているからだろうが……」

マイリーとマユが座る長椅子の後ろに立っていたハルトが驚いたように声を上げ、アシュアとランバートがそれに返した。メイベルト教授は、難しい顔で眉（まゆ）を寄せている。

「それでも、生徒同士なら多少噂にはのぼる。ユーリ嬢が手伝いに行っているのを知っている者もいた。他には、魔法科のルーベンス伯爵令嬢、騎士科のプライス子爵令息、ビビアンナ嬢の侍女をしているレンナー男爵令嬢、そしてダリクス・ロッテンハイド。以上があくまでも噂だが教授と親しいのではと名前の上がった者達だ」

「リスクが高いため、この者達に直接話は聞いていません」

ランバートが教授に向けて言うと、彼女はよく調べてくれたと礼を述べた。フェミリアと違いユーリの部屋には椅子が少なく、メイベルト教授が脚を組んで座っている前にアシュアが座り、その背後にランバートが立っている。

「この中に、君を教授の元へ誘った人物はいるか？」

「……ルーベンス、伯爵令嬢です」

「そうか」

目を伏せたユーリに対して、教授は気遣わしげに声のトーンを落とす。怯（おび）えさせないようにしてくれているのか、どこかユーリを扱いかねている様子が窺える。

「彼女達も魔法陣で縛られているのでしょうか」

ユーリの横でベッドに腰掛けていたフェミリアが、口元に手を当てて呟（つぶや）いた。

「レンナー男爵令嬢と言えば……オリーブ色の髪でツリ目の方ですよね」

「どうかしたのか？」

「フェミリア様誘拐未遂の時に手紙を差し入れた女子生徒です。彼女は髪をアップにしていますが、首筋には魔法陣はありません。ですが、情報を制限されているような話振りでしたので、見えない所にある可能性もあります」

「手紙……？　そんな報告は聞いていないが？」

　タイガに報告して教授には伝えていなかったらしいマイリーは、気まずげに視線を逸らして、すみませんと謝った。

「それにしても、帝国至上主義の家柄ばかりだな」

「……この国には、そうでない者の方が少ないからではないでしょうか」

「そんな事はない」

　アシュアの言葉を、メイベルト教授は強い口調で否定した。

「確かに、上級貴族にはその傾向の強い者が多いのは確かだがな。下級貴族は領地経営だけでは成り立たず、他国を相手に商売をしている者も多い。そういった者達は、帝国至上主義など邪魔な思想としか思っていない。上級貴族の凝り固まった思考を知っているので、口には出さないだけだ」

　アシュアは驚いた様子で彼女を見つめている。彼の周りは当然のように上級貴族しかおらず、下級貴族は恐れ多いと距離をあけていた。

「上級貴族でも、アルヴァレス公爵家は帝国至上主義とは言えないだろう」

「それは祖母の生家ですから……しかし、それなら何故、私を後押ししてくださらないのか」

　悔しげに言ったアシュアを、メイベルト教授は鼻で笑った。

「それに気付かぬうちは、皇帝になどなるべきではない」

「……メイベルト教授、お言葉が過ぎます」

　ランバートが諌める声を掛けたが、教授は興味を失ったのか周りに目を向ける。

「話が逸れたな。ヒルガンテが生徒を使っているのは分かった。これからは彼等の動向にも気をつけてくれ。私はアルヴァレス教授と連絡を取り合い、状況が最悪でもないと思えてきた所だ。だが、まずは奴の罪状を明らかにしておきたい」

「罪状、ですか」

「奴を止められたとして、何の裁きも受けないのでは意味がない」

「タイガ様を誘拐したのに？」

「この国が、他国の一生徒と帝国一の魔法師のどちらを優先するか考えてみろ。それに、アルヴァレス教授はタイガを裁判には出さないと言っている。理由は知らんが、それでは奴の思う壺だ」

　思い当たる事があるのか、マイリーやハルトとマユはお互い顔を見合わせるようにして難しい顔をしていた。

「ヒルガンテと関わっている生徒、そしてフレットの証言を引き出せるならいいが」

　メイベルト教授は背もたれに体を預けて、深い溜息を吐き出した。


　今朝もフェミリアはユーリの様子を見に来てから授業に向かった。

　彼女が去り誰もいなくなった部屋で、ユーリは手に持った紙を開く。

　夜のうちに、ノックと共に扉の隙間から入れられた手紙だ。開けた時には誰もおらず、差出人も書かれていなかったが、誰からかは予想がつく。

　紙には、昼までに鐘塔の鐘の下へとだけ書かれていた。魔力を使って書かれていたらしく、読んで暫くすると文字は消えて紙は真っ白になった。

　ユーリはフェミリアに相談すべきか迷って、言うのをやめた。彼女は行けとも行くなとも言えず、困ってしまうだろう。

　タイガが無事だと知らせがあってから、既に数日が経っている。

彼は未だに学院に戻って来ない。戻れない、と言った方がいいのだろう。ユーリは窓から塀の外側を見るように目を細めた。誰もユーリを責めないが自分の存在が足枷(あしかせ)になっているのだと、十分過ぎるほど理解している。許さないと言ってくれたマイリーの言葉はむしろ救いだった。

あの時ユーリは、命を脅かされる恐怖に怯えて、教授の言う事を聞いてしまった。

仕方なかった、なんてどの口が言えようか。ユーリは自分が引き起こした愚行のツケを、彼に払わせたのだ。

覚悟を決めなくては。

そう思ってユーリは一人で行く事にした。

殺されるかも、と思うと身が竦(すく)む。行っても行かなくても危険に変わりないなら、自分はもう思い通りには動かないと、死んでも人質にならないと、彼に伝えるべきだ。ユーリは震える足で一歩を踏み出した。

ずっと部屋を出ていなかったせいか、階段を登ると息が切れる。

庭園を抱えるように建てられた校舎に併設された塔の上の、鐘のある場所。呼び出された鐘塔の最上部に辿(たど)り着(つ)いたが、大きな鐘の下には誰もいなかった。

壁をくり抜いた開口部からは、広い空と門向こうの帝都まで望める。街並みと、聳(そび)え立(た)つお城がよく見えた。

オロン教授が呼んだのではなかったのかと、不安になって視線を動かすが、この狭い場所には鐘以外何もない。正確な時間が指定されていなかったからか、と思い直し、緊張が切れたようにユーリはその場に座り込んだ。

下を覗(のぞ)くと、庭園で授業が行われている。地面に向けて魔法を使っているところを見ると地魔法の授業だろう。その中に忌まわしい姿が見えて、ユーリは喉(のど)を鳴らした。

　庭園ではオロン教授が授業を行っており、生徒の中にはダリクスやビビアンナもいる。そしてフェミリアも。彼女は些細(ささい)な事も見逃さないよう、あえて彼の授業を受けているらしい。

『罪状を明らかに』

　先日メイベルト教授がそう言った瞬間に、ユーリの脳裏に浮かんだのは自分の魔法陣だ。

　この魔法陣がここに描かれているだけでは証拠にならないが、彼が他の生徒達の前でこれを発動させたら、と考えた。だが、想像しただけだ。

　呼び出しに応じるのでさえ、震える足でここまで来た自分に、そんな勇気はない。

　そのまま、ぼんやりと長い時間過ごしてしまっていたらしい。

「ユーリ様……」

　突然声を掛けられて後ろを振り返ると、いつの間に上がってきたのか、マイリーがそこにいた。

「なに、してらっしゃるんですか？　危ないですよ」

　ユーリが虚ろな目を向けると、彼女は安心させるように手を差し出した。

「ゆっくりこっちに、皆が心配しています」

　優しい笑顔を向けて、ゆっくりと近づくマイリーを見ていると、庭園の方から声がした。

　微(かす)かな声に視線を向けると、フェミリアらしき姿が見える。何か叫ぶ彼女の悲痛な声は小さくてよく聞こえない。

　そこで漸く、彼女達の考えている事が分かった。

　ユーリは自殺を考えていると思われたのだ。

　いや、違うと言って立ち上がりかけたが、あまり声を出していなかったせいか喉が詰まった。

　と、同時に、私がいなくなれば全(すべ)て上手(うま)くいくのではと思ってしまう。

　そのせいで、マイリーの差し出した手を取るのが一瞬遅れた。

　そこに、不自然なほどの強風が吹いた。バランスを崩した体が、風に煽られる。

塔の壁につかまろうとしたユーリの手に、マイリーが手を伸ばした。

――悲鳴が聞こえる。

驚愕の表情のまま落ちていく体を、マイリーが飛び降りるようにして腕を掴み、力強く抱きしめた。

二人の体が塔から投げ出されて、地に向かって落ちていく。

彼女が風魔法を使っているのが分かる。ユーリも必死で魔力を使った。

スローモーションのように思える一瞬の中。

羽のある白い存在が飛んでくる。

それは幻でも見ているかのように眩しかった。


「こっっの、バカ……！！！」

気付けばタイガに渾身の力で怒鳴りつけられていた。

怒りを露わにしている姿は見た事があるが、こんな風に叱りつけるような彼は初めて見る。白い魔獣の背で、マイリーとユーリは怒鳴られているにも拘わらず、ぽかんと口を開けて驚いていた。

四人も乗せていたのが嘘のように、白い魔獣は軽々と飛ぶと優雅に地面に着地する。

三人が魔獣から降りるとマイリーとユーリは力が抜けたように座り込んだ。シェイド教授は三人に背を向けて立つと、庭園の方へ歩き出す。

「タイガ様……私も心配かけられた事怒りたかったのに」

マイリーはタイガに視線を向け、掠れた声で安堵の息を漏らした。それに対して、タイガは若干勢いを弱めてバツが悪そうな顔をした。

「ごめ、なさい……ごめんなさいっ」

　地面にへたり込んだまま、頭を擦り付けるように謝ったユーリを、タイガはもう一度叱る。

「なんであんなとこにいたんだよ!?　まさかユーリ……」

「ちが、違うんです、……そうじゃ、なくて！」

　マイリー達と同じ勘違いをしているらしいタイガに、そうじゃないとユーリは首を振った。謝りたいのは別の事だ。

「ユーリ様は、オロン教授にタイガ様を引き渡した事を謝られているんですよ」

　交わらない会話を聞いて、マイリーが溜息混じりに説明してくれる。

　その言葉を聞き、顔を伏せて死にそうな顔で謝るユーリを見てタイガは片眉を上げた。そして腕を組んで、少しの間考えるように首を捻っていた。

「……ユーリ、謝るならちゃんと俺の目を見ろ」

　肩を震わせ、そろりと顔を上げる。潤んだ目の視界はぼやけていたが、何度も瞬きをしているとはっきり見えてくる。

「ごめんなさい」

　しっかり視線を合わせると、罪悪感からではなく相手に伝えたいという気持ちが強くなる。ユーリは今まで生きてきて、一番はっきりと言葉を声にした。

　タイガは真一文字に閉じた口を、ふっと和らげる。

「謝罪はちゃんと受け取った。だからもう謝るな」

　くしゃりと笑うタイガがあまりにも眩しくて、再び目を伏せてしまいそうになる。

　そして謝罪も許しも、罪人の為のものだと気付いてしまった。

　ユーリはゴシゴシと涙を拭う。

　もう、謝らない。自分の出来る事を、彼の為に出来る事を考えるのが本当の謝罪だと強く思ったからだ。

白い魔獣に乗せてもらって、学院に帰って来た大河は、まず寮に戻った。

ユーリに会う為と、皆に無事を知らせる為だ。だが、授業中だからか寮には誰もいなかった。

寮の裏手で待っていたシェイドに伝えて、少し待っているかと言っていた時に、庭園の方から悲鳴のような声が聞こえた。

認識阻害のフードを被っているが、目が合えば気付かれるような代物だ。オロン教授に見つかる訳にはいかないので校舎に行くつもりは無かったが、遠くて内容までは聞き取れないが何事か叫ぶような声が立て続けに聞こえてくる。

何か起こったのかと、シェイドに言って魔獣に乗せてもらい遠目に庭園を見れる位置に移動してもらった。

そこで見たものに、心底肝が冷えた。

落ちそうになるユーリとそれを止めようとするマイリーの姿。

シェイド！　と声を掛ける前に、白い魔獣が空を駆ける。

すんでのところで二人を受け止められた。少しでも戻るのが遅かったら、と思うと心底ゾッとする。

烈火の如く怒る大河に対して、マイリーとユーリは怒鳴られているにも拘わらず、ぽかんと口を開けていた。

シェイドは魔獣を庭園の傍に着地させると、三人に降りるよう促し、そして、魔獣と自分で三人を隠すように立った。白い魔獣は大きく、地面に座り込んだ三人くらいは簡単に隠れてしまう。

当然、庭園にいた者に大河達の存在は知られているが、彼の意図を察した大河は、少し声を抑えた。

「タイガ様……私も心配かけられた事怒りたかったのに」

　マイリーにそう言われて、言葉に詰まる。今まで心配かけるなと怒られていたのが、逆の立場で身に沁みた気がしたからだ。それでも、謝り続けるユーリに、心配からもう一度叱るような事を言ってしまう。

「ユーリ様は、オロン教授にタイガ様を引き渡した事を謝られているんですよ」

　違うと首を振るユーリの言葉をマイリーが通訳してくれ、彼女の言いたい事を漸く理解した。

　脅されたなら仕方ない、ユーリのせいじゃないと言いかけて、大河は口を噤んだ。死にそうな顔で謝る彼女にそう言うのは簡単だが、この後も罪の意識に苛まれ続けるのではと思ったからだ。

「……ユーリ、謝るならちゃんと俺の目を見ろ」

　ゆっくりと顔を上げた彼女が目を合わせる。涙で顔がぐちゃぐちゃだ。それでも、初めてちゃんと目を見てくれたような心地がした。

　もう一度はっきりとした声で謝った彼女の、謝罪を受け取る。ユーリは虚をつかれたような顔をして、その後に涙を拭い、強い意志を感じさせる目を大河に向けた。

　これで良かったのかは分からないが、彼女の涙が止まっただけでも良かったとしよう。

　大河がユーリの後ろに回り、ちょっと触っていいか？　と問うと、彼女は戸惑いながら自ら髪を掻き分けた。

　そこには拳ほどの大きさの忌々しい魔法陣が刻まれている。

　大河は顔を顰めつつ、そこに触れた。

「シェ、シェイド教授……？」

「その魔獣は……」

授業を受けていた生徒達は、庭園に突然現れたシェイドと白い大きな魔獣に驚きを隠せない。

女子生徒が塔から落ちた衝撃も大きかったが、それを助けた見た事のない魔獣の存在の方が意識を攫（さら）ってしまったらしい。空を飛ぶ魔獣を隷属化して騎乗している者など帝国にはいない。

オロンは白い魔獣に一瞬驚いた表情をしたものの、タイガの存在をみとめて考えを巡らすように目を細めた。彼にとっては捕らえていた魔獣が一匹逃げ出したという認識だ。

すぐにでも再び捕らえたいと考えたが、授業中ではそうもいかないと、困ったように顎（あご）を擦る。

「ヒルガンテ」

低く静かに響く声が、名を呼んだ。

シェイドは生徒の疑問には答える事なく、オロンだけに視線を向けていた。

彼がタイガを連れて来たのか、あの場所からどうやって、考えるべき事はたくさんあるが。

オロンがタイガを攫った事については、いくらアルヴァレス公爵家の人間が訴えようと罪になる筈（はず）がない。彼が闇属性である限り、危険を学院から排除したと言えばオロンに正当性が生まれる。

だから、オロンの思考を占めているのは、邪魔なシェイドとユーリを誰にも気付かれる事なくどうやって消すかだった。

周りを巻き込んで何やら探っているらしい者など、捨て置けない。脅しの為に爆破の魔法陣を描いたが、発動させるのは最終手段だ。出来る限りそんな不審な状況は避けたかった。他国の者であれば攫ってしまえば済むが、帝国の者を攫ってしまうと問題も多い。

塔からうっかり足を滑らせてくれたなら丁度良かったが。

「アルヴァレス教授……何か用かな?」

面倒な事になったな、という感情を押し込めて、オロンはにこやかにシェイドを振り返った。

オロンが杖を持ち直した瞬間、パキンッと音を立てて氷に足を拘束される。地面と足に纏わりつく氷の塊にオロンは一瞬驚き、同じ氷魔法でそれを割り砕いた。

それと同時にシェイドの周りに数十の氷刃が現れ、躊躇いもなくオロンに降り注ぐ。オロンは即座に地面を捲りあげた。半円の盾となったそれに、氷刃が当たって割れていく。だが幾つかは半分ほどまで突き刺さった。

その威力にオロンは、ほお、と感心するような声を上げて目を眇める。

「いきなり攻撃とは、何をするんだ」

役目を終えた盾が崩れる。あくまでも穏やかな表情で、敵意を向けないオロンに対して、シェイドは凍てついた視線を返した。

周りの生徒は突然の異常事態に、オロンとシェイドから距離を取っている。

「何も答えないのか。攻撃するなら、私も身を守らなければならない」

トントンと杖で手のひらを叩き、あくまでも正当防衛だと言いたげに、オロンは困ったような顔で笑った。

これでもオロンには帝国一の魔法師という自負がある。シェイドがどれほど優れた魔法師であろうと負ける気は全く無かった。氷刃の威力は大したものだが、それだけだ。氷ばかりを使っているところを見ると、彼の得意とする魔法なのだろう。

オロンが杖を持った手を、線を引くように横に振った。するとシェイドの足元から勢いよく横一線に火柱が上がる。威嚇を表したような攻撃を、シェイドは後ろに飛んで避けた。その方向に、今度は槍のように地面から岩が突き出る。それを氷刃で割るのを見越したかのように、上から雷撃を落とした。シェイドは氷の壁で塞いだが、残滓のような電気がパリパリと音を立てて彼に纏わりつく。

オロンは指揮棒を振るかのような動作で魔法攻撃を仕掛けていた。

「……その程度か？」

一連の攻撃を受けたシェイドが、つまらなそうに言った。

オロンは目を細める。弧を描いた目は笑っているようにも見えるが、こめかみには青筋が立っていた。

「それは私の台詞だ」

いきなり始まった高度な魔法戦闘に生徒は離れて避難しながらも、ハラハラと成り行きを見守っている。

「貴様のような弱者には、俺は殺せない」

シェイドが明らかな挑発を乗せて、冷淡に笑う。

「……私が、弱者？」

試すように魔法攻撃を行っていたオロンの思考が、その瞬間、殺意に変わった。

オロンは初めてその目に怒りを宿す。魔法で負けるなど思ってもいないが、その言葉に苛立ちを覚えた。

オロンにとって魔法師として強者である事は、揺らいではいけない矜持だ。

「言葉と行動、全てを後悔しなさい」

怒りを表すように大きく振り上げた杖の動きに合わせて、地面から無数の刃が飛び出した。岩で出来た鋭利な刃物は、牙のようにシェイドに食らいつく。それは地から作られた魔物を模した岩の塊だ。地面が隆起して、次々に現れる。

意思を持ったかのようにシェイドを襲う、庭園を埋め尽くす異形に生徒達から悲鳴が上がった。

シェイドは襲ってきた刃から横に身を躱したが、

長い髪が掠って一部が食いちぎられた。彼は気にした様子もなく、疎らになった髪をはらい、オロンを見据える。

その目には感情が無く、瞳孔が開いているように見えた。

「……ッ!!」

瞬きするような一瞬で、シェイドが出した氷刃が空を覆い尽くす。

オロンが見上げた瞬間に、それらは彼に降り注いだ。近くにいた異形も使い、幾重にも防御壁を作ったが、突き破ったいくつかの刃がオロンの肩や足を抉る。

辺り一面を氷刃が埋め尽くし、オロンの出した岩の魔物は欠片すら残っていなかった。

崩れる防御壁の隙間から見えたシェイドは、オロンに向けてゆるりと腕を上げた。

危機感を抱いて、再び先程より多くの防御壁を張る。そしてオロンは相手の頭上から強力な雷撃を幾度も撃った。空気を切り裂くように雷鳴が轟く。

対してシェイドの放った魔法は、ただ魔力を氷に変えるという力押しのような魔法だ。手を向けた方向へ波状に氷柱が乱立していく。

襲い来る氷に逃げ出そうとした生徒達は、それが自分達を避けていくのを目に留めて立ち止まった。

庭園を覆う氷は、バキバキと音を立てて学院の校舎までも凍らせていき、瞬く間に花が開いたような形で巨大な氷柱が立ち並んだ。完全に校舎を覆い尽くす氷の塊を、誰しもが言葉を無くして見上げている。

氷を割って防御壁から出てきたオロンは、息を呑んだ。

校舎を覆う巨大な氷、自分が放った筈の雷撃は、天から降り注いだその形のまま凍りついている。氷に対して優位の筈の雷が。

オロンは魔法戦闘の経験者だ。爵位を継ぐ前は従軍した事もある。長く魔法を研鑽し、鍛錬を怠った

オロンはほくそ笑んだ。

シェイドは自分に脅しをかけて、魔法陣を消してもらおうという算段なのだと、彼の行動をそう解したからだ。

「ふむ、それは弱ったな」

脅すような事を言うオロンに対して、シェイドは感情の籠っていない声でそう嘯く。

心底どうでも良かったが、こんな男でも今は自分に注視させる必要があった。勘付かれて、女子生徒の魔法陣を発動させられてはタイガが悲しんでしまう。

そんな事を思いながら、さて次はどうするかと派手に使った氷魔法で包まれた校舎を眺めた。

事もない。剣はともかく、こと魔法の戦闘においては誰にも負ける筈がない。そう思っていた。

回復魔法をかけるオロンの手が微かに震えた。

「悪いな、殺意を向けられると、無条件に相手を殺そうとしてしまう」

全く悪びれた様子もなく、シェイドはオロンに視線を向けた。

「……貴様は、そういう魔法陣をよく知っているだろう？」

シェイドはそう言って目を眇め、少し首を傾ける。

その言葉に、オロンは瞼を押し上げた。そして、なるほどと納得する。タイガを助け出したらしいが、彼がこれほどまでに攻撃を向ける理由が分からなかった。

だが、恨みからであればオロンにも理解出来る。

他人の為にここまでする訳がないだろう。

「悪いが覚えがない。だが、もしそうだとすれば、私がいなくては消せないのではないか？」

「シェイド……！」

その時、ひりついた空気に似合わない明るい声が響き、シェイドは後ろを振り返る。

大河がティガの陰から顔を出して、笑顔で手を振っていた。合図を送っているだけだが、思わず口元が緩んでしまう。

その声にオロンまでもが視線を向けたが、貴様は見るなという思いから、シェイドは彼の前に氷の壁を作った。もう一時も大河を彼の視界に入れたくなかったからだが、その瞬間、オロンが酷薄に笑う。

背中の魔法陣のせいで彼を殺せないシェイドが、焦って弱点を隠したように見えたらしい。

「守りながら戦うのか？」

オロンは再び杖を構えた。

地面から飛び出すように現れた魔物の形の土魔法が、今度は大河達を襲う。当然防御壁を出そうとしたシェイドだったが、嬉々として大河の顔に魔法を止めた。そして溜息を吐いてこめかみを押さえる。

大河は魔物の形をした岩の塊を、面白いようにくるくると動き回って躱しながら、一体ずつ確実に仕留めていた。

「……守らせてもらえるほど弱くない。残念ながらな」

そう言って、シェイドは自分に放たれた無数の雷の槍を凍りつかせた。

シェイドが氷魔法ばかりを使うのは得意魔法だからだが、威力に自信があるからではなく制御が楽だからだ。

そもそも、大河だけでなく他に生徒もいる場所で、守りながら戦うのかなど聞く方がおかしい。周りの生徒にも防御壁を張りつつ戦っていたシェイドからすれば、今更何をと首を傾げてしまう。

大河に視線を向けると、既に数体倒したらしく頬を上気させて笑っている。満足そうでなによりだ。

「やっぱりすごいなぁ。タイガくん、こちらに来てくれないか？」

状況の分かっていないオロンが、大河を呼んだ。

自分の言う事を聞くと、まだ思っているらしい。

シェイドは不快感に眉を顰める。

「タイガ様は、行きません。貴方の元へは、もう二度と……！」

大河やシェイドが行動に出る前に、白い魔獣の後ろから姿を出した女子生徒が震える声で叫んだ。

「君は……」

「オロン教授は、生徒を騙して爆破の魔法陣を描くような人です！　私以外にも魔法陣を描かれた方がいる筈です……！」

悲鳴のような声は、静かな庭園によく響いた。

その言葉を聞いた生徒の数人が驚愕の表情で、胸元や肩、腕などを押さえた。その生徒の顔を記憶しておく。

驚愕したのはオロンも同じだった。彼女がその事を言える筈がなかったからだ。

そんなオロンを、シェイドは氷で拘束した。

彼が帝国一の魔法師だと聞いて、面白い魔法のひとつでも見られるのではないかとシェイドは多少期待していた。魔物型の岩人形は珍しいが、恐らくグレイルテアを研究している過程で思い付いたのだろう。原理としては珍しくもない。

確かに今まで見た魔法師の中では誰よりも、彼の魔法の威力は高い。だが、これ以上は戦っても無意味だ。

目を閉じて開けるまでの一瞬で、四肢を氷で拘束されたオロンは、驚愕の表情のまま静止した。

再び氷を壊そうと手に魔力を込めたが、上手くいかないらしく目に見えて狼狽えている。

「魔力を不安定にさせる魔法陣を研究していたようだな。隷属魔法陣の為か？」

シェイドの視線を追うオロンの足元には、魔法陣が描かれていた。

「それを完成させてみた。タイガを待つ間、暇でな」

戦っている間に描いたのか、そんな事が可能なのかと混乱する頭にシェイドの冷ややかな声が響く。

「貴様には、随分と多くの借りがある」

そう言って目を眇め、少し首を傾けた。

「な、何を……」

「借りは返さないとな？」

口の端をあげて冷酷に嗤うシェイドの表情は、見る人を震え上がらせるほど壮絶に恐ろしい。

ユーリの言葉に驚愕していた生徒達までもが、息を呑んで蒼白になる。

「何の事だ、わ、私には覚えが……」

高い音を立てて鋭い氷が、オロンの首目掛けて地面から生える。切っ先が喉元で漸く止まった。

オロンは表情だけは笑顔のまま動揺を露わに、頬を引き攣らせている。首を汗が伝って地面に落ちた。

「私が死んだらお前のその魔法陣は生涯消える事はない……」

自身の窮地を自覚したオロンが、怯えを押し殺して声を出した。脅しに対してシェイドはどこまでも冷静だ。

「もう命令する者もいない、魔法陣など今やただの飾りだ」

終始薄笑いを浮かべていたオロンが、漸く恐怖に顔を歪めた。

「っ分かった、私の負けだ。魔法陣は、消すから放してくれ」

「言っただろう、魔法陣などどうでも良い。俺の怒りの根源はそんな事ではない」

「それは、ど、うっ」

言葉を発する喉の動きで切っ先が触れたのか、言い切る前に声が掠れて消えてしまう。

「貴様の施したこれのお陰で、俺は数えきれないほどの命を奪った。一人くらい増えても瑣末な事だろう」

そう言ってシェイドがオロンに近づく。氷で四肢を拘束されたオロンは首を仰け反らせる以外、逃げる事も叶わない。じわじわと首に迫る氷の刃に、彼は青い顔で冷や汗を流した。

「本当なら、貴様がタイガにした事と同じ目に遭わせてから殺してやりたいくらいだが……、俺の婚約者は人の死が好きではなくてな」

ふと、視線を逸らし大河の方を見て、シェイドはわざとらしく考える仕草をする。

大河は視線を向けられ、きょとんとした顔でシェイドを見返した。この距離では、声を張らないと何を話しているかまで聞こえないのだろう。

「そういえば、解除の魔法陣を完成させた際に出来た副産物がある。試してみたいと思っていた所だ」

そうして何かを思いついたようにオロンに向き直った彼は、見ていた周りの者が身震いするほど、凄艶な笑みを浮かべた。

「か、解除だと……」

オロンは、驚愕に顔を歪める。

そんな彼の首に突き付けられた氷刃を、シェイドは軽く撫でた。氷刃が消えると、怯え慄く男の顔を覗き込む。

「解除魔法陣は闇の魔力を必要とする。闇の魔力が持つ吸収の性質が必要だからだ」

オロンにしか聞こえない音量で、講義のように淡々と解説しながら、そして空中からインクを取り出すと、捕らえられたオロンの体に手のひらほどの魔法陣を施していく。

「この魔法陣自体は繋がりを断つようなイメージを持って描く事が必要だが、光の魔力だと別の効果が発動する」

何をされるのか分からない恐怖で、オロンは声を無くして震えている。浅く荒い息を繰り返し、目を見開きながらシェイドの行動を凝視していた。

「異世界では魔法など無いらしく、全ては解体解剖して情報を得るのだそうだ。それを聞くまで人体の仕組みや細胞、物体の成分や元素など考えた事もなかった」

「い、いせかい……」

シェイドは大河の家にあった本で記憶した単語を口にする。

オロンはもう、思考が停止してしまっているらしい。呆然と意味の分からないまま単語を口にした。

「魔力が体内のどこで作られ、どのように流れているか考えた事があるか？」

そう言って手の甲、首などにものんびりと魔法陣を描いていく。その間、怯えて息を詰めていたオロンにとっては地獄のような時間だっただろう。

最後にインクを使わず、服の上から心臓の上に魔法陣を描き、そして全体に行き渡るように魔力を込めてそれを発動させると、オロンの拘束を解いた。同時に校舎を覆っていた全ての氷も霧散させる。

力が抜けたようにがくりと跪いたオロンが自分の体を確認して、何をしたと言いたげにシェイドを見上げた。

「これでもう、生涯魔力は使えまい」

「っ……！」

体内にある魔力が無くなった訳ではないから、死ぬような事はない。だが彼にとっては死と同義だ。オロンは魔力を使おうと足掻いていたが、暫くしてから項垂れ、放心したまま何も話さなくなった。

「あいつ、どうしたんだ？」

オロンが崩れ落ち、氷が消えた事で二人に近付いた大河が、男を見下ろして疑問を口にする。それに対してシェイドは目を細め笑みを返しただけだった。

「一発殴らねぇと気が済まねぇって思ってたんだけど」

「好きにすればいい」

「いや、こんな状態の奴、殴れねぇよ……」

困ったように腕を組んだ大河を見つめて、悪かったなと言うと、存外に甘い声が出た。それだけで頬を赤くして口を尖らせた大河は、シェイドがいいならいいけど、と可愛い事を呟いていた。

メイベルトが校舎から走ってくるのを見て、後は任せてどこか二人になれる所に連れて行こうとシェイドの頭はそんな算段を立てている。

周りに人がいる状況で触れると、タイガは恥ずかしがって逃げてしまうからな、と鋭いのに愛嬌（あいきょう）のある黒目を見つめた。

二十六

「……グレイルテアへの侵略、ですか」

他に誰（だれ）もいない静まり返った部屋で、男が二人向き合って座っていた。ここは学院の中の研究棟の一室。

部屋の主であるオロンはフレットに向き直り、弧を描くように目を細めた。彼に招かれたフレットは、考えながら机に置かれた地図を見やる。

「リヴェル殿下が提案された。第二皇子に実力で劣る殿下は必死なのだろう」

優れた魔法師というものはどの国でも重宝される。オロン・ヒルガンテはその中でも伯爵という地位ながら、陛下にすら一目を置かれる実力を持つ男だ。するりと人の心に入り込むような人柄である事も、多くの者を魅了する要因だろう。

「だが、いい手だ。帝国気質の強い貴族はリヴェル殿下の後ろ盾になるだろうね」

　他人事のように語る彼は、魔法に関する事以外にはあまり興味がないらしい。

「殿下のお力になろうと、いくつか陛下に進言したから、私の所でも邪教の魔法について調べられそうだ」

「……あの場所は謎の多い土地です。何事もなければ良いのですが」

「邪教を信仰している以外、他と変わりないだろう？　問題があるとは思えないけどねぇ」

　地図を滑らかになぞる長い指が目に入る。密かに彼に想いを寄せるフレットはその仕草だけで胸を高鳴らせた。

　フレットがまだ学生の頃から、彼は教授をしている。そして、女のようだと揶揄われ続けたフレットにとって、彼の研究室は逃げ場所であり、彼は心を開く事の出来る唯一の存在だ。

「それに、あの国は小さいが使える人材の宝庫だ。帝国にとって悪いようにはならないだろう」

　グレイルテアは邪教の国だと蔑まれる一方で、国の者は各国が欲しがる人材だ。黒衣の者と呼ばれる彼等は、特殊な訓練で完璧に身を隠し、門外不出の技術をも持っている。間諜や斥候、秘密裏に動かす人材として非常に優秀だ。その技術を持つ人材を国外へ送る条件で、各国と協定を結んでいる。そうでなければ、邪教の国など疾うに滅ぼされていただろう。

「協定を破るという事ですか」

「今まで守っていた事の方が不思議だよ」

「しかし、協定を破り侵略してしまえば、彼等は言う事を聞かなくなるのでは？　彼等の技術は貴重です」

「それなんだが、使えない者は私の領地で預かろうと思っているんだ」

「……なるほど」

そうなれば、恐らく家族のいる者達は帝国のために働かざるを得ない。フレットはゾッとする気持ちに蓋をして、オロンに視線を向ける。彼は帝国の為を思っているのだから。

「ここまで聞かせておいてなんだが、念の為に口外しないようにする魔法陣を受けてくれないかい？」

「そんな事しなくても、口外などしませんが……」

「ああ、君の事は信用しているよ」

そう言って、オロンはフレットの首筋を撫でた。

「ただ、秘密の共有の証と思ってくれないか……」

フレットは促されるまま頷いた。元より彼の言葉に反論など出来ないのだ。

そのうち彼の言の通りグレイルテアは侵略された。

爵位の低いフレットは出兵を命じられ、後援の魔法師として参戦した。大勢殺され、そして大勢捕まった。捕縛されて歩かされる隊列はさながら冥土へ赴く死者の列か。そんな事を思いながら彼等を虚ろに眺める。

人一人いなくなった町に、暫くの間、魔法師が数人滞在した。この国の魔法について調べる為だ。

グレイルテアは自然豊かな土地で、とても質素な暮らしをしているのが町を見ても分かる。書籍の類は残っておらず、生活に使うような魔法陣すら殆ど無かった。

そして町中には何故か光の神殿があった。カムフラージュにしては、とても綺麗に整えられていた。

「フレット魔法師、少しこちらに」

下士官に呼ばれ、町の外に足を向けると海の近くに大きな遺跡が建っていた。神殿跡の中央が祭壇のようになっている。祭壇の奥は、幾つかの巨大な柱が梁で繋がっていた。

「……これは？」

「闇信仰の祭壇か何かでしょうか」

「光の神殿に装飾が似ているが……」

遺跡向こうの水平線を眺めれば、氷に囲まれた土地が薄っすらと見える気がする。それくらいこの島は彼の地に近い。シヴァは魔物の大陸だ、と言われている。確証がないのは誰もその地に足を踏み入れた事がないからだ。

　周りをぐるりと回った物好きの学者が言うには、大きさは帝国領土と同じくらいだそうだ。高い氷の壁が囲みどこにも着岸出来る場所はないらしい。


　秘密裏に人質が運び込まれてから、今まで領地管理人に任せてあまり足を運ばなかった地に、オロンは時折赴くようになった。

「彼等を散々調べてはみたが、新しい魔法の情報は得られなかった。姿を隠す方法は元より分かっていた通りだし、魔法陣も既に知っているものばかりだ。魔獣を使うと聞いていたが、それもいない。戦火の中で皆殺されたのか？」

　つまらなそうに言うオロンは、収穫がなかった事が余程残念なのだろう。グレイルテア侵略の目的は果たされたのだから、それ以上求めても仕方がないとフレットは思う。

　優秀な者は帝国で使われ、他国へ売られた人間も多い。奴隷と呼ばないだけで、扱いは奴隷のようなものだ。

「帝国の者に話さないだけでは？」

「ちゃんと言う事を聞くように分からせたんだが……これ以上は何も得られそうにない」

　飽きたかのような口調で言うと、彼は溜息を吐いた。

「人質だから、死ぬような傷もつけられないしねぇ。もういいか」

　その言葉に少しひやりとしたものが背筋を通ったが、手に触れられた事に気を取られてどうでもよくなった。

「あ、あの、オロン教授の研究が、私のものという事になっていたのですが……」

「ああ、君はあまり新しい研究を発表しないだろう。教授がそれでは立つ瀬がない。陛下に聞かれた際に君のという事にしたんだ。君が学院を去っては悲しいからね」

朗らかに笑う顔が近くて、顔が赤くなってしまう。

「そうだ、お礼を求める訳ではないのだけど、ひとつ頼みを聞いてもらえないかな……？」

優しげな表情に不安は溶かされる。ふわふわとした感情のまま、フレットはこくりと頷いた。

恐らく彼は自分に恋愛感情など持っていない。それは分かっていても、想いを消すのは簡単じゃない。彼に必要とされる事が嬉(うれ)しかった。フレットの心を占めていたのは、そんな純粋な感情だ。

秘密は甘く、そしていつの間にか支えられないほどに重くのし掛かる。

彼がしている事が、恐ろしいものだと気付いた時には、もう後戻りが出来なかった。

取り返しのつかない事をしたと気付いたのは、捕縛されてからだ。

外界とは鉄格子で隔てられ、石壁を眺めるだけの状況になって漸く気付いたところで、もうフレットには何も出来はしない。

重罪人を捕らえる監獄の中には、同じように捕まっている男がいた。鉄格子を挟んだ向かいの部屋の男は、痩(や)せこけて見窄(みすぼ)らしく髭(ひげ)で顔が見えにくい。長く捕らえられているのだろう、濃い色の髪が肩よりも伸びていた。

薄暗い中、ただ時間が過ぎるのを待つだけの状態に、気が触れてしまっていたのかもしれない。

その男に話しかけられて、それに思わず答えてしまった。男はなんの罪も犯した覚えがないと言い、それに自分を重ねたせいで、その後も会話を重ねていく。

その中で、自分も参戦したグレイルテア侵略の話になり、そして彼がそのグレイルテアの民だと知った。

どれほどの恨みを向けられるかと思ったが、彼の声からは憎しみどころか怒りすら感じなかった。

思わず何故(なぜ)かと聞いてしまったフレットに彼は言ったのだ。

――滅ぶのが分かっている国に復讐(ふくしゅう)心など抱かないと。

二十七

庭園で起こった事件の後、異常な状況を目撃した門番から連絡が行き、学院には騎士や兵士が集まった。

校舎を覆っていた氷は消されているが、オロン教授の魔法で地面は荒れており、荒らした本人は呆然(ぼうぜん)自失(じしつ)。パニック状態の生徒達が口々に語る内容に、駆けつけた騎士達は混乱に陥っていた。

メイベルト教授がシェイドを引き連れて事態の説明をしているが、長くかかりそうだ。

騒ぎは学院中に広がり、駆け付けた友人達が大河の無事を喜んでくれた。

「すっげー心配しただろー！」

「心配かけて悪かったって陽斗、つか鼻水つけんな！」

「良かった、タイガ、タイガ……！」

「全く、この俺に心配をかけるとは！」

「ランバートにアシュアまで、ありがとな」

泣きながら抱きついてきた陽斗の後ろからランバートやアシュアまで抱きついてきて、大河は揉みくちゃにされる。

フェミリアと繭も良かったと零していた。

「冷気が漂ってきたので、皆様そのくらいで……」

わざと顔を擦り付ける陽斗の顔を押さえていると、マイリーが言いにくそうに声を掛ける。陽斗は、はっと顔を上げ、自分と一緒に二人も引き剥がした。ランバートは名残惜しそうに大河を放す。

「それにしても、庭園で何があったんだ？」

「戻るまでの事も含めて教えてもらいたいが……」

庭園にいなかった友人達は、怪訝な表情で辺りを見渡している。芝生が敷かれていた地面は見るも無残な姿になっていた。あれだけの戦闘で人や広い庭園を囲むように植えられた花や木々に被害がないだけ、まだ良い方とも思える。

「大河、その服どうしたんだ？」

「あー、捕まってたとこの人達に」

陽斗に聞かれて、作務衣のような服を着たままだったのを思い出して自分の服を見下ろした。

そして言いかけてから、大河はアシュアの顔を見る。彼はグレイルテアの人達の事を知ってるのかと疑問が湧いたからだ。

「タイガ以外にも捕まっている者がいたのか!?」

「うーん、というか」

友人とはいえ、仮にも皇子のアシュアに言っていいものか迷い、大河は腕を組んで首を捻った。

「……タイガ、一度帰るぞ」

返事に迷う大河に、背後から声が掛かる。振り返ると、メイベルト教授達といた筈のシェイドが近くまで来ていた。

「もう良いのか？」

「埒があかないのでな。メイベルトに後は任せた。

報告は明日だ」

「そっか、じゃあまた明日、か？　俺はまだ一応学生だから寮に戻らねぇと」

　大河が言うと、シェイドは瞼を半分まで落として不服そうな目をする。

「大河って変なとこ真面目だよな……ヤンキーなのに」

「ヤンキーなのにね」

　聞こえよがしに陽斗と繭が巫山戯ている。その横でヤンキーとは、とランバートが呟き、アルヴァレス教授と親しいのか、とアシュアが驚いていた。

「魔獣をずっとこの森に置いておく訳にもいかない。一度、あちらの家に帰るが、本当に寮に戻るのか？」

　シェイドはそう言って、白い魔獣の背を撫でる。

「メイベルトには、タイガを連れて明日まで学院を離れる旨は伝えてあるが、それでも？」

「……っ、か、帰る！」

　反射的に返事をした大河に、シェイドは、よろしいとばかりに頷いた。

　少々強引に説得された大河は皆に、じゃあ明日と言って踵を返し、シェイドを追いかける。その姿にマイリーは苦笑し、陽斗と繭は生温かい目で二人を見送っていた。


「セストさん、ただいま！」

　廊下を勢いよく駆けてくる大河を見て、キッチンから顔を出したセストは相好を崩した。

　彼の顔を見るだけでほっとして、家に帰って来たのだと実感出来る。

「タイガ様……おかえりなさい」

　それ以上何も言わないが、安堵した様子のセストにも、きっと心配をかけてしまっていたのだろう。

　暖かくなった為リビングにあったコタツは片付けられているが、それ以外は何ひとつ変わり無く、セストが毎日綺麗に整えてくれているのが見て取れる。これほど長く家を空けると思っていなかった大河は、それだけで申し訳なく思った。

「では、また学院に戻られるのですね」

セストは帰って来たばかりの二人をリビングに促して、お茶を淹れてくれる。もうすっかりレシピをマスターしたらしい、プリンも出してくれた。頻繁にウィルバーやギル、時折ルーファスまで訪れるらしく、お菓子は常備しているのだそうだ。

「面倒だがな。何の弊害もなくこうやって一度帰って来れたのも、メイベルトが全責任を負ったからだ。放ってはおけまい」

庭園を荒らされた以外に被害は無かったが、大掛かりな魔法戦闘を行っておいてそのまま学院から出られるというのは、あまりにも都合がいい。その後始末はメイベルト教授が請け負ってくれているらしい。

「シェイドって、メイベルト教授と仲良いよな」

「気になるか？」

以前、夜の校舎で会った時の事も思い出して、大河は無意識に口に出していた。

シェイドの少し嬉しそうな表情を見て、今のは嫉妬っぽかったなと大河は渋面を作る。今更そういうつもりじゃないと否定するのも、逆に肯定しているかのようだ。

「目的が一致しただけの協力関係だ。帝国に血縁がいると言っただろう？　メイベルトはその人を敬愛している。心酔と言ってもいい。だから、俺を信用したのだろう」

嫉妬だと気付いていなかった時は、二人の姿を見て訳も分からず走ってしまった大河だが。今はどちらかと言うと、二人が似た者同士に見えている。魔法と研究が好きで、怖そうなのに根が優しい所だろうか。

「シェイドと、友達になれそうだよな」

「……何故そんな話になる」

唐突な大河の言葉に、シェイドは片眉(まゆ)を上げる。

「シェイド様にお友達ですか、良かったですねぇ」

そして、子供扱いするようなセストの言葉に、心底嫌そうに顔を顰(しか)めた。

「……それよりもセスト、頼みがある」

「はい、なんでしょう」

無理矢理、話題を変えたシェイドにセストは苦笑しつつ首を傾(かし)げる。そんなに嫌だったのかと、大河も笑いそうになってしまう。

「髪を切ってくれ」

そう言って、シェイドは結っていた髪を解いた。

オロン教授との戦闘で疎らに切れてしまった髪が肩から落ちる。部分的に半端になっているが、結っているとそこまで気にはならない。

「……分かりました。切れた所で揃えられますか?」

「いや、短くしてくれ」

これくらいか、と示した指に、大河とセストは目を瞠(みは)って驚いた。

そして、なんとなく理由を察した大河は、腑(ふ)に落ちた表情をする。

既に大河はグレイルテアの子供達と、サシャ、ユーリの魔法陣を消している。だが、自分の描いた魔法陣で反撃されるのも一興だろうとシェイドは言い、彼の背中にはまだ魔法陣がある。そう言う事で、優先順位を他に譲ったのではないかと大河は思っていた。


日が暮れる前にと庭の真ん中に木で出来た丸椅子を置いて、セストが準備をする。

学院に行ってからは、マイリーが切ってくれていたが、大河も彼にお世話になっている。セストは器用だなと思いつつ、大河は縁側に座って髪を切る様子を眺めた。

別人みたいにすっきりとした後ろ頭に近づいて、

彼が振り返る前に大河は背中に触れた。

「……次は俺だな」

前開きのシャツだったので、後ろから抱きつくような体勢でボタンを外していると、やりにくそうに見えたらしい、シェイドは大河の手に添えるような形でそれを手伝った。笑ったのかシェイドの肩が少し揺れる。

何故か妙に緊張する。解除の魔法陣は今まで何度もやっていて、ましてや女の子の首筋に描かれたものまで消したのに、それとは全く違う緊張を感じた。

シャツが落ちると、背中に魔法陣が見える。

以前服を捲り上げて盗み見た事はあるが、正面からまともに見たのは初めてで、渦巻く感情が抑え切れずに大河の手が震えた。

「疲れているだろう、俺は今じゃなくても良いが」

指の震えを感じ取ったらしいシェイドが、気遣うように声を掛けた。

振り返ろうとしたシェイドの肩を押さえてそれを止めると、大河は緊張で詰めていた息を吐き出した。

「平気。ちょっと、緊張しちまっただけ」

「そうか」

緊張を溶かすような優しい声に促されて、大河は指に魔力を込めた。

暫くして日が暮れ始めたのか、淡い夕暮れが降りて来る。橙から薄紫にグラデーションしていく空を見ている余裕はなかった。手が震えないように気をつけて指で背中をなぞる。大河の心臓はずっと張り裂けそうに脈打っていた。

日が落ち切る前に、発動させた魔法陣は忌々しいそれと共に消え去った。

何も無くなった綺麗な背中に手を当てて、大河は安堵の息を吐く。

シェイドが立ち上がり振り返ったが、落ち切る寸前の夕日が眩しくて表情が見え辛かった。

「……ありがとう、タイガ」

使い慣れていない言葉だからか、ほんの少し照れを感じる言い方だった。大河の心が震えて、言葉が出ない。

ただただ嬉しくて、潤んだ目を細める。

日が落ちて薄闇に包まれた中、今度は抱きしめられたせいで表情が見えなくなった。


長い髪をバッサリと切り落とした彼の姿を明るい場所で見て、大河は惚(ほう)けてしまった。

耳や目にかかるので、大河よりは多少長めだが、今までの長さを思うとまるで別人を前にしているような感覚になって妙に落ち着かない。髪が短くなっただけで、淡く纏(まと)っていた中性的な雰囲気が消えて、精悍(せいかん)な男らしさが増した気がする。

リビングに上がった彼自身も、慣れないのか先程から毛先を触ったりしていた。

「……なんか、変な感じだな」

「似合わないか？」

「そういう訳じゃねぇけど」

見慣れないだけだと言う大河の言葉を聞いて、シェイドは再び自分の髪に触れる。

「そのうち、また伸びるだろう」

「伸ばすのか？」

「必要になったらな。髪は魔力を溜(た)めるのに効率が良く、研究素材としても使える」

そういえば、切った髪はセストが綺麗に纏めていた事を思い出し、大河はきょとんとした顔でシェイドを見た。

シェイドが髪を伸ばしていたのが、魔法陣を隠す為だけだと思っていたからだ。だから、解放される事を考えて切ったのかと思っていたが。

大河はふっと軽く吹き出した。

「お前らしいな」

なんともシェイドらしいと、明るく笑う。

そんな大河を愛し気に見つめその腰を引くと、シエイドは腕の中に囲い込むように抱きしめた。大河は素直に胸に顔を埋めて、背中に手を回した。そこにはもう、忌まわしい模様は刻まれていない。感慨深い思いで背中を撫でた。

「髪が長くても短くても、どっちも好きだぜ」

だから好きにしたらいい、と伝えるだけのつもりが、自分の言った言葉の意味をよくよく考えた大河の頬に血がのぼっていく。

その結果、髪を切る道具を仕舞いに行っていたセストが戻って来るまで、慌てて離れようとする大河と、逃がさないシェイドで暫く攻防が続いた。

攻防は大河の腹の音で終わりを告げて、今はキッチンでセストと肩を並べて手を動かしている。

シェイドはダイニングの椅子に座り、頬杖(ほおづえ)をつきながら大人しく二人を眺めていた。

「沸騰したら火を弱めて、暫く炊くのですよね？」

「ん、これが消えるくらいかな」

この世界でタイマー代わりにされている水晶を指して言うと、セストがそれに光を灯(とも)した。大きさによって魔力が無くなり消える時間が異なる。

キッチンの横の部屋には、シェイドが言っていた調味料や食材が大量に置かれていた。

お止めしなかったらもっと増えていましたよ、とセストが苦笑するくらいの量だ。家にある本を見て日本食に使えそうな材料を片っ端から集めたのか、大豆のような豆や出汁(だし)が取れそうな乾燥物、その中には念願のお米まであった。この世界にも日本に似た土地や気候の場所があるのだろうか。

それを炊いて、味噌汁(みそしる)を作っている。あとは野菜の煮物と、焼き魚、お浸し。この国の人達は基本的に肉食なので、肉じゃがも作っておく。調味料の配分は母が残してくれたレシピノートにあったものだ。

コトコトと炊く湯気の匂(にお)いが、懐かしい気持ちにさせる。

「これが、タイガ様のお国の食事なのですか？」

「ああ、結構地味だろ？」

「いえ、……そうですね。少し驚きました」

　今まで色々な物を作ってきていたから、今日の食事は粗食に映ったのだろう。そう問うと、セストは素直に認めた。和食の基本といえば味噌汁にご飯だと大河は思う。漬物がないのが残念だ。

「口に合わなかったら、無理しなくていいぜ」

　海外の人には醤油（しょうゆ）や味噌が苦手な人もいると聞いた事があるので、ダメなら俺が食べると伝えたが、そんな事はしないと苦笑された。

「お前は美味（うま）いと思うのだろう？」

「そうだけど。苦手な人もいるって聞いたから」

　いつの間にか後ろに来ていたシェイドが、大河の腰に手を回した。

「もしそうだとしても、俺は慣れたい」

「……」

「タイガと同じものを美味いと感じるように」

　優しい気持ちの籠った言葉が沁（し）み入って、大河は手の甲で口を押さえて頬を赤くした。嬉（うれ）しいが照れてしまう。

　セストはそんな二人を微笑（ほほえ）ましい表情で見ると、そろそろ良いようですよと鍋（なべ）の蓋（ふた）を開けた。

「わぁ……！」

　ツヤツヤ炊きたてのご飯に、思わず声が出た。

　これだけで涎（よだれ）が出そうになるのだから、お米は日本人の魂に染み付いているんじゃないかと思ってしまう。ウキウキとする気持ちを抑えきれずにご飯をよそって食事を並べていると、くっくっと喉（のど）を鳴らしながらシェイドは顔を伏せて肩を揺らしていた。何かがツボに入ってしまったらしい。

　久しぶりの和食に、大河はその味を噛（か）みしめる。勿論（もちろん）配分が同じでも、材料が違えば同じ味になる訳じゃない。それでもシェイドが自分の為（ため）に素材を集め、調味料を作ってくれたから出来たのだと思うと、感慨もひとしおだ。

　心配をよそに、二人は美味(おい)しいと言って残さず食べてくれた。焼き魚まで綺麗に食べるセストは、大河よりも箸(はし)の使い方が上手(うま)くなっている気がする。シェイドは自分が作ったからか、あれがこのような味になるのかと研究者視点の感想が入っていた。これからも改良してくれるのだそうだ。


　次の日、早朝から起きた大河は、沢山のご飯を炊き、味噌汁を作った。

　そして大量のご飯は全部おにぎりにする。肉を甘辛く炒(いた)めたものや焼き魚をほぐして具にして、塩茹(ゆ)でした青菜を刻んで炒めたのを混ぜ込んだり、味噌を塗った焼きおにぎりも作る。シンプルに塩むすびも。

　海苔(のり)や梅干しがあればなぁ、と思ってグレイルテアの人達が食べていた果実を思い出した。あれを塩漬けにしたら梅干しが出来ないだろうか。

「おはようございます、早いですね」

　出汁を入れた卵焼きを作っていると、セストが起きて来てキッチンに顔を覗(のぞ)かせた。

「昨日(きのう)の、ゴハン？　を固めているのですか？」

「おにぎりっていうんだ。食ってみる？」

　朝ご飯に出すけどと言うと、ではその時にとセストは返した。彼は行儀の悪い事が出来ないたちだったと思い出した大河は、それ以上は勧めない。

　セストは大河が卵をくるくる巻いていくのを、興味深そうに眺めている。

　まな板にのせた拍子に柔らかく揺れる卵焼きを切って、家にあった二段重ねのお重に並べていった。一段目はおにぎりで、二段目はおかずを並べる。昨日の煮物とお浸しも入れ、汁気の多い肉じゃがは別の容器に入れた。お味噌汁は大きめの水筒に入れる。

　マイリーにもだが、陽斗達に食べさせたかった大河は、朝からお弁当を作っていた。大河と同じ世界から来た彼等も、この味に飢えているだろうと思ったからだ。

朝食用に分けていたものを机に並べても姿を現さないシェイドを起こしに、二階に上がる。

シェイドは大河が腕から抜け出した体勢のまま、まだ寝入っていた。昨日は寝床に入ってすぐに睡魔に襲われてしまった大河をシェイドは抱えて寝ていたらしい。この体勢で起きる事自体は何度も経験しているが、目が覚めてすぐに見える顔がいつもと違う雰囲気でドキリとしてしまった。

早朝からベッドを抜け出したのは、それが理由もある。

「シェイド、朝飯出来たぜ。俺らだけで食っちまうぞ」

顔を寄せて大河が声を掛けると、長いまつ毛が震えて薄目を開いた。髪が短いシェイドはまだ見慣れないが、綺麗過ぎる顔立ちには、髪が長かろうが短かろうが、一生かかっても慣れる気はしない。

「……」

「どしたんだ？」

シェイドは何も言わないまま、大河を見上げて表情を緩めている。

「いや……そうだな……」

「？」

意味が分からずにきょとんと見つめる大河に、シェイドは柔らかく笑いかけた。

「どうでもいいと思っていたが、やはり枷だったという事か。これほど透き通った気分で目覚めるのは、初めてだ」

「……そっか」

命令する者がいなくなっても、ずっと残滓のように張り付いていたものが消えて本当の意味で解放されたのだろう。その事を実感したように呟くシェイドに、大河は嬉しくなって破顔した。

昼前に学院に戻ると疲労困憊(こんぱい)したメイベルト教授が据わった目で出迎えてくれた。

彼女が後始末をかって出てくれたので大河達はゆっくり休めたが、当人がいない状態での後始末に奔走していた教授は休めなかったらしい。

転移魔法陣が置かれたシェイドの研究室で待っていた彼女が、大河達を会議室のような場所へ案内する。

そこにはメイベルト教授の他に、学院長や騎士科の教授。そしてアシュア、ランバート、ユーリやフエミリアとエスカーナからの面々が大きな机を囲んで座っていた。

一同は二人が来た事よりもシェイドの髪が短くなっている事に、驚いた表情をしているらしかった。

繭は真っ赤(まっか)な顔で口を押さえ横にいる陽斗の肩をバシバシと叩(たた)いている。

「タイガ様！　ゆっくり休まれましたか？」

「おう、ありがとな」

マイリーが駆け寄って大河の全身を見渡すと、ほっとしたように息を吐いた。

「では早速本題だ。座りたまえ」

挨拶(あいさつ)は後だと言うように、メイベルト教授が着席を促した。早く休みたいのだろう。

「今回の件は、アルヴァレス教授がヒルガンテ教授に攻撃を仕掛けたのが発端だと聞いたが、間違いないか」

「その事については、説明した筈(はず)ですが」

席についたと同時に、騎士科の教授であるローガンが厳しい口調でシェイドに声を掛け、メイベルト教授がそれを諌(いさ)めた。

「まずは彼から話を聞きたい。君の言と合致しているのかも確認が必要だ」

ローガンは諌めるメイベルトを気にした様子もなく、むっつりとした表情で顎(あご)に生やした短い髭(ひげ)を摩(さす)

った。

「オロン・ヒルガンテは生徒を誘拐した。過去にも数人攫われている。魔法の実験体としていたようだ。ヒルガンテ領の一角にある邸に研究室があった。血痕が残っていたので、ステータス開示の魔法陣を使えば過去に誘拐された生徒のものであると確認出来るだろう」

シェイドの言葉に、部屋にいた全ての人間が驚愕した。動じていないのは、全て知らされていたメイベルト教授と大河だけだ。

「た、他国の生徒が失踪した件については、既に終わった事だ。今更蒸し返すのは……」

汗を拭いながらそんな事を言い放ったのは、学院長だった。学院にとって、教授が犯罪を行っていた事実は都合が悪いのだろう。そしてこれは、国にとっても不都合のある事実だ。揉み消される可能性が高いと感じたのか、シェイドは呆れを含んだ息を吐いた。メイベルト教授も、いつもより三割り増しで眉間に皺が寄っている。

「他にも、帝国生が魔法陣を描かれて言いなりにされていたのではないか？」

「……それは、確かに問題だが」

学院長は息苦しそうな声で呟いた。汗をかき過ぎてサンタクロースみたいな髭が萎んでいる。メイベルト教授はそんな彼を軽蔑するように見つめてから、シェイドに視線を向けた。

「生徒の証言を聞こうにも、魔法陣で情報を制限されていて要領を得ない。ユーリ嬢の魔法陣を消したと聞いたのだが、それを他の生徒にもお願い出来ないだろうか」

「……」

シェイドは眉間を寄せて、部屋にいる面々を見渡した。彼の袖を引くと、思案顔のまま一度だけ大河に視線を向ける。ユーリの魔法陣が消えているのは見れば分かる事だが、それを大河が解いた事は、ユーリとマイリー以外は知らない。シェイドは昨日の時点で彼女らに口止めをしていた。

「信用に足る人間以外に解除の魔法を見せる気はない」

「私は信用に足らないか」

「いや、信用出来ないのは彼等だ」

学院長と騎士科の教授を指して言ったシェイドに、言葉を向けられた者達は気色ばんだ。

解除の魔法陣が闇属性でなければと言っていたので予防線を張ったのだろう。オロンに知られてしまっているが、彼が生徒にしたように、シェイドは彼に大河に関しての情報を制限する魔法陣を重ね掛けしているらしい。その代わりに、大河誘拐に関しての自白も取れない。

「学院長である私が信用出来ないと言うのか……アルヴァレス教授」

「辞職届は渡した筈だ、もう教授ではない」

「そ、それは、受領すると言ってはいないぞ」

シェイドの力が惜しいのか、若干の怒りを含めつつもそこに動揺が見える。

「私の婚約者は帝国の者ではないんだが。他国の生徒が無惨な目に遭い、それを自身の都合で揉み消す者達をどう信用したら良いのか教えてくれるか」

「アルヴァレス家の人間が国外の者と婚約など、前代未聞だ……」

「揉み消すなど、言っていないだろう」

たっぷりと嫌味を込めて言ったシェイドに対して、学院長は的外れな言葉を返し、騎士科の教授がフォローするように慌てて言い返した。ローガン教授が、難しい顔で腕を組んでいる。

「……ワシらがいなければ解除の魔法を施すのだな。なら席を外そう」

そう言って老騎士は席を立つ。彼に倣って若い騎士科の教授も席を立った。

「ローガン教授……」

「今は、生徒を解放してもらうのが最優先でしょう」

狼狽(ろうばい)していた学院長は、彼に促されて漸く後に続いた。

「何故（なぜ）隠し立てするんだ？　魔法陣の解除が出来るなど、歴史に名を残せるほどの偉業だと思うが……」

「こちらの事情だ。お前達の事はタイガが信用すると言うから仕方ない。秘匿出来ないなら奴らのように部屋を出ていろ」

　学院長達が部屋を去った後、メイベルト教授は片眉（まゆ）を上げて疑問を口にした。

　彼女は、庭園での事を聞いただけで予想を立てていたのか、シェイドではなく大河の方を見て言っている。見せつけてやればいいのにとでも言いたげな口調だ。

「生徒はどうする？」

「解除する間、眠らせておけば問題ない」

　その会話の後、数人の生徒が交代で部屋に入り、魔法陣の場所を聞いてから眠らせて解除するのを繰り返した。

　解除の終わった者達は、別の部屋で騎士達に尋問されるらしい。

　生徒が騎士に連れられて部屋を出ると、メイベルト教授はおもむろに口を開いた。

「次の生徒だが……ダリクス・ロッテンハイドだ。ヒルガンテの証言では、全てはダリクスが自分に頼んだ事だと言っている」

　ユーリは言葉に詰まり、俯（うつむ）いた。フェミリアが慰めるように彼女の背を撫（な）でる。

「ダリクスは、オロン教授が生徒を攫っていたのを知っていたという事ですか？」

「ヒルガンテの証言では、気に入らない生徒を排除する為（ため）に、彼が相談してきたのだと。当の本人は恐らく、その件に関して話せなくされている」

　そこまで話して、メイベルトは扉を開けて外に対して何事か話した。彼女に促されて入ってきたのは、捕縛まではされてはいないものの、逃げられないよう騎士に挟まれたダリクスだった。

　憔悴（しょうすい）しきった顔で、いつも綺麗（きれい）に整えられていた髪は乱れている。

「証言を聞けるならいいが、フレットや他の生徒の証言が取れるなら、彼の解除は必ずしも必要とは思っていない」

　ダリクスは、唇を噛み締めてメイベルト教授を見ていた。

「タイガやユーリ嬢は彼に恨みもあるだろう、魔法陣を解除してやって助けてやるかは君らが判断するといい」

　そんな風に言われて、大河がじゃあやらないと言う性格でないのを、短い付き合いの彼女ですら把握しているのだろう。ユーリは、自分には何も言う権利が無いと言って俯いた。

「……貴様に、助けを請うくらいなら死んだ方がマシだ」

　吐き捨てるような言葉を聞いても、ダリクスがこの調子なのはいつもの事なので、大河は今更怒りも湧かない。

「本当にそうなるが、いいのか」

　返事をしたのは、大河ではなくメイベルト教授だ。

「いい訳ねぇだろ」

　そしてメイベルト教授の言葉に反論したのは、大河だった。彼に罪がないとは思わないが、やってもない罪まで被るのは違う。

　強い口調で言った大河に、ダリクスは驚いた表情を向けた。女性教授は反論を予想していたかのように口の端を上げる。

「ヒルガンテはダリクスに全ての責任を擦りつけるつもりで証言している。命令されたら彼の家より爵位の低い自分など逆らえないとな。ダリクス、君が魔法陣の解除の後、証言しないのは自由だが心しろ。アシュア殿下が立ち会われているのだ、重罪は免れない」

　他国の生徒誘拐の件を揉み消されるのであれば、実際は彼等かフレットの証言を得られなければ、捕縛すら難しい状況だとは悟らせずにメイベルト教授は告げる。

　一度眠らされ解除後に起こされた彼は、現状を把握しつつあるのか視線を上げる事なく項垂れていた。

「ダリクス・ロッテンハイド」

　メイベルト教授が厳格にその名を呼ぶ。彼はひくりと震えた。

「証言を」

　その言葉を最後に、しばらく無言の時間が過ぎた。しんと静まり返った部屋で、全員が彼を注視している。

「……私が、オロン教授に相談したのは、本当です。オロン教授であれば願いを叶えてくれると、そう聞いたので……気に入らない生徒がいると、帝国の力を分からせたいと、言いました。闘技会で、ガルブレイスを勝たせないようにして欲しいとも……。オロン教授に聞かれたので、ガルブレイスとユーリの仲が良い事を伝えました……ですが、命を奪って欲しいなど、消して欲しいなど、言った事はありません……」

　始終俯いたままダリクスは証言した。

「ヒルガンテの事は誰に聞いた」

「……」

　厳しい口調で問われても、彼は顔すら上げなかった。

「……リヴェル殿下です」

　永遠に続くかというくらい黙り込んだ後、漸く吐き出した言葉に、横にいた騎士ですら驚愕に目を見開いた。


　ダリクスが騎士に促され部屋を去った後、一旦解除の魔法を使うのは中断となった。

　時は既に夕刻だ。大河の魔力にも限りがある。闇の神殿でなら連続して解除も可能だが、ここではそういう訳にもいかない。

「魔力を補充してやろうか？」

と揶揄うように言ったシェイドを大河は絶対嫌だと赤い顔で拒絶して、周りが首を傾げる一幕があったが。

続きは明日以降にという話になった。


「リヴェルも関わっていたのか……？」

そう呟いたのは、ダリクスの証言に衝撃を受けたらしいアシュアだ。

「タイガが闘技会で命を狙われたのも、その為か……人の命を弄ぶなど、許し難い……」

憤りのまま吐き出した声は、苦しげだった。

「……アシュア殿下、もしもそれがタイガでなく名も知らぬ他国の者であったら、それでも憤られていたか」

平坦な声がアシュアに掛けられた。メイベルト教授が落ち着いた表情で、だが真剣に聞いている。

「それは、……それでも許してはいけない行為です」

「ならば、よろしい。私は多少なりとも貴方に期待している。リヴェル殿下と比べればという話ではあるが」

「メイベルト教授、その言い方はあまりにも不敬ではありませんか」

教職者への礼儀として敬語を使ってはいるが、アシュアは皇子だ。ランバートが高慢に言い放ったメイベルトを窘める。

「はっ、不敬罪で捕らえるか。好きにすればよろしい。これ以上帝国の魔法師を失ってもいいのならな」

憤りを滲ませた声を吐き捨てる。彼女は酷く怒っているらしかった。

「そうしたら心置きなく、私はこの国を見捨てよう」

ギョッとしたのはアシュアとランバートばかりではない。学院長への報告の為に残っていた騎士も硬直したようにメイベルト教授を見ていた。

「……私に足りない所があるなら、教えていただきたい」

以前にも厳しい言葉を掛けられていたアシュアは、怒る事なく真剣な目で彼女を見据えている。

「いや、すまない。疲れているようだ。大人気なかったな……」

目元を押さえて深く溜息を吐いたメイベルト教授は、残っていた騎士に学院長へ伝える報告の指示を出した。

大人とは言っても、メイベルト教授は二十代半ばだろう。学院長や貴族に囲まれて、それでも生徒の為にと動いている彼女の心労は計り知れない。

「腹が減ったな」

「あっ、そういやお弁当があるんだった！」

ヒリついた空気を意に介していないような、能天気なシェイドと大河の声が部屋に響く。

昼食どころではなかったので、朝食べてから今まで何も食べていない。シェイドが気を遣うとは考えにくいので、おそらく単純に空腹を感じたのだろう。

大河は楽しそうな様子で、アイテムボックスからお弁当と水筒を取り出す。唐突な行動に皆呆気に取られているが、マイリーだけは動じずお茶を淹れますと言って席を立った。

空気が変わったのを感じたのか、成り行きを見守っていた友人達が安堵の表情を見せる。

「……これは？」

「箱に食べ物を入れているのか？」

「えらく地味だな……いや、タイガの料理はそうだったな。だがいつも美味い」

二段重ねのお弁当の蓋を開けると、大河の料理を初めて見るメイベルト教授が目を丸くしてお重の中を見つめた。アシュアとランバートはじめこの世界の友人達は、大河が珍しい物を出す事に慣れてきているのか驚きはしていない。

そんな中で陽斗と繭だけは別だった。

「お、おにぎりじゃんか！　これ……!!」

「こっちにもお米なんてあったの!? うそうそ、すっごい嬉しい!!」

弾けるように興奮状態になった二人を、周りはお弁当以上に驚いた様子で見ている。

うどんや天ぷらは一緒に食べたが、やはりお米と味噌汁は特別だ。

「「食べていいの!?」」

目を爛々とさせている陽斗と藺に、大河はずいっとお重を寄せる。二人はアイテムボックスから取り出した手ぬぐいを魔法で濡らして手を拭くと、迷いなくおにぎりを手に取った。突然食べ物を手掴みした二人に、メイベルト教授とアシュア、ランバートが唖然とする。

「な、何をしているんだ君らは……」

「これは、手掴みで食うものなんだよ」

「皆さまには食器をお借りしてきましたよ」

礼儀を注意しようとしたメイベルト教授に大河が声を掛けると、マイリーが皆の前にお皿とカトラリーを並べていく。流石セスト直伝というか、彼女は気が利き過ぎる。味噌汁は冷たくなっているので温め直した。

「すっげぇ美味い。ほんとに」

たまりかねたように齧り付いた陽斗から感慨深げな声が上がった。噛み締めるような感情が大河にも分かって嬉しくなる。

周りも、恐る恐るといった感じで口にしていた。フォークとナイフを使うのは何か違う気がするが仕方ない。シェイドは既に慣れたもので、躊躇いもなく手掴みで食べている。それを見ていたフェミリアとユーリも、手掴みに挑戦していた。

「美味いが、初めて食べる味だな……エスカーナの料理か？」

「ふむ、地味だがなかなかいけるな！」

「肉の入ったのが好きです」

「ん？　どれだ。見た目で分からん」

メイベルト教授やアシュア、ランバートの口にも合ったらしい。よかったと安堵していると、和やかな場に似合わない声が聞こえた。視線をそちらに向けると、繭が食べながら嗚咽を漏らしていた。ボロボロ涙を零して、鼻水まで出てしまっている。女の子が人前でしてはいけないくらいの泣き顔だ。

　でも、その気持ちが大河や陽斗には分かった。

　まだ親の庇護下にいた高校生の女の子が、突如知らない世界に喚ばれずっと元の世界を忘れたように過ごしてきたのだから。故郷の味は、郷愁に駆られ家族を思い出すには十分だ。

　元の世界に残した家族もなく、未練もない大河ですら泣きたいほどの懐かしさに駆られたのだから。

「美味しいね、繭ちゃん」

「っ、うん、おっ、おいじぃ〜……」

　自身も目を潤ませながら、陽斗はそう繭に声を掛ける。

　ぐしゃぐしゃな表情のまま、おにぎりを口にして味噌汁を飲み込んだ繭が笑う。今まで見た中で一番純粋な笑顔だった。

「……どうしたんだ？」

「俺らの、もう戻れねぇ故郷の味なんだよ」

　あまりの様子に食事の手を止めていたメイベルト教授が誰にともつかずに声を掛けて、大河がそれに答えた。

「エスカーナではないのか……いや、いいか。そんな事は」

　これだけ号泣する女子生徒を前に問いただすのも可哀想だと思ったのか、教授はそれ以上は何も追及しなかった。

　ランバートは、以前話した内容を思い出したらしい、哀れみを含んだ目を彼女に向けていた。

　アシュアは、ぼんやりとした表情で彼女を見た後、手元の食べ物に視線を落とした。

「……帝国にはあるだろうか」

「アシュア殿下？」

「彼女のように、思い出し号泣するような味や、離れて悲しむような郷土への愛が」

その問いに、帝国出身の者達は誰一人答えなかった。

アシュアがそんな事を口にしたのは、先程のメイベルト教授の言葉があったからだろう。見捨てると言った彼女が、帝国を愛しているとは思えない。

「皇帝になるんだろ。だったらそんな国を作っていけばいいじゃねぇか」

「そう簡単な事では…………そうだな、その通りだ」

明るく言った大河の言葉を呑み込むようにして、アシュアが頷く。ランバートがそんなアシュアに少し驚いた表情を向けていた。

二十八

「世界が、帝国だけだとは思わぬ事です」

幼き日に祖母から掛けられた言葉を、二人の皇子は全く別の受け取り方をした。

母から帝国こそが世界の全てであると教えられていたアシュアだったが、そんな考え方もあるのかと素直に受け取り。

同じ事を母から教えられていたリヴェルは、心底不愉快そうに顔を歪めた。

この世界で帝国とは、多くの国を従える国の事を言う。武力に優れ多数の国を支配下に置いた初代が、自らを光の神に選ばれた存在だと宣言し、その地位を皇帝と定めた。それ故に彼等は何よりも武力と血を重んじる国民性となった。

そんな帝国において、他国と友好を深めるべきだと訴えたのは先代の王妃である。

つまりはアシュアとリヴェルの祖母だ。

アシュアとリヴェルは腹違いの兄弟だが、どちらの母親も帝国至上主義者だった。それ故に祖母とはあまり話した事がない。母が会わせようとしなかったからだ。姿すらうろ覚えになるほど、彼女と顔を合わせた事は少なかった。

リヴェルの母は、既に亡くなっている。母を亡くして以降も彼が祖母を避けていたのは、彼自身の意志だろう。

元々、ヒエラルキーの最上位は帝国の男性だ。女性である祖母が前皇帝に進言して学院に他国の者を迎え入れた事自体、非常に異例だった。

そして前皇帝が亡くなり、息子である現皇帝陛下が貴族の顔色を窺い彼女の存在を蔑(ないがし)ろにした結果、彼女が表舞台に上がる事は無くなっていった。

独裁に近かった初代皇帝とは違い、今世の皇帝は貴族を重要視している。帝国は軍事大国だが、経済は低迷しており貧富の差が激しく、近年では皇族よりもアルヴァレスなどの公爵家の方が経済的には力を持っているのが現実だ。経済が立ち行かなければ、軍事すらままならなくなる。

齢(よわい)十五歳のある時、皇帝陛下は二人の皇子に課題を出した。

帝国の経済力を上げる案を出してみろ、というものだ。皇帝陛下は時折、王侯貴族の前でこうやって息子達を競わせる。それは剣技であったり、魔法であったりする。それまではアシュアが全てに於(お)いて優位だった。

この時、アシュアは外交を強化すべきと答え、リヴェルはグレイルテアを支配すべきと答えた。

自国を至上に置くあまり、他国の文化を積極的に取り入れようとはせず外交を疎かにした結果、経済が悪化したのだとアシュアは考えていた。

リヴェルは黒衣の者として使っている彼等を手に入れ、資源として売ればいいと言い放った。彼等独自の魔法など手に入れられるものは沢山あるとも。

リヴェルが何故(なぜ)そんな答えを口にしたのかは、単純明快だ。

帝国は元より他国を軽んじる傾向がある、だからこそ帝国の国土のほど近くに邪教信仰の国がある事を快く思っていない貴族は多い。これを機にアールストン公爵家と、ロッテンハイド侯爵家含む帝国気質の強い貴族達がリヴェルの後ろ盾となる事を決断した。

不可侵協定を結んでいる国を侵略するなど、とアシュアが発言したのもいけなかった。その言葉は邪教を擁護しているように捉えられ、以来、皇位争奪戦に於いて上級貴族からの支持を得る事が難しくなった。

皇帝陛下が、個人の実力を考えない人であれば、この時点でリヴェルの立太子は決まっていただろう。

「皇帝になる為(ため)に、そこまでするのか」

城内の廊下をブーツで踏み鳴らしながら歩くリヴェルに、アシュアは鋭い声を向けた。

自分が劣勢に立たされた悔しさもあったかもしれないが、それよりも立太子される為なら戦争を仕掛ける事も躊躇わない彼の行動がアシュアは不快で仕方がなかった。国力差を考えれば、それは戦争ではなく蹂躙(じゅうりん)に近い。アシュアの脳裏には今も祖母の言葉が残っていた。

「私は間違った事は言っていない。あの国は邪教の国だ、そんなものがあるだけでも疎ましい」

「邪教信者とはいえ、彼等は魔物ではない」

「同じだ。粛清されるべき悪(あ)しき者だろう」

彼は幼い頃(ころ)、乗っていた獣車が魔物に襲われて母親を亡くしている。顔を歪めるリヴェルの心情を、アシュアも理解出来ない訳ではない。だからと言って、偏見に満ちた彼を肯定する気にもなれなかった。

「魔物の心配より、自分の心配をしたらどうだ」

せせら笑うリヴェルは、優位に立った事を自覚しているのだろう。アシュアは返す言葉を失くして奥歯を噛み締める。

「お前を、皇帝にさせはしない」

リヴェルが去る瞬間、悔しげに零(こぼ)したアシュアに彼は視線すら寄越さなかった。

最初に皇帝になろうと思ったのは、リヴェルを皇帝にしてはいけないという漠然とした強迫観念からだ。

そんな事は誰にも話していない。負け惜しみを言っているようにしか聞こえないし、実際そうでないとも言い切れない。

だから、なんで皇帝になりたいんだ？　と問うたタイガの言葉に少し驚いて、皇族なら当然だと答えた。

アシュアとて、人が平等など一欠片でも思っていた訳ではない。皇族として生まれ、人の上に立ち人が傅(かしず)くのが当然の状況で育ってきたアシュアにとって、人に上下がある事は当然だ。まして帝国が他の国と対等などと考えた事もなかった。

リヴェルとアシュアの違いは、例えば隷属させている魔獣が邪魔になった時に、無情に殺してしまう人間と、魔獣とて生きているのだからと庇護する人間、その程度の差しかない。

母に、周りに植え付けられた、凝り固まった選民思想が、祖母の一言だけで払拭(ふっしょく)される筈(はず)もなかった。

アシュアに変化が訪れたのは、学院でタイガ達に出会ってからだった。

彼等と過ごすようになり、漸く自分が他国というだけで差別意識を持っていた事を自覚した。勿論、今まで彼等に何かした訳ではないが、それでも、皇族というだけでなく、帝国人である事も含めてどこか他者を下に見ていた事は確かだ。

　ちゃんと向き合って話してみればなんて事はない、どこが帝国の人間と違うのかと笑ってしまう。むしろ妙な選民意識を持っていない彼等の方が、アシュアには好ましく感じた。

　特に、タイガ、ハルト、マユの三人は、驚くほどに柔軟性が高いのか、完全にアシュアを皇族だと忘れて接している場面が何度もあった。

　エスカーナ特有なのか、見た事のないカードゲームに興じている時だ。それは、伏せられた紙に書かれた図形を合わせるという単純なものだった。マユが自作したのだと言っていたそれを、何故かフェミリアとマイリーは知らないらしかった。

　結果は記憶力に自信のあるアシュアの一人勝ちだったが、一組も取れなかったタイガとハルトがずるいなどと言い出して、それがふざけあいに発展した。頭をぐしゃぐしゃにされたのも、妙な技をきめられたのも初めての経験で、ランバートやユーリがハラハラと狼狽えているのが分かった。

「自分が皇族だと忘れそうになる」

　思わずそう零したアシュアの表情は笑っていた。

「……そういや、皇子なんだったな」

「色々と大変だろうし、たまに忘れるくらい良いと思うけどな」

　本当に忘れていたらしいタイガと、何故か同情気味のハルトに気が抜けてしまう。

　彼等の態度が正しいと思ってはいない。民衆は皇帝が自分よりも上の人間だと思うからこそ統制が取れた社会が作れるのだから。

　ただ、友人達と過ごす小さな部屋の中は、全てのしがらみを取り去って漸く息をつけるような心地良さがあった。

　リヴェルが皇帝になったなら、恐らく学院の他国生の受け入れは無くなるだろう。今よりももっと、閉鎖的な国へとなっていく筈だ。

　自分が皇帝となれば、国も身分も取っ払ったこの空間には入れなくなるだろうが、壊させたくはない。

　漠然としていた思考が、少しずつ変化しているのをアシュア自身も感じていた。

二十九

「それで、私も魔法陣を解除すれば簡単に証言すると？」

　フレットは無表情で牢（ろう）の石壁に凭（もた）れている。

　収容された彼に会うため大河とメイベルト教授は、アシュアとランバートと共に監獄に訪れていた。当然のようにシェイドも付いてきている。面会人数は限られていたので、五人だけだ。

　長期間牢内に入れられているフレットは、血色が悪く以前よりも随分痩（や）せてしまっていた。

「証言すれば助かる可能性がある」

「……」

　メイベルト教授の言葉を聞いていないように、フレットは再び黙り込んだ。

　この場所は庶民の盗人（ぬすっと）などの犯罪者を入れる監獄

とは一線を画す、反逆罪などの重罪人を入れる為の場所だ。城の敷地内にありアシュアの口添えが無ければ大河は入る事が叶わなかっただろう。

「……言ったところで、どうせ助からない」

自嘲するように、フレットが零した。

オロンについての証言はダリクスや他の生徒から取れた。その事で王侯貴族からのオロンの信用はガタ落ちだが、生徒に魔法陣を描いた事だけでは大した罪に問われない。彼等の証言も補助として必要なものではあるが、要となるのはフレットの証言だとメイベルト教授は考えているらしかった。

現状、投獄さえされていないオロンだが、常に監視され、彼自身も魔法を失った今、何が出来る訳でもなく大人しくしているらしい。

「殿下のいる場所への魔獣での襲撃など、死罪は免れないぞ」

「……殿下がいたのは計算外だった。だがそれももう、どうでもいい。どうせ死ぬのだから」

諦めたような口調でそう言ってフレットが黙り込む。その姿を見ていると、背後の牢獄から弾けるような笑い声が上がった。

「な、なんだ!?」

「貴様、黙らないか!!」

突然笑い出したのは、向かいの牢にいる囚人だったらしい。同行していた兵士が男に怒鳴りつけている。

収容されているのは、目元が見えないほど髭と髪が伸びた壮年の男だ。

「ははは、ああ、おかしい」

「いいから、黙れ！」

皇子が尋問に同行しているため、粗相が許されない番兵はガンッと剣の鞘で思い切り鉄格子を殴った。

「ふふっ、俺の言う事を、真に受けているんだ。そのお嬢ちゃんは」

笑いを含んだ男の言葉に、フレットがカッと顔を赤くした。女顔だからという理由でそう呼ばれているのだろう。

「う、嘘だったと言うのか……？」

　騙されていたのかと熱り立つフレットに、男はニヤリと口端を上げて笑った。

「いや。俺は嘘なんて言った事はない。だが、馬鹿正直に信じるあんたが珍しかっただけだ。この国の人間は、俺の言う事なんて聞きはしないからな」

　そんなだから悪い男に騙されるんだよ、と愉快げに笑っている。

「何の話だ」

　メイベルト教授が鋭い目を眇めて、男を見た。

「近いうちに帝国は滅びるって、教えてやっただけだ」

「戯言を……」

「ほら、信じない。皇帝も、魔法師も騎士も皆そうだった」

　嘲るように声を上げる男を、大河はじっと見つめていた。何かが引っかかる。ボロ布のようになった彼の服や、深い髪の色。男を見据えたまま牢獄に近づいていき、鉄格子の近くでしゃがみこんだ。座った男の顔が見えるかと思ったからだ。

「……なんだ？」

　腕を組みうーん、と首を傾げて繁々と見てくる大河を、男は少し驚いた顔で見返した。

「おっちゃん、なんか見た事があるような気がすんだよな」

　鉄格子に頬をくっつけそうなほど、近付く大河の首根っこを掴んでシェイドが引き戻す。考えながら引っ張られて、牢獄と鉄格子と濃紺色の髪とがリンクした大河は、はっと顔を上げる。

「あ！　あー！　おっちゃんグリードに似てんだ！」

　スッキリした！　と嬉しそうにする大河を、男は髪に隠れた目を見開いて凝視した。

　それに気付かず、大河はシェイドに、な？　と笑いかけている。シェイドは微妙な表情で大河を見てから、そうだなと言って頭を撫でた。

「何なんだ……」

　話の腰をバッキリと折られたメイベルト教授は、呆気に取られた顔をしていた。

「……」

「帝国が滅びるって、なんで？」

　スッキリしたところで先程の話に戻した大河を、男は黙りこくったまま見ている。

　大河達はフレットを尋問しに来た人間だ。他の囚人に声を掛け続けるのを止めようとした兵士を、構わないと言ってアシュアが抑えた。

「その前に、お前は何者だ」

「俺は蓮見大河。タイガでいいぜ！」

「……そういう事を聞いてないんだが」

「？　後は今は学生やってる。エスカーナから来た、えっと他は、ケンカと料理が得意だ」

　いらない情報が多いな、と呆れたように言ってから、エスカーナかと男は呟いた。

「お前はグリードを知ってるんだな」

「おっちゃんも知り合いか？　俺は、友達……にはまだなれてねぇかもだけど、世話になってる」

　いい奴だぜと明るく言う大河に、男はそうかと呟いた。その声には安堵が含まれているように感じた。

　グリードとヒメナは今、グレイルテアの人達と共にいる。ルーファスとの連絡の役目があるから大河達の後を追うと言った彼等に、当面は必要ないと大河が言った。連絡だけなら他に方法はあるし、国の人達を放っておくのは心配だろうと思ったからだ。渋る彼等の元に、シェイドは転移魔法陣を置いてきている。

「帝国には近いうち魔物の大群が襲う。それはグレイルテアが滅びたせいだ。あそこは、シヴアの魔物を抑え込む為の場所だったんだよ」

　空気が一変するような発言に、大河を含めて周りが絶句した。男は気に留めず話を続けていく。

「グレイルテアから一番近い帝国が最初だ。最終的に世界中に魔物が蔓延るのは避けようがない」

今も世界中で魔物が増えてんじゃないのかと言う彼の言葉に、その通りだと返す事すら出来なかった。

「……それ、本当なのか」

「これは、グレイルテアの首領だけに言い伝えられていた事だ」

「首領……？」

男はそう言って大河を見つめた。長い前髪の隙間から真剣な双眸が垣間見える。

大河はグリードとヒメナの言葉を思い出し、彼が二人の父親だと悟る。

「どうやったら止められるんだ？」

「グレイルテアの民を、あの場所に戻し結界を張り直すより他にない……民が生きていれば、だが……」

大河は迷った。帝国兵もいるこの場で全て話すべきか。迷って、何も言わずに彼の目を見て笑い、頷いた。それだけで伝わったらしい。そうか、と言って顔を伏せた。

「なあ、アシュア。グレイルテアを帝国から解放する事って出来ると思うか？」

「馬鹿な、この者の虚言という可能性が高い」

一蹴したのはメイベルト教授だ。今まで黙って聞いていたが、我慢ならなかったのだろう。アシュアも難しい顔をしている。

「……その魔物の襲撃というのは、いつだ」

「殿下！　囚人の戯言をお聞きになってはいけません」

番兵が慌てたように声を上げた。

「結界同士が互いを補うように、何年もかけて幾重にも張られた結界は少しずつ切れていく。ほつれは既に出ているが、そろそろ、支柱となっている最初の結界が切れる頃だ。第一陣は、火の季節よりも前になるだろう。主要な結界が破れるにつれ、二陣三陣と強さも数も段違いになっていくらしいが、その間隔は不明だ」

「結界なら、帝都にも強固なものが張られている。魔物の襲撃にも耐えうるだろう」

まともに受け取るには不確定な事が多過ぎると、アシュアは慎重に返答する。

「ならいいが」

「どういう意味だ」

「あの大陸の大きさを考えろ。人に狩られる事なく増え続けた、あの地に犇めく魔物達が全て放たれて、チンケな結界で抑えられると思っているなら、余程おめでたい頭をしているな」

「ッ貴様！　口を慎め!!」

熱り立った番兵が再び牢を殴り、鉄格子がガンッと大きい音を立てた。

「お前達の結界の方が優れていると言うのか」

唐突にシェイドが口を挟む。単純な興味といった感じの声だ。

「我らの結界は特別製だ。それに、国を守るようなものではなく、出口を塞ぐ為だけのものだからな」

「……なるほど」

「シェイドなら張れそうか？」

「いや、俺が全力で張った結界とて、ドラゴンクラスが数万も襲えば破られる。どういったものか興味があるな」

ドラゴンクラスが数万、という言葉に、周りの面々がギョッとした顔になった。シヴアの魔物を彼がそれほどだと推算した事もだが、そこまで強固な結界を張れるという彼の自信に対してだ。

「と、とにかく、現状で打つ手立てはない。陛下に進言したとて、彼が逃れるために虚言を言っていると取られるのがオチだ」

「なら、その一陣の襲撃は受けるって事か」

大河の問いに、アシュアは神妙に頷いた。

「……まさかとは思うが、参戦するなど言い出さないだろうな」

シェイドが、じと目を向ける。大河が言い出しそうな事だと思ったからだろう。

「ダメなのか？」

「……俺は戦争に善悪は無いと思っているが、起こした事に対しての報いは自らの身で受けるべきだとも思っている。お前は関係ないだろう」

純粋な表情で疑問を向けられ、シェイドは呆れ声を返した。

「その男の言う通りだ。……グリード達には逃げるよう伝えてくれ」

僅かに顔を下げた事で、彼の目は全く見えない。大河は男に向けて、必ず伝えると声を掛けた。

結局、フレットは魔法陣の解除を受けた。

だがまだ、オロンの事は話していないらしい。彼もまた迷っているのだろう。

学院は現在、休校状態になっている。

教授が欠けても授業を続けていたが、教授職の人間が帝国貴族の子らにしていた事が知れ渡り休校に追い込まれたらしい。

休校状態とはいえ、学院は現在も稼働している。帰る訳にもいかない他国の生徒が生活するためだ。変わらず鍛錬を行っている騎士科はともかく、魔法科の帝国生の殆どが学院を出ているため、校内は他国の生徒達で占められていた。

学院の存続すら危ぶまれる現状に、学院長は肝を冷やしているだろう。

そんな状況でも学院の規則は変わらないため、大河は外出届を出して学院の外にシェイドがとっている宿に滞在していた。辞めてしまっても良い状況だが、当面は学院に出入り出来た方がいい。

シェイドは未だに学院に引き止められていて、時折学院長からの呼び出しがかかる。彼が戻れば、学院を立て直せると思っているらしい。

陽斗と繭、フェミリアは変わらず寮に残り、騎士科の鍛錬に出ているそうだ。繭も回復魔法の練習をさせてもらっていると聞いた。ユーリはオロンの件が両親の耳に入り、家に戻っている。

マイリーも時折鍛錬には向かうが、大河と共に外出届を出して隣の部屋に滞在中だ。そしてシェイドのいない時は彼女が大河と行動を共にする。オロンに攫われて以降、シェイドとマイリーの心配性に拍車がかかっている気がしていた。


「皇帝陛下は妙な事を言う元首領を、魔法師にグレイルテアを調べさせる間、念のためにと生かして投獄していたらしい」

後日、学院内で会ったアシュアはそう言って顔を歪めた。

その理由は明らかで、グレイルテアのあった場所に常駐していた部隊が壊滅したという知らせが帝都に届いたからだ。隷属した魔物が運んだ知らせでは、魔物に襲われ部隊が壊滅した事、街の結界は壊れていない事だけが走り書きされていたらしい。

「あの男の言葉を鵜呑みにするのかと叱責された」

「それはそうだろうな」

そう言って部屋の主であるメイベルト教授が肘をついた手に顎を乗せた。

常駐部隊が襲われている状況にも拘わらず、皇帝やその周りの人間の意志は変わらない。端的に言えば、皇帝陛下の下した判断が誤りであったなど、認められないというのが根底にあるのだろう。

「グレイルテアについては、先遣隊を差し向け調査し、結界を強化するよう命令が下った」

静かに言ったメイベルト教授の声に、その場にいたアシュアとランバートは押し黙った。彼女が出軍を命じられた事を、彼等も知っているのだろう。大河とマイリーもシェイドから伝えられている。

「これ、持っていってくれ」

「……なんだ？」

メイベルト教授は渡された物を反射的に受け取っ

た。そして布で出来たそれを繁々と見つめる。

「お守り。俺のいた国では、そういうの渡す風習があるんだ。身につけた人を守ってもらえるようにって」

「タイガが作ったのか？　裁縫まで出来るのか」

「タイガ様は器用でいらっしゃいますから！」

「自分でやらなきゃしょうがなかったんだよ。へ、下手くそで悪ぃけどな……」

　なんとなく恥ずかしくなって顔を赤くしていると、ランバートが横で、私も欲しいと呟いた。こんな不恰好なお守りを欲しがる人がいると思わず驚いている大河の横目に、メイベルト教授が袋状になった中を開けようとしているのが見えた。

「中は開けちゃダメだぜ」

「何故だ？」

「お守りってそういうもんだから」

　ご利益がなくなる感じがするだろ、と彼女に言えば余計に首を傾げられた。大河が作っているので、ご利益も何もないが。

「私にこんなものを渡して、アルヴァレスが怒りはしないか？」

「？　シェイドが？」

「帝国にも、戦地に赴く者に自分の魔力を込めた物を渡す風習があるが、それは恋人に限った事だ」

　含みを込め、口端を上げて笑うメイベルト教授に、大河は目を見開いて一瞬固まった。シェイドに隠す気がないので気付かれていたのは仕方ないとしても、こう面と向かって言われると言葉に詰まる。

「っ……、中に入ってるのはシェイドから預かった物だから」

　問題ねぇ、と視線を逸らして言う大河を、メイベルト教授は愉快気に眺めている。

　現在、シェイドはルーファスに会うため数時間ほどエスカーナに戻っている。複雑な状況に手紙では埒が明かないと報告の為に帰還命令を出されたからだ。大河も簡単に説明しろと言われると困るような状況なので、ルーファスの気持ちが分からなくもない。心配性の彼から、その間は結界の張られた部屋かメイベルト教授と一緒にいろと言われている。

「何故、アルヴァレス教授の名が……？」

「なんだ、アシュア殿下もランバートも鈍感だな。アルヴァレスの婚約者というのはコレの事だろう」

「は……!?」

あれだけ分かりやすいのに、何故気付かないんだとメイベルト教授は呆れた表情で二人を見つめている。

驚いた表情のまま二人は固まった。

「そうなのか!!?」

「……あー、まぁな」

驚きから復活したアシュアに詰め寄られ、居心地(いごこち)の悪さを感じつつ素直に返すと、驚いた顔のまま感心したような声を上げていた。その後、確かにあの彫刻みたいな教授がお前とは普通に話していたなと納得したように呟いて、帝国は同性婚が禁止の筈(はず)だが、と一人で混乱に陥っている。

マイリーは肯定した大河をニコニコと嬉しそうに見ていた。

「あ、そうだ。シェイドから伝言、借りは返す主義だ。だって」

「どういう意味だ？」

「俺にも分かんねぇ」

シェイドの話題で思い出した言葉をメイベルト教授に伝えると、彼女は訝(いぶか)し気な表情をした。以前よりマシになったとは言え、シェイドが多くを語らないのはいつもの事だ。

その後、先遣隊の指揮官との打ち合わせがあるという教授の言葉で解散になっても、ランバートは硬直したまま動かなかった。


大河とシェイドは首領が帝都の牢獄(ろうごく)に囚(とら)われてい

る事と、彼から聞いた事実を伝えるべく長老の家を訪れていた。

しばらくは行き来が出来るようにとシェイドが転移魔法陣を置いていっていたため、移動は一瞬だ。

事実確認や証拠集めにオロンの邸に兵士が来ている、という事もなく、町の様子はあまり変わらない。

彼の悪事を詳らかにするため派遣するには、信用に足る者がいないとメイベルト教授が嘆いていた。帝国にとって不都合な証拠が多いからだ。彼女はこの場所に証拠があると国に申告するのも未だ差し控えていた。そんなメイベルト教授は今、かの国へと赴いている。

囲炉裏をかこんでヒメナやグリード、長老や町の人達が座っている。

そして、今は長老の家で生活しているらしいサシャもいた。御者は尋問の為に捕らえられているが、それはサシャに及んでいない。大河達だけでなく御者の男も彼の事は言わなかった。オロンにこの地の事、隷属魔法についての情報を漏らさぬよう縛られているからだ。

「俺は、タイガと共に暮らしたい」

プロポーズかのようにそう言ってシェイドに室温を下げさせたグリードに、ヒメナはザッと青ざめた。

大河は突然の誘いに困った顔で笑い、頬を掻いている。

「あ、あの！　タイガ様、我らと共に参りませんか？　我らはどこかひっそりと暮らせる場所を探します。便利な暮らしは保証出来ませんが、貴方は命に代えてもお守りします」

グリードを制して、ヒメナが慌てて補足した。

結界が壊れ彼等は自由の身にはなったが、これだけの人数が移動し住む場所を探すのは容易な事ではない。帝都の使者が来るにはひと月近い猶予があるため、彼等はまだこの地に留まっている。

世界中に散らばる仲間達に向けて連絡を飛ばしているらしく、数日ぶりに来た町には少しだが男達が増えていた。使われ、売られていた彼等は、人質がいなくなれば自由だ。だが、解放された事が気付かれないよう、慎重に事を運んでいるらしい。

「タイガ様の属性では、暮らしにくい事もありましょう」

「これは、俺の婚約者だが……？」

シェイドが大河の腰を引き寄せながら、低い声で言う。ヒメナはコクリと頷いた。

「当然、存じております。シェイド様も共に参りませんか。貴方のお力も、国が持つには強過ぎる事でしょう。我らが貴方を利用するような事は決して無いと神々に誓います」

「俺は、タイガを、死なせたくない……」

大河が伝えた魔物の襲撃を指して言っているのだろう。グリードの言葉に、ヒメナや長老も頷く。

「俺、この国の人間じゃねぇのに」

「我らは何事も受け入れる事で歴史を紡いできました。我らを頼りに来た者はどの国の者でも家族として迎え入れます」

サシャも真剣な目で大河を見ていた。彼等は既にサシャを仲間として受け入れている。

「ここの皆がグレイルテアに戻れたら、襲撃は抑えられるんじゃゃないのか？」

「……たとえ、襲撃が現実になったとして、一陣を切り抜けられたなら帝国が素直に返すでしょうか」

「それは……」

学院で生活してみて、ガレイア帝国の気質というものを理解した大河は言葉に詰まった。

「魔物に家族を殺されようとも恨む事なく自然の理として受け入れます。……ですがそんな我らでも、帝国を助けたいとは思いません」

伏し目がちに言ったヒメナに、大河は言葉を失った。

当然だ、彼等は多くの家族や仲間の命を奪われたのだから。もしも世界中に魔物があふれたとしても、彼等は独自の結界で生き長らえる事が可能なのかもしれない。

彼等の気持ちを考えず、馬鹿な事を言ってしまったと大河は奥歯を噛み締めて顔を伏せた。

「……分かった」

「タイガ様」

その言葉を一緒に行くという意味だと受け取ったヒメナの声に喜色が浮かぶ。

「でも、悪ぃ。俺は行けない。エスカーナにも、帝国にも大事な人達がいるんだ」

そして大河は頭を深く下げた。

「あんた達の仇に手を貸す事になるかもしれない……」

彼等の無念を思えば、帝国が魔物に蹂躙されるのは報いなのかもしれない。それでも、友人を見捨てる選択はどうしたって出来ない。

「貴方がそう決めたのであれば、我らに何が言えましょう」

「……そのように涙を流される必要などないのです」

そう言われて、大河は目から無意識に溢れるそれに気付き、戸惑ったように自分の頬に触れた。

一筋だけ流れ落ちるそれは、何に対してか分からなかった。悲しい訳じゃない、彼等の無念を思ってなのか、自分の無力さが悔しいのか。

理解出来ないままでいると、ファムが近くに寄ってきて大河の膝にちょこんと座りにこりと微笑んだ。そして慰めるように歌を歌ってくれた。泣くと親にそうしてもらっているのだろう、優しい子供の頭をグリグリと撫でる。

それを見ていた大人も子供の歌に重ねるように声を奏でる。高音と低音が合わさる民謡のような美しいそれは、聞いた事もない曲の筈なのにどこか懐かしい。心が落ち着いていくのを感じて、大河はその心地良い音色に息を吐いた。落ち着き満たされ、郷愁に駆られるような感覚だ。

シェイドが大河の頬に手を伸ばした瞬間、涙が彼の指先に落ちて歌と共鳴するように模様を描き、淡く光った。

「……声に魔力を含ませているのか」

しばらく手を見つめて驚いた表情をしていたシェイドが、興味深げに呟く。

「確かに、彼等の他には誰も知り得ない事だな……」


帝都に戻る前に、大河は闇の神殿にも顔を出した。

父親の事もあるのでグリードは共に帝都に戻る。

転移魔法陣は長老に預けておくらしいが、彼等がこの地を離れたら、当分闇の神殿には来られない。

神殿に入り意識を失う前に床に座ると、シェイドが後ろに腰を下ろした。

『全く、神殿でいちゃつくな』

「い、ちゃついてねぇよ……！」

開口一番にそんな事を言われて大河は動揺した。

きっとシェイドが大河を抱えているからだ。


『まあ、いい。結界もだが、子供らの忌まわしい魔法陣を消してくれたようだな』

「結界壊したのはシェイドだけどな」

そう言うと、あの魔力は途方もないなと愉快そうに笑った。

『それで、お前は帝国の為に戦うつもりか。愚かな……』

「あんたも反対か」

目の前の暗い存在から怒りすら感じるような気がして、大河はバツの悪さを感じた。

『……グレイルテアは、人類にとっての最後の慈悲だった』

「え？」

『まあ、光の神に聞いた訳ではないがな』

静かに語り出すのを聞いて、意味を理解しようと頭を働かせる。

『魔物は人より強いだろう？　遠い昔、人が生き残るのは難しかった。だから光のは、過去に異なる世界から来た清廉な魂に力を与え、シヴアを作らせた。召喚を覚えた人間達は勇者と呼んでいるが、初めはこの世界に迷い込んだ魂だったのだ』

　遠い昔を思い出すかのような声が響いた。空想の話を聞いているみたいに現実感が薄い。

『世界は光と闇のバランスで成り立っている。その為に光のは魔物を一定数ひと所に纏める事にしたのだろう。檻のようなものではあるが、あれがなければ人は減り過ぎていた』

　そう語る声を大河はただ聞いている。

『魂は巡るものだ。今思えば、その類稀な魂はお前の番のものかもしれんな……』

「シェイド!?」

『……憶測だ』

　苦笑するように言った相手のおかげで、自分が動揺し過ぎた事を悟る。少し恥ずかしくなって口を噤んだ。

『光のはシヴアを只の檻にせず、出口を設けた。そして神託を与えてわざわざ結界を張らせたのだ。私を信仰する事で迫害されていた者達に』

「……そう、だったのか」

　ああ、と落胆した声が聞こえた。

『前に言った事にも偽りはない。凶悪な魔物を生ませない為にお前を作った。それは均衡を保つための義務としての行いだ』

　実体がないせいか直接感情が伝わってくるかのように、大河の胸が苦しくなる。

『人々を助けるのであれば、お前が初めて神殿に来た時にでもグレイルテアの事を伝えるべきだった。だが、そうしなかった。何故か出来なかった』

「……」

『……私は、怒っているのだ』

　怒りを含んだ静かな声が響く。

『迫害されようとも私を敬愛してくれた者達が無残に蹂躙され。神は怒らないと思うのか。そんな訳がない。ただ、均衡の為に己を抑えていただけに過ぎない』

　大河は、何も言葉を返せなかった。

『このままでは魔物も人間も多くの血が流れるのは止めようがない。そのような状況で、光のも異世界からの魂に力を与えなかった。それがあいつの判断だろう……』

　陽斗達の事を言っているのだと気付いて、息を呑んだ。確かに勇者と呼ばれる彼等は、決して強いとは言い難い。絶句する大河を余所に、目の前の存在は話を続けた。

『だから、彼等と共に逃げなさい。私は干渉出来ないが、お前の力があれば、お前の番の力と、かの地の者達の力、そしてお前の力があれば、たとえこの世界の殆どが滅びようとも生き永らえるだろう』

　何事か言葉にしようとしたが、それが声になる前に視界は別の世界に変わる。

　元いた場所で焦点すら合わないほど放心したまま、心配したシェイドに声を掛けられたが、それすら耳に入らなかった。

「……そうか」

　暫くして落ち着いた大河が語った全てを、シェイドは静かに受け止めた。薄暗い神殿内に沈黙が落ちる。

「人の為に作られた結界を自ら壊した事で、二柱の神に見捨てられたも同然という事だな」

　要約するように呟き、口の端を上げた。それが楽しんでいるように見えて、大河の眉が寄る。

「怒るな。人らしい感情を持った神だと思っただけだ」

「そうかも」

　後ろからシェイドに抱えられたまま、振り返るようにして話していた大河は、黒い神様の事を思い出しながら納得を零す。

「メイベルト教授、大丈夫かな」

「出軍する者は、死も覚悟している」

「……」

「手製のお守りまで渡したのだろう。後は無事を祈っていてやれ」

手製の、という部分を強調しつつシェイドは不貞腐れるように言った。

元よりグリードに似た首領の言葉を疑っていないが、より強い確証を得て大河の心中は不安に覆われている。

「けど、魔物の大群が出たんだったら……」

「状況は不明だが、手に負えないほどの数であれば退避して編成し直すだろう」

調査の為の先遣隊なのだから、と大河を安心させるように頭を撫でた。

優しい手つきに少し落ち着いて、シェイドに凭れ掛かってから、大河はハッとした表情になって慌てて離れる。いちゃつくなと言われた事を思い出したからだ。

「どうした？」

シェイドは離れようとする大河の腰を引き寄せて、顔を覗き込んだ。

「神殿内でこういう事したらダメだろ」

頬を赤らめて視線を逸らした大河を、シェイドは片眉を上げて見つめる。

「こういう事とは？」

「こういう事だよ！」

分かっていながら不穏に動く手の甲を掴んで離そうとすると、すうっと目を細めたシェイドが悪辣な表情で口端を上げた。

「子作りは神聖なものとしている国もあるのだぞ」

「飛躍すんなっ、子なんて出来ねぇだろが！」

真っ赤になって否定する大河を、シェイドはやってる事は同じだと揶揄うように言って笑う。首筋を甘噛みされ、離す事が叶わず体を弄る手に思わず腰が震えた。

「俺も我慢の限界なんだが？」

「う……」

ここ最近は事件が重なってそれどころじゃなく、シェイドとは健全な触れ合いしかしていない。事に及んだのは魔物化してしまったあの時くらいだ。

精神的にも状況的にも、そんな事をしている場合じゃないという気持ちがあって、そういう雰囲気になる事から逃げてしまっている。シェイドも深追いはしないので、我慢しているとは知らなかった。

「タイガの気持ちも状況も理解しているが、その分後の反動は覚悟しておけ」

「……笑顔が不穏過ぎるだろ」

にっこりと笑う笑顔の背後に禍々(まがまが)しいものを感じて、大河は冷や汗を流した。誰(だれ)の魂が清廉なのだろうか。

唇を引き攣らせた大河を、表情を柔らかく変えたシェイドがくしゃりと撫でる。

「ふ、そんな顔をしなくていい。嫌がる事はしないと約束しただろう」

シェイドが笑いを含んだ息を零(こぼ)した事で、冗談かと胸を撫で下ろす。

そして話の衝撃や心配で変に強張っていた体の力が抜けている事に気付いた。意図的にそうしてくれたのなら、彼には敵わない。

「ごめん、ありがとな」

「俺の忍耐力に感謝しておけ」

「……はいはい」

冗談めかした言い方とそれ以上触れてこない手に確信を持って、大河は苦笑を零した。

「ルーファス陛下は、グレイルテアの民を国で受け入れてもいいと言っている」

シェイドは落ち着いた声で話を戻し、その内容に大河は目を丸くした。

「なんでここの人達に言わなかったんだ？」

「それが最善か見極めるようにも、言われているからだ」

全く人使いの荒い、と疲れた表情で軽く溜息を吐く。

「実際の所、問題も多い。陛下ならいずれはなんとかするだろうが、国民が受け入れるには時間がかかるだろうからな」

「……」

魔物化を知られた後の生活を思い出して、大河は目を伏せた。

それでも、魔物化すら受け入れてくれた人達もいる。基本的に大らかな人達が多いエスカーナなら、と期待を感じずにはいられない。

「最善、は民をグレイルテアの国土に戻す事だろうが……」

現状はそれが一番難しい。

蚊帳の外にいる大河達には取れる手段は無い。自分達は事情を知っているだけの人間で、どちらの国に与している訳でもなく、無関係と言われればその通りと言わざるを得ない立場にある。

勿論、魔物が世界に蔓延るなら世界中の人間が無関係ではなくなるが。それを証明する手段も無い。

「俺に出来る事をしたいんだけど、どうしたらいいのか」

「そうだな」

理解を示しながらも、シェイドは難しい顔をしている。

「俺さ、学院に来て嫌な事もあったし、シェイドのいない時は、さみ……、あ、アレだったけどさ。友達が出来て。結構楽しかったんだ」

「ああ」

「黒い神様にも、帝国の為に戦うなんて愚かだって言われた。けど俺は」

「分かっている」

拙く話す大河を見つめていたシェイドが、渋面を解くように少し微笑んだ。

行く事のなかった高校を体験しているような気持ちもあって、学院に来たからこそ陽斗や繭、マイリーとの仲も深まったと思う。アシュアにランバート、フェミリアにユーリが友人と言ってくれて、メイベルト教授とも親しくなれた。

　この状況で、誰に止められても選択は変わらない。帝国なんて関係なく、友人の為に出来る事をしなければ、きっと後悔する。

「以前も言っただろう。俺のやる事は変わらない」

「……以前？」

「タイガは好きにすると良い。俺も好きにする」

　突き放したような言い方だが、そうではないのを大河は知っている。以前という単語でシェイドの言葉を思い出して、大河は頬をかいた。守る事を優先すると言っていた言葉だ。

「でも、シェイドは帝国の為に戦うのは反対なんだろ」

「そうだな……だが、伯祖母（おおおば）に借りを返すくらいはしておこう」

「おお……、だれ？」

「教授職へ口添えしてくれた人だ」

　おおおば？　と口慣れない言葉に疑問符を飛ばす大河に、シェイドは説明してくれる。メイベルト教授に対しても言っていたが、シェイドは結構律儀だと大河はよく分からないままそんな事を考えていた。

「だが、一陣を凌（しの）ぐだけだ。その後の帝国の出方によっては、二陣以降はタイガを拘束してでも戦わせはしない」

　そう力強く言ったシェイドに、大河は唇を結んだ。

三十

グレイルテアのあった場所には当然結界が張られていた。

他国に奪われると厄介な土地だ。魔物のためだけではなく他国への牽制のためでもあるが、常駐部隊も置かれていた。

その部隊が壊滅し、慌てて書かれたらしい連絡には魔物に襲われたとあった。結界があるにも拘わらず、何故それほどまで慌てる状況であったのか疑問が残る。

この世界の通信手段は、基本的に隷属した魔物を使う。だからこそ情報が届き、人々の耳に入る頃には時間が経ち過ぎていた。

「グレイルテアの地にいた部隊が全滅したらしい」

「調査のために新たに向かわせる部隊の編成が行われている」

そう民衆が噂を口にしている頃には、新たな兵は海を渡っていた。

今度の部隊にはメイベルトが後援として加わっている。学院は先日の騒ぎで休校状態になっており職務は停止中、オロンやフレットは使い物にならない状態、そして身分の関係で彼女に白羽の矢が立った。

状況を調べて、可能であれば結界を強化するように皇帝陛下から勅令を受けては断る手段はない。結界を張る為にはそれ相応の実力を持った魔法師が必要だ。

メイベルト自身も、グレイルテアのあった地を確認したい思いがあった。牢にいた男の言った言葉を頭から信じている訳ではないが、否定するにも確証が必要だ。

何事も、自身で調べなければ納得出来ない彼女の性分でもある。

ディオラ・メイベルトはこれまで公正に生きてきた。

厳格な両親から生まれ、幼い頃から社交的でない性格を自覚していて、魔法だけが友人というような子供だった。両親はそんな彼女の性質に気付き、幼いうちから魔法学院に入れる事にした。家には後継の弟さえいればそれで良かったのだろう。

齢六歳で寮のある魔法学院に入れられたが、学院でも彼女の性質は変わらなかった。

だが、学院でとある女性教授に出会ってからメイベルトの全てが変わる事になる。

素質があったのか、生来の我慢強さが良かったのか、学院に入り数年も経たないうちに攻撃魔法を覚えた。

この歳で使える者は皆無だった為、学院内では持て囃されたが、メイベルトは生徒からも教師からも距離を置いていた。

「ディオラさん、またそんな所で魔法を練習していたのね」

「……シャロン教授」

ぎくりと肩を震わせて杖を隠したメイベルトに、女性教授は苦笑した。魔法の練習は危険を伴う為、基本的に訓練場や教員の目の届く場所でと指示されているが、メイベルトは人と関わるのが苦手だった。だから、よく森の中でこっそりと練習していた。

「秘密の練習は、私も交ぜてねと言っているのに」

誰にも見つからないように気をつけているが、何故かこの教授はいつも簡単に自分を見つけてしまう。

幼な子をあやすような言い方に、メイベルトは吊り上がった目を更にあげてむっと仏頂面を作るが、それを見ても彼女は微笑んだままだった。

「きちんと、水を用意してから炎の魔法をつかってます」

「そう、でも魔法というのは人が思うよりとても恐ろしいものなのよ」

シャロン・アルヴァレスという名の教授は、成婚した後も旧姓を使い学院に在籍している変わり者の教授だ。それを許している夫は、相当に彼女に甘いのだろう。それも理解出来るほど、シャロン教授は花のように美しい容姿をしていた。成人済みの子供のいるような年齢にはとても見えない。

彼女はコソコソと練習を繰り返すメイベルトを叱るでもなく、必ず見つけて練習に付き合ってくれた。かまわれる事に多少の煩わしさはあったものの、幼いメイベルトにとって唯一寂しさの紛れる時間だった。

ある時、シャロン教授は魔法練習中のメイベルトの所に、もう一人少女を連れてやってきた。

帝国ではあまり見かけない艶やかな真っ黒い髪の少女だ。

「お友達になれないかしら、と思って」

「……余計なお世話です」

なんともありがた迷惑な話だと目を眇めたまま、心の声が出た。少女はびっくりしたように目を丸くしている。

彼女が何者かは聞かなくても分かっていた。アラバントとの停戦条約締結時に人身御供として送られた末っ子の王女様だ。他国からの編入生ですら腫れ物を扱うように接しているのを見兼ねて連れて来たのだろう。

メイベルトとは年頃も近い。とはいえ、メイベルトの精神年齢は同年代と比ぶべくもなく早熟している。今更同じ年の子供と遊んだりするような事は望んでいない。

「私、あなたとお友達になりたいわ！」

「嫌だ」

「だって、強そうですもの！」

「……は？」

キラキラと形容出来そうなほどの笑顔で言い放った彼女に、気の抜けた声が出た。シャロン教授はくすくすと笑っている。

「ほら、こんな子だから。貴女と気が合うんじゃないかと思ったの」

「……私は友達なんて」

「貴女は厳しい態度をとるけど、誰に対しても変える事がない。この国では難しい事だわ。貴女はとっても素敵な女性よ。だから自分で世界を狭めてしまうのは勿体(もったい)ないと思って……余計なお世話だとは思ったのだけど」

　ごめんなさい、としょんぼりしてしまった相手を、顰(しか)め面で見つめてから深く溜息を吐(つ)いた。

　そんな顔で絆(ほだ)されるくらいには、既に彼女に好意を持っていた。捨てられたも同然で学院に入れられたメイベルトを、親のように、姉のように愛(いつく)しんでくれたのだから、当然といえば当然だ。

　それからは、三人で魔法の練習をするようになった。

　魔法だけではなく剣技も、だったのは王女様が望んだからだ。小動物のような顔に似合わず、彼女は強くなる事を望んでいた。北の方の国では山や自然が多く、魔物が多いのだそうだ。こんな場所に送られてもなお、民の為(ため)に強くなりたいと言う彼女を高潔だと感じた。

　そんな彼女を他国の者というだけで蔑(さげす)む、帝国生のなんと醜穢(しゅうわい)な事か。

　数年後には、王女は国に帰る事になり、シャロン教授は夫が亡くなった為に教授職を続けられなくなった。

　一人残ったメイベルトは、せめてシャロン教授が望んだような学院になるよう、尽力しようと思ったのだ。


　船がグレイルテアのあった島に着岸し兵が部隊を整える。

島の魔物が増殖している可能性も懸念していたが、一見した限りその様子はない。

　遠くに目を遣ると、街のある方角に遠目だが結界が見えた。

　だが、ドーム状の結界が見えるのはおかしいと、メイベルトは目を眇める。結界は基本的に無色透明だ。

「……何故結界が黒いんだ」

「黒い、ですね。なんでしょうあれ……、この場所だから、とか？」

　下士官が目の上に手を当てて遠くを見る仕草をした。グレイルテアは邪教の国だという先入観から、そんな事もあるのかと兵が口々に呟き、気味の悪さに顔を顰めている。

　兵の数は大凡数百。調査を兼ねた先遣隊のため、千にも満たない。街までの道程は草原が続くだけで障害物もなく、態勢を整えた軍が陣形を布いたまま結界に向かった。どこから魔物が襲ってくるか分からない状況だったからだ。

　そして、視界に街の全貌が入る距離まで近づいた者達は、背筋を凍らせた。

　黒く見えたのは、結界から出られない魔物が中で犇めいていたためだった。魔物に襲われたのは、結界の外ではなく中かと理解する。

「これは……、まずい、撤退を……!!」

　結界が膨張している事に気付いたメイベルトが、上官である騎士に向かって叫んだ。呆然としていた騎士は、眉を寄せ目に力を込める。

「結界があるのだ、少しずつ引き摺り出して対処するぞ！」

「何を言うか、このままでは結界が保たない!!」

「それを保たせるのが貴様の仕事だろう……!!」

　メイベルトが憤りのまま、巫山戯るな！　と叫ぶ。

　その声が、割れるような音と咆哮に掻き消された。

　視界を覆うほどの魔物の数に、思考すら停止する。

　魔物討伐に参加した事なら腐るほどあるが、これは。

「退けぇッ！！！」

メイベルトが叫んだ一瞬で、前衛が炎に薙ぎ払われた。

これは調査の為の先遣隊だ。戦える編成ではあっても、この大群を相手になど出来る筈がない。圧倒的な力の差に血の気が引く。退避して帝国で部隊を整える以外に道は無い。

にも拘わらず、指揮を任された者が退避を命じようとしない。

「死にたいのか、貴様ら……!!」

指揮官でもないメイベルトが叫んだところで、騎士も兵士も誰一人耳を貸そうとはしなかった。帝国兵にとって逃げる事は死と同然であり、プライドの高い彼等は、そもそも女の言う事など聞く耳を持っていないのだ。

雄叫びを上げながら死地へ向かう者達から視線を外し、メイベルトは下士官である魔法師数人を呼び寄せる。

「君らは街全体を囲む結界を、急げ！」

「メイベルト魔法師は……」

「私は魔物の出所を探し出す。街を囲むだけでは抑えられまい。結界の魔法陣を置いたらすぐさま閉じて退避しろ。私を待たずに船を出せ。必ず帝国にこの事を伝えてくれ」

いいな、と言い残してメイベルトは認識阻害のローブを深く被り走り出す。

結界を見た瞬間に、違和感を抱いていた。常駐部隊がいる街の結界にしては大き過ぎる。ここに結界を張った魔法師が何故そうしたのかは分からないが、街の外も纏めて結界に閉じ込めたと考えるのが妥当だ。

出来るだけ下級の魔物のいる場所を通り、斃しながら走っていく。

あの男が言った事に偽りは無かった。

今更後悔しても遅い、それに偽りでないと分かっていた所で自分に出来る事などなかっただろう。

神殿跡のような遺跡を前に、メイベルトは牢にいた男の言葉を思い出していた。

遺跡のような場所から、魔物が這い出ている。どこから、どうやってという疑問を振り払って、メイベルトは石板に描かれた結界の魔法陣を遺跡の中に放り投げた。すぐさま発動させると、這い出ようとしていた魔物が押さえ込まれる。

だが、一時凌ぎだ。メリメリと音を立てそうなほど圧迫される結界が、そう長く保たないのは見ただけで分かった。

周りにいた魔物を、魔力を節約するために剣で一掃すると、遺跡に足を踏み入れ床に膝をつく。

そして羽ペンとインクを取り出し、震える手を押さえて魔法陣を描き出した。戦闘時、使用する魔法陣は基本的に事前に描いてくるものだ。こんな状況で描くなど正気の沙汰ではない。それでも、こうするより他に方法がなかった。

持ってきたものよりもずっと大きな陣を床に描いていく。自分の魔力量を考えて限界の大きさだ。

目の前の結界が壊れる前に描き切らなければという焦りと緊張で息が苦しく、じわじわと汗が流れる。

結界にヒビが入った辺りで、漸く魔法陣の完成が見えた。

その瞬間、体に衝撃が走る。体を見下ろすと腹から大きな爪が生えていた。

血の塊を吐き出した事で背後から貫かれたのだと気付く。

そんな中、血濡れた手で最後の一筆を描き、結界の魔法陣を発動させる。結界の外に弾き出された魔物が、メイベルトを攻撃出来ずに結界を爪で引っ掻いていた。

ぼたぼたと腹や口から溢れる血が、魔法陣を濡らす。つい先日は消せない事を嘆いていたが、魔法陣が血で汚れたくらいで消えるようなものでなくて良かった。そんな皮肉を考えて口の端を上げる。

ぐらりと視界が揺れて、体が力なく地面に崩れ落ちた。

あの男の言う通りなら、帝国は本当に滅びるかもしれない。

「どうか……」

ご無事で、とは言葉にならなかった。

感情に任せて帝国を見捨てるなど言いはしたが、そんな事出来る筈がない。敬愛する彼女が国にいる限り。

せめて彼女が無事だといい、そう考える前に視界が暗転した。

三十一

テーブルを挟んで向かい合っていたシェイドがふと顔を上げた瞬間、光る地図が目の前に現れた。

「ん……なんだこれ？」

「確か、ジーピーエスと言ったか……」

「？」

共に昼食をとっていた大河は咀嚼(そしゃく)していたものを飲み込んで、突然空中に現れたそれに驚いて声を上げる。

眉を顰めて地図を眺めていたシェイドだったが、席を立ち「少し出る」と大河に告げて部屋の隅に向かった。そこには転移魔法陣が置かれている。そしてマイリーに何事か言い残し一瞬で姿を消した。

「何かあったのか？」

シェイドを見送った後、マイリーに視線を向けて首を傾(かし)げる。大河に問われた彼女は、困ったように眉尻(まゆじり)を下げた。

「詳しい事は分かりません……、私は学院に参りますが、部屋でお待ちいただけますか？」

「俺も行く」

「……分かりました」

部屋には結界が張られている。安全な場所で待てと言われているような気がして、大河は反射的にそう返した。マイリーは分かっていたらしく、抵抗もなく頷(うなず)くと慌てた様子で部屋を出た。


マイリーが向かったのは学院内にある騎士科の訓練所だ。

剣の鍛錬中らしく、鉄のぶつかる高い音が響いている。広い訓練所ではそれなりに多い騎士候補達が、汗を流していた。教授はあの強面(こわもて)な老騎士ではなく、若い騎士らしい。

大河とマイリーが訓練所に足を踏み入れると、それに気付いた友人達が何事かと寄って来た。

「アシュア様、ランバート様、メイベルト家の方に連絡が取りたいのですが」

「何かあったのか？」

「分かりません。シェイド様が何かあったのだろうと言われて出て行かれました。出来る事ならメイベルト家に転移魔法陣を運び入れておくようにと」

「分かった。すぐに連絡を入れてみよう」

皆、彼女の赴いた先を知っている。最悪の事態を考えたのか、一様に顔色が悪い。

アシュアが差し向けた使者から伝えられたのは、教授はメイベルト本家ではなく別邸で暮らしていると言う冷たい返事だった。

別邸の執事が使者と共に戻り、アシュアの指示で転移魔法陣が運び込まれる。

皇子殿下の指示に逆らえる筈もなく、訳も分からないまま使用人達は客間に魔法陣を置き、殿下とその連れを客として持て成してくれた。メイベルト教授の家は、彼女の研究室と同じで華美な装飾もなく整然としていた。

　そのまま何の音沙汰もなく数時間が過ぎて、外出の手続で遅れた陽斗達も別邸に訪れる。

「あの、殿下……」

「悪いが、このまま此処で待たせてもらう」

　そう言い切ったアシュアに驚いた様子を見せた執事だったが、腹を決めた様子で、ではお食事とお部屋の用意をいたしますと返した。皇子殿下でなくても、貴族相手に帰れとは言えないだろう。

　誰もが口数の少ないまま、また数時間が過ぎて深夜に差し掛かった頃、漸く転移魔法陣が発動する。

　光と共に姿を現した人物に、皆が驚きに声を上げた。

「……っ！」

「メイベルト教授……!!」

「お嬢様!!」

　シェイドが抱えていた彼女は、真っ赤だった。髪の色だけでなく、全身が血に濡れている。

　そして抱えている、と言うには不思議な状態だ。メイベルト教授は倒れ伏したような姿勢のまま固まっているようで、シェイドの手は彼女に触れていない。

「どこか寝かせられる場所は」

「は、はい！　こちらへ」

　執事と使用人達が慌てて扉を開け、寝室へと案内した。

「し、死んで……」

　横たえられた教授の姿を見て、繭が上擦った声で呟く。

　横向きに倒れた彼女を見れば、腹から背中まで貫通する傷を負っているのが見える。内臓まで負傷しているのが一目瞭然で、到底生きていられる怪我じゃない。

「そんな、まさか……回復魔法をかければ……！」

「……回復魔法とて限度がある。これは助からない」

フェミリアの言葉を、シェイドが静かに否定した。アシュアとランバートは傷の状態で察していたのか、沈痛な面持ちで顔を伏せる。

「危機が迫れば自動的に結界が発動し、場所を知らせる魔法陣を渡していた。だが、発動が遅かったようだ。もしくは、他の結界を発動させる為に魔力を使っていたか……」

「でも、だって、こんな」

陽斗が呟く。苦しげだが、顔色は命を失っているようには見えなかった。

「回復魔法を使えない状況を考え結界内の時間経過を遅くしている。アイテムボックスと同じ原理だ。それ故に、まだ死んではいないが……」

低く掠れた声が、一瞬途切れた。

「苦しめる期間を長くしているだけだ」

力無く言ったシェイドに、その場にいた者達が言葉を失った。使用人の女性が泣き崩れる。

「あ、諦めないでよ！　シェイド様は何だって出来るんじゃないの!?」

「繭」

大河から叱責するような声で名を呼ばれ、繭が押し黙った。シェイドに対してこんな風に彼女が噛み付くのは初めての事だ。それほど動揺しているのだろう。

「……回復魔法はどうしてダメなんだ」

「深い傷でも治る事はあるが、貫通するような傷の場合、傷を塞いでも死に至る。戦闘に関わる者なら誰しもが知っている事だ」

誰にともつかない大河の呟きに対して、ランバートが深刻な表情で答えた。

随分と前になるがケイラがドラゴンに傷を負わされた時、腹部から足にかけて引き裂かれた。あの時大河は死んだかもしれないと思っていたが、傷ひとつない彼女と再会出来た。回復魔法は現代医学の上を行く。

だからこの世界には薬も医学も無いのだろう。

魔法はイメージだとウィルバーに教わった。子供に教える場合、水を使いたいなら水を、火を使うなら火を見て覚える。

だとしたら、

「体の中をイメージ出来てないから、回復出来ない、とか」

大河の呟きに、シェイドは驚いた表情で顔を上げた。

こちらの人達は基本的に見たままをイメージして魔法を使う。火も水も雷も土も。想像出来ないものは魔力として形に出来ない。回復魔法もその要領だとしたら、塞いでいるけど、見えない部分は治していなかったという事だ。

「……先入観とは、恐ろしいな」

そう言って口の端を上げるシェイドは、いつもの不敵な表情をしていた。

「どういう事？」

「こっちの人達は、食べた物が食道を通って胃に、腸に移動する事も、酸素を肺で取り入れてる事も認識してないって事だ」

「え、そんな常識的な事」

「何の話だ……？」

陽斗と会話する大河に、意味が分からないとアシュアやランバート達が訝しげな顔をする。

大河と陽斗は回復魔法を使えないから失念していたが、繭はよく言っていた。「回復魔法が得意だ」と。彼女は元の世界で勉強していたため、体の仕組みについてこちらの世界の人間よりも知識がある。だから、他の者よりも回復魔法の及ぶ範囲が広い。

「繭なら、治せるんじゃねぇか？」

大河の言葉に、繭が肩を震わせた。

「で、でも私、臓器なんてちゃんと覚えてるか分からない……！」

「確か家に、父さんの残した医学書があった筈だ。

殆どがスポーツ医学だけど、人体構造の本もあった筈」

「……俺が取ってこよう」

シェイドはそう言ってすぐさま再び転移した。

ある程度深い傷でも見える部分が回復魔法で治るなら、そう細かなイメージを必要としていないとは思う。それでも移動続きのシェイドには悪いが、念のために出来る事は全てしておくべきだ。

十数分ほどで戻ってきたシェイドは、書籍を繭に手渡した。

「度重なる転移と結界強化で俺はあまり魔力が残っていない。一人でも出来るか？」

「わ、私……っ、分からないっ、でも、や、やらなきゃ……！」

涙で濡れる目を震わせて、繭は叫ぶように言った。

そして乱暴に腕で目元を拭いつつ、本を開く。メイベルト教授のいる結界内は緩やかにだが少しずつ時間が経過している。繭は焦る気持ちが見て分かるほど緊張していた。

少し本に目を通し、後はページを開いた状態にしておくという簡易的な準備だが、差し迫った状況では仕方がない。

「俺も補助はする。結界を解いたら即座に回復魔法を」

「っ、はい……！」

メイベルト教授を包んでいた結界が解かれた瞬間、辺りに血の匂いが広がった。

だが回復魔法をかけられ、みるみる傷が塞がっていく。見える部分が塞がった後も、二人は真剣な表情で回復魔法をかけていた。額から流れる汗が、大変さを物語っている。

回復魔法をかけていたのは、ほんの僅かな時間だ。彼等が魔法を止めた瞬間、メイベルト教授が口から血を吐き出した。

「し、失敗したの……!?」

「いや、中に溜まっていた血を吐き出したのだろう」

怯えた表情で教授の脈と息を確かめた繭が、緊張が解けた様子で息を吐くとその場にへたり込んだ。

シェイドも近くにあった椅子に、力が抜けたようにどさりと腰掛けた。肘をついた手に額を乗せて、深く息を吐いている。

そんなシェイドの肩に軽く触れると、少しだけ視線をあげて安堵したように微笑んだ。


底をつくほど魔力を使ったらしいメイベルト教授に、使用人達も総出で魔力を送り込んでいる。深夜を随分過ぎているにも拘わらず、誰一人として眠気を訴える者はいなかった。

魔力を送る事を自らかって出る使用人達の様子に、彼女が慕われている事が見て取れる。

「……夢でも、見て、いるのか」

暫く経って、薄く目を開いた教授が視線だけを動かしてぼんやりと零した。

「気がついたんですか、教授！」

「お嬢様……」

「良かった、良かったぁ～」

不安なまま手を握っていた繭が泣きながら縋り付いた。

意識がはっきりしないのか、教授は虚ろな表情のまま彼女を見つめている。

「死んだ、と、思っていたが……」

「試作品だったが、発動して命拾いしたな。傷を治したのはそこの生徒だ、礼を言っておけ」

「そうか、ありがとう、マユ嬢……」

緩やかに微笑まれて、繭は涙を零しながら再び縋り付いた。

「……それで、何があったんですか？」

アシュアが真剣な表情を向ける。彼女の体調を気遣いつつも、確認しておかなければいけないのだろう。

「男の言葉は、本当、だった。魔物が……私の結界では、そう長くは、もたん……」

「出現場所らしき結界の強化は済ませた」

「……そうか」

シェイドが言うと、メイベルト教授は安堵したように呟いた。

どれほど強力な結界を張ったのか分からないが、無尽蔵に思える彼の魔力があまり残っていないのにも頷ける。

「魔物の大群が、いた。おそらく、先遣隊の兵は、全滅だ。下級の魔物は、数千。上級が、数百……ド……も、」

消え入りそうな声でそれだけ伝えると、メイベルト教授は再び眠ってしまった。あれだけの傷を負い、魔力も尽きては体への負担は計り知れない。

「俺が行った時には、魔物は殆どいなかった。結界を破って移動したか。とすればあの場から近い帝国を目指しているだろう。あれらに光の魔力は魅力的だ。数百年、人を見た事が無いなら余計に渇望しているかもしれんな」

シェイドは脚を組んで、考えるように視線を動かした。

「魔物の出口らしい場所の結界は暫く保つだろうが……既に向かっているものは迎え撃つより他にない」

そう言って、アシュアを見据える。

「皇帝陛下に伝え、途中の街には避難指示を送り、帝都で迎え撃つ準備を始めます」

ぐっと喉を詰まらせたような声を出すと、皇子は目元に力を入れた。

「……アルヴァレスの人間である貴方にも出軍の命が下るかと」

「どうだろうな。俺はアルヴァレスの血筋ではあるが、この国の人間ではない」

「それは、どういう……帝国の者でなければ教授職にはつけないと思いますが」

「臨時の期間は最初からひと月ほどと決められてい

た。その程度の相手を詳細には調べない。とはいえ着任出来たのは、口添えしてくれた人のお陰だが」

突然の種明かしに、アシュアが目を丸くしている。

シェイドは先日は借りを返すと言っていたが、彼等にそれを伝える気は無いらしい。

「俺の事よりも、自分の心配をしろ」

シェイドは膝の上にある指を組み、難しい顔で目を細めた。皇子の筈のアシュアが、部下に見える。

「高位の魔法師であるメイベルトもいた先遣隊が難なく壊滅させられる数の魔物が、一陣だそうだ。二陣、三陣まで保つのか？」

「それは……」

言葉を失い、爪が食い込むほど手を握りしめるアシュアに、シェイドは追い撃ちをかけるように、冷たく見据えた。

「帝国を生かすも殺すも、お前次第だと俺は思うがな」


「なんだ、貴殿らもいたのか！」

「ローガン教授、声を落としてください」

扉が開かれた瞬間、突然響いた大声に耳を押さえた者と眉を寄せた者が、来客に視線を向けた。

一緒に扉から入ってきたアシュアが、顔を顰めて注意する。された方はベッドに目を向けて口元を押さえた。

「む、そうでしたな、失礼」

「……教授はどうしてこちらへ？」

「そう邪険にするな。アシュア殿下と王宮で会ってな。元よりメイベルト教授が戻ったら連絡を寄越すように使用人に伝えていたのだ」

少し声を落とした老騎士は、歓迎されていないのを表情で感じ取ったのか、そう言ってどさりと長椅子に腰掛けた。

夜が明けてもメイベルト教授はまだ眠ったままだ

が、漸く魔力が戻ったのか呼吸は安定してきている。

皆が殆ど睡眠を取らずにいたため、ローガン教授を相手にする元気の残っている者はいない。多少親交のありそうなアシュアかランバートにでも任せようと、それ以外の皆が考えて視線を逸らしていた。

アシュアは皇帝陛下へ急ぎ報告をするために王宮へ行っていたが、帰りにローガン教授に捕まったらしい。

「メイベルト教授から、学院の事件について頼まれてな」

「……ローガン教授が、ですか？」

「戦いに行くなら、引き継ぎを頼むのは当然だろう。心配せんでも、誘拐についても調べさせている」

剛直を形にしたような彼は、そう言って高い位置で腕を組んだ。筋肉が邪魔をして組み難そうだ。

「バスティルが証言を始めたのでな、ヒルガンテは尋問の後に投獄される事が決まった。リヴェル殿下についての証言もあったそうだが、それは無実だ。殿下はヒルガンテと直接関わってはいない」

ローガンの言葉に、部屋にいた皆が驚愕の表情で彼を見た。バスティルというのはフレットの家名だ。

「オロン教授が危険な人物だと分かっていて、唆したとしてもですか？」

「それだけで罪に問える訳がなかろう」

「……それは、そうですが」

「罪を犯した証拠があるなら、殿下であろうとも騎士として明らかにしよう。だがそういったものは見つからなかった」

今もリヴェルを信じているのか、陽斗の言葉に少し不機嫌そうにそう返した。

帝国気質が強いのは明確だが、事実は事実として受け止める性格なのだろう。メイベルト教授が引き継ぎを頼んだ理由が多少なりとも察せられる。消去法とも考えられるが。

ローガン教授は大声にも起きなかった彼女に視線を向けた。

「それよりも、メイベルト教授が戻っている理由を教えてくれるか。軍が戻った報告は無いが」

「それは、アルヴァレス教授が助け出されて……」

視線も向けず、シェイドがあからさまに説明を放棄している様子を見て、アシュアが代わりに答えた。

魔法陣で場所と危機を知り、転移と魔獣を駆使して助けに行った事を聞いて、ローガン教授の顔に驚愕がのぼる。

「まるで空想でも聞いているようですな！　いやはや実力者とは聞いておりましたがそこまでとは」

アシュアに対して明るい声で言うと、ローガン教授はシェイドの方を見た。何かを納得したかのような表情で顎を擦っている。

「それにしても、貴殿らはそういう仲だったのか」

年頃も近いし美男美女で似合いだなと快活に笑った教授に、シェイドは漸く視線を向けた。

「……不快な憶測はやめろ」

「こんな美人をつかまえて不快とは！」

「そう思うなら自分が求愛でもすればいい」

嫌そうに眉を寄せたシェイドからそんな事を言われたローガン教授は、こんな年寄りでは可哀想だと言いつつも満更ではなさそうだ。

「話が逸れたが、して、先遣隊はどうなった」

「魔物に襲われて壊滅したと聞いている。俺が行った時には魔物も人もいなかった。魔物は移動し、人は逃げたか喰われたのだろう」

ローガン教授は難しい顔でシェイドの話を聞いている。説明を放棄していたシェイドの口を開かせる為に先程の発言をしたのだとしたら、彼は剛直ながら老獪な部分も持ち合わせているのかもしれない。

彼は帝国に魔物の大群が襲ってくるであろう事、そしてその数を聞き眉を寄せたまま目を閉じた。

「捕らえられている、グレイルテアの首領の言った事は正しかったのです」

神妙な表情で言ったランバートに視線を向けて、ローガン教授が低い声で唸る。

「獄中のあれか……確かに、そのような事を言ってはいたが」

「今からでも各地にいるかの国の者を集め、グレイルテアを彼等に返すべきでは」

「何を弱気な。魔物の軍勢など、我ら帝国騎士が殲滅すれば良いだけの事」

「しかし、シヴア大陸全ての魔物が襲ってきたら」

「はは、いくらなんでもそんな事ある筈がなかろう。あの島はシヴアにほど近い、おそらく魔物の発生しやすい地というだけだ」

説得を鼻で笑った彼は、まるで信じていないらしい。ランバートとの会話に、アシュアが気色ばんだ。

「ローガン教授、既に兵が命を落としているんですよ」

「……」

シェイドは、話にならないとでも言いたげに肘掛に体重を預けて目を伏せている。

近くで始終聞いていた大河が、腕を組んだ。

「じいさんみてぇに頭が固くてプライドの高い奴らもだけど、帝国に関わりたくねぇグレイルテアの人達の説得も難しいよな……」

「じ、じいさん？　ワシの事か」

「俺は土下座してでも、グレイルテアの人達に島に戻って結界を張り直してもらうのが最善だと思うけど」

子供の喧嘩とは訳が違う。侵略、蹂躙された人達には謝罪されても許しきれない怒りがあるだろうし、プライドばかり高い人達はそのプライドの為なら自分の命を落とす事も厭わないだろう。それが周りの人間さえ巻き込む結果になっても。

大河の言葉を聞いてアシュアが首を傾げた。

「土下座？」

「最大限の謝罪、かな」

「謝罪で済むだろうか。彼等が望むなら頭を下げるくらい厭わないが……」

アシュアでは、結局のところグレイルテアを彼等に返す権限がない。それを分かっているのか、難しい顔で言葉を切った。

「殿下ともあろうお方が何を仰る。王族がそのような事をしてはいけませんぞ。貴方の尊厳に傷が付く」

　ローガン教授の発言を聞き、アシュアが激昂するように眉尻を上げた。

「傷が付いたからなんだと言うのだ。そんなものいくら傷が付こうが俺は何も失わない。それよりも無駄に戦い兵を失う方が余程国の損失だ！」

　敬語を捨てた怒声に、向けられたローガン教授が眉間に力を入れる。

「無駄、とは何事ですか。戦いは我々の誇りでしょう」

「人を守ってこその力だ。国を守ってこその戦いだ。自尊心を満たすだけの誇りなど魔物に食わせてしまえ！」

　溜まっていたものを吐き出すようにして、叫んだアシュアに対して、ローガン教授だけでなく周りの皆が目を丸くしてアシュアを見ていた。

　荒く息を吐いているアシュアは、老騎士ではなくメイベルト教授に視線を向けている。

　生死の境を彷徨った彼女が、彼の何かを動かしたのだろう。

「俺は、今の帝国が嫌いだ。だからこそ、滅ぼしたくはない。……俺がこれから変えていくのだから」

　唯一、この状況を変える可能性があるとすればアシュアだ、と大河は思っている。恐らく、シェイドもそう思ってあんな事を言ったのだろう。

　彼からは帝国らしい偏見や凝り固まったプライドというものをあまり感じない。感じなくなったと言うべきか。

　アシュアが声を落として告げた言葉を、皆が黙って聞いていた。

　暫くの沈黙の後、打ち震えた拳を握りしめて、ランバートがアシュアに歩み寄る。そして彼の前に跪いた。

「貴方から帝国の未来が聞けた時には、私の剣を捧げると決めていました」

「……ランバート?」

「陛下の意向に背こうとも、貴方の騎士になると誓いを立てます」

驚いた表情で固まっていたアシュアが、ふと息を零して微笑んだ。

「頼りにしている」

ランバートはアシュアを見上げ、同じく笑みを返した。

「……青いな。だがもう気持ちでは若者に敵わん。……全く、引退したくなった」

「引退するのは魔物を撃退してからにしていただきたい」

「分かっとります」

疲れた表情で呟いたローガンをアシュアが厳しい声で諌める。老騎士は目頭を押さえて溜息を吐いた。

「殿下、貴方の理想は茨の道ですぞ」

「ああ」

「なら、何も言いますまい。ワシは古い人間ですから、貴方の考え方にはついて行けません。……ですが、邪魔をするつもりも無い。年寄りは黙って成り行きを見守りましょう」

力無くそう言ってローガン教授は席を立った。

部屋を出て行く背中は来た時よりも小さく見えた。


魔物の軍勢はすぐそこまで迫っていた。

既に異常な数だが、牢にいた男が言うにはこれでもまだ序章なのだ。

その男、グレイルテアの首領は、アシュアが解放すると言いだした。

皇子とはいえ彼にそんな権限は無いので、秘密裏に事を運ぶと言う彼とグリードを、大河は引き合わせた。

グリードはこの国で使われていた黒衣の者達と協力して、強襲の間に首領を逃す算段をつけている。投獄されている場所が王宮であるが故に困難に思われたが、アシュアの協力があればそれも可能だ。

アシュアは先日の一件で彼等に対しての贖罪を示したいと考え、自分が進言した事で首領が処刑されそうになった事にも罪悪感を感じていたらしい。故に皇帝が思い出したように処刑を口にする前に逃がそうと考えた。

大地を埋め尽くすかのような魔物の数。

それらが襲来する音が、遠くにいてさえも万雷の如く轟いていた。

帝国軍は帝都の前で陣形を固め、強固な守りを見せている。

アシュアとランバートは武装して、大河の近くにいた。前線だ。本来なら守られるべき皇族だが、皇位を継ぐために武功を上げる事が有要だと判断した為らしい。リヴェルも負けじと前線にいた。当然だが彼等の周りは護衛騎士が大勢取り巻いている。

大河も帝国軍と共に魔物の襲撃に備えている。

志願すれば学院の生徒は出軍出来ると学院長から説明があったが、当然参戦する者はごく僅かだ。

横には当然のようにシェイドがいたが、彼はこの戦闘に乗り気ではない。その為か、鎧は身につけているものの、上からローブを被って目立たないようにしていた。彼の姿や白銀の鎧はそうでなくても目を惹く。

陽斗やマイリー、フェミリアも大河と共に参戦している。彼等が来るのは反対だったが、大河が参戦するなら行くと言って聞かなかった。繭とユーリは治療専門の部隊に参加しているらしい。

それぞれの思いとは関係なく、魔物は襲ってくる。

軍勢の影が見えた大河は、拳を打ち鳴らして腕に雷を纏った。

戦闘にこれほどまで心が踊らないのは初めての事だ。

「「光の神は我らと共に……!!」」

帝国兵の力強く叫ぶ声が一斉に響く。

それが余計に大河を虚しい気持ちにさせた。

魔法の届く距離に来た魔物に無数の攻撃が打ち込まれる。下級の魔物はそれだけで斃せるものもいるが、数は少ない。殆どが魔法攻撃をすり抜けて間近まで迫り来た。

帝国数万の騎士と兵士が入り乱れて魔物を狩る姿は壮絶だ。

当然とも言うべきか、魔物は近くにいる人間を襲うが大河を我先に襲う魔物はいない。大河も彼等にとっては食料だが、ご馳走ではないのだろう。

以前苦労したオーガが数体、陽斗達に向かって襲ってくるのを視界に捉える。大河は以前戦った時の要領で後ろに回り、頭を重点的に攻撃した。思い切り電撃を喰らわせた後、重い音を立てて巨体が倒れる。あの時の経験のお陰か今度は難なく倒す事が出来、胸を撫で下ろした。

近くにいたもう一体に視線を向ける。陽斗がオーガに向けて火球を蹴り上げ、それを防ぐべく腕で顔を覆ったオーガの後ろから、フェミリアが脚を切りつけてバランスを崩させる。傾いた体を駆け上がるようにしてマイリーがオーガの首に剣で攻撃を仕掛けた。その上で魔物に陽斗が追い討ちの魔法を打ち込むという、見事な連携が取れている。

訓練を積んでいるとは聞いていたが、彼等が成長のために努力している事が目に見えて分かり、思わず感嘆の声がでた。

もう一体のオーガはシェイドが瞬殺していたため、後から来た蛇型の魔物に走り寄った。確か以前戦った際には雷が効かなかった事を思い出し、足に炎を纏う。そしてその長い胴体が大河を捕まえる前に体を駆け上がり、思い切り踵落としを食らわせた。一匹はそれで昏倒したが、近くにいたもう一匹が大河に噛み付こうと大口を開ける。一瞬ひやりとしたが、足で下顎を押さえ牙を掴んだ事で攻撃を抑える。そして大口を開けた魔物の口に火炎魔法を飲ませた。

が、その前に魔物の体は氷魔法に貫かれ息絶えていたらしい。誰が攻撃したのかは一目瞭然だ。

呆れた表情を向けると、攻撃魔法を向けた彼は素知らぬ顔で視線を逸らした。

乗り気ではないとはいえ戦況を見て、シェイドが常にフォローをしてくれているのが、陽斗達だけでなく襲われた帝国兵の前に突然防御壁が現れる事で分かる。大掛かりな魔法は使っていないが、協力はする姿が彼の心境を物語っているようだ。

少し離れた場所では、ランバートが剣を振るっている。

騎士科随一と謳われる彼の戦闘はなかなかに圧巻で、数体を同時に相手にして全く引けを取っていない。そのほど近くで戦っているアシュアも同様だった。

彼等からはここを通すまいとする気迫を感じる。

大河は再び拳を打ち鳴らし、襲いくる魔物に視線を向けた。

今は迷いを捨て、只戦うべきだ。


戦闘は長時間に及んだ。

そして、戦況が帝国に傾き漸く勝利が見え始めた頃、上空に現れたドラゴンの軍勢に帝国兵は絶望の表情で空を見上げた。

既に上級の魔物との立て続けの戦闘で疲弊しきっている状態だ。ドラゴンは魔物の中でも頭が良いと言われている。戦況を見て現れたのなら、本当にそうかもしれない。

「退くな！　貴様らそれでも帝国兵か!!」

たじろいだ兵士を叱咤するローガンの怒声が聞こ

えた。彼もまた、どの兵よりも多くの魔物を倒し疲弊している筈だ。

炎などの遠隔魔法で無数の攻撃が打ち込まれるが、流石はドラゴンと言うべきか、一体落とすだけで大勢の帝国兵が倒れた。地を這う人間は、空からの攻撃に弱い。

大河が得意とするのは近接攻撃ばかりで上空を飛ぶ魔物との戦闘は難しい。火の攻撃魔法を数回撃った割に、不思議と魔力に余裕があるが、慣れない遠距離魔法は威力も照準も心許ない。

低空にいるものなら炎を使ったジャンプで攻撃が届くか試してみるか、と足に力を入れた所でシェイドに腕を引かれた。

「馬鹿な真似をするな」

「……けど」

大河の表情を見て、シェイドは仕方ないとでも言いたげに視線を上にあげた。そして軽く手をあげ、上空に氷の刃を出現させる。

突然現れた無数の氷刃に帝国兵は驚き息を呑んだ。そしてそれが一瞬のうちに多数のドラゴンを倒すのを目に焼き付ける。大きな体が地に落ちた瞬間、雄叫びのような歓声が上がった。

シェイドを見上げると、視線を逸らして鼻で息を吐かれた。

死屍累々と化した魔物を前に、空虚な気持ちに襲われる。

命を守る為に戦い、命を奪う事に迷いはない。

それなのに、どうしてこんなにも心が落ち着かないのか。

立ち竦んでいた大河の傍に立っていたシェイドが、どうかしたのか、と言いたげな視線を向ける。彼に心配ないと笑ってみせようとしたが、

その時、何かが自分に入り込むような感覚がした。

何が、どこから、と驚きに顔を上げる。

視線の先に、斃され地に落ちたドラゴンの軍勢からずるりと漂い出た黒いものが見える。

『近くにある所有者の無い魔力を取り込む。死した者から勝手に吸い上げるような魔法だ』

その時になって思い出した言葉に、大河はシェイドの腕を掴んだ。

戦いに集中している間は分からなかったが、周りの魔物からも絶えず魔力が流れ込んでいる事に漸く気付いた。

「タイガ?」

「シェイド悪ぃ……ちょっとやばいかも」

不安に揺れる大河の目を見て、シェイドが眉(まゆ)を寄せる。

ドラゴンから這い出た、目に見えるほどに濃い黒煙のようなそれが、大河に向かって流れ込み吸収されていく。シェイドが防御壁を作ったが、関係なかった。攻撃ではないのだから当然だ。

闇(やみ)の神殿で取り込んだのとは桁違い(けたちが)の量の魔力が大河に取り込まれていく。

以前、闇を知っていれば使えるとシェイドに言われるまま、闇魔法を使った時の感覚に似ている。引き摺(ず)られるように気持ちまで黒く覆われる気がした。

徐々に意識が昏いものに持っていかれ、そのまま大河は気を失った。


気付くと、真っ暗な室内にいた。

見覚えがある場所だ。

どこだったっけ。

きょろきょろと見回すうちに記憶が蘇(よみがえ)る。

――ここは、世話になってた親戚(しんせき)の家か。

暗い部屋の扉を少し開いて廊下を覗(のぞ)くと、自分の子供を呼びに来ていたおばさんと目があった。

部屋を出て声を掛けると、冷たい目がこちらを見

あいつ？

――あいつって、だれだっけ？

下ろす。

おばさんちの子供が横を通り過ぎて階段を降りていく。

下の階からは美味しそうな匂いがした。

ぐう、とお腹が鳴る。

音の鳴った場所を押さえて、お腹すいた、と思わず声にしたら、もっと冷ややかな視線を向けられた。

しまった、今日は機嫌の悪い日だ、と気付いたが既に遅かった。

相当虫の居所が悪かったのだろう、怒鳴り声が聞こえる。

よく分からない事を言っているけど、耳に届かない。理解出来ない。

だから、早く終わるように黙って耐える。

これくらい平気だ。

おれは強いから。

全然へいき。

あいつは、もっとつよいけど……

三十二

切っ先のように鋭い、冷然とした声が相手を刺す。

「剣を下ろせ」

魔物から魔力を吸収した一部始終を帝国兵に見られた事で、大河は剣を向けられていた。

意識を失った大河を抱き上げたシェイドが、凍(い)てついた目で彼等を一瞥(いちべつ)する。

「……アルヴァレス教授、彼は何者だ」

剣を向けたまま、そう問いかけるのは老騎士であり学院の教授であるローガンだ。その横でリヴェルが同じく剣を構えていた。

アシュアやランバート、ハルトとマイリーが守るようにそれに対峙(たいじ)している。

シェイドはローガンの問いに答える事なく、意識を失ったままの大河に心配気な視線を落とした。

「お前達は、帝国を守るため戦った者に剣を向けるのか」

アシュアは周りに聞こえるように、苦々しい思いを吐き捨てた。ランバートがその言葉に同意するように剣を構え直す。彼等とて事情を全(すべ)て知っている訳ではない。大河達を問いただしたい気持ちを抑えて、それでも守る立場を選択した。

ローガンはぐっと声を詰まらせ、厳(いかめ)しい顔のままゆっくりと剣を下ろした。納得がいった訳ではないが、アシュアの言葉に騎士の精神を問われた気がしたからだ。ローガンの行動に促されて周りの幾人かの騎士も剣を下ろしたが、当然ながら従わない者もいる。

「この者が、魔物を呼んだのではないのか」

リヴェルが鋭い視線を向けたまま、責めるように言い放つ。

死した魔物の魔力を取り込み、黒い靄(もや)を漂わせる大河の姿は、帝国兵からは脅威としか映らない。

それ故にリヴェルの言葉には説得力があった。

「……そんな証拠がどこにある」

反対に、緊張した面持ちでアシュアは言葉を選んでいる。

彼とて分が悪いのは理解していた。異常事態の理由が分からない状況では、説明する術を持っていない。それでも、友人を見殺しにする訳にいかないと思考を巡らせていた。

「疑わしい者を放置する訳にいかない。捕縛しろ」

「待て、俺が責任を持つ。尋問が必要であれば、彼が意識を取り戻してからだ」

「アシュア、お前がそれと結託していないと言えるのか？　不利な立場に立っているお前が国家転覆を企んだようにも見えるが？」

「なに……!!」

せせら嗤うようなリヴェルの言葉に、アシュアはその表情に怒りを走らせる。

シェイドは暫く大河の様子を見ていたが、目を覚まさないのを確認して足を帝都の方に向けた。こんな場所でなく、柔らかいベッドに寝かせようと思ったからだ。

「どこへ……、アルヴァレス教授、その者をこちらに引き渡して頂きたい」

大河を抱えたまま歩き出したシェイドを、リヴェルの緊張を孕んだ声が引き止める。

そして、近くにいた兵士を彼の元へと向かわせた。

数人の兵士が命令を受けてシェイドを追ったが、一瞬にして氷の牢に囚われる。いきなり現れた氷の柵に激突して、彼等は雪崩れるように倒れ込んだ。

「我々と敵対する気ですか」

シェイドは、ゆるりとリヴェルに視線を向ける。

「捕らえたければ、勝手にしろ。……出来るならな」

低い声でそう告げたシェイドの表情は、生半可な者では正視する事さえ出来ないほどの威圧感を持っている。

直視した帝国兵が、震え上がって息を呑んだ。

「皇族として、そのような危険物を帝都に入れる訳にはいかない」

　リヴェルが視線に怯みながらも言葉を止めようとしないのは、大河が悪であった方が彼にとって都合が良いからだ。

　グレイルテアについてリヴェルとて情報を伝え聞いている。常駐部隊だけでなく先遣隊までもが壊滅した事も。亡国の首領による馬鹿げた主張も。

　侵略については最終的に皇帝陛下の判断だ。それが間違いであったなど、今更認める訳がない。

　だとしても、もしそれが真実であったなら、リヴェルの立場が根底から覆る。

　あからさまに怪しい大河の存在は、彼にとって渡りに船だった。自分の言っている事が真実だろうと、誤りだろうと今は関係がない。

「その男は、魔物達を帝都に呼び寄せた原因だ！　魔物の力を吸って黒い靄を漂わせているのがその証拠!!」

　この機を逃すまいと、リヴェルは多くの帝国騎士兵士に届くよう声を張り上げた。

　それを耳にした帝国兵が疑心に駆られ、シェイドの腕の中におぞましいものでも見るような視線を向ける。

「リヴェル、貴様……!!」

「違うと言うなら確固たる証拠を出せ。然もなくばその男を引き渡して調べさせるべきだろう！」

　真っ向から対峙する二人の皇子に、周りを取り囲む騎士も兵士も混乱している。

　シェイドは時間の無駄だとばかりに、そんな彼等から視線を逸らした。

　そして、再び悠然と歩みを進める。

　彼は抱えた人間を気遣って走りもせずに歩いているだけだ。だが近づこうとすると地面から鋭い氷刃が現れ、取り押さえるどころか触れる事さえ叶わない。彼の行く先と後に、氷の道が出来ていた。

「っ、待て！」

「やめろリヴェル……！」

自ら追いかけ攻撃を仕掛けんばかりのリヴェルを、慌てた様子でアシュアが止めた。

当然リヴェルのためではない。シェイドをこれ以上怒らせない為だ。


シェイドが帝国に確保している宿の一室。

それなりに広いベッドに大河を寝かせて、装備を解いてやる。楽な状態にしたが、それでもまだ大河は目を覚まさなかった。呼吸にも鼓動にも乱れがなく、本当にただ眠っているようにしか見えない。

魔力を取り込んだだけなら、命に関わる事はない筈だ。

だが、意識を取り戻せるかどうか。そう考えて眉根を寄せた。

「……タイガ」

自分の装備も外して適当に放り、寝そべる大河の横に座る。

頭や頬を撫でながら幾度となく名を呼んでいると、暫くして薄く目が開いた。

だが、その目はいつもの彼のものではない。完全に魔物化していた時のように白目部分が黒く、赤い瞳だ。

目は開いたが、虚ろに天井を見つめたまま視線は動かなかった。

「タイガ」

シェイドは自らその視界に入るように、体の横に手をついて視線を合わせる。再び名を呼ぶと、大河の腕が動いてシェイドの服を縋るように緩く握った。

「俺が分かるか？　心配ない、闇の魔力が多過ぎるだけだ、自分の事を思い出せ」

静かな声で出来るだけ優しく語りかける。

過去に意識まで魔物化した瞬間をシェイドは目の当たりにしていないが、その時の様子は聞いていた。

大河は自我を失っていたらしい。その時ですら意識を取り戻せたのだから、と自身を落ち着かせるように反芻(はんすう)する。

　ひくり、と眼球が震えた瞬間、辺りを漂っていた黒い靄が広がった。

　なんだと思う間も無く、視界の全てが黒く塗りつぶされる。

　魔法すら間に合わない一瞬の事で、シェイドは思わず目の前の体を守るように覆い被さった。


――――気がつくと別の場所にいた。

　見た事もない家の廊下にいるようだった。

　大河の両親の家に似ているが、違う。だが、建物内の様相から彼の元いた世界の家なのだろう事だけは分かった。

目の前では子供が俯(うつむ)き、傍らにいる女が怒鳴っている。子供は身を固くしてそれに耐えていた。

　手を振り上げた女を止めようと腕を動かしたが、空を掴(つか)んだだけで触れる事は叶わない。

　暫く経って漸く解放された子供が、体を引き摺るような重い足取りで奥の部屋に入っていった。

　シェイドは追いかけるようにして、その部屋に入る。暗い部屋は物置のようになっていて、空いているスペースは非常に狭い。狭過ぎて寝床らしきものがまともに敷けないのか、折りたたんだ状態で置かれていた。その上で子供は膝(ひざ)を抱えて顔を伏せている。

　部屋に明かりらしいものはない。小さい窓から入る月の光だけが彼を照らしていた。

　シェイドが少年の前に膝をついて座ると、気配を感じたのか伏せていた顔を上げる。泣いていると思ったが、目は潤んですらいなかった。ただ、その瞳は昏く沈んでいた。

「お兄さん、だれ？」

自分の存在を認識された事に多少驚くが、すぐに納得する。

これは大河が無意識に発動させた幻覚の中だ。子供の顔を見て、それを確信した。吊り上がった目はまだ鋭さが弱いが、面影がある。

闇に呑まれた彼が、過去の記憶を再現してしまったのだろう。

子供の相手などした事がないシェイドは、一瞬なんと声を掛けたものか戸惑った。

「……シェイドだ」

名を告げても、子供はこてりと首を傾げるだけだ。

「痛むか？」

「へいき。俺つよいから」

赤く腫れた頬を見てそう問いかけたが、ニコリと笑って返された。

そうは見えないが、と思いつつ全身を見渡す。小さい手足はよく知る彼の体と違い、綺麗な筋肉など付いていない。華奢で弱々しかった。

「俺がわるいんだ。欲しがっちゃったから」

「何をだ」

「えと、お腹すいちゃって……」

そう言って恥ずかしそうにする子供の頬に触れた。実体のない女とは違い、大河には触れられるらしい。

幻覚内で使えるか懸念があったが、回復魔法を使ってみた。魔力使用時特有の光が漂い、彼の傷を癒した事に安堵する。出来るなら食べ物も与えてやりたいが、この場では難しいだろう。

「すごい、お兄さん魔法使い？」

痛みが消えたのか、大きく開いた目を輝かせる姿は、途方もなく愛らしい。

「ああ、そうだ」

前のめりに手をついた子供に向かって、シェイドは鷹揚に頷く。

「だから、お前の願いを何でも叶えてやれる。言ってみろ」

「え、えーと？」

　突然の申し出に子供はきょとんとしてから、目をうろうろと動かした。腕を組んで首を捻り、考えているらしい。小さい頃から仕草が変わらない事に、少し笑いそうになる。

「じゃあ」

「なんだ」

「……やっぱり、いい」

　言いかけて止めると、嬉しそうだった顔は再び暗くなり、どこか諦めたような表情になった。

「……欲しがっちゃダメなんだった」

「何故だ」

「欲しがったり頼ったりしたら、死んだ父さんが悲しむって」

「誰がそんな事を……」

「しんせきの、おばさん」

　思わずギリと音が鳴るほど奥歯を噛み締めていた。これは幻覚だ。今更変えようもない過去の話だ。そう分かっていても、その女に対しての怒りが抑えきれない。

「父さん、強い子が好きだから。きっとそうなんだ」

　心から信じて、純粋な気持ちで行動しているのだろう。

　少しずつ変わってきていると思うが、彼は基本的に自分から何も欲しがらない。滅多に頼らない。問われでもしない限り、自らの欲求を口にしたりもしない。

　子供の頃の抑圧された記憶がその根底にあるなら、どうにかして無くしてやりたいと強く思った。

「そんな事はあり得ない」

「だって……」

「お前の両親は、幸せを願っていると言っていた。幸せのために欲しがる事も、頼る事も悪い訳が無い」

「父さんと母さんに会った事あるの!?」

　両親かららしいメッセージを見せてもらった事があるから、それは確かだ。

子供は零れ落ちそうな大きな目を向けて、驚きの声を上げてから、はっとした顔で口を塞いだ。隣を窺う視線から、大きな声を出す事を禁じられているのだと悟る。

口を押さえていた手を取って、包むように握りしめた。

「俺がいる、何も怯える事はない」

「でも、お兄さんが怒られたら、やだな……」

「問題ない」

「……？」

「俺は強いからな」

先程聞いたのと同じ言葉で戯けたように言えば、お兄さん強いの？　と子供は嬉しそうに顔を見上げた。

「あのね、俺も特訓してるんだ、内緒な」

しーと指を口元に当てて、こっそりと教えてくれる。すごいなと言ってやると、照れたような顔をした。

「……タイガ、何でも欲しがっていい」

「でも……」

「俺は、頼って欲しい」

懇願するように言うと、暫くの間迷って、コクリと小さく頷いた。

「……帰ろう。タイガ」

握った手に、少し力を込めた。

「？　俺の家、ここだよ」

「違う。俺達の家は、こんな場所ではない」

「俺達？」

「ああ、帰ろう。俺達の家に……」

キョトンとする子供を引き寄せ、抱きしめる。驚いたのか子供は一瞬身を固くしたが、すぐに力を抜いた。

「お兄さんの匂い、すごい落ち着く……」

胸に顔を埋めて、しがみ付く子供が心底愛しい。

「お兄さんではなく、シェイドだ」

「……シェイド？　シェイド」

言いにくいのか舌足らずな口調で練習する子供の頭を撫でてやると、へへ、と頬を緩めてシェイドを見上げた。

　その顔がいつもの大河と同じで、思わずキスしたくなる衝動を抑え込む。大河であっても子供相手にそんな事は出来ない。代わりに額を合わせると、子供はきょとんとしてから無邪気に笑った。

「帰ろう、タイガ」

　もう一度言う。

　シェイドの顔をじっと見ていた子供が、

「……うん……帰りたい」

　そう呟いた瞬間、突然闇が消えて辺りが明るくなった。

　急な光に、数度瞬きをする。

　子供を抱えていた時の体勢のまま、腕の中では大河が規則正しい寝息を立てて眠っていた。その滑らかな頬を撫でて、子供ではなくなった姿に安堵の息を吐く。

　そして今度は衝動のまま、唇に軽くキスを落とした。

　大河の周りにはいまだに黒い靄が漂っている。

　恐らく体に入り切らない闇の魔力が器に空きが出来るのを待っているような状態だ。その魔力が多過ぎる為に視覚ですら認識出来るのだろう。

　大河の隣に横たわり、彼の体を抱きかかえたまま髪を撫でていると、閉じていた目が薄く開いた。

　ぱちぱちと瞬きを繰り返すそれは、普段と変わらない色をしている。その事に安堵しつつ見ていると、シェイドと視線の合った大河は微睡むように笑った。

「魔法使い？」

「……ああ」

　幻覚状態だった時の記憶があるらしい。揶揄いを含んだ、けれど嬉しそうな声で大河が問う。まだ眠

気の中にいるのか、柔らかい雰囲気を纏っている。

「俺のねがい、なんでも叶えてくれるのか……」

「当然だ」

食い気味に断言すると、大河は笑いながらシェイドの首に腕を回した。ふわふわとしたままの大河は、珍しく照れもなく抱きついてくる。先程まで子供だった感覚が、まだ残っているのかもしれない。

素直な大河は途轍もなく愛らしい、しかし、いつもの素直じゃないのも同等に、などと大河が聞けば逃げ出しそうな事を真剣に考えているシェイドは、表面上は甘い笑みを浮かべただけだ。

「シェイド……すき。ほんとに、すきだ。お前の事、……」

唐突に襲った衝撃に、シェイドは思わず硬直した。

そうと気付かず、大河はむにゃむにゃと回らない呂律で何事か言っている。

いつだったか、シェイドは情けなくも彼に心情を吐露してしまった事がある。彼の自分に対しての気持ちにも、人の愛し方なんて知らない自分がちゃんと彼を愛せているのかも、自信が持てなかった。あれ以来、拙くも愛情表現をしようと努力する大河に、愛しさは募っていく。

溢れる感情のまま口にしたような言葉に嬉しくなって、シェイドは大河の髪に口づけた。頬や、額にも。

本当は深く貪ってしまいたいが、長い戦闘の後に幻覚に囚われ疲れきっているだろう。

重そうな瞼にも唇で軽く触れた。

「少し休むといい」

三十三

「タイガ様、それは……」

部屋に入ったマイリーが、驚きに声を上げる。

一緒に来たらしいグリードも、目を丸くして大河を見ていた。

それも当然だ、ベッドの中で起き上がった大河の周りには今も黒い靄が漂っている。その上、体が不安定になっているのか、少しの感情の変化ですら角や羽が出たり、引っ込んだりしてしまう。

悪い意味で、どこからどう見ても普通の人間ではない。

シェイドにいいように体を調べられたせいで、今も角が出てしまっている。

「変だよなぁ……」

「いえ、驚いてしまっただけです！　角、可愛らしいですよ」

マイリーが言うと、横でベッドに腰掛けているシェイドが何故か深く頷いた。可愛くはないだろと、それを聞いた大河が半眼になる。

大河達が今いるのはシェイドが帝都に借りている宿の一室だ。

なんとも高級な作りで、行った事はないが写真などで見た前世の豪華なホテルといったイメージの部屋だった。天蓋付きのベッドは公爵家のお邸を思い起こさせるが、それよりももっと豪華絢爛といった装いだ。帝都の貴族用宿泊施設はどこも同じかこれ以上に煌びやかなのだそうだ。

「グリードは、上手くいったのか？」

「ああ、父は無事救出。他の仲間と、帝都の下層地区に潜んでる。俺は報告に」

「そか、良かった。父親と久しぶりに会えたのに、わざわざ悪かったな」

「全部タイガのお陰。何も悪くない」

そう言ってグリードは、ほんのりと笑みを浮かべた。シェイド以上にレアな笑顔だ。父と再会出来た事が余程嬉しかったんだろう。

「転移魔法陣を貸してやろう、それですぐに民の元へ戻るといい」

嬉しくなって笑い合っていると、シェイドが大河の腰を引き寄せた。

「……親父殿と仲間、俺達の魔力では、転移魔法陣を使うの、難しい。もう少し、タイガといる」

「俺が発動させてやる。遠慮するな」

全員運ぶには魔力が足りないと言うグリードに対して、無表情で親切をごり押ししている。そんなシエイドが珍しくて大河が首を傾げていると、マイリーが慌てた様子で、あの、と声を掛けた。

「メイベルト教授が目を覚ましたらしく、教授と、それにアシュア殿下もこちらに向かうと仰っていたのですが、タイガ様がこの状態では今からでもお断りした方がいいですよね」

「用があるなら俺が二人のとこに行……」

治ったとはいえ、あれだけの重症を負った人を呼ぶのは気が引ける。大河が提案すると、

「ダメだ」

「ダメです」

言い切る前にシェイドとマイリーの二人に強めの口調で反対された。

「……お教えしたくはなかったのですが、今、帝都では貴方が魔物を呼び寄せたと噂されています。貴方を探す兵もいますし、外には出ない方が良いかと」

キョトンとする大河に、マイリーが苦し気に眉を顰める。

闇の魔力を吸収したところを、多くの人間に見られたのなら仕方ないのかもしれない。意識を失う前の事を思い出して、なるほどと声が出た。

「納得しないでください！　兵の前でリヴェル殿下がそう宣言したせいで、真実かのように言われているんですよ!?　帝都を守るために戦った貴方に対し

てこの仕打ち……」

目に怒りを滾らせてマイリーがぎゅっと拳を握りしめる。

「……私、昔教えられた暗殺の技を使ってみようかと思っているのですが。リヴェル殿下に」

「じょ、冗談だよな？」

手のひらに拳を叩きつけ、完全に目が据わった状態で恐ろしい宣言をするマイリーに慌てると、否定もせずに笑顔を向けられた。グリードまで協力するなどと言っている。

本気なら絶対やめてくれと頼んでいると、腰に回ったままの手に力が入った。

「もう、関わる必要もない。家に帰るのだろう？」

幻覚の中で交わした言葉をシェイドが口にする。

彼は落ち着いた目で大河を見つめていた。

「もう十分だ。義理も依頼も果たした。これ以上ここにいる意味はない」

「……けど」

「たとえ世界に魔物があふれたとしても、タイガとその近くにいるものは俺が守ろう。お前が大切だと思う人間も連れて行けばいい」

大河の揺れる瞳を見つめて、シェイドがゆっくりと諭すように言った。

連れて行くなんて、出来る筈がない。彼等にもそれぞれ大切な人達がいるのだから。きっとシェイドも分かっていて、それでも説得するために言っている。

「帰りたいと、言っていただろう」

「……ああ。それに……俺がいても何も」

何も出来ない。

髪を優しく撫でる手に促され呟いた言葉は、呑み込みきれないものに遮られ途切れた。

必死な思いを口にしていたアシュアが、脳裏から離れない。

迷いのまま口を噤んでいると、部屋にノックの音が響いた。

マイリーが警戒心を露わにして薄く扉を開いて外を確認してから、窺うような視線を向ける。

「アシュア殿下とメイベルト教授、他の友人方もいらしていますが、いかがしましょう」

「俺はいいぜ。入ってもらえよ」

シェイドが何か言う前に、大河はそう口にした。

マイリーが彼等を無下にしないのは、心配してくれているのが分かっているからだ。

覚悟を決めたと言うのは大仰だが、彼等に全て伝えておくならこの機会が丁度いい。とりあえず、腰を抱いたままだったシェイドの手を離し、ベッドから降りた。

グリードは客人が部屋に入る前に気配を消したらしく、既に姿は見えない。

「何があったんだよ大河!?」

「うわ、何それヤバくない?」

「リヴェル殿下が好き勝手言うし、シェイド様がすっげぇ怒って大変だったんだからな！」

大河の姿を見てぎょっとはしたものの、陽斗と繭は捲し立てるようにそう口にしながら駆け寄った。

シェイドが怒ったのは初耳だ。

「なんか、吸収の魔法が発動しちまったみてぇ。こんなだけど体に異常はねぇんだ」

「いや、頭に異常出てるけど」

「角は放っておいても取れるから平気」

魔力が固まって出来るらしいこれは、体に馴染む前だと引っ込むというか霧散したりもするが、完全に同化した後だと固形物として剥がれ落ちるらしい。何故かシェイドはそっちの方が喜ぶ。

今は出たり引っ込んだりが忙しないので、放置している。

「この黒いモヤモヤ、何？」

「……恐らく、体内に入りきらない魔力が多過ぎて視認出来てしまうのだろう」

代わりに答えたシェイドに、大河までもがへぇと気の抜けた声を出した。

「はっ……、待ってくれ、私がおかしいのか？　理解が追いつかないのだが」

今まで固まっていたメイベルト教授が、いつも通りな陽斗達を見て混乱のまま頭を抱えた。

アシュアとランバート、フェミリアとユーリは驚愕(きょうがく)の表情のまま今も硬直している。

「とりあえず、お座りになっては？」

そんな彼等にマイリーは椅子を勧めて、お茶の用意をするために隣室へと移動した。

「ちゃんと説明するから」

驚愕する面々に笑いかける。

そして召喚された事、大河の属性、帝国へ来た事情と、グレイルテアについての真実も話した。

グレイルテアについても話したのは、首領を助け出した事でアシュアには話しても良いと判断したからだ。見えないが部屋にはグリードがいるので、ダメなら止めるだろうという考えもあった。

全てを言い終わった後、アシュアが少し整理させてくれと言って黙り込んだ。

「……信じられん……が、それを見たら信じるしかあるまい」

大河の姿を見つめて、メイベルト教授が頭痛を抑えるように額に手を当てた。

「メイベルト教授、もう体は大丈夫なん、すか？」

「……衝撃で忘れていたわ、そんな事」

体調を聞いた大河に対して、彼女は瞼を半分まで落として問題ないと返す。

「召喚魔法などが、本当に存在するとはな。聞いた事くらいはあるが、眉唾(まゆつば)だと思っていた」

マイリーの淹れてくれたお茶を飲んで漸くひと息吐いたらしい。メイベルト教授が興味深げに召喚された三人を見ている。

「色々と興味は尽きないが、それよりも今は別件がまずい事になっていてな」

お茶のカップを置いて、優雅に脚を組んだ教授の前で、アシュアが深刻な顔で肩を揺らした。

ランバートが、厳しい顔つきで皆を見渡す。

「皇帝陛下は、皇太子をリヴェル殿下に決められたようです」

「は!?　なんで!?」

声を上げたのは陽斗だ。

帝国貴族の間では確定事項として通達があったのだろう、ランバートの言葉に驚いた表情をしたのはそれ以外の者達だけだった。

「元より予定されていた七日後の創国記念式典にて、立太子の式も行われます」

「私は先の戦闘に参加していないから、全て目を覚ましてから聞いた話だが。魔物の群れとそれを呼び寄せた悪の根源をも撃退したリヴェル殿下への賞賛と、悪の根源と繋がっていたというアシュア殿下の悪評に起因しているらしい」

メイベルト教授の言葉に、大河はポカンと口を開けた。

「……それって、俺のせいじゃねぇか」

「違う。真実を見ようとしない者達が悪いのだ」

アシュアが否定するが、大河が原因で彼が窮地に立たされているのは明白だ。

友人の為にと参戦した事が仇となった事実に、大河は言葉を失って拳を握りしめる。

「タイガ」

なだめるようにシェイドが名前を呼ぶ。その声に少しだけ冷静になって、視線を上げた。

「俺が、あの魔物達を呼んだ元凶だと思われてるんだよな」

「ああ、だからそれは間違いだと知らしめて……!」

焦った様子のアシュアは、後が無い事を分かっているのだろう。状況は最悪だ。

そんなアシュアに対して、大河は腕を組むと、

「だったら、望み通り悪役になってやろうぜ」

口の端を上げて凶悪な笑みを浮かべた。

悪役になってやろうという大河の言葉に、馬鹿な

真似を考えるなと即座に返したのはシェイドだった。

「けど、これが一番上手く纏まる可能性があるだろ」

「ダメだ。タイガが負う負担が大き過ぎる」

ベッドに腰掛けていた筈のシェイドは立ち上がり、眉間に皺を寄せて見下ろしている。

シェイドに続いて大河の言葉の意図を察したらしい、メイベルトとアシュアが難しい顔をして考え込んでいた。

「俺の頭でも分かるように説明して？」

分からないといった表情を前面に出した陽斗が手を挙げた。

その要望に応えて大河が説明すると、その表情はみるみる曇っていく。

「絶対に、ダメです！」

強い口調で否を言ったのはマイリーだ。他も概ね同意見らしく顔を顰めている。

「当代の皇帝は、あまり好戦的ではない。圧倒的な力を見せつければ或いは……」

「アシュア殿下！」

「悪い、いや、賛成している訳ではない」

思わず口に出してしまったらしいアシュアが、ランバートに名を呼ばれて慌てて否定した。

「確かに、上手くいく可能性はゼロではない。だが、タイガに何の利点がある」

「俺に利点？　それって絶対必要なのか」

メイベルト教授に問われて、腕を組んだ大河は思考を巡らせるように視線を動かした。

「敢えて言うなら、後悔したくねぇからだけど」

「お人好し過ぎて呆れるな。……どの道、グレイルテアの民の協力なくして出来る事ではない」

「そうなんだよな。……どう思う？」

大河の呟きに、自分が問われたと思ったのか、メイベルト教授が訝しげに眉を寄せる。勿論、大河は彼女に問いかけた訳ではなかった。

「……タイガが望むなら、恐らく仲間は、手を貸す。個々の感情は関係なく」

「みんなは、国のあった場所に戻りたくねぇかな」

「複雑な思いはあるが、あの地は故郷。神から与えられた、神聖な地だ。戻りたい気持ちは、皆ある」

「そうか」

誰もいないと思っていた方向から声が聞こえ、皆が驚愕の表情でそちらに顔を向けた。そこには黒い装束のグリードが姿を現している。消えている間に着けたのか、顔まで覆う布のせいで彼の表情は見えない。

大河の提案は、
魔物を呼んだ元凶だという噂を自ら認め、それを元に皇帝陛下と交渉する、というものだ。

乱暴に言ってしまえば、魔物を止めてやる代わりにグレイルテアを寄越せと脅す、という提案だった。

「そんな事をすれば、タイガが帝国に敵視される。お前を殺せばという馬鹿な輩も出てくるだろう」

苦々しい思いを乗せた声が届き、大河はシェイドに視線を向ける。彼は眉間の皺を濃くして大河を見据えていた。

「この国に、そこまでする価値があるのか」

低く冷たい声が、静かな室内に響く。

帝国の人間がいるにも拘わらず、その言葉に反論する声は無かった。

「……彼の、言うとおりだ」

シェイドの言葉を肯定しながら、アシュアが目を伏せる。

無言のまま落ちる沈黙が、彼の苦悩を物語っているようだった。理想と厳しい現実に阻まれ闇雲にもがく苦しさに追い詰められている。

怒りではなく、悔しさを滲ませた表情でアシュアは唇を固く結んでいた。

「けど、アシュアが変えるんだろ、これから」

顔を上げたアシュアと視線が合うと、彼の目がかすかに揺れる。

「正直に言えば、俺も帝国はどうだって良いんだけどな。けど、アシュアもランバートもユーリも俺の友達だ。だから友達のために出来る事をしたい」

　アシュアが泣きそうに顔を歪め、大河を見つめた。

「それに、アシュアが窮地に立たされてんのは、俺のせいだしな」

　大河がバツの悪い顔で苦笑すると、アシュアはそれは違うともう一度強く否定する。

　その声に苦い色が浮かんでいたため、大河はそれ以上同じ事を言うのはやめた。

「神様が見捨てたって、魔物が世界中に増えるのは止めたいんだよ」

　そう言って今度はシェイドに視線を向ける。誰よりも説得しなくてはいけない相手だ。

「たとえ、そうなっても……」

「俺が守るって？　冗談じゃねぇ。守られたいなんて思ってねぇのは知ってんだろ」

　シェイドは納得がいかない顔で、唇を引き結んだ。

「いつか旅がしたいって話、してたよな。世界中が魔物だらけになったら、それも出来なくなるんじゃねぇか？」

「……そうかもな」

「俺は結構楽しみにしてんだけどな」

「……」

　誘導するような大河の言葉に、シェイドは目を眇めた。大河の言葉の意図を分かっていながらも、拒めないといった心境が窺える。

「シェイド、協力してくれ。……お願いだ」

　目を見つめてそう言うと、綺麗な双眸が一瞬見開かれた。

　ぐっと言葉に詰まったように唇に力を入れてから、息を吐く。

「それは……、自分自身の為に使って欲しかった言葉だがな」

「そう、だな。ごめん」

　自分を思って言ってくれた言葉を悪用したような心持ちに、大河は決まりが悪い表情で視線を逸らした。そんな大河の髪をシェイドはくしゃくしゃと撫でる。

「ただ、その言葉を聞けたのは悪くない」

「シェイド様」

「諦めろ。タイガがこうなのは今に始まった事じゃない」

　肯定的な口調を聞いて引き止めようとするマイリーに、シェイドはお手上げだとばかりの表情を向けた。

「……そうですが、でも、でも」

「マイリーも、頼りにしてるぜ」

「そ、それはずるいです！　タイガ様!!」

　あああ〜っと、納得出来ない気持ちを抑え込むように、両手で顔を覆ったままマイリーは声を上げていた。

「一番の問題は、大河の演技力だと思うんだよ」

　そう言って、胡乱な目を向けたのは陽斗だ。周りまでもが確かに、と言いながら大河を見た。

　人を騙すのが性に合わないためか、幻惑の魔法ですら使えないのに、演技？　と大河は自分で言い出した事ながら途方に暮れた顔になる。

「演技、必要か？」

「大河が魔物を操ってるみたいに思わせたいなら絶対必要だろ」

「……出来る気がしねぇな」

「嘘、苦手だもんね」

「タイガや、グレイルテアの者達を守る為には、相手に絶対勝てないと思わせないといかんな」

　陽斗と大河の会話に、メイベルト教授が考える仕草をしながら口を挟んだ。

　大河は演技というものの難易度の高さに腕を組んで唸っている。

「イメージは、そうだな。魔王様って感じ？」

「ぷはっ、似合い過ぎ！」

横で聞いていた繭が思わずといった感じで吹き出した。

「魔王って、どんなだっけ？」

魔王、勇者、お姫様というファンタジーな物語があるのは知っていても、イメージはぼんやりとしている。以前黒髪のシェイドを見て、魔王様っぽいと思った事があるが、あのイメージで正しいのだろうか。

陽斗と繭以外の皆も、なんだそれはという顔をしていた。

「魔物の王様とかって、ほら、漫画とかゲームによく出てくるじゃん」

「ゲームはした事ねぇ。漫画は……スポーツ系のなら家にあった気がするけど」

「え！　マジで!?」

ゲームや漫画に馴染みの無い大河は、自分と魔王のイメージを上手く繋げる事が出来ずに首を捻る。

心底驚いた陽斗は、どう説明しようかと唸りながら紙と羽ペンを取り出した。

「えっと、よくあるのは、こんな感じの見た目で……」

「……ヤギ？」

どうにか角だけ判別出来る珍妙な絵に、大河がより首を傾げた。大河の呟きに陽斗は怒るでもなく、慌てて紙を裏返す。

「ちょ、ちょっと待ってこれ無し。繭ちゃん描ける？」

「え、えー、描けるかな……」

「……こんな可愛い感じなのか？」

今度はキラキラ目の少女漫画チックなイラストに、大河は理解が追い付かずに頭を抱える。これが魔物を従える姿が想像出来ない。

「うん、ゴメン。絵はやめとこう」

「見た目だけなら、そのままでバッチリだと思うけど。角にその黒いモヤモヤもそれっぽいし」

「後は衣装かな。舞踏会の時のが結構良かったかも？」

「あー、あれ、血塗れになっちまって」

「……血塗れ？」

低い声に振り返った大河は、シェイドの顔を見てそういやオロンにされた事を詳しくは言ってなかったなと思い出した。

「……シェイド、セストさんに衣装用意してもらえねぇかな」

「……血塗れとはどういう」

「ちょっと汚れただけだって。な、セストさんに聞いてもらえるか？」

脱線しそうだと察した大河が誤魔化して、シェイドの意識を転移魔法陣の方に向けた。釈然としない表情のままだが、渋々転移したシェイドにほっと息を吐く。

「大河、シェイド様の扱い上手くなってんな」

「丁度いいじゃない。魔王だったら、シェイド様を従えて違和感ないくらいじゃないと」

「そうなのか？」

「むしろもっと威厳がいると思う。今はヤンキーとかチンピラって言葉の方が似合いそうだし」

「……チンピラ」

「そうじゃなくて、ボス感みたいなのが必要でしょ？」

好き放題言ってくれる陽斗と繭は、どこか楽しそうにしている。

置かれた状況的には最悪なのだが、現実感のないやり取りに深刻さが薄れたのだろう。虚構を作り上げようとしているのだから、それくらいで丁度いいのかもしれない。

その空気にあてられたのか、アシュアやランバートも張り詰めていた空気を解いていた。

こうして、陽斗と繭による大河への演技指導が実行される事になった。

三十四

「リヴェル……!!」

漸く探し当てたと分かる焦燥を乗せた声が、怒鳴るように名を呼んだ。

城内のサロンで上級貴族のご令嬢達とお茶会を楽しんでいたリヴェルよりも前に、ビビアンナが不愉快そうに視線を向ける。

彼女は臨時赴任した教授に惚れ込んでいたようだが、婚約者がいると知ってからは再びリヴェルに媚びている。したたかな女性だ。リヴェルとて彼女の家を利用しているだけなので、気にも留めていない。

「いくらアシュア殿下といえど、失礼でしてよ」

感情的に声を上げるビビアンナを余所に、リヴェルは優雅にカップを置きゆったりとアシュアを振り返った。

「オロンの事、お前は知っていたのか」

なんとなく、用件の予想はしていた。オロンが庭園でアルヴァレスに完膚無きまでに敗したのは、つい昨日の事だ。その事は、実際目にしたらしいビビアンナ含め多くの者から聞き及んでいる。

「何の事かな？」

「オロンが罪を犯していた事だ」

「私が知る訳ないじゃないか」

こうやって真正面から突っ込んでくる所が愚かなのだと、リヴェルは嘲笑を込めてニコリと笑った。

オロンに関わった生徒の中から自分の名が出たのだろうと冷静に分析しつつ、動揺はしていない。何故ならリヴェルとオロンとは直接関わっていないからだ。

「彼に相談するよう、お前が仕向けたという証言がある」

「……教授に相談を勧める事の、何がおかしいんだ？」

言葉に詰まるアシュアを、一度でも羨(うらや)ましいと思った自分さえ疎ましい。

リヴェルはこの弟が心底嫌いだ。


貴方は次代の皇帝陛下になるのだ、とリヴェルは物心ついた時から幾度も母に言い聞かせられた。たまにしか会わない父よりも、母はリヴェルにとって絶対的な存在だ。だからこそ自分が父の後を継ぐのだと疑いもしていなかった。

ある時から第二皇子であるアシュアが、リヴェルよりも優秀だと噂(うわさ)されるようになり、母はそれまで以上に息子の教育に必死になった。そしてリヴェルも期待に応(こた)えようとしていた。

幼い頃(ころ)のリヴェルは劣等感を抱かせる弟の存在が疎ましく、だが同時に羨望(せんぼう)していた。

そんな矢先に、母親の乗った獣車が魔物に襲われる事件が起こる。護衛共々蹂躙(じゅうりん)され誰一人生き残らなかった。

熱心な光の信徒だった母が、郊外の神殿へ向かう途中の出来事だ。

それ以来、リヴェルの中に残った物は、皇帝になるのだと言った母の言葉と、魔物への激しい恨みだけだ。

母は、リヴェルが次期皇帝だと言った。帝国こそが世界の全(すべ)てだと言った。光の神に認められた帝国の民こそが崇高な存在だと言った。魔物や邪教は忌むべき存在だと言った。

リヴェルの行動原理はこの中に全てである。リヴェルにとって母の言葉が絶対で、その言葉を否定出来るのは母だけだ。彼女が亡くなった後それを覆せる者はいない。

だが、皇帝陛下が試すように皇子に課す試練でリヴェルはアシュアに負け続けた。貴族達の目がアシュアに向いているのが分かる。それを覆す為(ため)の一手が必要だった。

アシュアは自信家で頭脳も魔力も力もある。だが、愚直だ。

祖母の言葉を疑いもなく受け入れたように、反吐が出るほどの素直さがある。後ろ暗い計略など思いつきもしない。そんな所が、ランバートと気が合ったのだろう。彼は騎士として手元に欲しい人材だが、陛下が次期皇帝の近衛騎士にと勅令まで出して卒業を先延ばしにしているにも拘わらず、常にアシュアの傍にいる。

その事も、アシュアを皇帝に後押しする一助となっていた。

そんな状況も、グレイルテアを帝国の領土にしてから、旗色が変わった。

提案はしたが、参戦した訳でも指揮をとった訳でもない。あくまでも、侵攻は陛下の下した判断だ。それでも、上級貴族達にとって、リヴェルが発言した事に意味があった。

貴族達が目に見えてリヴェルに寄ったのだ。まるで邪教の国を庇うかのような発言で、アシュアが自ら足を踏み外したとも言える。帝国貴族達の求めているものを正確に把握していなかった彼の落ち度だ。

父である皇帝陛下は貴族の顔色を窺う臆病さがある。歴代皇帝の中で、群を抜いて器が足りていない。だからこそ貴族達を掌握する事が必要だと確信していた。

そんな中、リヴェルがオロン・ヒルガンテの危険な性質を見抜いたのは、必然だった。

陛下から勅令を受けた彼は、領地への人質の受け入れと邪教の魔法解明を快諾した。そして、グレイルテア侵攻の提案者であるリヴェルは、機密となっている彼の領地のどこに人質を隠しているかを知っていた。そこは廃墟となっていた街を再利用したような場所だった。

その場所に、幾度か秘密裏に人を送った事がある。この時は、学院での彼を見て人の良い教授が邪教の民に絆されはしないだろうかという懸念があったからだ。

だが、上がってきた報告にリヴェルは身震いした。

学院からいなくなっているのは他国の生徒だけだ。祖母のお陰でこの学院には他国の者が大勢いるが、リヴェルは快く思っていない。リヴェルはオロンの事を誰に言うでもなく、利用しようと考えた。

彼に生徒の協力者を与えてやればいい。教授は帝国の生徒の味方をしてくれる、願いを叶えてくれると言えば、面白いように噂は広まり協力者が彼の元に集まる。

それをどう利用するかは、教授次第だ。

「ガルブレイスめ……!!」

「また負けたのか、鍛錬が足りないのではないかい?」

「そ、それは……、あれがおかしいのです！　騎士の戦闘とは全く違う動きをするので」

誰もいない図書室で、ダリクスが反吐のように名前を吐き出した。その人物を思い浮かべる。少し前に編入した生徒で、リヴェルにも鋭い目を向けてきた恐れ知らずの男だ。

ダリクスは彼に幾度となく突っかかって、叩きのめそうとしているが一向に勝てないらしい。自分の騎士候補の体たらくに知らず溜息を吐く。だが、彼が気に入らないのは、リヴェルとて同じだ。虫けら同然の存在が自分に楯突いて、心穏やかでいられる性分ではない。だからオロンの手伝いに向かわせてみたが、特に何も起こらなかった。

「オロン教授に相談してみてはどうかな」

「教授ですか？」

「ああ、帝国生に限っては望みを叶えてくれるという」

驚愕するダリクスは噂を知らなかったらしい。悩むような顔をしてから、一度伺ってみますと頷いた。頭のおかしい教授だが、帝国生には手を出さないようだから問題はないだろう。

上手(うま)くいけば、オロンがリヴェルの気に入らない生徒を消してくれる。

リヴェルのしている事は、自ら手を下す訳でもなく、ただ、道に迷った者を魔物の巣へと導いているだけだ。

それは、誰にも咎(とが)める事は出来ない。

グレイルテアの侵攻も同じ事、リヴェルは直接手を出した訳ではない。

ただ、周りを正確に把握して自分にとって都合の良いように仕向けているだけだ。寧(むし)ろそれくらいでなくては、皇帝にそぐわないとすら思っていた。

次期皇帝と認められ、立太子される事は望んでいた事でもあり、予定調和だ。

それが、覆される事などあってはならない。

その筈(はず)だ。

リヴェルは、大広間に現れた異物を見つめて、そう考えていた。

◇◇◇

高い天井には美しい絵画の中心に天窓が設けられ、そこから光が差し込んでいた。

荘厳な作りの謁見(えっけん)の間は、百人以上は入るかという広さがある。

差し込む陽(ひ)を反射するほどに磨かれた白い床、中央には大きな扉から段上の王座に向けて真っ直(ます)ぐに細かな柄の絨毯(じゅうたん)が敷かれていた。飾りのある窓は高い天井に相応(ふさわ)しい大きさがあり、そこからもたっぷりと外の光を取り込み、室内の彼方此方(あちこち)にある金や銀で作られた装飾が輝いている。

謁見の間には帝国中の王侯貴族が集まっていた。

皇帝陛下が次期皇帝を宣言する場なのだから当然だ。

日が真上に登る前から既に、創国記念の式典が行われている。

続く立太子式のために皇帝陛下がリヴェルを王座の前に呼んだ。

彼は誇らし気に段を上がると、帝国らしい作法で片手を胸に当て皇帝に対して礼をとった。

天窓から入る光がスポットライトのように彼等を照らしている。

「我々は光の神の血脈。美しき帝国の次期皇帝として、リヴェル・エル・ガレイアを皇太子と宣言……」

厳かな空気の中響く、仰々しい皇帝陛下の声。

その言葉が終わる前に、無作法にも謁見の間の扉が大きな音を立てて開かれた。

瞬間、広間にいた全員の視線がそちらに向かう。

何事かと向けられた目に映ったのは、黒い正装をした男と対照的な白い正装の男の姿だった。

崇高な儀式を中断された皇帝は、表情に怒りを宿し何言か発しようとした。

近衛兵も不審な存在に剣を向けようと歩を進めた。

だが、重厚なカーペットが扉の近くから徐々に黒く変色していく異様な光景に、広間にいた全員がその動きを止めた。

よく見れば、黒い正装の男の周りを煙のように黒いものが漂っていて、男の側頭部には人には無い角が生えていた。

悍(おぞ)ましいものを見るように、入り口近くの貴族達が小さく悲鳴をあげて扉から距離を取る。

黒い正装に身を包んだ男は、周りを気に留めた様子もなく歩き出した。

大股(おおまた)でゆっくりとした、彼の一歩一歩に視線が集中する。腐食したように黒くなった重厚なカーペットが、靴底と接触するたびに塵(ちり)となって足元を舞った。その全てが、広間にいる王侯貴族の恐怖と不快感を煽(あお)る。

付き従うように斜め後ろを歩く美麗な容貌(ようぼう)の騎士以上に、彼の存在から目が離せない。

彼の周りを揺らめくように漂う黒い靄(もや)のせいか、

それとも真っ直ぐに前を見つめる彼の鋭い眼光のせいかもしれない。

言いようもなく騒つく心中に誰一人として声を発しなかった。

静まり返った室内に、カツン、カツンと床を踏む音だけが反響していた。

「と、取り押さえろ！」

謁見の間を中頃まで過ぎた頃、漸く我に返ったローガンが兵に命令した。

近衛騎士が取り囲むようにして剣を向ける。

「……剣を下ろせ。俺は交渉に来た」

剣を向けられた黒い正装の男、大河は少しも動じる事なく低く宣言する。

「交渉だと……？　許可もなく入城した不届き者が……」

戴冠の儀を邪魔されたリヴェルが眉を寄せて大河を睨んだ。彼は数段高い王座の前に立っている為、見下すような形になる。周りの貴族とは違い、彼は学院で大河の事を知っている。それ故に恐怖よりも怒りが勝ったのだろう。

「先の魔物襲撃に関しての事だ。聞かないのは勝手だが、後悔するぞ」

常に無い重々しい口調で、大河はリヴェルには一度も視線を向けず皇帝に向けて告げた。

「……闖入者と交渉するつもりはない」

皇帝は不愉快そうに言い放つと、近衛騎士に取り押さえるよう命令を下す。だが、近衛騎士だけでなく広間にいる兵は全て、足を氷に拘束され身動きが取れなくなっていた。

「帝国を滅ぼしたくなければ、俺にグレイルテアを返せ」

「……何を馬鹿な」

近衛騎士を捕らえられてもなお、皇帝は嘲笑うかのような視線を向けた。

アシュアと共にグレイルテアの者達に会った大河は、彼等に国に戻って欲しいと頭を下げて頼み込んだ。複雑な心境だろうに、彼等は貴方が望むならと躊躇いもなく了承してくれた。

ここにいる者達の殆どは、それを知ってもなお、きっと自分のプライドを優先するような愚かな人間だ。

上手くいったとて、大河達の行動は結果的に彼等を救う事になるだろう。

複雑な思いを抱えながらも今更止めようとは思わない。

「……先日の第一陣は俺の為の供物だ。次はシヴアの魔物が総力でこの地を襲う事になる」

「……」

これについては皇帝もリヴェルも否定しない。

リヴェルは否定出来ないと言った方が正しい。彼自身が都合よく利用しようと宣言した事なのだから。

ただ、信じてはいないのだろう。忌々しいという視線を隠そうともせず、大河を見据えていた。

「帝国の強固な結界が破れるとでも思っているのか」

騎士を拘束されているにも拘わらず、見据えた目が帝国皇帝の自負を表している。武力に於いての絶対的な自信はこのくらいの事で覆らないらしい。

唐突に、大きな音を立てて大広間を取り囲む全ての窓ガラスが割れた。

貴族の中から悲鳴が上がる。火の季節が近く暑くすらなっていた気候の筈が、吹きこむ風は身を凍えさせるほどに冷たい。

割れた窓の外を見れば、いつの間にか暗雲が立ち込め外は吹雪に見舞われていた。城の外壁は見渡す限り全て氷漬けになっており、雷鳴まで響いている。

異常な状況に、ただ奇妙な邪魔者が来たと認識していた貴族達の中に震えるほどの恐怖を齎した。

「上級の魔物、数百万を相手にどれだけ持ちこたえられるか楽しみだな」

「はっ……」

大河の服を突き破って羽が生えた。顎を上げて、牙の見える口で冷ややかに笑う。

悪夢でも見ているかのような光景に、皇帝の嘲るように笑った筈の声が掠れた。

皇帝とリヴェルを取り囲むように、大きな狼の魔物が数匹影の中から躍り出る。唸る魔物の声を聞き、唇を引き攣らせたまま皇帝が声を無くして硬直した。

「へ、兵を。兵を呼べ!!」

焦りを滲ませた顔でリヴェルがホールに向けて叫ぶが、戦える者は全て氷に搦め捕られた。床や壁ごと氷漬けにされ、扉すら開かない状況に、貴族達も逃げる事が叶わず恐怖に慄いている。

窓から外に出ようとした強者もいたが、外からの強風に煽られ押し戻された。

「無駄だ。この城に動ける兵はいない」

感情のない声で、シェイドが低く告げた。聞きようによっては全て処分したかのようにも聞こえる。

彼の言葉を裏付けるように、盛大に窓が割れる音で大広間の異変は城中に伝わっている筈が、扉の外に気配はなく、物音ひとつしない。

「……っ、シェイド様! 貴方は帝国の、アルヴァレスの血筋ではないのですか! 何故そのような者に……!」

逃げるように壁に下がっていく貴族達の中から、ビビアンナが飛び出した。この状況の中で発言したのだから、彼女の度胸は相当なものだ。彼女を抑えるように、近くにいる大人達が腕を引く。

シェイドは彼女を一瞥もしなかった。

「ガレイア皇帝。返答を」

ゆっくりと一歩ずつ近付きながら、何事もなかったように大河は皇帝陛下に返事を促した。

リヴェルが剣を構えたが、彼も足を拘束されて身動きが取れずにいる。

間近に迫った大河を見つめる皇帝の目が見開かれる。大河の怒りが彼の目を赤く変色させる様を、間近で見たからだ。

　我知らずヴルルと喉奥から唸りが漏れて、大河は気持ちを落ち着けた。今、声を失う訳にはいかない。

「……グレイルテアを明け渡せば、帝国に手は出さないと言うのか」

　唸りを耳にした皇帝の肩がビクリと揺れる。

　立て続けに起こった非現実的な事柄に、皇帝は漸く目の前の存在に恐怖を向け始めた。

　アシュアから、現在の皇帝の事は事前に聞いている。プライドは高いが戦いには消極的。自らが出軍する事は決してない。敵わない相手を前に、彼の心は折れかけている。

「ああ。俺の地はシヴアとグレイルテア。それ以外に興味はない。お前達がグレイルテアに手を出さなければ、こんな状況は起こらなかった」

「……」

「不可侵の条約を結んでやってもいい。ただし、次の皇帝を二番目の皇子にするなら、だが」

　無茶苦茶な事を言っている。だからこそ、皇帝が冷静になる前に全て承諾させたい。

　その言葉に気色ばんだのはリヴェルだ。

「その者の言葉を鵜呑みにしてはいけません！　そいつはただの……」

　人間だ、学生だとでも言いたかったのだろうか、過去の自分に首を絞められる形でリヴェルは口を噤んだ。

「……理由は」

「簡単な話だ。第一皇子は俺に剣を向けた」

　アシュアの事を口にしたせいか、皇帝は少し冷静になった様子で大河に問いかけた。

　急にアシュアを出した事で、違和感を与えてしまったのだろう。それでも、アシュアの帝位継承は皇帝に承諾させなくてはいけない重要事項だ。

「皇帝陛下ともあろうお方が、脅しに屈するというのですか!!」

　戯れ言を本気になさらないでください、とリヴェルが顔色を変えて皇帝に進言している。

あと一押しに思えていたが、皇帝もその言葉に悩むように押し黙った。貴族達の前で脅しに屈する姿を見せる事に躊躇を覚えたのだろう。それが恐怖に流されそうになっていた意識を取り戻させてしまったらしい。

若干の焦りを感じていた大河の耳に、その場にそぐわない落ち着いた声が聞こえた。

「……言う通りにするのが良いでしょう」

そう言って、前に出たのは上品なドレスを纏ったった老齢の女性だった。壇上に上がり、諭すように皇帝陛下に語りかける。

誰もが怯え混乱する中で、冷静な彼女の声は救いのように響いた。

「……皇太后」

「これほどの力を持つ彼等が、わたくし達に傷ひとつ負わせないで交渉してくれているのです。今、貴方を殺す事すら簡単に出来るというのに。その意味が分からないほど、貴方は愚かではないでしょう」

「しかし、お祖母様……！」

「貴方は少しお黙りなさい」

女性は言い募ろうとするリヴェルを一蹴した。そして段下の皇族に視線を向ける。

「アシュア」

「はい」

「貴方の意見を」

呼ばれ前に出たアシュアは、皇帝と皇太后に向けて礼をとった。

「グレイルテアに手を出したのは、愚行であったと言わざるを得ません。リヴェルの欲がこの状況を生んだと推察します」

「アシュアッ!!」

「元より、帝国領土として彼の地は相応しい地ではない」

アシュアは、皇帝陛下が自分の立場を守れるようにリヴェルの名を出し、頭の固い貴族達も納得させせる理由を提示する。

「現状を見れば、彼等の力は世界に類を見ない事は明白です。ですが、争いではなく協調を望んでいる。拒否する理由は無いでしょう」

　嘘の中に含まれる真実。この場にそれを理解している者がどれだけいるだろう。

「私が皇位を継ぐ機会をいただけましたら、身を賭して帝国の為に尽力する覚悟がございます」

　皇帝陛下は暫くアシュアを見つめた。アシュアは一度も瞬きする事なくその視線を受け止める。

「……分かった。そのようにしよう」

　グレイルテアの地を手放した所で、大した損失もない。それに元々皇帝は息子のどちらに継がせても良いと迷っていたのだ。それ以上異論もなかった。

　リヴェルだけが顔面蒼白で奥歯を噛み締めていた。

　今後も多少波乱が起こりそうではあるが、そこはアシュアに頑張ってもらうしかない。大河はそう思いつつ息を吐いた。

「では、契約を」

　そう皇太后が穏やかに発言した頃には、吹雪が止み空は晴れ渡っていた。


　人ならざる者の脅威を抑えるために、帝国は島国を明け渡した。

　だが、それは帝国が条約に反した場合、魔物の脅威に晒されるという不確定な事実の下での約束だ。反対に帝国側からすれば、相手は条約を破った所で何のデメリットもない。安穏としていた日々が、常に恐怖と隣り合わせになる。

　不安定な約束の中、アシュアがこれから苦労するだろう事は想像に難くない。

　条約の内容はアシュアとグレイルテアの首領の間で取り決められ、書類を先に用意していたとはいえ、当然ながら調印には時間がかかった。

終始青い顔をしていた皇帝陛下が、自分達の去った後で倒れていなければいいが。そんな事を思いながら退室した大河達は、皇太后の従者に引き止められた。

皇太后がお呼びです、という彼に促されて城の一室に招かれる。

迎えてくれた彼女は城らしい煌びやかな部屋にいても霞まない雰囲気を持っていた。勧められるまま椅子に座る。対面に座している皇太后は、人には見えない大河にも穏やかな表情を向けていた。

羽根が邪魔だなと思いつつ椅子に座ると、大河は居心地の悪さに身じろぐ。死ぬほど練習させられたとはいえ、慣れない演技で憔悴しきっているので、さっさと帰ってしまいたいというのが大河の本音だ。

それに、皇太后を前にボロを出してしまっては元も子もない。

「ふふっ、この子が貴方が言っていた子なのね」

そわそわとした気持ちが表に出てしまっていたらしい。その様子を見て、皇太后が笑みを零した。大河は彼女の言葉の意味が分からず首を傾げる。

「可愛いでしょう？」

「本当、可愛らしいわ」

軽い口調で話しかけたシェイドに対して、皇太后は怒るでもなく、うふふと楽しげな笑い声まで上げている。突如、和やかになった空気について行けず、シェイドと女性を交互に見た。

「この方は、俺の祖父の姉だ」

「え!?」

パチクリと瞬き、目をまん丸にする大河を見て、皇太后は口に手を当て戯けたように笑う。

そういえば、舞踏会の時にシェイドと話しているのを見た気がする。皇帝陛下との交渉がなんとか上手く纏まったのは、シェイドが先に彼女に対して根回しをしていたからか、と大河は大広間での事を思い出し納得した。

「おばあちゃんって呼んでね。シャロンでもいいわよ」

祖父の姉というからにはそれなりの年齢と思うが、そうは見えない。シェイドの血縁だと言われると、なるほどと言ってしまうような神秘的な美しさだ。

「俺も、帝国に来て初めて会ったんだがな」

「弟が帝国を離れてからは、ずっと連絡を取れていなかったから。貴方が帝国に来たいと言ってくれたお陰で、あの子と数十年ぶりに連絡を取る事が出来て感謝しているわ」

彼女の弟、シェイドの祖父は家族の反対を振り切ってエスカーナの貴族に婿入りしたのだそうだ。その頃は帝国人が他国の人間と婚姻を結ぶなど考えられなかったらしい。その事もあって帝国では彼の存在自体を秘匿されていた。皇妃まで輩出する名家のアルヴァレス家が表舞台に現れなくなった要因でもある。

弟の事があり、彼女は皇妃となってから他国との交流を推進していたのだと言う。

「私の出来た事は学院に他国の生徒を迎え入れる事くらい……帝国では他国との交流を厭う貴族が多く、今や私は鼻つまみ者なの」

皇太后はそう言って悲しげに目を伏せた。学院に深く関わっていた為、舞踏会には招待されたが、基本的に貴族の交流の場には呼ばれもしないらしい。

「息子の代になってもう随分と長く国政から遠ざけられていたのだけど。その間に、取り返しのつかない事になっていたのね」

人との関わりを断絶されると、情報には疎くなる。それアシュアからも、祖母の話は聞いた事がない。それくらい彼等の間には溝があるのだろうか、と大河は少し寂しくなった。

「貴方からグレイルテアの話を聞いてからも、私の力では何ひとつ変えられなかった。自分の無力さが情けないわ……」

「でも、さっきは……、えと、おばあちゃん、がいてくれたから上手くいったんだ」

「あれは、貴方達が追い詰めた後だったからよ。普段、あの子達は私の言葉など耳に留めないもの」

求めた通り素直に呼んだ大河を穏やかな表情で見つめ、皇太后は微笑んだ。大河には物心ついた時から祖父母と呼べる人がいなかったため、なんとなく面映ゆい気分になる。

「第二皇子が皇位を継げば、好転する可能性もあるでしょう」

「そうね……私も、残り少ない人生を賭して国を変える事に尽力すると誓いましょう」

そう言ってから、皇太后は大河に悲痛な表情を向けた。

「貴方を悪者にするような事になって、本当にごめんなさい。これは帝国の過ちであるのに……」

「帝国のためじゃねぇ。俺は、友達を手助けしただけだ」

悲しげな彼女を慰めるような意味合いはなく、大河は本心からそう口にする。

「俺にはシェイドがいるし。頼れる人達がいっぱいいるんだ。だからよく知らねぇ奴らに何思われたって平気」

満面の笑みを浮かべると、シェイドがよく出来たとでも言うように頭を撫でた。頼られるのが嬉しいらしい。

皇太后は優しい表情で目を細め、ありがとう、と呟いた。

「俺より、これからはおばあちゃんとアシュアが大変だと思うぜ」

今回、大河達がした事はその場凌ぎに過ぎない。騙し脅して国を奪うなど、許される事だとも思わない。それでも、こうする以外に方法が思いつかなった。今後、アシュアと皇太后が苦労するのは目に見えている。

「それは帝国の者として当然の事だわ。貴方は、人の事を気遣い過ぎよ」

「皇太后の言う通りだ。今回の事、お前は関係ないと何度言ったか覚えているか？」

「え、……そうだっけ」

きょとんとした顔を向けると、大袈裟な溜息を吐かれた。

そんな二人を彼女は微笑ましく見つめている。

「孫と孫のお嫁さんが一気に増えたみたいで、嬉しいわ」

鈴を転がすような楽しげな声に、大河は頰を赤くした。そんな事まで話しているのだろうか。シェイドの事だから話しているのだろう。

大河が盛大に照れている間に、邪魔だった羽は消えていた。


皇太后の部屋を退出して城を出るまでに、今度はビビアンナが待ち受けていた。

彼女の取り巻きの令嬢達もいる。漸く帰れると思っていた大河は、勘弁してくれ、と片手で目元を覆った。周りに大人がいない事を思うと、振り切って来たのだろうか。

「シェイド様を返しなさい！」

腰に手をあて指を突きつけて、ビビアンナは開口一番強気に言い放つ。

彼女と違い、他の令嬢達は怯えた様子を見せている。謁見の間での一幕の後に大河に突っかかれる女性はそういないだろう。大河はビビアンナに対して少し感心してしまった。学院で顔を合わせていた事が彼女の恐怖を薄れさせているのかもしれないが。

「貴方が妙な力で惑わしたのでしょう！　でなければシェイド様が貴方の味方につく筈が……！」

返せと言われても、元々彼女達のものではない。大河はどう言ったものかと、シェイドに視線を向けた。彼は興味無げに出口の方を見ている。そもそも関わる気がないようだ。

今まで、ビビアンナと正面切って対峙した事はない。彼女が大河に突っかかるのは幾度もあったが、それに対して適当に流す事しかしていなかった。

　彼女達に忌避感を覚えていたとて、同じ土俵に立ちもしないなんて失礼な話かと考え、大河はビビアンナを見据える。

「惑わしたって言うなら、そうかもな？　妙な力は使ってねぇけど」

「やはりそうなのね！　なんと卑劣な！　貴方にシェイド様を渡したりはしませんわ！」

「……だから、妙な力は使ってねぇって。人の話を聞かねぇな」

　呆れたようにそう言って、シェイドの顔を見上げた。大河の視線に気付いて、彼も顔を向ける。

　先程まで慣れない演技をしていた名残か、それとも疲れのせいか。大河は少し大胆な気分に冒されていた。

「悪ぃけど、これ俺のだから」

　牙を見せて悪い笑みを浮かべると、シェイドは驚いたらしかった。恥ずかしがってばかりの大河が、自ら他人に宣言した事が珍しいからだろう。ぱちぱちと瞬きを繰り返している。

「な……」

　怒りの表情のまま何か言いかけたビビアンナの言葉は、不自然に途切れた。

　これ呼ばわりされたにも拘わらず、シェイドがとろけるような甘い笑みを浮かべたからだ。

　大河ですら未だ見慣れない美麗な容貌に、彼女達は悩殺されたように息を呑んで顔を真っ赤にしている。

「惑わしてんのはシェイドの方だと思うけどな……」

　光すら帯びていそうな笑顔を半眼で見ながら、大河は力の抜けた声で呟いた。

「ビビアンナ様」

「はっ、いけない」

　取り巻きの令嬢に声を掛けられ、暫く放心していたビビアンナが我に返る。そして大河に視線を向けたままのシェイドを見ていられないと言うように、眉を顰めた。自分のものだと大河が宣言したところで、彼女には関係が無いらしい。

「学院ではわたくしと共に過ごしたではありませんか。あの頃を思い出してくださいませ」

目を潤ませて切なく訴えかけるように声を掛ける彼女は、まだシェイドが惑わされていると思っているのだろう。

「誤解をするな、過ごした覚えはない」

「別に、怒ってねぇけど」

大河に向けた弁明するかのような言葉に、以前嫉妬を露わにしてしまった事を思い出してしまう。大河は居心地の悪さから、ぶっきらぼうに答えた。

あれだけ付き纏われていたのだから、一緒に過ごしたと言っても過言ではないようにも思うが、シェイドにとっては違うのだろう。彼女達に全く興味を示さないシェイドを見て、嫉妬した過去の自分に羞恥すら覚える。

「俺は基本的にお前以外の人間に興味がない」

「いや、多少は興味持った方がいいんじゃねぇか？」

「最近はタイガを通して、関わってはいるが……」

大河を見つめる彼の眉尻が、ほんの少し下がっている。いつからか、微細な表情の違いに気付くようになったなぁと関係の無い事を考えながら、大河は灰青の双眸を見ていた。

「嫉妬はいいが、誤解はしてくれるな」

ぶっきらぼうに答えてしまったのは嫉妬からではなかったのだが、シェイドはそう思わなかったらしい。彼特有の言い方のせいか、傍からは偉そうに言っているようにも見えるが、大河は犬なら耳が垂れてもおかしくないような情けなさを感じた。なんとなく、可愛いなという感想が湧いて大河は笑みを零す。

「おう、分かってる。疑ったりしてねぇよ」

そう言うと、シェイドは再び表情を緩めて腰を引き寄せた。それに驚いた大河が抵抗する間もなく口付ける。

「ん!?　……っ、んぅ」

それも、舌を絡めて上顎を擽るような濃厚なものだった。大河は苦しさに声を洩らしたが、行為は止まらない。

いきなり目の前で始まった濃厚な行為に、行動は大胆とはいえ完全に箱入りな女性達は目と口を限界まで開けて絶句していた。

我に返った大河が恥ずかしさと苦しさに、肩を押し返したが相手はビクともしない。

口内の愛撫は加速して、飲みきれない唾液が口端から溢れた。体液を取り込んだせいで、体が熱く頭がクラクラする。

零れ落ち顎を伝う液体を、シェイドが舐め上げた瞬間、

「っ!　は、は、は、破廉恥ですわ――――!!!!」

これ以上無いほど顔を真っ赤に染め上げ、涙目になったビビアンナ達が叫びながら走り去っていった。

大河は熱に浮かされ、何も考えられない。

シェイドだけが一人満足気な顔をしていた。


グレイルテアの民は歌う。

大切な事は全て歌を通じて口伝で受け継がれてきたそうだ。

「……スゲェな」

大勢の人々が遺跡を取り囲んで座り声を響かせる荘厳な光景に、思わず感嘆が溢れる。

神殿らしき遺跡には光の文様が浮かび上がって、幻想的だ。

帝国、主にオロンが彼等の魔法について調べていたが、何ひとつ解明出来なかったらしい。だが、魔力を込めて歌うのが当たり前の事だった彼等に、秘密を守ったという自覚はない。忌むべき相手を前に、歌を口遊む事がなかったのは当然だ。

「この国の祭事として、数百年行われてきた。これを季節毎に昼も夜も無く交代で四日間続ける」

　これだけの人数が、送り続ける魔力は相当なものだろう。彼等の結界が特別製だというのも納得出来る。

　再びグレイルテアの首領となった男が大河の横に立ち、歌う民を眺めていた。その目には郷愁と哀愁が浮かんでいる。懐かしい景色に、亡くなった人達に思いを馳せているのだろうか。

「結界はシヴア全土に広がり、綻びは徐々に閉じられていく筈だ」

「この祭事が結界を張るためだって、皆に知られて良かったのか？」

「闇の神を信仰していても、心の通じない魔物は恐ろしい。民を無闇に怖がらせない為に代々首領だけに伝えられていたが、何事にも転換期というものはある」

　伸ばしっぱなしだった髭と髪を切った男の姿は、髪が短い事と年齢を重ねている以外、グリードによく似ている。

「神聖な儀式の立ち会いを許可いただき、感謝する」

　大河を挟んで横に立っていたアシュアが首領に謝辞を述べた。ランバート含め、アシュアを護衛する騎士達は少し離れた場所で儀式に視線を向けている。未知の光景に彼等は総じて驚愕の表情をしていた。

「いやぁ、見せた方が信じるだろう。あんたには助けられたしなぁ」

「元々帝国がした事だ。礼を言われる事ではない」

「俺は、あんた個人に感謝してる。国なんて横に置いておけとまでは言わないが」

　笑顔さえ見せる穏やかな口調は、蟠りを感じさせない。のらりくらりとした口調の彼からは、それが意図的なものかは判別出来なかった。

　彼と、彼を救出した黒衣の者達は、大河が皇帝と対峙した謁見の間でも協力してくれていた。あの時現れた狼の魔獣は彼等の相棒だ。

他にも、メイベルト教授は火と氷の混合魔法で絨(じゅう)毯(たん)を腐食したように見せたり窓を割ったりする役割を。割れた窓から飛び出そうとしたりする者達など不確定要素を止める役割には貴族に紛れたランバートとユーリが。

そして陽斗や繭、マイリーとフェミリアは城内の兵を足止めする役割を担っていた。姿を隠して廊下に結界を張ってまわっていたので戦闘した訳ではないが、危険な役割だ。その為に彼等だけではなく、別の人物も関わっていた。

「フレットを連れて来て、良かったのか」

その人物の方を見遣って、アシュアが呟いた。

「ん？　ああ、嬢ちゃんか。なんか哀れに思えてなぁ」

首領は救出される際、何故か監獄からフレットも一緒に連れ出した。連れられてきた本人は目を白黒させて、訳が分からないといった表情をしていたらしい。

勝手に連れ出され、その上で首領に信用すると言われた彼は、戸惑いを隠せないまま大河達に協力してくれた。もう戻る場所もないのでと言った彼の真意は分からない。

今はこの国にかける結界についてシェイドやメイベルト教授と話し込んでいる。その表情はどこか吹っ切れたようにも見える。

「彼は……」

「知っている」

アシュアが痛そうに顔を歪(ゆが)めて、罪悪感を示した。

「戦争で個人を憎むほど、我らは暇ではない。それに目的の為に感情を抑える術は心得ている」

「……」

「俺は君の性質が嫌いではないが、もう少し人を欺く事を覚えた方が良い。若き未来の皇帝よ」

感情を見せるアシュアに対して、戯(おど)けるような口調で首領が言った。

「心配せずとも、悪いようにはしない。この国は亡命者を受け入れ慣れているんだ。それに、彼は役に立つだろう？」

　突き放したような言葉だが、その声は穏やかだ。首領の言葉に漸くアシュアが肩の力を抜いた。

　グレイルテアが簡単に侵攻を許したのは、彼等の魔法や魔法陣の技術が低かったのが原因でもある。魔物を抑えるための結界は国を囲むようなものとは違うらしい。以前、彼等は魔物が蔓延っても結界があるから動じていないのかと思った事があったが、彼等は単純に不幸を受け入れる事に慣れ過ぎているだけだった。我が身を振り返り、思う所のあった大河は溜息を吐いてしまったほどだ。

　これからは、フレットがこの国を結界で守る役割を担っていくのかもしれない。

「彼がいないとオロンを処刑に追い込めない、とメイベルト教授は憤慨していたが」

「裁判まだ終わってないんだっけ？」

「ああ。まぁ、子供を危険に晒された貴族連中の怒りが収まらんから、爵位の剥奪になりそうだ。彼の邸から色々と出てきたから、悪事が詳らかになれば平民と同じ郊外の監獄に押し込まれる事になるな。魔法師を失う事を皇帝が渋っていたが、何故かオロンは魔法が使えなくなっている。もう彼を守る者もいない」

　それは、貴族だった彼にとって生き地獄ではないだろうか、と大河は思ったが口にせずそれ以上考えない事にした。

「うちの子らに、隷属の魔法陣を描いたという男か。タイガには世話になったらしいな」

「俺も皆に世話になったから、おあいこだな」

「はは、そうか、そうか」

　大河の返答に首領は快活に笑って、肩をバンバンと叩いた。

「暫くこの国に住まうと言っていたな。感謝を込めて良い家を建てるようにしよう」

「おう、ここが落ち着くまで世話になる。けど、家はいらねぇ。他に家を無くした人達もいるんだろ」

　この国が落ち着き平穏を取り戻すまで見届けるのが責任だと、シェイドと話してそういう結論になった。

　エスカーナを離れる寂しさはあるが、転移を使えば一瞬だ。

　大河の周りを漂っていた黒い靄は今はない。シェイドが言うには、魔力を無理矢理詰め込んでいた器が時間と共に拡張されたのだろうという話だ。多過ぎる魔力を吸収したせいで、大河の魔力総量は以前より格段に上がってしまった。シェイドがいなくても転移魔法陣を使えるほどに。

　エスカーナにいる事になっているシェイドも含めて、これからは仕事をする際、遠距離通勤になりそうだ。

「俺の家は、持って来れるから」

「「持ってくる？」」

　首領とアシュアの二人が揃って疑問を口にしたが、説明が面倒だと思った大河は、見たら分かるとだけ答えた。雑に答えた大河に対して、遊牧民の天幕みたいなものか、とアシュアは勝手に納得している。

「そろそろ交代の時間だな」

　首領はそう言って、近くにいたヒューゴとカイムに声を掛けると笑い合いながら儀式の輪の中に入っていった。

「……この国の首領は慕われているな」

「そうだな」

　彼に向ける皆の表情は穏やかだが、尊敬が含まれている。それを見るアシュアの表情は昏かった。

「リヴェルの様子はどうだ？」

「ああ、今の所大人しくしているな。そう簡単には諦めないだろうが……」

「どうかしたのか？」

　アシュアは問われて自分の表情に気付いたらしい。少しバツが悪い様子を見せてから乱暴に頭をかいた。

「皇太子の座を何もせずに運だけで手に入れたよう

なものだと、自分の方が皇帝の資質があると言われて、言い返せなかった」

「なんだよ。自信過剰なアシュアらしくねぇな」

「自信など、タイガとメイベルト教授に粉砕されたぞ。俺は奴(やつ)のように狡猾(こうかつ)には生きられない」

過去を思い出して、アシュアは顔を顰めた。

「俺が言うと、どの口がって言われそうだけど。周りを頼れよ」

「ふ、確かに言われるだろうな」

「俺だって変わろうとしてんだよ。じゃなくて、アシュアとリヴェルとの大きな差はそこだろ」

「……リヴェルとの違い？」

腕を組んでぶっきらぼうに言う大河に顔を向け、アシュアは首を傾(かし)げる。

「人を見る目」

「ははっ、自意識過剰のようにも聞こえるぞ」

「そうだよ。自分の立場関係なく俺をダチに選んだろ。今ある光景はその結果だ」

ニヤリと不敵に笑って言う大河に、アシュアは目を丸くしてから破顔した。

今更照れた大河が、勿論(もちろん)俺だけの力じゃねぇけど、と呟(つぶや)いている。

「アシュア、たまにでいいから家に来いよ」

「……何故(なぜ)だ？　そんな距離でも、それに時間も無いと思うが」

「飯食いに。時間なんてどうにでもしろよ。シェイドに転移魔法陣作ってもらうとかな」

「飯……」

「パンケーキも作ってやる」

意味が分からないと言いたげだった顔が、少しずつ崩れていく。

気苦労が絶えないだろう道を進んでいく彼に、息継ぎが出来る場を提供したかった大河の意図が伝わったのか、眉尻を下げて口端を上げる彼の表情は笑っているようにも泣いているようにも見えた。

「そう、だな。考えておく」

三十五

嘘が苦手だという大河の、初めて吐く大掛かりな嘘が人の為だという事に。

なんとも彼らしいと笑ってしまう。


時は少し遡り、作戦前の宿屋での事。

「大河、台詞が棒読み過ぎる！」

「うぐっ、難しいんだよ……」

魔物を統べているように見せかける、という演技の為に陽斗は大河に熱血指導していた。演技に関して素人だが、正確に魔王をイメージしているのは陽斗と繭だけだ。

学院は未だに休校状態が続いている。大河がお尋ね者のようになっている現状、仲間と認識されている陽斗達も今は寮にいない方が良いと、アシュアが宿を取ってくれた。授業がなくても鍛錬に励んでいた陽斗は、手持ち無沙汰だったのが予想外の展開で解消されている。

「もっと俺を蔑んで！」

「それ変態っぽい～」

大河の作った生クリームとフルーツたっぷりのクレープを頬張りながら、間延びした声で繭が野次を飛ばした。

息抜きも必要だと言って、大河がマイリーとユーリと一緒に作ったスイーツで、彼女達の様子は女子会のようだ。アシュアとランバート、グレイルテアの人達、そしてシェイドが別室で条約について話をしている事を考えると、この部屋だけが異空間にも感じる。

一瞬、何やってんだろう俺、と考えそうになった思考を追いやって陽斗は再び大河に向き直った。

「せめて二人で練習しねぇ？　周りに人がいるとすげぇ恥ずかしいんだけど」

「本番はもっと大勢いるんだから、慣れなきゃだろ」

勇者として召喚される、なんてある種、少年の憧れのようなものを体験したにも拘わらず、最終的に自分が魔王を作る立場になるとは思ってもみなかった。

本当に何やってんだろな、と陽斗は心の中で笑う。

陽斗の言葉に、ぐうの音も出なくなった大河は、盛大に照れながら再び演技の練習に取り掛かった。

正直に言えば、陽斗は大河の提案にホッとしてしまった。

彼が泥を被るような提案だというのに、そう思った自分に嫌悪感は湧いたが、先日襲ったよりもずっと多い魔物が世界に溢れると聞いて恐ろしくない訳がない。そんな事態を引き起こした者達に怒りが湧いたし、どうにかして防いでくれと他人事のように願った。

これのどこが勇者だと自嘲を禁じ得ない。

勇者制度も廃止されて今はそんな立場に無いが、もし廃止されていなかったとしても、自分は身を賭して世界を守るなんて選択は出来なかっただろう。

結局のところ、勇者も魔王も元の世界だけでなく、この世界でも幻想だ。

「どうかしたのか？」

知らず溜息を吐いてしまっていたらしい、陽斗の顔を大河が覗き込んだ。

「勇者として喚ばれた俺が、魔王を作るなんてなと思って」

「嫌なのか？」

「ううん、この状況自体は結構楽しんでる。上手くいった後の大河は心配だけど」

陽斗がそう口にしても、大河は問題ねぇと笑っている。ゲームでも小説でも、魔王と呼ばれる者は大概、悪であり討伐される対象だ。魔王を斃すというのが勇者の常套句ですらある。その事に、言いようもない不安が付き纏っていた。彼が世界から敵視されるのは、嫌だ。

「誰にどう思われても、陽斗達が分かってくれてるだろ」

「そうは言っても……」

安心させようとする大河に、陽斗は続く言葉を失って言い淀んだ。

「私ね、エスカーナに戻ったら神殿に入ろうと思うの」

唐突に、藺が二人に向かって口を開いた。

言葉の意図が分からず、大河と陽斗だけでなくマイリー達も首を傾げて彼女を見る。

「回復魔法が得意だから神殿で働くのがいいのかもって、前から考えてて。メイベルト教授の傷を治した時に、決心したのよね」

自分の考えを口に出す事に緊張を覚えるのか、手遊びのように動かす指先を見つめていた藺が、意を決したように大河を見上げた。

「私の回復魔法は他の人より凄いから、きっと出世すると思う。だから闇信仰は、闇の神様は怖くないって、少しずつでも伝えていくわ。大河の事も一緒にね」

大河は目を見開いて藺を見ている。感動が目に見えて分かるくらいに、頬が上気していた。

「難しい事だって分かってるけど、例えば大司教が神託を受けたって言えば、信用度も違うじゃない？だから、その、……教会で上り詰めてやるから、期待してなさいよね」

高慢な仕草で笑った彼女の口の周りに生クリームが付いているのを見て、陽斗はついつい吹き出してしまう。ムッとした藺に、ごめん違うからと適当な言い訳で誤魔化した。

「私にも手伝わせてください」

ユーリがそう言って、藺にハンカチを差し出す。それで陽斗が笑った理由が分かったらしい。藺は顔を赤くしながら口元を拭った。

「期待して待ってるぜ」

大河が目を細めて嬉しそうに笑う。

ルーファス陛下もこの事を聞いたら喜びそうだな、と陽斗は彼女を揶揄いながらも気にかけていた自分の主に思いを馳せた。

シェイドが住居代わりに利用しているらしい宿の一室は、寝室の他にリビングと客間があるなんとも豪勢な作りだ。暫く経って、話し合いが終わったらしいアシュア達がこちらの部屋に顔をのぞかせた。

大河の棒読みの演技を見たシェイドが、なんとも言えない顔をしている。あからさまに大河を溺愛している彼だが、そこに欲目は働かないらしい。

逆に、ランバートとグリードは上手いんじゃないかと声を掛けていた。彼等の場合は欲目と言うより元々の感覚が怪しい。

「あれは数日でどうにかなるのか？」

「頑張ってもらうしかないな。最悪台詞はシェイド様に言ってもらおう」

不安気なアシュアに、陽斗は更に不安な顔を向けた。

とは言え、先程の繭とのやり取りで更にやる気になったようだし、彼はやると言えばやり遂げる男だと信じている。

甘やかさないで、と褒められ満更でもなさそうな大河から二人を引き離して陽斗は繭とバトンタッチした。陽斗よりも彼女の方がスパルタだ。

「大河のアレも見慣れてきたな」

アシュアが椅子に腰掛けつつ大河に視線を向ける。彼が言っているのは演技ではなく、頭に生えた角や黒い靄の事だ。

マイリーは作り置いていたクレープの生地にトッピングをしてお茶と一緒にテーブルに並べてくれている。

同席したグリードとグレイルテアの首領だという男が、前に置かれたお菓子を見て二人とも同じような仕草で驚いていた。首領は髪と髭が長くて顔がよく分からないが、親子らしい。

「そういえば、ハルト達はあまり驚いてもいなかったな」

「んー、まぁ、もっとすごい状態の見ちゃってるし」

「もっとすごい……？」

そう言って凛々しい顔のまま頬を赤くしたランバートが何を想像したのかは分からないが、聞かないでおこう。陽斗は心を無にして彼から視線を逸らした。以前、彼とのやり取りで薮をつついて蛇を出した事は忘れていない。

「大河は闇属性だって説明してたろ？　たぶん怒りかな、が原因で魔物化するみたいなんだよな」

「まさか、完全に魔物化した事があるのか……？」

角が生えたりして普通の人には見えないと言っても、現状はどちらかと言えば人間だ。完全に魔物化した姿の想像が出来ないのか、アシュア達はしきりに瞬きを繰り返した。

「うん、前王様とルーファス陛下の戦いの時に」

「ハルトもその場にいたのか……。お前はエスカーナ王の騎士を目指しているんだったな」

納得した様子で呟くアシュアに頷いて、その時の事を思い起こす。

「けど、大河はいつの間にか戻ってたな。どうやって戻ったんだろ？」

「愛の力です！」

おかわりを淹れてくれようとしていたのか、陽斗の背後でマイリーがお茶のポット片手に力強く断言した。

「魔物化したタイガ様がお邸に戻られた時、残念ながら私達はそれがタイガ様とは分かりませんでした……」

「まあ、俺も変化した瞬間に居合わせたから分かったようなものだし」

「ですが、シェイド様はお邸に戻ってすぐにタイガ様の元に行かれて、名を呼ばれたんです」

この辺りはセストさんに聞いた話なんですけど。

と付け足しながらマイリーは楽し気に話している。

「その後、タイガ様は元のお姿に戻られたんですが、どうやって戻ったのかはセストさん教えてくれなくて。でも、きっと愛の力だと思うんです！」

　おとぎ話のようですよね、とマイリーはうっとりした表情で目を閉じた。

　大河の見た目でおとぎ話と言われても、ついていけない陽斗は思わず乾いた笑いを浮かべる。元いた世界にはお姫様のキスで人間に戻る童話なんかがあったと思うが、どちらも到底姫には見えない。

　そんな大河は演技が上手くいかないのか、怒った表情の繭の前で頭を抱えていて、シェイドが苦笑しながら何やら話している。

　陽斗自身、男同士に抵抗が無い訳ではないが、彼等の様子を見ていると羨ましくもある。自分にもそんな存在がいたらいいのに、という漠然とした羨望だ。

「やはり、彼がタイガの婚約者だというのは、本当なのか」

　肩を落としたランバートが零した声に、周りが掛ける言葉を失い固まった。

　分かりやすいランバートの気持ちは、今や友人達全員が知るところだ。我関せずクレープを頬張っているグリード達以外は、助け舟を求めるような視線をアシュアに集める。

　彼は何故俺がと一瞬顔を歪めたが、自らの騎士に真剣な顔を向けた。

「ラ、ランバート」

「はい」

「…………………………いい天気だな」

「？　曇ってますが……」

　あからさまに話を変えたアシュアの言葉にも、真面目な顔で窓の外を見るランバートには幸せになってもらいたい。アシュアに対して、このチキン野郎と心の中で盛大なブーメランを投げつつ、陽斗は曇りもいいよなと誤魔化すように呟いた。

「いやぁ美味かった！　馳走になったな」

　グレイルテアの首領が誰にともなしに礼を言うと、何故か陽斗に視線を向けた。

「エスカーナ王の騎士だと言ったか」

「え、いやまだ候補っていうか」

　まさか彼に話しかけられると思っていなかったため、狼狽してしまう。頭を掻きながら言い淀む陽斗を気にした様子もなく、彼はボサボサの毛で見えにくい顔に笑みを浮かべた。

「彼の采配がなければ、今も息子に会えてはいなかった。聞けば、魔物の増えた原因に疑問を持って息子らとあの魔法師を帝国に寄越したのだとか」

　初めて聞く事実に、陽斗は瞼を上げる。帝国に来た理由は、フェミリアの父親からの依頼としか思っていなかったからだ。

「どれほどの確信を持ってかは分からないが、そう出来る事じゃあない」

　確かに、エスカーナにいる時、ルーファスは魔物が増えている原因について熱心に調べていた。

　王になったばかりで国内外の情勢を整えるために寝る時間すら削っていたのに、そこまでしなくてもと思った記憶がある。魔物が増え始めた時期と、グレイルテアが侵攻された時期を重ね合わせて彼等を寄越したのだとしたら。

「良き王に仕えているな」

　首領が言った一言に、陽斗の心臓が震えた。

「……俺の、尊敬する主君です」

　泣きそうなほどの感動を覚えて、それが不思議な感覚を齎す。自分を褒められるより、主を褒められる方が嬉しいなんて。元の世界にいたなら、きっと考えられなかった事だ。

「エスカーナ王とは、俺も一度会ってみたいものだ」

　アシュアの呟きを聞いて、彼の事も好ましく思っている陽斗は、未来に思いを馳せる。

彼等が良好な関係を築けたなら、きっと進む先は明るい。

エピローグ

グレイルテアには魔王がいると、まことしやかに囁(ささや)かれている。

帝国を脅して国を奪った恐ろしい存在だそうだ。

街を見守るような場所にポツンと建った、この世界では見かけない外観の家のほど近く。

その魔王と称される人物は今、赤毛の逞(たくま)しい男に片腕で軽々と担ぎ上げられ暴れていた。

風にそよぐ草原に敷かれた赤く長い絨毯(じゅうたん)、その先にゼンが立っている。絨毯の横には列席者が座れるように椅子が置かれ、周りは沢山の花で飾られていた。椅子には見知った人達が着飾り座っている。

「結婚するっつったけど、こんなもん見せ物じゃねえか……！」

バージンロードらしき道の上を渋面のウィルバーに運ばれる大河の姿が滑稽で、列席者から拍手と共に笑い声が上がる。

　真っ赤になって叫ぶ大河の言葉は、完全に無視されていた。

　ゼンの前には白い正装に身を包んだシェイドが待っている。大河も今日ばかりは真っ白な衣装を着せられていた。セストとマイリーに、無事結界が張れたお祝いがあると騙され着せられたのだ。

　とん、と軽い音を立てて担いでいたものをシェイドの前に下ろすと、ウィルバーはもう一方の手に持っていた花束を雑に大河に持たせた。

「しょうがねえ、認めてやる。けど、泣かせたら捻り潰すぞ」

「貴様に認めてもらう謂れはないが、まあ、受け取ってやろう。ただ、泣かせないという約束は出来んな」

「てめえ……」

「泣き顔も悪くない。それに嬉し泣きや、気持ち良さに身悶えて泣くという事も……」

「わあああ!!　なに言ってんだバカ!!」

　慌ててシェイドの口を塞いだ大河は、師匠も早く戻ってくれ！　と一触即発だった二人を引き剥がす。

　口から手を離した後も常に無いほど穏やかな笑みを浮かべたシェイドに観念して、大河は大人しく彼の前に立った。

「タイガの世界の婚姻の方式を聞いて、それに合わせたんだが」

　その言葉に思わず参列席にいた同郷の二人を振り返ると、繭はフンと鼻を鳴らしたように顎を上げてから、べっと舌を出した。いたずらが成功したかのような表情だ。隣で陽斗が苦笑している。

「それでは。えー、病める時も健やかなる時も……」

　ゼンがカンペを読みながら誓いの言葉を述べていく。大河も聞いた事があるような、元いた世界の誓いの言葉だ。

「……愛し、敬い、慈しむ事を誓いますか？」

「ああ、誓う」

「っっち、誓うよ！」

怒鳴り声のような宣言は、全く結婚式らしくない。

予定では順番だった筈が二人同時に答えられ、ゼンはどうしたものかと迷いメモに視線を落とした。暫く迷って結局、大河とは打ち合わせ出来なかったのだから仕方ない、とそのまま続ける事にする。

「では、誓いのキス……は、もうしちゃってますね」

続きを、と視線を上げたが、その時には既に大河はしっかりと抱きすくめられ口付けられていた。

もう好きにしてくれ、とゼンは諦めた表情で額に手を当てる。

「んんん……!?」

魔力を取り込まないように、唇をくっ付けているだけだが、息苦しさと恥ずかしさで大河は暴れた。しかしいくら藻掻こうともシェイドの腕は微動だにしない。先日ビビアンナの前でもやらかしていたシェイドの羞恥心はどうなっているんだと、正座させて問いただしたい。

きゃーとユーリやフェミリアのいる辺りから何故か嬉しそうな黄色い声が上がる。

「結婚式のキスって、こんな長いの？」

「知らない。……もう勝手にお幸せにって感じ」

陽斗に問われた繭が呆れたように言い放った。

「ははは、愉快な催しだな」

「うっ、ぐ、タイガ……」

「……お前、本当にタイガの事好きだったんだなぁ。まあ、俺が可愛い子探してやるよ」

「タイガ以上に、可愛い人などいません……」

「いや、可愛いかアレ……？」

メイベルト教授が声を上げて笑い、その横で男泣きするランバートをアシュアが慰めている。呆れながらもその声は優しい。

「堪えてくださいっ、祝いの席ですから！」

「ウィルバーさん、どうどう」

テオとエドリクが、青筋を立てて今にも暴れそうなウィルバーを押さえている。

「ロープで縛り付ける？」

「一瞬で千切られる未来が見える……」

「ケイラとブレイデンも手伝えよ！」

我関せずなケイラとブレイデンにアランが小声で怒鳴る。

それには答えず、ケイラは自分もこんな式がいいと呟き、ブレイデンは赤くなって頷いた。

「まあ、ウィルバーが暴れたら暴れたでお祭りっぽくていいんじゃないか？」

「ですねぇ、それより酒席はまだですかね……」

ルーファスは面白がってるし、ギルは既に酒に意識を持って行かれている。

「良かったですね」

「……っ、はい、……はい」

参列席の片隅では、涙を流すセストの肩をマイリーが優しく叩いていた。そんな彼女の目にも涙が浮かんでいる。

「ッいいかげんにしろ……!!」

突然の怒声に皆が前方に視線を向けると、窒息寸前の大河が真っ赤な顔でシェイドに頭突きしている所だった。

「本当にお前は、頭グセが悪い……」

そう言って額を撫でるシェイドは、それでもどこか嬉しそうだ。

その後は、陽の高いうちから単なる酒宴が始まった。

家の前にテーブルを並べ飾り付けた即席の宴会場で、まだ昼間だというのに皆一様に酒を飲み笑いあっている。

食事はこちらの世界のものが殆どだが、その中に大きいケーキがあった。マイリーが随分前に教えて欲しいと言ってきたのはこの為だったらしい。

　そのうちグレイルテアの人達も次々と参加して、酒宴はお祭りのように盛り上がっていった。

　椅子もテーブルも足りないので、適当にラグを敷いたり、正装のまま草原に寝転んだり。

　誰かが楽器のような物を打ち鳴らすと歌い踊る者がいる。聞こえる音楽や歌はグレイルテアの結婚式で奏でるものらしい。繭と陽斗は楽器を渡され戸惑いながらも楽しげに演奏に加わっている。フェミリアが嫌がるギルを引っ張って立ち、その音に合わせて舞踏会のようなダンスを始めた。音楽とダンスがちぐはぐだが、そんな些細な事を気にする者はいない。アシュアなんかはランバートを連れて剣舞のような舞を披露していた。それぞれの国の文化が交じり合い、どこの国の結婚式なのかもう判別出来ない。

　其処此処で笑い声が飛び交い、皆が楽しそうにしている。

　用意された席で、笑いながらそれを見る大河とシェイドの前に子供がふたり花冠を持って走ってきた。

　ヨルが大河の頭に花冠をのせたが、ファムはシェイドが少し怖いのか、もじもじしてから大河に持っていた花冠を手渡す。自分に花冠なんて似合わないにもほどがあると思うが、子供に渡されては断れない。

「おめでとう！　魔王さま！」

「おめれとー！」

「おお、ありがとな」

　くしゃくしゃと頭を混ぜるように撫でてやると、子供達は嬉しそうに声を上げる。

　その呼び方は、誰かが巫山戯て子供達に教えたのだろう。

「妙な呼び方が流行ってんだけど、どういう事？」

「さあな」

　子供らが親元に戻って行った後、困ったようにつぶやいた。そんな大河の様子にくっくっと、喉の奥で笑うシェイドは、今日ずっと楽しそうだ。

大河は笑う彼に向き合うと、頭に花冠をのせてやった。容姿が整っているせいか花冠ですら似合う。光を反射する灰青の目を見つめながら、これ以上無いほど満ち足りた気持ちで大河も微笑(ほほえ)んだ。

「俺、今すげぇ幸せだぜ。これからもずっと……って訳にはいかないかもしれない。けど、お前と幸せになるための努力は怠らないって、誓う」

先程の形式的なものではなく、自分の言葉で目の前の相手に誓いを立てる。

口端を上げて男らしく笑う大河の手を取り、シェイドは指の先にキスを落とした。

「俺も誓おう」

そう言ってから暫く口を噤(つぐ)むと、シェイドは視線を逸らす。

「タイガ」

再び視線を合わせて、そう言葉にしたシェイドの耳は分かりやすく真っ赤(まっか)だ。

「…………愛している」

人前のキスでさえ恥ずかしげもなくやってしまう彼は、何故かこの言葉だけは照れるらしい。以前、近い事を言われた時にも照れていたのを思い出し、大河は思わずぷはっと吹き出した。

その反応にシェイドはムッと眉(まゆ)を寄せる。普段見れないシェイドの様子に気を良くした大河は、

「俺も！」

恥ずかしさすら吹き飛んで、満面の笑みで彼に抱きついた。

木の隙間(すきま)からの光が一層煌(きら)めいて、木陰が揺れた。ここにはいない存在からも祝われているような気がした。

番外編

柔らかい風が、まだ乾き切っていない髪を揺らす。

　ふわふわとした心地よさのまま、シェイドは部屋の窓から外を見下ろした。

　家の前の草原にはまだ多くの者達が酒を片手に騒いでいる。とうに陽は落ちて辺りは暗いが、宴会場となっている場所は光魔法が使用され眩しいほどに明るさを保っていた。

　ただの酒宴となったその中から、酒が入って眠そうにしていた大河を連れ出したのは少し前だ。

　あとは任せて欲しいと言ったセスト達の言葉に甘えたからでもある。

「ケーキ、美味かったなぁ……」

　シャワーを浴びて酔いが覚めたのか、大河は先程より赤みの引いた顔をぼふりと布団に埋めていた。

　ほんの少量、食前酒のようなものしか口にしていないのに赤くなるなど、余程酒に弱いのだろう。

　心地よい喧騒だったが、遮るように窓を閉めてシェイドは、寝転ぶ大河の横に腰を下ろした。

　艶やかな黒髪に触れると、うつ伏せだった体をころりと仰向けにして笑顔を向けてくる。

　それだけで気分が浮き立つのだから、本当にどうしようもない。

「この国の習慣では、結婚後五日は家に誰も入れず、外にも出ず二人で過ごすそうだ」

「へぇ、そうなのか」

「ちなみにエスカーナにも似たような習慣がある」

「うん……？」

　雑学でも聞かされるような顔をしていた大河が、シェイドを見上げて軽く首を傾げた。

　エスカーナでは二日程度だが、とはシェイドは敢えて口にせず。

「食料はたっぷり用意してある、とセストが言っていた」

「……」

「二人は当分の間、首領の家に寝泊まりするそうだ」

しっかりとお膳立(ぜんだ)てされていた事を知り、大河の頬が酒のせいでなく赤く色付いた。

結婚式すら聞かされていなかった大河には、全(すべ)てが初耳だろう。

「結婚後の二人が家に籠(こも)ってする事など、ひとつだな？」

「ち、ちょ、っと待て！　明日はみんなを見送りに……！」

「急ぎ帰らなくてはいけないのは陛下と皇子くらいだ、問題ない。他は休暇だと思って数日滞在するなど言っていたが、皆好きに過ごすだろう」

いや、問題じゃねぇ？　と慌てた様子の大河を見つめて、

「二人きりになるのが嫌なのか？」

そう問えば、

「そうじゃねぇ」

飛び起きて強い口調で否定した。

それに気をよくしたシェイドが笑顔を見せると、反対に大河は嵌(は)められたとでも言いたげに顔を顰(しか)めた。

ルーファス陛下にも、アシュア殿下にもいつでも移動出来るよう転移魔法陣の配置を頼まれ、そのようにした。現状では魔力の問題があるが、彼等自身それなりに多い魔力を持ち、その上宮廷魔法師も抱えているのだから問題はない。今回の帰りだけはグレイルテアの者達に協力を頼んだが。

魔法陣の研究は日々進んでいる。そのうち彼等の魔力量でも転移出来るようになるだろう。

そうでなくとも、間を空けず来るに違いないのだから、見送りも何もない。

そこまで考えている事は口にせず、シェイドは大河を引き寄せた。

「反動は覚悟しておけ、と言っておいた筈(はず)だが？」

腰を掴(つか)み膝(ひざ)に上がらせた体が、びくりと震える。

ぐっ……と声を詰まらせて、縋るような目を向けてきた。自覚はないのだろうが、この目はいけない、雄の本能を煽るような目だ。

湧き出た衝動を抑えたまま、大河の気持ちが追いつくのを待つ為に、シェイドは額や頬に唇を触れさせるだけに留める。

顔を赤くしたままそれを受けていた大河が、何事か考えるような様子の後、真剣な表情に変わった。

「どうかしたか?」

「あ、あのさ……、シェイドは、俺に何かさせたい、のか?」

予想していなかった言葉に、虚をつかれた。

「なんか、前からそんな気がして……けど考えても分からなくて」

何を言えばいいか困った様子で、大河はしどろもどろに言葉を紡ぐ。

心当たりなら、ある。

だがそれは、言ってしまうと意味がない。

――――大河から自分を求めて欲しい、など。

自分のしたいようにと常に遠回しな言い方をしていたが、とりもなおさず自分の我儘だ。

どう答えたものか迷っていると、大河は意を決した様子でずいっと顔を近付けた。

「今日は、全部俺がやるから。シェイドは何もするなよ」

相手のして欲しい事が考えても分からないなら、全てを自分でやってみよう、とでも思ったのか。なんとも彼らしい。

シェイドは驚きで見開いていた目をゆるりと細め、分かった、と言ってから軽く肩をすくめた。

大河は自分の服を手早く脱ぐと、シェイドの服を子供の着替えでもさせるように脱がせた。色気も何もない動作に思わず笑ってしまいそうになる。

シェイドはヘッドボードに凭れて、大河の行動を余す事なく見つめている。触りたい衝動を抑えるのはなかなかに難儀だ。

　当然だがまだ硬さのない男性器を見て、大河はそうっと手を伸ばした。

　獰猛な生き物に怯えてでもいるような仕草に、また笑ってしまいそうになる。頬を緩めて撫でるように大河の髪を梳くと、軽く湿気の残る髪はひんやりと心地良く、するりと指の間を零れた。

　何もするなとは言われたが、これくらいは許されるらしい。大河は職人のように真剣な表情で緩々と手を動かしている。

　もどかしい気持ちで見ていると、目の前の彼が唐突に身を屈めた。驚きで髪に触れていた手が止まる。

「タイガ」

　思わず名を呼ぶと、大河は寸前で少し顔を上げた。

「無理をする必要はない」

　甘やかすような声音で言ったが、大河はぎゅっと眉を寄せて無理じゃないと言い返した。

　負けず嫌いな彼には逆効果だったかと思っていた矢先、自身が濡れた温かい感触に包まれる。自分がされる事にも抵抗があった筈なのに、食べ物でも含むように口に引き入れたらしい。なんとも思い切りがいい。

　だが、そこからどうしたら良いのか分からなかったのだろう、すぐに口から離すと今度は拙く舌を這わせている。

　なんの技術も感じられないが、大河がしているという事実だけでシェイドのそこは硬く芯を持ち始めていた。

　ふ、と思わず零れた息に気を良くしたのか、自分がされた時を思い出したのか、行為は少しずつ大胆になっていく。口に入れたり、吸ったりする拙い行為が心地いい。

　それでも、流石に射精までは難しいようで、もどかしい刺激が少し辛かった。いつまで経ってもイかない事に気付いたのか、大河は一度顔を離すと困ったような顔をしてからシェイドの膝に乗り上げた。

「待て、そのままでは無理だ」

思い切り良く落とそうとしていた腰を掴み止める。行為自体が久方ぶりなのだから、固く閉ざしたそこは受け入れ状態にない。あ、そっか、と思い出した様子の大河の後ろに伸ばそうとしたシェイドの手は、届く前に止められた。

「俺がやる」

子供が駄々をこねるような言い方をするのにまた少し笑って、アイテムボックスから出した小瓶を渡す。

大河は片手でシェイドの肩に掴まり、身を預けるとろみのある液体で濡らした指を、おずおずと移動させた。肩越しに見える指が、躊躇いながらも奥まった場所に入っていく。

「……んっ」

耳元の漏れた声と、視覚がシェイドを刺激した。脳が揺れるほどの興奮を覚え、勃ち上がったそこに熱が集まるのを感じる。

衝動のままに抱き潰したい。何もしてはいけないのはある意味拷問だ。なだらかな弧を描く背や腰が震えるのを、ただ見ているだけなど。

上手く力を抜けなかったのか、大河は肩に置いていた手を離して緩く勃ち上がっていた自身に触れた。以前、再現して見せるのは無理だと言っていた行為を、目の前で行っている事に大河自身は気付いているだろうか。

シェイドは我慢強く、肩に額を乗せた大河の髪を梳いていた。

羞恥が振り切っているのか、見える肌はこれ以上ないほど赤く染まっている。表情は見えないが、やけくそのような顔をしている気がする。

指が三本ほど埋まるようになった頃には、大河は息を切らせていた。

は、は、と息を吐きながらシェイドを見つめ、再び勃ち上がったものに向けて腰を落とす。先ほどよりはゆっくりと慎重に。

先端に吸い付くような感触があり、暫くして体の重みを感じ、ぐぷりと内側に入った。

「く、ぅん……、ぁ、は――――ッ」

　感覚にもだが、その声で、表情で、理性が焼き切れそうになる。挿れる瞬間は少し辛そうに、その後押し出されるように息を吐いた大河に恍惚とした表情がのぼる。声にも甘やかなものを感じて、シェイドは安堵した。

　挿れた拍子に手や足の力が緩んだのか、崩れ落ちるように飲み込んでいく。ずるずると熱い肉壁に引き摺られる感触に、シェイドの息も乱れる。内腿が引き攣るように震え、それと同時にきゅうきゅうと吸うような動きで中も蠢くのだからたまらない。思わず達しそうなほどの愉悦が上がったが、息を飲んで堪えた。

　大河はまだ挿入の衝撃でひくひくと震えている。

「――――なぁ、き、もちい、か?」

　暫く待っていると、多少落ち着いたのか、大河が視線を合わせてそんな事を聞いた。

　ドクリと心臓が脈打つ。これほど愛らしい生き物が他にいるだろうか、と愚かにも真剣に考えてしまう。

「あぁ」

　微笑んでそう返すと、大河も嬉しそうに笑った。

　だが、ゆっくりと腰を上下して、シェイドの快感を誘う大河は慣れない行為に少し辛そうだ。自らの動きでは内側で快感を拾う事など出来ないのだろう。

　息を切らして腰を振る健気な様子に堪りかねて、シェイドは大河の腰を掴んだ。

「ぁ、……っ、だめ、って、」

「今日は、と言っていただろう? もう日付は変わった」

　そう言って視線を向けたのは、魔法陣の描かれた石板に水晶を嵌め込んだ、時間を示す魔法具だ。大河の世界のものほど正確さはないらしいが、ある程度の時間や、日付が変わったくらいは分かる。

きょとんとした表情でそれを見た大河は、まあいいかとでも言いたげな様子でシェイドに視線を戻した。

　それを許しと受け取ったシェイドは、大河のいいところに向けて腰を打ち付けた。綺麗な筋肉をつけたしなやかな体が衝撃を受け止め、柔らかい腰が弓形に仰け反る。

「あぁっ……！」

　ごりごりと削るように執拗にそこを攻めると、今度は体を丸めて嫌々をするようにゆるく首を振った。

　口を塞ごうとしていた手を捕らえ、シェイドは自分の首の後ろに回す。

「声が聞きたい」

　懇願するように視線を合わせれば、大河は目を瞠ってから諦めた様子で首に縋りついた。

◇◇◇

　少しお酒が入っていたとはいえ、素面だった。

　いつものように魔力を取り込んで前後不覚にもなっていない。

　そうでなければ、自分から、など出来なかったに違いないが。自ら相手を求める行為はこれほど羞恥心を伴うのかと大河は初めて知った。ともすれば脳が焼き切れそうだ。

　以前シェイドを真似て触れた事はあったが、それだけだ。なんとなく、ここまでして漸くシェイドの望んでいたものが分かった気がした。

　今まで随分と甘えてしまっていたらしい。

　それでも、結局は彼が自ら求めてくれた事に安堵してしまう。

日が変わったから、と言いつついいところを攻めるシェイドは、やはり大河に殊の外甘い。いつだって彼は、強引なようで大河に合わせてくれている。

「は、ぁあっ、……っ、……んんっ……！」

過ぎた快感に無意識に嫌々と首を振ったが、それで止まる事はなく、何度も意識が飛びそうなほどの感覚が大河を襲った。

聞きたいと求められるまま、塞ぐ事をしなかった声は内側を擦られるたびに口から零れた。大河自身は、こんなもの誰が聞きたいんだと辟易するような浅ましい声を、それでもシェイドが聞きたいのなら。

そう思いつつも時折息を詰めてしまうのはどうしようもない。

「ん、あ……ぁ……っ！　ふぁ、んっ、……っ」

幾度となくシェイドを受け入れた体は、魔力を取り入れていなくても簡単に快楽を拾っていく。

結合部が立てる卑猥な音に恥じ入って、首に縋った手が短くなった髪を混ぜる。柔らかな毛先が触れる感触にはまだ慣れそうにない。

キスがしたいな、と熱に溶けた視線を合わせて、そういえばシェイドのものを咥えたのだと思い出す。口でなんて絶対に無理だと思っていた筈なのに、意外にも抵抗感はなかった。美味いものでもないが。

一瞬止まった大河の思考を読んだのか、シェイドは構わないと言いたげに口角を上げると深く口付けた。どこもかしこも熱くて、触れ合った箇所全てがどろどろに溶けてしまいそうな錯覚がする。受け入れる事に恐怖を感じていた頃を、もう思い出せない。

気持ちいい箇所を絶え間なく攻められ、まだ奥に入るのかと思うところまで抉られて、鮮烈な快感に視界がちらつく。

「はぁっ、や、んぅ……、――――ッ！」

下からの突き上げで不安定な体が、一際大きく仰け反った。

解放感と共に体は痙攣してビクビクと震え、体内が一層蠢いて中に埋められたものを刺激する。

ん、と甘さの乗った息を吐いてシェイドも熱いものを中にぶちまけた。大河の体が特殊なのかは知らない。中に出された体液が熱く体に染み込むような、飲み込むような錯覚が起こる。そして、終わった行為に落ち着くどころか、ざわざわと駆け上がる熱が大河を翻弄する。

欲を孕んだ目でシェイドを見ると、目の前の彼は嬉しげに目を細めた。


終わりのない行為は、治療と称した過去を思い出させるが、あの時よりもずっと甘やかだ。

さすがにクタクタになって、もう無理だと示す為にベッドから降りようとしたら、足に力が入らず崩れ落ちた。ひんやりとした床が、熱の籠った肌に触れて気持ちが良い。

ぺたりと座り込んだ大河を掬い上げて、シェイドは軽々と風呂場まで運んでくれた。

意味ありげに触れる手を押し退けて体を洗い、さっさと風呂からキッチンに逃げて、冷たいもので喉を潤した。家族のような同居人がいなくても、自分達の部屋以外でなんて大河の感覚ではありえない。

冷蔵庫を覗くと、聞いていた通り肉や野菜などの食材がたっぷり収納されていた。

「腹へらね？」

濡れた髪を拭いながら部屋に入ってきたシェイドに声を掛けると、そうだなと同意が返ってくる。

先日セスト達と一緒に作ったパンがある為、サンドイッチにでもしようかなと冷蔵庫から食材を出していると、シェイドが隣に立った。

「手伝おう」

見上げるとそんな返事。

どこか偉そうな口調は今更なのでそこではなく、大河はどうしたものかと一時停止した。

以前、やってみると言うので彼に料理をしてもらった事がある。だが、簡単なレシピを教えて作ってもらったスープは、食べられなくはないが複雑怪奇な味がした。味覚音痴という訳ではなく、根っからの研究者気質の彼は、どうにも好奇心を抑えられないらしい。教えたレシピに無い調味料を色々と使ってしまっていた。なるほどと呟きつつ残さず完食していたので、良いのだが。

　以来、時折手伝おうかと言う彼を、大河達三人はやんわりと断っている。

　大河を気遣って腰を支えてくれる彼を見上げて、自分が気を付けていればいいかと再起動した頭で考える。

　じゃあ、頼むな。と笑顔で返すと額にキスを落とされ、妙に擽ったい気分になった。

　まずは鍋で卵を茹でる。

　その間に鳥っぽい肉を取り出して、パンと同じくらいの大きさに切ると熱した薄型鍋で皮面を下に焼いていく。焼いている間に酒と醤油と砂糖を手早く混ぜた。シェイドにはレタスに似た葉物野菜を適当にちぎり、玉ねぎもどきの野菜を薄くスライスしてもらう。器用なので、切ったりするのは危なげなくこなしている。

　少し焦げ目がつくくらい皮がパリパリに焼けたところで裏返し、火を弱めた。焼いている間にマヨネーズの材料を合わせて、他に何も入れないよう念を押してからシェイドに風魔法で混ぜてもらう。

　タイマー代わりの水晶を確認して、卵を鍋から取り出す。あちあち、と言いながら殻を剥いていると、冷却魔法を使えば良いだろうと呆れた声が掛かった。失念していた事にはっとして振り返ると、マヨネーズを作り終えたらしいシェイドが代わってくれた。

　弱火で焼いていた肉から余分な油を取って、調味料を入れ再び少し火を強める。何度か返しながら焼いていると、とろみがついて照りっと良い具合になった。それを野菜と一緒にパンに挟んで照り焼きサンドに。シェイドが剥いてくれた卵を粗く潰してマヨネーズで和え、手早く卵サンドも作った。

　お茶を淹れてテーブルにつくと、たまりかねたお腹（なか）からキュルルと音がする。照り焼きの匂（にお）いに刺激されていたらしい。

「いただきまーす！」

　弾んだ声を上げてかぶりつくと、フワッとしたパンにシャキシャキとした野菜の食感の後、じゅわっと肉汁が口に溢れる。甘辛いタレと香ばしさも広がって、んんっ、と思わず声が出た。

　前で同じくかぶりついたシェイドを見ると、少し驚いたような顔をしてから美味いな、と笑みを零（こぼ）した。

　シェイドは好き嫌いがなく、どんな料理を出しても残さず綺麗に食べてくれる。そんなところも好きだな、と考えて少し頬が熱くなった。


「タイガ、これを」

　食事を終え、お茶を淹れ直しているとシェイドがおもむろにアイテムボックスから腕輪を取り出した。

　以前、師匠からもらったもので、少し前にシェイドに言われて預けていた腕輪だ。

　二センチ幅ほどの銀の腕輪を受け取ると、若干意匠が変わっていた。何の変哲もないシンプルな腕輪だったが、宝石のようなものが嵌（は）められ、周りを囲むように模様が彫られている。裏側に描かれていた魔法陣も増えているらしかった。

　とはいえ、派手なデザインという訳でもないので、つける事に抵抗はない。

「そちらの世界では結婚指輪を交換するらしいが、こちらでは互いの魔力を込めたアクセサリーを贈り合う事が多い」

　指輪でも腕輪でも構わない、と続けながら、もう一つ似た腕輪を取り出した。そういえば、少し前からシェイドも腕輪をつけていたな、と今になって思い出す。普段アクセサリーなんて気にも留めていないせいだ。

見た目は大河のものと同じ銀の腕輪だ。

「結婚式では指輪を渡すものだ、と聞いていたから渡しそびれていた」

指輪は嫌がるだろう？　と言うシェイドは、大河がいくつもアクセサリーを着ける事に抵抗したのを覚えていたらしい。

今更ながら、式で定番の指輪交換が無かった事に思い至った。結婚式など参加した事のない大河は全く違和感を持っていなかったが。

「ウィルバーには、正気を疑われたがな」

「師匠からもらった腕輪だから？」

「ああ、普通は新しい物を用意する。だがタイガはその方が喜ぶと思ってな」

確かに、これは師匠からもらった言葉と共に大切にしていた。それに装飾品自体に慣れない大河は、新しい物をもらうより手に馴染んだものの方が有難い。

師匠から渡されたものだが、自己主張するようにシェイドの手で作り変えられた腕輪を見て、大河は笑みを零した。

師匠から作り変える許可も取ったらしいが、あげたものだから好きにしろ、と言われ、本当にそれでいいのか？　と念押しされたそうだ。

その時の二人の様子が容易に想像出来る。

「ありがとな」

大河の言葉にシェイドが目を細めた。

「その宝石は、水晶の何倍も魔力を溜めておく事が可能だ。俺の魔力は入れてあるから、タイガはこれに」

そう言われてシェイドの持つ腕輪に魔力を込めると、宝石の色が黒くなった。なんとも不気味に思えるが、それを持つシェイドは嬉しそうだ。

腕につけたそれを指で撫でる。

「……大切にする」

心から溢(あふ)れるように、言葉が出た。

大河の気持ちを何よりも優先してくれたその贈り物が、本当に嬉しかったからだ。

あとがき

初めまして、われもの。と申します。この度は本作を手にとっていただき、ありがとうございます。この物語を書き始めたきっかけは本当に些細（ささい）で、自分の好きなものだけで構成された話を書いてみよう、という気持ちからでした。

読んでくださった方にはお察しの通り、兎（と）にも角（かく）にも、男らしい受けが好きなものですから。格好良く戦闘して欲しいという思いから生まれた主人公です。只管（ひたすら）に好きな要素を詰め込んだお話、それをまさか書籍にして頂けるとは……。最初の頃（ころ）は、性癖に刺さる方が一人でもいたら報われる、という気持ちで書いていたこのお話が、たくさんの方に読んで頂けた事が本当に嬉（うれ）しく、このお話を好きだと仰（おっしゃ）ってくださる方には、迷惑と分かりつつも抱き締めたい程の気持ちです。

こうした機会を頂けたのは、声を掛けてくださった担当様と、サイトにて本作を応援してくださった皆様のお陰です。

最後になりましたが、素敵なイラストを描いてくださった金（かね）ひかる先生、編集担当者様、デザイナー様、校正者様、掲載場所を提供頂いたＷＥＢサイトの運営様、実際にはもっと沢山の方にお世話になった事と思います。

そして、お話を最後まで読んでくださった読者様、皆様に心から感謝を申し上げます。

本当にありがとうございました。

われもの。

異世界(いせかい)では幸(しあわ)せな家(いえ)を 下(げ)

2023年3月31日　初版発行

著者　われもの。

©Waremono 2023

発行者　山下直久

発行　株式会社KADOKAWA
〒102-8177
東京都千代田区富士見2-13-3
電話：0570-002-301（ナビダイヤル）
https://www.kadokawa.co.jp/

印刷所　株式会社暁印刷

製本所　本間製本株式会社

デザインフォーマット　内川たくや（UCHIKAWADESIGN Inc.）

イラスト　金 ひかる

初出：本作品は「ムーンライトノベルズ」（https://mnlt.syosetu.com/）掲載の作品を加筆修正したものです。

ISBN：978-4-04-113461-0　C0093　　Printed in Japan